Clandestin

Titre original : *Clandestine*

© 1982, by James Ellroy (Avon Books)
© 1988, Editions Rivages
© 1990, Editions Rivages pour l'édition de poche
106, boulevard Saint-Germain - 75006 Paris
ISBN : 2-86930-374-2
ISSN : 0764-7786

James Ellroy

Clandestin

Traduit de l'américain
par Freddy Michalski

*Collection dirigée
par François Guérif*

rivages/noir

Du même auteur
dans la collection Rivages/Thriller

Le Dahlia noir
Clandestin
Le Grand Nulle Part
Un tueur sur la route
L.A. Confidential
White Jazz
Dick Contino's Blues

dans la collection Rivages/noir

Lune sanglante (n° 27)
A cause de la nuit (n° 31)
La Colline aux suicidés (n° 40)
Brown's Requiem (n° 54)
Le Dahlia noir (n° 100)
Un tueur sur la route (n° 109)
Le Grand Nulle Part (n° 112)
L.A. Confidential (n° 120)
White Jazz (n° 141)

hors collection

La Trilogie Lloyd Hopkins
Trilogie noire
Le Quatuor de Los Angeles

A Penny Nagler

Prologue

Pendant l'hiver sombre et glacé de 1951, je travaillais aux Patrouilles de Wilshire, jouais beaucoup au golf et recherchais la compagnie des femmes solitaires pour des aventures d'une nuit.

La nostalgie exerce toujours ses représailles sur les malheureux inconscients en instillant en eux une aspiration à la simplicité et à l'innocence que jamais ils n'auront le loisir de combler. Les années cinquante ne furent pas une époque de plus grande innocence. Les sombres saillies qui régissent l'existence aujourd'hui étaient déjà là, elles étaient simplement plus difficiles à trouver. C'était la raison pour laquelle j'étais flic et je courais les femmes. Le golf n'était rien qu'un havre de pureté, quelque chose que je faisais remarquablement bien. J'étais capable de vous faire des drives de trois cents mètres. Le golf était d'une pureté et d'une simplicité à vous couper le souffle.

Mon équipier de patrouille s'appelait Walker La Fêlure.

Mon aîné de cinq ans, il était dans la police depuis aussi longtemps que moi. A notre première rencontre, nous nous étions cognés l'un dans l'autre, dans la salle de revue du Poste de Wilshire, chacun traînant son sac de golf. Deux larges sourires avaient éclairé nos visages respectifs : nous nous étions reconnus – instantanément, et complètement.

La Fêlure, c'était poésie, merveilles et golf ; moi, c'était femmes, merveilles et golf. Par « merveilles », j'entends la même chose pour tous les deux : le boulot, les rues, les gens et l'éthique mouvante de ceux-là mêmes, à savoir nous, qui quotidiennement avaient leur lot de poivrots, de fêlés, de lopes et de demi-sels, d'exhibitionnistes, de racoleuses, de fumeurs de joints, de cambrioleurs, de tous les détritus solitaires et sans nom de la race humaine. Nous devînmes une paire d'amis inséparables avant de faire équipe en poste de jour.

Le commandant de jour, le lieutenant William Beckworth, était un fanatique de golf, mais comme frappeur de balle, il était d'une nullité sans nom. Il entendit dire que j'étais champion dans ce domaine et il me fit transférer dans l'équipe de jour en échange de leçons. C'était un marché correct mais Beckworth était irrécupérable. Je faisais du lieutenant absolument tout ce que je désirais – il m'a même servi de caddy le samedi matin, lorsque je cumulais les parties pour me faire de l'oseille dans les country-clubs et les terrains municipaux – il me fut donc facile de faire virer La Fêlure du poste de nuit pour l'équipe de jour avec ma pomme comme partenaire. Ce qui nous mena plus profond encore.

Herbert Lawton Walker avait trente-deux ans, c'était un alcoolique obsédé par la mort. C'était un héros authentique – récipiendaire de la Médaille d'Honneur du Congrès, à l'issue de la Seconde Guerre mondiale, pour avoir éliminé deux nids de mitrailleuses japonaises à Saïpan. Il aurait pu obtenir n'importe quel emploi. Les compagnies d'assurances l'avaient assailli de propositions en masse lorsqu'il était parti en tournée dans le pays pour inciter les gens à répondre à l'emprunt national pour l'effort de guerre, mais il choisit les Forces de Police de Los Angeles, le L.A.P.D., un uniforme bleu marine, un revolver et les merveilles.

Il est évident que, comme il picolait, sa perception des merveilles était quelque peu sujette à la quantité de gnôle qu'il consommait. J'étais son chien de garde, je lui refusais sa boutanche le matin et je contrôlais ses doses jusqu'à la fin de notre journée, à notre retour au poste.

Tôt dans la soirée, avant que je ne sorte courir la gueuse, La Fêlure et moi, nous nous en jetions quelques-uns derrière la cravate dans son appart, tout en argumentant des merveilles ou en parlant de cette guerre que j'avais évitée et dans laquelle il s'était fait un nom.

La Fêlure était convaincu que la mort de ces quinze Japs qu'il avait tués à Saïpan avait fait de lui un accro aux merveilles et que la clé des merveilles, c'était la mort. Je n'étais pas d'accord. Nous discutions de plus belle. Je lui disais que la vie était belle. Nous étions d'accord là-dessus. « Nous sommes les protecteurs assermentés de la vie », disais-je. « Mais la clé, Freddy, c'est la mort », disait-il. « Tu ne peux pas comprendre ça ? S'il te faut jamais tuer quelqu'un un jour, tu comprendras. » Nous en arrivions toujours à ce match nul. A cet instant-là, La Fêlure me conduisait jusqu'à la porte avant de me serrer la main avec chaleur et de se retirer en son salon pour boire et écrire des poèmes. Me laissant, moi, Frederick Upton Underhill, vingt-six ans, flic démesuré, le cheveu ras, sur son paillasson, à contempler la nuit qui tombait sur les néons, à me demander ce que je pourrais bien y faire, en cette période de ma vie dont je ne saurais que plus tard que c'était la dernière saison de ma jeunesse.

Cette saison allait devenir un rituel de passage aux faux départs multiples, aux conclusions erronées nombreuses. J'allais gâcher stupidement l'amour en lui prêtant une variété de noms différents ; j'allais savourer les bienfaits et les plaisirs d'une vie en gestation et ressentir les dernières houles du pouvoir de l'inexpérience. Au bout du compte, j'allais tuer – et j'allais contredire de manière formelle la thèse de La Fêlure, car malgré le sang héroïque que j'aurais sur les mains et les lauriers qu'on aurait posés à mes pieds, les merveilles à leur stade ultime allaient me faire défaut, telle une bouée dont les lueurs restent fixes alors que la turbulence des eaux alentour change constamment, mourant à chaque instant avant de renaître.

Ce furent ces eaux qui se saisirent de moi, ce sont elles qui m'offrirent, bien des années plus tard, ma rédemption. Lorsque l'on reprend l'affaire Eddie Engels, si l'on remonte les maillons de la chaîne du passé, si l'on avance vers le futur des choses, on ne trouve ni début, ni fin. Lorsque mes ambitions d'animal de proie me poussèrent vers ce labyrinthe brutal de mort, de honte et de trahison en 1951, ce n'était que *mon* commencement. Lorsque l'écheveau eut fini de se dévider en 1955, je compris que le désir consenti de me mouvoir en la compagnie, d'être partie prenante, de ces dizaines d'existences que leurs forces d'entraînement démoniaques avaient conduites en transit clandestin, c'était ça, les merveilles – tout autant que ma rédemption ultime.

I

La dernière saison

1

La Fêlure et moi faisions équipe depuis trois mois lorsque « Train de Nuit » fit irruption dans nos existences. Le sergent à l'appel nous en toucha un mot comme nous montions dans notre voiture pie Ford 48 dans le parc de stationnement du Poste de Wilshire.

— Walker ! Underhill ! Venez ici une seconde !
– Nous approchâmes. Il s'appelait Gately ; il avait besoin d'un coup de rasoir et il souriait.

— Le lieut', il en a une jolie pour vous, les gars ! Vous, les golfeurs, vous avez toutes les occases ! Vous aimez les chiens ? Moi, je hais les chiens. Nous avons un chien qui terrorise des mômes. Il leur fauche leurs repas à l'école primaire du côté d'Orange et d'Olympic. Un vrai salopard, un vieux fouilleur de poubelles, ce clébard, son maître, c'était un poivrot. Le gardien de l'école lui a mis la main dessus. Y dit qu'y va le descendre ou lui couper les roubignolles. Les mecs de la Fourrière ne veulent pas qu'on leur refile l'enfant pasqu'y pensent que le gardien, c'est un cinglé. Alors c'est à vous d'emmener ce vieux salopard de clebs en fourrière. Ne le descendez pas, y'a des tas de petits mômes que ça pourrait traumatiser. Y'a pas, c'est les golfeurs qui se ramassent toutes les bonnes occases !

La Fêlure engagea la voiture pie sur Pico, hilare et parlant en vers, ce qui lui arrivait parfois lorsque le café réactivait la gnôle de la nuit précédente qui lui courait encore dans les veines :

« O noble bête, en quel endroit ou en quels lieux ?
De nos actes, le moindre est-il toujours des mieux ?

O Noble Canin, bientôt sur notre chemin,
Tu trouveras fourrière et attendras patient
Du gaz, vapeur mortelle, en terre, un lit décent. »

Je continuai à rire pendant que La Fêlure poursuivait, jusqu'à mener sa poésie dans le trottoir.

Le concierge de l'école de Wilshire Crest était un Japonais obèse d'environ cinquante ans. La Fêlure joua des sourcils à son adresse, ce qui dégela l'atmosphère, et reçut un rire en prime. Il nous conduisit jusqu'au chien que l'on avait enfermé sous clé dans des toilettes de chantier amovibles. A notre approche, j'entendis un gémissement lugubre s'élever de l'habitacle fragile.

A un signal convenu de Wacky, d'un coup de pied, je défonçai le côté des toilettes et fourrai dans le trou nos deux déjeuners réunis – deux sandwiches jambon-fromage, un sandwich aux sardines, un de bœuf sur pain de seigle, et deux pommes. On entendit le bruit furieux de mâchoires en mastication. J'ouvris violemment la porte, entr'aperçus une forme sombre aux dents pointues et étincelantes, et lui collai mon poing dans la gueule, de toutes mes forces. La chose s'affaissa en recrachant par la même occasion des parcelles de sandwich au jambon. La Fêlure sortit le chien en le traînant.

C'était un Labrador noir, à l'air gentil – mais il était obèse. Il avait une biroute gigantesque qui devait traîner au sol lorsqu'il marchait. La Fêlure en tomba amoureux.

— Aww ! Freddy, regarde mon petit bébé ! Aww !

Il ramassa le chien inconscient et le prit dans ses bras.

— Aww ! Tonton La Fêlure et Tonton Freddy vont te ramener au poste et on va te trouver une bonne maison, aww !

Le concierge nous reluquait d'un œil soupçonneux.

— Vous ti-iez kien ? demanda-t-il, en se passant un doigt sous la gorge tout en regardant La Fêlure, qui était déjà en route pour la voiture de patrouille, les bras amoureusement chargés de son nouvel ami.

Je montai côté conducteur :

– On ne peut pas ramener ce bâtard au poste, dis-je.

— Des clous, on peut pas ! On va le planquer dans les vestiaires. Une fois mon service terminé, je le ramène à la maison. Ce chien, j'vais en faire mon caddy. Je vais te lui arranger un harnais, comme ça y pourra me trimbaler mon sac !

— Beckworth va te botter le cul !

— Beckworth, y peut me *biser* le cul, si ça l'amuse. Beckworth, c'est ton problème !

Le chien revint à lui alors que nous nous garions dans le parc de stationnement du poste. Il se mit à aboyer avec fureur. Je me retournai sur mon siège pour lui coller un deuxième pain, mais La Fêlure détourna mon bras.

— Awww ! dit-il à la bête, Aww ! aww ! Et le chien la ferma.

Je fis entrer le chien par derrière et le conduisis jusqu'aux vestiaires. La Fêlure courut jusqu'au marchand de hot dogs près de Sears [1] et revint avec six cheese burgers. Je caressais la bête en face de mon casier lorsque La Fêlure revint et déposa en tas, à mes pieds, sa bouffe graisseuse. Le chien y plongea, truffe en avant, et La Fêlure et moi, nous nous taillâmes pour reprendre nos patrouilles. Ainsi débuta l'Odyssée de Train de Nuit, nom sous lequel on en vint à connaître le chien.

Notre service terminé, ce soir-là, à notre retour, nous entendîmes le vestiaire résonner des accents du saxophone de Reuben Ramos. Reuben est agent motocycliste et il avait attrapé le virus du jazz en travaillant aux Mœurs de la Soixante-Dix-Septième Rue, à force de faire régulièrement des descentes dans les boîtes à bebop de Central Avenue, à la recherche de racoleuses, de preneurs de paris clandestins et de drogués. Il avait appris à jouer du sax à l'oreille – surtout des couacs et des notes foireuses, mais de temps en temps, il réussissait à tenir sur des airs simples comme « Green Dolphin Street ». Ce soir-là, il vous cuisinait ça aux petits

---

1. Sears : chaîne de magasins à succursales multiples.

oignons – le thème principal de « Night Train », Train de Nuit, qu'il reprenait sans discontinuer.

A notre arrivée dans les vestiaires, La Fêlure et moi ne pûmes en croire nos yeux. Reuben, en caleçon, se tordait en tous sens à faire retentir les premières notes sauvages de « Night Train » tandis que le Lab [1], gras et noir, se tortillait les quatre fers en l'air sur le sol de béton, couinant et meuglant, tout en pissant un jet tonitruant d'urine dans les airs. Des groupes de policiers de patrouille, leur service terminé, passaient et repassaient, l'air dégoûté. Reuben en eut sa claque de faire le spectacle et s'en retourna auprès de sa femme et de ses mômes, laissant La Fêlure à ses cris et ses hurlements qui vantaient le « potentiel génial » du chien.

La Fêlure appela le chien « Train de Nuit » et l'emmena chez lui. Des semaines durant, il lui serina les oreilles d'airs de saxophone qu'il lui passait sur son électrophone et le nourrit de steak, et tout cela dans le vain espoir de le transformer en caddy. Finalement, La Fêlure jeta l'éponge, décida que Train de Nuit était un esprit libre et lui rendit sa liberté. Nous croyions en avoir fini une fois pour toutes avec la bête – ce n'était pas le cas. Il allait atteindre au statut de légende dans l'histoire des Services de Police de Los Angeles.

Deux jours après sa libération, Train de Nuit réapparut au Poste de Wilshire, un chat mort dans la gueule. Il se fit poursuivre par le sergent de permanence qui balança le cadavre du chat à la poubelle. Le lendemain, Train de Nuit refit son apparition avec un autre chat mort. Cette fois, il fut chassé avec le chat toujours dans la gueule. Il revint un peu plus tard, le même jour avec toujours le même chat, simplement en plus piteux état. Il choisit le bon moment pour revenir car La Fêlure et moi venions juste de terminer notre service. Lorsque Train de Nuit aperçut La Fêlure, de joie, il faillit en tomber dans les pommes, lâcha son présent d'amour félin tout déchiqueté, courut dans les bras grands ouverts de

---

1. Lab : diminutif de Labrador.

La Fêlure, et urina sur son uniforme. La Fêlure transporta Train de Nuit jusqu'à ma voiture où il l'enferma. Mais La Fêlure faisait la gueule au lieutenant Beckworth. Beckworth était censé avoir mis la main sur deux caisses de Cutty Sark au quart du prix grâce à un fourgue qu'il connaissait, mais il avait failli à sa promesse.

La Fêlure voulait se venger, aussi récupéra-t-il le cadavre déchiqueté du chat et épingla-t-il un petit mot d'une punaise sur la fourrure du matou. Le mot disait : « C'est là toutes les chattes que tu te trouveras jamais, espèce d'enfoiré radin. » Il plaça ensuite le chat sur le bureau du lieutenant.

Beckworth le découvrit le lendemain matin, ce qui le mit dans une folie furieuse. Il fit partir un avis de recherches à toutes les unités, objet : le chien. Il n'eut pas à rechercher bien loin. On découvrit Train de Nuit là où il avait été mis la nuit précédente – sur la banquette arrière de ma voiture. Beckworth ne pouvait se permettre de me tirer dans les pattes parce qu'il savait que je pouvais mettre un terme à mes leçons de golf, mais il n'allait pas se gêner pour jouer au plus con avec Train de Nuit. Il fit procéder à l'arrestation du chien que l'on plaça dans la cellule aux poivrots. Ce n'était pas la chose à faire. Train de Nuit passa à l'attaque et faillit tuer trois soûlots. Lorsque le gardien fut réveillé par leurs hurlements et qu'il se précipita pour ouvrir la porte de la cellule, Train de Nuit en profita pour s'enfuir : il sortit du Poste de Wilshire, traversa Pico Boulevard et courut tout le long du chemin pour rentrer au bercail, à savoir l'appartement de La Fêlure, où ils vécurent heureux l'un et l'autre – à écouter des airs de saxophone – jusqu'à la fin de la dernière saison de ma jeunesse.

Une semaine après l'épisode du chat mort, Beckworth faisait toujours la gueule.

Nous nous trouvions sur le parcours de Rancho Park où j'essayais, sans succès aucun, de lui corriger un défaut chronique de la trajectoire de son drive. C'était à désespérer. Le prix à payer pour travailler de jour était élevé.

— Putain – Merde – Putain – Nom de Dieu ! marmonnait Beckworth. Montrez-moi à nouveau, Freddy.

J'attrapai son fer de 3 et lui en envoyai un joli, bien lisse et bien fini. Deux cents mètres. Sans bavures.

— Les épaules en arrière, lieut'. Les pieds plus rapprochés. N'essayez pas d'aller chercher la balle, allez à son contact !

C'était parfait jusqu'à ce qu'il swingue son club. Il faisait alors tout ce que je lui avais dit de ne pas faire et envoyait la balle en rebonds successifs jusqu'à au moins dix mètres en la touchant de la tige et non du fer.

— Du calme, lieut'. Essayez encore !

— Bon Dieu, Freddy ! Je n'arrive pas à réfléchir aujourd'hui. Le golf, c'est quatre-vingt-dix pour cent de concentration. J'ai la coordination d'un athlète superbe, mais je n'arrive pas à avoir l'esprit au jeu.

J'entrai dans son jeu.

— Qu'est-ce qui vous tracasse, lieut' ?

— Des petits trucs. Des trucs sans importance. Ce connard avec qui vous faites équipe – j'ai mon opinion sur lui. Il a gagné la Médaille d'Honneur, d'accord. Des résultats brillants à l'Académie, d'accord. Mais il ne ressemble pas à un flic, il ne se comporte pas en flic. Il déblatère ses poèmes au moment de l'appel. Je crois qu'il est homo.

— Pas La Fêlure, lieut'. Les nanas, il adore ça.

— Je ne crois pas.

J'entrai dans les jardins secrets du lieutenant et jouai de son amour bien connu pour la minette noire. Tous les pieds-plats du secteur de la Soixante-Dix-Septième Rue savaient qu'il était un habitué de la Casbah de Minnie Roberts, le bordel de couleur le plus chic de tout le Quartier Sud.

— Ecoutez, lieut', dis-je d'un murmure de voix, il adore les nanas, mais il lui faut des nanas d'un genre spécial, si vous suivez le cheminement de ma pensée.

Ça commençait à le titiller, Beckworth ! Il sourit, chose qu'il faisait rarement, exposant deux crocs aux coins de sa bouche.

— Cheminez, cheminez, Freddy ! Je vous suis pas à pas.

Je regardai de toutes parts, à l'évidence à la recherche d'oreilles indiscrètes.

— Des Coréennes, lieut' ! Il n'en a jamais assez. Seulement, il aime pas en parler, parce qu'on est en guerre avec eux. La Fêlure, il est fêlé des Bridées ! Y'a une maison sur Slauson et Hoover qui est spécialisée là-dedans. C'est juste à côté de ce boui-boui avec toutes ces nanas de couleur – comment ça s'appelle déjà ? Ah oui ! La Casbah de Minnie. La Fêlure y va au truc à Chinetoques. Parfois il reste dans la bagnole et s'en envoie quelques-uns derrière la cravate avant d'y aller. Il m'a dit qu'il a vu une chiée de grosses huiles du service qui vont à la Casbah se trouver de la fesse, mais il ne veut pas me dire qui. La Fêlure, c'est un gars régule. Il ne hait pas ses supérieurs comme c'est le cas pour beaucoup de flics des rues.

Beckworth avait pâli mais il se rattrapa bien vite.

— Eh bien, disons que ce n'est peut-être pas une tantouze mais, en tout cas, c'est un connard. Salaud ! Il a fallu que je fasse désinfecter mon bureau. Je suis quelqu'un de sensible, Freddy, et ce cadavre de chat m'a donné des *cauchemars*. Et ne venez pas me dire que Walker n'est pas responsable – je sais qu'il l'a fait.

— Je ne le nie pas, lieutenant. Il l'a effectivement fait. Mais il faut que vous preniez en compte ses raisons.

— Quelles raisons ? Il me hait. Voilà la raison !

— Vous avez tort, lieut'. La Fêlure vous respecte. Je dirais même qu'il vous envie.

— Du respect ? de l'envie ? Qu'est-ce que c'est que ces foutaises ?

— C'est un fait. La Fêlure vous envie vos capacités de golfeur. Il me l'a dit.

— Vous n'êtes pas cinglé ? Je ne suis qu'un besogneux, alors que lui il a un handicap de rien.

— Vous voulez savoir ce qu'y m'a dit, lieut'? Il a dit : « Beckworth, les positions et les gestes, il les possède bien. Y'a que sa concentration qui lui fait foirer tous ses coups et qui l'empêche de mettre ça en pratique. Il n'a jamais l'esprit libre. C'est un bon flic. Moi, je suis content de mon sort, un petit minable de flicard des rues. Mais au moins, je descends en-dessous de quatre-vingts. Le lieutenant, il a trop de conscience professionnelle et ça lui fait foirer son jeu. Si c'était pas un aussi bon flic, ce serait un joueur de première. » Voilà ce qu'il a dit.

Je lui laissai une minute pour digérer tout ça. Beckworth rayonnait. Il reposa le fer de 4 qu'il utilisait comme un manche et me sourit, béat de satisfaction.

— Vous direz à Walker de venir me voir, Freddy. Dites-lui que j'ai du bon Scotch qui l'attend. De la chatte coréenne, seigneur ! Vous ne croyez tout de même pas que ce soit un rouge, Freddy ?

— Walker La Fêlure ? Sergent d'active dans les U.S. Marines ? Attention à ce que vous dites, lieutenant !

— Vous avez raison, Freddy ! C'était indigne de ma part. Allez, on s'en va. J'en ai ma dose pour aujourd'hui.

Je reconduisis Beckworth jusqu'à sa voiture avant de rentrer chez moi, dans mon appartement de Santa Monica. Je me douchai et me changeai. Puis je mis mon 38 à canon court personnel dans un petit étui de hanche que je fixai à ma ceinture au creux des reins, au cas où j'irais danser et me sentirais d'humeur romantique. Je montai ensuite en voiture et partis en chasse, gibier : les femmes.

***

Je décidai de suivre le tramway rouge. Il démarrait de Long Beach et remontait jusqu'au cœur d'Hollywood. C'était vendredi soir, et les soirs de week-end, le tramway rouge transportait des groupes de filles de sortie pour un soir de bon temps sur le Strip qu'elles ne pouvaient probablement pas se payer. Le tramway circulait sur une plate-forme légèrement surélevée au milieu de la chaussée, ce qui fait que les passagers en étaient à peine visibles. Votre meilleure chance, c'était de rouler juste à côté et d'observer les filles lorsqu'elles montaient à bord.

C'était les filles de L.A. que je préférais, elles étaient plus solitaires et plus individualistes que les filles de la « banlieue », aussi rattrapai-je le tramway rouge à Jefferson et La Brea. Je voulais m'accorder cinq minutes ou à peu près de suspense avant les gros lots de Wilshire Boulevard : groupes de vendeuses de chez Ohrbach [1] ou de la Compagnie May [1], ou secrétaires des compagnies d'assurances qui occupaient les deux côtés de la rue la plus animée de L.A. Je conservais mon cabriolet Buick 47 et le viseur qui servait d'enjoliveur au capot parfaitement de niveau avec le tramway, sans perdre une miette du spectacle lorsque les passagères montaient à bord.

Le défilé qui paradait le long de Wilshire était sans surprise – de vieux habitués, des lycéens et quelques jeunes couples. A Wilshire, toute une cargaison de glousseuses à la voix haut perchée grimpa à bord, poussant et jouant des coudes sans penser à mal. Il faisait froid dehors : les manteaux obscurcissaient leurs corps. Quelle importance ! L'esprit a plus d'importance que la chair. Elles firent vite pour monter, je n'eus pas le temps de discerner leurs traits. Cela me mettait en position d'infériorité. Si elles descendaient en nombre à Fountain ou Sunset, il me faudrait me garer vite et partir en chasse sans pouvoir consacrer le temps nécessaire à la mise au point d'un scénario précis adapté à une femme précise.

Mais ça n'avait plus d'importance, pas ce soir, parce que, sur La Brea, juste avant Melrose, je la vis qui sortait en courant d'un restaurant chinois, le sac à main volant au vent au bout de sa bandoulière, figée pour

---

1. Grands magasins.

quelques brèves secondes dans les rougeurs de néon du Théâtre Gordon : une fille à l'allure inhabituelle que l'on identifiait non par le type, mais par l'intensité qu'elle irradiait. On aurait dit qu'il émanait d'elle une nervosité craintive et tendue, brûlant la nuit de L.A. de tous ses feux. Ses vêtements témoignaient de sa classe, sans pourtant respecter la mode : pantalon bouffant d'homme, à revers, sandales et veste Eisenhower. Vêtements d'homme, mais les traits du visage étaient d'une douceur toute féminine et les cheveux étaient longs.

C'est tout juste si elle réussit à atteindre le tramway : elle sauta à bord d'un petit bond d'antilope. Sa destination m'échappait – elle avait trop d'étoffe pour tenter sa chance sur le Strip. Peut-être se dirigeait-elle vers une librairie de Hollywood Boulevard ; ou vers un rendez-vous d'amoureux qui me laisserait sur le carreau. Je me trompais : elle descendit à Fountain et commença à marcher vers le nord.

Je garai la voiture en vitesse, plaçai un macaron « Véhicule Officiel de Police » sous l'essuie-glace et me mis à la suivre à pied. Elle tourna vers l'est sur De Longpre, une rue résidentielle tranquille aux limites du secteur commerçant d'Hollywood. Si elle rentrait chez elle, ça voulait dire pas de veine pour ce soir – mes méthodes nécessitaient une rue, un endroit public, avec de la foule, et tout ce que je pouvais espérer de mieux, c'était une adresse pour consultations à venir. Mais je vis qu'à un demi-bloc de distance, deux voitures pie étaient garées en double file, le gyrophare enclenché : peut-être la scène d'un crime.

La fille remarqua tout ça, hésita et revint dans ma direction. Elle avait peur des flics, et ce détail accentua mon intérêt. Je décidai de jouer mon va-tout sur cette peur et je l'interceptai au moment où elle passait près de moi.

— Excusez-moi, mademoiselle, lui dis-je en lui montrant ma plaque, je suis officier de police et nous sommes sur les lieux officiels d'un crime. Permettez-moi de vous accompagner jusqu'à un endroit où vous serez en sécurité.

La femme acquiesça, effrayée, le visage soudain pâle et livide l'espace d'un bref instant. Elle était absolument ravissante, et se mêlaient en elle cette force et cette vulnérabilité qui étaient l'essence même de mon amour des femmes et du respect que je leur vouais.

— Très bien, dit-elle, en ajoutant « Monsieur l'agent » avec un soupçon, mais si faible, de mépris !

Nous retournâmes à pied vers La Brea, sans nous regarder.

— Comment vous appelez-vous ? demandai-je.
— Sarah Kefalvian.
— Où habitez-vous, mademoiselle Kefalvian ?
— Pas très loin d'ici. Mais je ne rentrais pas chez moi. Je remontais en direction du boulevard.
— De quel côté ?
— Vers une exposition d'art. Près de Las Palmas.
— Permettez-moi de vous y emmener.
— Non. Je ne crois pas.

Elle détournait les yeux, mais à l'approche de l'angle de La Brea, elle me lança un regard plein de fougue et de défi qui me fit craquer.

— Vous n'aimez pas les flics, n'est-ce pas, Mlle Kefalvian ?
— Non. Ils font du mal aux gens.
— Nous apportons aux gens notre aide bien plus que nous ne leur faisons du mal.
— Je ne crois pas. Merci de m'avoir accompagnée. Bonne nuit.

Sarah Kefalvian me tourna le dos et se dirigea à grandes enjambées énergiques en direction du boulevard. Je ne pouvais pas la laisser partir. Je la rattrapai et la saisis par le bras. Elle se libéra d'une secousse.

— Ecoutez, dis-je, je ne suis pas un de vos petits flics banals. J'ai refusé la conscription, j'ai été réfractaire. Je sais qu'il y a une expo Picasso dans cette librairie de

Las Palmas. La culture, ça me dit bien, je ne demande qu'à apprendre et j'ai besoin de me trouver un guide.

Je sortis à Sarah Kefalvian le sourire plis et fossettes qui me donnait l'air d'un adolescent timide d'à peine dix-sept ans. Elle commença à se laisser fléchir un tout petit peu. Elle sourit. Je poussai mon avance.

— S'il vous plaît ?
— Vous êtes vraiment un réfractaire ?
— En quelque sorte.
— J'irai à cette exposition avec vous si vous ne me touchez pas et si vous ne dites à personne que vous êtes policier.
— Marché conclu.

Nous retournâmes à ma voiture garée en stationnement interdit. J'étais tout exalté, et Sarah Kefalvian intéressée, contre sa volonté.

L'exposition se tenait à la librairie de Stanley Rose, haut lieu depuis des lustres de l'intelligentsia de L.A. Sarah Kefalvian marchait un peu au-devant de moi en m'offrant ses commentaires admiratifs. Les œuvres exposées n'étaient pas des peintures, c'était des gravures, mais cela ne l'arrêta pas. Il était visible que l'idée d'avoir un rencart, loin de lui déplaire, éveillait son intérêt. Je lui dis que je m'appelais Joe Thorhill. Nous nous arrêtâmes devant « Guernica », la seule œuvre que je me sentais suffisamment en confiance de commenter.

— C'est une œuvre sensationnelle, dis-je. J'ai vu des photographies de cette ville quand j'étais môme. Et tout me revient d'un seul coup. En particulier cette vache avec cet épieu qui lui sort du corps. La guerre, ça doit être dur.

— C'est la chose la plus cruelle, la plus horrible qu'il y ait sur terre, Joe, dit Sarah Kefalvian. J'ai consacré mon existence entière à y mettre fin.

— De quelle manière ?
— En diffusant les paroles des grands hommes qui ont vu la guerre et ce qu'elle fait aux hommes.
— Etes-vous contre la guerre de Corée ?

— Oui. Contre toutes les guerres.
— Vous ne voulez donc pas arrêter les Communistes ?
— La tyrannie ne peut s'arrêter que par l'amour et non par la guerre.

Ça, ça m'intéressait bien. Les yeux de Sarah commençaient à se mouiller de larmes.

— Venez, on va parler un peu, lui dis-je. Je vous offre à dîner. Nous échangerons l'histoire de nos vies. Qu'en dites-vous ?

Je jouais de mes sourcils à la Walker La Fêlure. Sarah Kefalvian sourit et se mit à rire. Je l'en vis transformée.

— J'ai déjà mangé mais je vous accompagnerai si vous me dites pourquoi vous avez été réfractaire à la conscription.

— Marché conclu.

En sortant de la librairie, je la saisis par le bras pour la diriger. Elle renâcla quelque peu mais ne résista pas.

Nous roulâmes en direction d'un troquet rital sur Sunset et Normandie. En route, j'appris que Sarah avait vingt-quatre ans, qu'elle était licenciée en histoire de l'U.C.L.A.[1] et qu'elle était américano-arménienne de la première génération. Ses grands-parents avaient été massacrés par les Turcs et les récits d'horreur que ses parents lui avaient faits de la vie en Arménie avaient forgé son cadre d'existence : elle voulait mettre fin à la guerre, interdire la bombe atomique, mettre un terme à la discrimination raciale et procéder à une redistribution des richesses. Elle se rangea quelque peu à mon opinion en disant qu'elle jugeait les flics nécessaires mais qu'ils devraient arborer des idéaux élevés et une formation en sciences humaines en lieu et place de leurs armes. Je commençais à bien lui plaire et je pouvais difficilement me permettre de lui dire qu'elle était cinglée.

Elle commençait elle aussi à bien me plaire et le sang me bouillait dans les veines à la pensée de l'intimité amoureuse que nous allions partager dans quelques heures.

---

1. University of California Los Angeles.

J'appréciais son honnêteté et décidai que la sincérité serait la seule monnaie d'échange décente entre nous deux. Je décidai de ne pas lui raconter de conneries : notre rencontre lui ouvrirait peut-être un peu les yeux sur la réalité.

Le restaurant était tenu par un Italien manchot, une petite affaire strictement familiale avec affiches de voyage jaunies représentant Rome, Naples, Parme et Capri qui s'intercalaient entre des bouteilles de Chianti vides suspendues à une fausse treille. Je décidai de laisser tomber la bouffe et commandai une grande carafe de rouge rital. Nous levâmes nos verres pour porter un toast.

— A la fin de la guerre, dis-je.

— Vous croyez vraiment ce que vous dites ?

— Bien sûr. Ce n'est pas parce que je ne me balade pas avec des pancartes ou que je ne monte pas sur mes grands chevaux quand on en parle que je ne hais pas la guerre.

— Dites-moi pourquoi vous avez voulu échapper au service ? dit Sarah d'une voix douce.

Je séchai mon verre et m'en versai un autre. Sarah sirotait le sien lentement.

— Je suis orphelin. J'ai grandi dans un orphelinat d'Hollywood. C'était dégueulasse. C'était des catholiques qui dirigeaient ça, une clique de nonnes sadiques. La nourriture puait. Pendant la Grande Dépression, nous n'avons eu à manger que des pommes de terre, des ragoûts de légumes clairets, et du lait en poudre, avec de la viande peut-être une fois par semaine. Tous les gamins étaient décharnés et anémiques, le teint brouillé et grisâtre. Ça ne me suffisait pas. Je n'arrivais pas à manger ça. Ça me mettait dans une telle furie que j'en avais la peau qui sentait mauvais. On nous envoyait dans une école catholique sur Western Avenue. Ils nous refilaient les mêmes lavasses infectes pour déjeuner. Arrivé à l'âge de huit ans, je *sus* que si je continuais à manger ces ordures, je pourrais dire à jamais adieu à toutes mes prétentions à la virilité. Alors je me suis mis à voler. J'ai fait toutes les épiceries d'Hollywood. Je volais des sardines en boîte, des fromages, des fruits, des gâteaux, du lait – faites votre choix ! Les week-ends, on expédiait les plus grands dans des familles de catholiques riches, pour leur montrer un peu de la belle vie. On m'envoyait régulièrement dans une famille de Beverly Hills. Ils étaient pleins aux as et ils avaient un fils qui avait à peu près mon âge. C'était un vrai sauvage et le vol à l'étalage n'avait plus de secrets pour lui. Sa spécialité, c'était les steaks. Je me mettais avec lui et on faisait toutes les boucheries du Quartier Ouest. Il était gras à lard, un vrai porc. Il ne pouvait pas s'arrêter de manger. Un vrai Bonhomme Michelin.

« Pendant la Dépression, il y avait dans Griffith Park une sorte de cour des miracles qui changeait toujours, des vagabonds, des clodos. Les flics faisaient des descentes régulières et viraient les cloches qui traînaient là, mais elles se regroupaient un peu plus loin. Un prêtre du Collège du Cœur Immaculé m'en a parlé. Je suis parti à leur recherche. J'étais un gamin curieux et solitaire, et je croyais que les zonards, c'était romantique. J'apportais une cargaison de steaks, ce qui faisait de moi un mec super. J'étais assez costaud pour que personne ne me cherche. J'écoutais les histoires que les vieux zonards racontaient – des histoires de flics et de truands, des chemins de fer et des mecs de chez Pinkerton, des histoires de ténèbres. Des choses étranges que la plupart des gens ne soupçonnaient même pas. Des perversions. De ces choses dont on ne parle pas. Je voulais connaître ces choses – tout en restant en sécurité, loin d'elles.

« Une nuit, on était en train de faire cuire des steaks et de boire du whisky que j'avais volé quand les flics ont fait une descente sur la cour des miracles. J'ai pris la tangente et je me suis enfui. J'entendais les flics qui alpaguaient les clodos. Ils étaient résolus mais prenaient la chose avec ironie et bonne humeur ; et je sus que si je devenais flic, toutes ces ténèbres seraient miennes de pair avec une sorte d'impunité précaire. Je *saurais* tout en restant en sécurité.

« C'est alors que la guerre est arrivée. J'avais dix-sept ans quand Pearl Harbor a été bombardée. Et j'ai su, j'ai su à nouveau, bien que cette fois ce fût de manière différente. J'ai su que si je combattais dans cette guerre, je mourrais. J'ai su aussi qu'il me fallait trouver une porte de sortie *honorable* pour pouvoir m'engager dans la police.

« Je n'ai jamais connu mes parents. Mes premiers parents adoptifs m'ont donné un nom avant de me remettre à l'orphelinat. J'ai échafaudé un plan. J'ai étudié les textes de loi sur la conscription et j'ai appris que le fils unique d'un homme tué dans une guerre étrangère était exempté de service actif. Je savais aussi que j'avais un tympan perforé qui me permettrait une échappatoire possible, mais je voulais assurer mes arrières et doubler mes chances. Alors, j'ai essayé de m'engager en 42, tout de suite après mon diplôme de lycée. Ils se sont aperçus de mon histoire de tympan et j'ai été refusé.

« J'ai trouvé alors une vieille poivrote, une actrice décrépite et sans le sou. Elle m'a accompagné lorsque j'ai fait mon appel devant le conseil de révision. Elle a hurlé, elle a crié qu'elle avait besoin de moi pour rapporter l'argent à la maison et la faire vivre. Elle a dit que son mari, mon vieux, avait été tué au cours de la campagne de Chine de 26, ce qui expliquait pourquoi j'avais été placé en orphelinat. Elle a fait un numéro de première, une vraie vedette. Je lui ai filé cinquante sacs. Le conseil de révision l'a crue et m'a dit de ne plus jamais essayer de m'engager. Périodiquement, je revenais plaider mon cas, mais ils tinrent bon. Ils admiraient mon patriotisme – mais la loi, c'est la loi, et comble d'ironie, mon tympan perforé ne m'a jamais empêché de devenir flic.

Sarah adora mon récit, et poussa un soupir lorsque j'eus terminé. Moi aussi, j'ai adoré ça ; je me gardais cette histoire pour une femme spéciale, une femme qui l'apprécierait. Mis à part La Fêlure, elle était la seule personne au monde à connaître cette partie de ma vie.

Elle posa sa main sur la mienne. Je la portai à mes lèvres et la baisai. Un air de tristesse et de nostalgie s'empara d'elle.

— Avez-vous trouvé ce que vous cherchiez ? demanda-t-elle.

— Oui.

— Vous voulez bien m'emmener près de cette cour des miracles ce soir ?

— Allons-y tout de suite. Ils ferment la route du parc à dix heures.

***

La nuit était froide et très claire. Janvier est le mois le plus froid de L.A., le plus beau aussi. Les couleurs de la ville, imprégnées de cet air glacé, semblent vivre d'une vie autonome et reflètent une tradition de chaleur et d'insularité.

Nous remontâmes Vermont pour nous garer au parc de stationnement de l'observatoire. Main dans la main, nous gravîmes la colline en direction du nord. La conversation était facile, et je mettais l'accent sur les côtés gentillets et picaresques du travail de police : les poivrots amicaux, les musiciens de jazz, aux couleurs bigarrées dans leurs costumes de zazous, les chiots perdus que La Fêlure et moi ramenions au bercail de leurs jeunots de propriétaires. Je ne lui dis rien des violeurs, des mômes qui en étaient les victimes, des macchabées sur les lieux d'accidents, ou des suspects de crimes majeurs qui se faisaient régulièrement passer à tabac dans les arrière-salles du Poste de Wilshire. Elle n'avait nul besoin d'entendre ça. Les idéalistes comme Sarah, en dépit de leur naïveté, croient que le monde n'est rien d'autre au fond qu'une fosse à merde. J'avais besoin de tempérer son sens de la réalité en y apportant un peu de joie et de mystère. En aucun cas, elle n'aurait accepté d'admettre que les ténèbres faisaient partie intégrante de la joie. Et il fallait que je fasse mon numéro dans le meilleur style d'Hollywood.

Je lui montrai les lieux de la vieille cour des miracles. Elle n'existait plus depuis 1938, treize ans, et ce n'était aujourd'hui qu'une clairière envahie de mauvaises herbes, dont le sol était jonché de bouteilles de vin vides.

— C'est ici que tout a débuté pour vous ? demanda Sarah.

— Oui.

— Le temps et les lieux m'impressionnent toujours.

— Moi, c'est pareil. Nous sommes le 30 janvier 1951. C'est maintenant et ce moment ne sera plus jamais.

— Ça m'effraie.

— N'ayez pas peur. Ce ne sont que les merveilles. Il fait très sombre ici. Avez-vous peur du noir ?

Sarah Kefalvian redressa son beau visage et rit à la lune. Un rire sonore et chaleureux digne de ses ancêtres arméniens.

— Je suis désolée, Joe. Il y a que notre conversation prend un tour si sombre, Si chargé de symboles que ça en devient presque comique.

— En ce cas, soyons plus prosaïques. Je me suis confié à vous. Confiez-vous à moi. Dites-moi quelque chose de vous. Quelque chose de ténébreux et très secret que vous n'avez jamais dit à quiconque.

Elle soupesa ma proposition et dit :

— Je vais vous choquer. Vous me plaisez bien et je ne veux pas vous offenser.

— Vous ne pourrez pas me choquer. Je suis immunisé. Dites-moi tout.

— Très bien. Lorsque j'étais étudiante à San Francisco, j'ai eu une liaison avec un homme marié. Nous avons rompu. J'ai été blessée par la rupture et j'ai commencé à haïr les hommes. Je suis allée à Berkeley. J'avais un professeur, une femme. Elle était très belle.

Elle a commencé à s'intéresser à moi. Nous sommes devenues amantes et nous avons fait de ces choses ! – des *choses sexuelles* dont la plupart des gens n'ont même pas idée. Cette femme aimait aussi les jeunes garçons – vraiment *jeunes*. Elle a séduit son neveu qui avait douze ans. Nous nous le sommes partagé.

Sarah se recula de l'endroit où nous nous tenions ensemble, presque comme si elle craignait de recevoir un coup.

— C'est là votre secret ? demandai-je.
— Oui, répondit-elle.
— Tout votre secret ?
— Oui. Je ne vais pas vous préciser les détails. J'ai aimé cette femme. Elle m'a aidée dans une période difficile de mon existence. Est-ce que c'est suffisamment sombre à votre gré ?

Sa colère et son indignation venaient d'atteindre leur apogée en faisant naître en moi une bouffée de chaleur et de sincérité pure.

— Ça me suffit. Venez près de moi, Sarah.

Elle s'exécuta et nous nous tînmes enlacés, sa tête enfouie au plus profond de mon épaule. En se libérant de mes bras, elle leva les yeux vers moi. Elle souriait et ses joues étaient baignées de larmes. Je les essuyai de mes pouces.

— Laissez-moi vous ramenez chez vous, dis-je.

Nous nous déshabillâmes sans un mot, dans l'obscurité de la pièce de façade de l'appartement de Sarah Kefalvian, situé au-dessus d'un garage de Sycamore Street. Sarah tremblait et haletait d'une respiration brève dans la pièce froide. Une fois nus l'un et l'autre, je l'étouffai de mon corps pour apaiser ses tremblements avant de la soulever et de la transporter dans la direction présumée de sa chambre.

Il n'y avait pas de lit ; rien qu'un matelas sur une paillasse, recouvert d'édredons. Je la déposai et m'assis sur le rebord du matelas, coincé par mes longues jambes gauchement repliées. Un rai de lumière d'un lampadaire de la rue diffusait dans la pièce une lueur rougeâtre me laissant entrevoir des étagères débordant de livres et des murs qui s'ornaient de gravures de Picasso voisinant avec des affiches syndicalistes datant de la Dépression.

Sarah leva les yeux vers moi, une main posée sur mon genou. Je caressai sa chevelure avant de me pencher sur elle et de parsemer son cou et ses épaules de petits baisers brefs. Elle soupira. Je lui dis qu'elle était très belle et elle gloussa. Je me mis en quête de ses imperfections, de ces petits défauts du corps tellement parlants au cœur. Je les trouvai : quelques petits poils sombres au-dessus des tétons, une poussée d'acné sur l'omoplate droite. Je les embrassai, ces petits endroits, jusqu'à ce que Sarah m'empoigne la tête et attire ma bouche vers la sienne.

Notre baiser dura longtemps, fort et dur, puis Sarah s'ouvrit comme en un bâillement en se cambrant pour me recevoir. Je m'unis à elle et l'accouplement fut violent et fort, muscles tendus par notre effort commun pour ne pas rompre le verrou de nos corps enchevêtrés alors que nous changions de position en faisant des édredons un tas informe au pied du matelas. Nous culminâmes ensemble et Sarah sanglotait lorsque j'écrasai mon visage au creux de son cou, fourrageant de la bouche et du nez les petites rigoles de nos sueurs mêlées.

Nous restâmes étendus sans bouger un long moment à caresser doucement des zones étranges de nos corps respectifs. Parler en cet instant eût été le trahir ; ce que je savais par expérience et Sarah par instinct. Au bout de quelque temps, elle fit semblant de s'endormir, sa manière à elle, silencieuse et aimante, de me rendre les choses plus faciles dans la maladresse du départ.

Je m'habillai dans l'obscurité, puis tendis le bras pour repousser ses longs cheveux sombres et dégager sa nuque où je déposai un baiser, en songeant, à l'instant de la quitter, que cette fois, j'avais peut-être donné autant que j'avais pris.

Je rentrai à la maison et sortis mon journal. J'y notai

les circonstances de ma rencontre avec Sarah, les points sur lesquels nous avions discuté et les leçons que j'en avais tirées. Je décrivis son corps et la manière dont nous avions fait l'amour. J'allai ensuite me coucher et dormis tard dans l'après-midi.

2

« On a tiré son coup, Freddy ? »

La Fêlure et moi étions en train de nous ranger dans le parking du Terrain de Golf Municipal de Rancho Park très tôt le matin du samedi suivant. J'étais en manque de golf, pas de vannes viriles, et je ressentis la question de La Fêlure comme un coup de poignard au côté. Je décidai de l'ignorer jusqu'à ce que La Fêlure s'éclaircisse la gorge avant de commencer à déclamer des vers :

« En quels lieux retirés tes pas diriges-tu,
O admirable flic, d'ardeur inépuisable ?
Car jamais tu ne cesses en ta quête inlassable... »

Je tirai le frein à main et dévisageai La Fêlure :

— Tu n'as pas répondu à ma question, dit-il.

Je soupirai.

— La réponse est oui.

— Super. Et ça te coûte combien ?

— Vraiment pas grand-chose. Je ne vais dans les bars qu'en toute dernière ressource.

Je sortis mes clubs de la banquette arrière et fis signe à La Fêlure de me suivre. Alors que je balançais le sac de golf sur mon épaule avant de verrouiller la voiture, La Fêlure me lança un de ses rares regards sombres et glacés.

— Ce n'est pas ce que je voulais dire, Fred.

— Et tu peux me dire ce que tu voulais entendre par là ? Je suis venu ici pour frapper des balles de golf et pas pour écrire mes mémoires sexuels.

La Fêlure me donna une tape dans le dos et joua de ses sourcils.

— As-tu toujours l'intention de devenir Chef de la Police un jour ? me demanda-t-il.

— Bien sûr.

— Alors j'espère que tu te rends compte que la commission ne nommera jamais comme chef un chasseur de chattes célibataire. Tu sais très bien qu'un jour ou l'autre, elles vont te monter à la tête.

Je soupirai à nouveau, cette fois de colère.

— Tu peux me dire de quoi tu parles exactement ?

— De prix, Freddy. Les nanas vont commencer à te monter à la tête. Tu vas commencer à te fatiguer de tes petits coups d'une nuit et devenir assez cinglé et romantique pour essayer de retrouver une pétasse que tu auras baisée en 48. *La* femme, l'unique, la vraie, celle qui ne pourra jamais rivaliser avec l'excitation des coups d'une nuit. Tu vas te retrouver baisé des deux côtés. Bon Dieu, à voir ça, qu'est-ce que je suis content de ne pas être grand, beau et plein de charme. Je suis bien content, nom de Dieu, d'être juste un poète et un flic.

— Et un ivrogne.

Je regrettai mes paroles immédiatement et essayai de dégoter quelque chose pour récupérer le coup. La Fêlure me prit de vitesse.

— Ouais, et un ivrogne.

— Alors, garde un œil sur les prix, Fêlé. Quand je serai Chef de la Police et que tu seras mon Chef des Inspecteurs, je ne veux pas te voir crever d'une cirrhose du foie.

— Je n'y arriverai jamais, Fred.

— Si, tu y arriveras.

— Merde. T'as pas entendu les bruits qui courent ? Le capitaine Larson prend sa retraite en juin. Beckworth va se retrouver au poste de nouveau grand chef à Wilshire, et moi, à la Soixante-Dix-Septième Rue – Negroville, U.S.A. Et toi, l'avatar golfeur de Beckworth, son petit minet mignon tout plein, tu vas aux Mœurs, jolie place pour un obsédé de la chatte. Et j'ai appris tout ça de source sûre, Freddy.

Je n'arrivais pas à regarder La Fêlure droit dans les yeux. J'avais moi aussi entendu des bruits de couloir et j'y avais attaché du crédit. Je commençais à échafauder des stratagèmes qui me permettraient d'empêcher le transfert de La Fêlure par Beckworth, lorsque je me rendis brutalement compte que j'étais censé retrouver Beckworth à sept heures ce matin-là à Fox Hills pour une leçon. Je laissai tomber mon sac au sol dans un geste de dégoût.

— La Fêlure ? dis-je.
— Oui, Fred.
— Parfois, tu me ferais presque souhaiter que ce soit *moi* le poivrot et l'emmerdeur de tourner en rond dans cette équipe.
— Tu voudrais bien préciser ta pensée ?
— Non.

***

Le terrain d'exercice était désert. La Fêlure et moi allâmes déloger notre stock de balles foireuses de leur cachette, un tronc d'arbre creux, avant de nous mettre à l'entraînement. La Fêlure se chauffa en descendant à grandes goulées une demi-pinte de Bourbon pendant que je faisais flexions des genoux et sauts avec touchers d'orteils jambes tendues. Je commençai par utiliser des fers de 7 – cent soixante-dix mètres avec un léger déport. Pas très bon. Je changeai ma position de frappe, corrigeai le déport et gagnai une dizaine de mètres supplémentaires à cette occasion. Je travaillais pour atteindre mon maximum lorsque La Fêlure m'agrippa le coude en me sifflant à la figure :

— Freddy, psst, Freddy.

J'écrasai la tête de mon club dans la poussière, à mes pieds, et me dégageai de La Fêlure.

— Mais bordel, qu'est-ce qui ne va pas cette fois ?

La Fêlure me désigna un homme et une femme au beau milieu d'une discussion enflammée, pas très loin de nous, sur le green. L'homme était grand et obèse, avec un ventre en obus. Il avait les cheveux brun-roux coiffés à la diable et un nez long comme mon bras. Il se dégageait de son physique de margoulin typé une séduction certaine, de larges rides d'expression autour de la bouche, signes de rire facile, et un visage dont les traits reflétaient cinquante-cinq années de magouilles et de conspirations bon enfant. La femme pouvait avoir trente ans et elle était obèse – pas loin de cent vingt-cinq kilos. De l'homme, elle avait le nez long et la chevelure roussâtre, mais elle lui rendait des points sur un détail : elle arborait un brin de moustache duveteuse. Je grommelai. La Fêlure n'éprouvait qu'une attirance purement théorique pour la gent féminine, mais les seules qui suscitaient en lui quelque émoi physique, c'était les grosses. Il sortit de sa poche arrière une nouvelle demi-pinte et en avala une longue gorgée avant de désigner le couple du doigt en disant :

— Est-ce que tu sais qui c'est, ça, Freddy ?
— Ouais. C'est une grosse.
— Je te parle pas de la pétasse, Freddy. Le vieux mec. C'est Big Sid Weinberg. C'est lui qui a produit *La Fiancée du Monstre des Mers,* tu te souviens ? On a vu ça au Westlake. T'as perdu la boule pour cette blonde avec les gros nénés.
— Ouais, et alors ?
— Alors, je vais lui demander un autographe et puis j'vais lui vendre *La Circonscription des Morts* pour son prochain film.

Je grommelai à nouveau. La Fêlure était fana de films d'horreur, et avec *La Circonscription des Morts* il essayait de transcrire en prose la folie hollywoodienne des monstres. Dans son poème, il avait créé un territoire des morts, qui existait concurremment au monde réel tout en nous restant invisible. Les habitants de ce territoire étaient tous des intoxiqués des merveilles parce qu'ils avaient tous été assassinés. A mon avis, c'était l'une des moins bonnes tentatives qu'il ait faites.

La Fêlure me fit son numéro de sourcils :

— Une chose, collègue, dit-il, je te promets une chose.

— Et c'est quoi ?

— Quand je serai un scénariste célèbre à Hollywood, jamais je ne te snoberai.

J'éclatai de rire.

— Fais gaffe, Fêlé. Il est de notoriété publique que les producteurs d'Hollywood sont tous des salopards qui vous entubent. Attaque-toi plutôt à la fille. Peut-être que tu pourras entrer dans la famille par mariage.

La Fêlure se mit à rire et s'éloigna en trottinant pendant que je m'en retournais aux solitudes bénies du golf.

J'y consacrai plus d'une heure, savourant l'union mystique qui s'opère en vous lorsque vous vous savez doué dans la pratique de quelque chose dont la grandeur vous dépasse. J'étais parvenu à balancer des drives de trois cents mètres avec la régularité d'un métronome lorsque je pris petit à petit conscience d'un regard qui me transperçait le dos. Je m'arrêtai au milieu d'un swing et fis demi-tour pour faire face à l'intrus. C'était Big Sid Weinberg. Il avançait à pas pesants dans ma direction, d'une allure presque fébrile, la main droite tendue. Pris de surprise, je tendis la mienne par réflexe et nous fîmes les présentations en nous broyant mutuellement la main.

— Sid Weinberg, dit-il.

— Fred Underhill.

Sa main toujours rivée à la mienne, Weinberg me jaugea du regard des pieds à la tête comme si j'étais une belle pièce de viande.

— Vous êtes classé six, mais vous ne savez pas putter, exact ?

— Inexact.

— Alors, vous êtes classé quatre, et vous viandez la balle comme un chef, mais votre jeu d'approche, il est pas terrible. Exact ?

— Inexact.

Weinberg lâcha ma main.

— Alors, vous...

Je l'interrompis.

— Je suis classé zéro, mes drives, je les envoie à trois cents mètres, au jeu d'approche, je suis un vrai démon, au putt, je suis meilleur que Ben Hogan et en plus je suis beau, plein de charme et intelligent. Que désirez-vous, M. Weinberg ?

Weinberg eut un air de surprise lorsque je mentionnai son nom.

— Ainsi donc ce malade mental avait raison, dit-il.

— Vous voulez dire mon partenaire ?

— Ouais. Il m'a dit que vous étiez tous les deux flics, et puis il commence à me raconter une histoire de cinglé sur une ville de macchabées. Bon Dieu, j'aimerais bien savoir comment il a fait pour entrer dans la police.

— Nous avons chez nous des tas de mecs cinglés, seulement, la plupart d'entre eux cachent leur jeu un peu mieux.

— Seigneur ! Il est en train de lire son truc à ma fille. Les deux âmes sœurs se sont trouvées ; elle est aussi cinglée que lui.

— Vous désirez quoi au juste, M. Weinberg ?

— Combien vous vous faites chez les flics ?

— Deux cent quatre-vingt-douze par mois.

Weinberg eut un grognement de dédain.

— De la gnognotte. Des cacahuètes. Pire que ça, des clopinettes. Les canards du lac d'Echo Park s'en mettent dans le bec plus que ça.

— Je ne suis pas flic pour faire du fric.

— Non ? Mais vous aimez l'argent ?

— Ouais, j'aime bien.

— Bien, ce n'est pas un crime. Ça vous dirait de traverser la rue jusqu'à Hillcrest et de vous faire un terrain de première, casher et super ? Un petit duel ? Tous les deux contre deux ganefs que je connais ? On se les massacre. Pour un cent de Nassau ? Qu'est-ce que vous en dites ?

— Je vous dirai, c'est vous qui sortez le pognon, et mon partenaire vient avec nous pour lire les greens. Il se récupère vingt pour cent du bénef. Qu'est-ce que vous, vous en dites, M. Weinberg ?
— Je dirai que vous avez dû être juif dans une vie antérieure.
— Peut-être même dans celle-ci.
— Ça veut dire quoi ?
— Je n'ai jamais connu mes parents.
Big Sid leva la tête et se mit à rugir :
— Ha ! ha ! ha ! J'en étais sûr ! Juste au par pour le coup, môme. J'ai deux filles et j'en connais pas tripette sur elles. Topez là ! Marché conclu !
Nous scellâmes le marché d'une poignée de main, dernière alliance de ma jeunesse sans souci.
Géographiquement, Hillcrest n'était qu'à un bloc de distance de là, mais c'était à des années lumière de Rancho à tous les autres points de vue : des fairways manucurés et luxuriants, des bunkers soigneusement entretenus placés à des endroits stratégiques et des greens pentus où la balle glissait comme la foudre. Nous étions huit dans le groupe : Big Sid et moi, nos adversaires, deux caddies et notre galerie de toqués gloussants et ricanants – La Fêlure et la fille gargantuesque de Big Sid, Siddell. Ces deux-là semblaient susciter l'un chez l'autre une concupiscence grandissante à se cogner en coups de roulis de leur démarche lourde à travers fairways et rough, allant jusqu'à se prendre la main subrepticement lorsque Big Sid leur tournait le dos. Et Sid avait raison : ce fut un massacre. Nos adversaires – un agent d'Hollywood et un jeune docteur – faisaient pitié à voir tant ils étaient mal assortis ; ça cognait de la tige au lieu du fer, ça vous faisait des coups tirés, la balle déviait à droite pour atterrir dans les arbres et ils foiraient même les quelques coups d'approche corrects qu'il leur restait. Big Sid et moi jouions avec fermeté et rigueur, en conservateurs, et nos putts entraient comme dans du beurre. Nous bénéficiions de l'aide précieuse de

La Fêlure qui lisait les greens superbement, et de notre caddy poivrot qui tétait son carafon de picrate, Dave-la-Piste-à-Crasse, tout en nous sélectionnant nos fers et en guidant nos coups de ses appels.

— Hé ! hé ! merde et merde ! disait Dave. Prenez un sept, allez-y en douceur, y faut atterrir juste avant le green. Après ça, court de gauche à droite, juste après la butte. Hé ! hé ! merde et merde !

Dave me fascinait : il était à la fois familier et renfermé, sale et fier, avec un air de nonchalance suprême que détrompaient des yeux bleus terrifiés. D'une manière ou d'une autre, il me fallait son savoir.

Le match se termina au quatorzième trou : Big Sid et moi clouâmes nos adversaires d'un 5-4 sans rémission. Neuf cents dollars changèrent de mains, quatre cent cinquante pour Big Sid, quatre cent cinquante pour moi. Je me sentis riche et débordant d'enthousiasme.

Big Sid m'envoya une grande tape dans le dos.

— Ce n'est qu'un début, mon mignon ! Tu colles à Big Sid et y'aura que le ciel pour limite pour nous deux. Va-va-va-voom !

— Merci, Sid. Je te suis reconnaissant.

— Va-va-va-voom, p'tit mec !

Je regardai autour de moi. La Fêlure et Siddell avaient disparu dans les bois. Nos adversaires s'en retournaient vers le club-house, l'air dégoûté, la tête basse. Je dis à Big Sid que je le retrouverais au club-house, avant de partir à la recherche de Dave-la-Piste-à-Crasse. Je le trouvai qui traversait le rough vers le dix-huitième trou, avec le sac de Big Sid ainsi que le mien suspendus à son épaule droite décharnée. Je lui tapai sur l'épaule et lorsqu'il se retourna, je lui collai un billet de cinquante dollars dans la paume calleuse de sa main tendue.

— Merci, Dave, dis-je.

Dave-la-Piste-à-Crasse décrocha ses sacs, mit l'argent dans sa poche et me regarda de tous ses yeux.

— Parlez-moi, dis-je.

— Et de quoi, mon p'tit gars ?

— De ce que vous avez vu. De ce que vous connaissez.

Dave-la-Piste-à-Crasse laissa retomber mon sac sur l'herbe à mes pieds avant de cracher :

— Je sais que t'es un jeune flic fortiche qui a la langue bien pendue. Je sais que t'as un feu et une paire de menottes sous ton chandail. Je sais les genres de trucs que vous, les flics, vous faites, et que vous croyez que les gens savent pas. Je sais que les mecs comme toi, ça meurt dans la mouise.

La finalité de sa déclaration était impressionnante. Je ramassai mon sac et me dirigeai vers le club-house – pour me faire assaillir pendant le trajet par un autre fou.

C'était La Fêlure, se matérialisant soudain au sortir d'un bouquet d'arbres en me foutant une trouille de tous les diables.

— Seigneur ! m'exclamai-je.

— Désolé, partenaire, murmura La Fêlure, mais il fallait bien que je t'attrape hors de portée des oreilles de Big Sid. J'ai besoin d'un service, une fleur super sympa.

— Vas-y, dis-moi quoi, dis-je en soupirant.

— La voiture – disons pour une heure. J'ai un rencart brûlant qui ne peut pas attendre, un coup de passion de l'aut'côté du Rubicon. Je vais bouffer casher, partenaire ! Tu ne peux pas me laisser en plan.

Je décidai de céder, non sans émettre une réserve :

— Pas dans la voiture, Fêlé. Loue une piaule. T'as compris ?

— Bien sûr que j'ai compris. J'suis flic. Tu me vois enfreindre la loi ?

— Très bien.

— Ha-ha-ha ! Une heure, Fred.

— Ouais.

La Fêlure disparut dans les arbres, où son rire de crécelle haut perché se joignit bientôt aux soupirs de baryton de Siddell Weinberg. J'allai jusqu'au club-house, je me sentais triste au milieu de ces inconnus qui me pesaient.

3

Je m'étais dit que La Fêlure aurait au moins deux bonnes heures de retard avant de me restituer la voiture ; en outre, les bonnes manières voulaient que je restasse à boire et à discuter de conneries avec Big Sid. Je voulais piquer une pointe jusqu'à Santa Barbara pour me trouver une femme, mais pour ça, j'avais besoin de la voiture.

Je me douchai dans les vestiaires des hommes. L'endroit n'avait pas grand-chose à voir avec les vestiaires style oubliette du Poste de Wilshire. Le sol en était entièrement couvert de moquette profonde et les murs de chêne s'ornaient de portraits de notables d'Hillcrest. Les discussions de vestiaire portaient sur des contrats de films et des fusions de compagnies d'affaires, le golf ne se plaçant qu'en troisième, assez loin au plan des préoccupations. Je m'y sentais quelque peu mal à l'aise, aussi la douche fut-elle rapide : je changeai de vêtements et partis à la recherche de Big Sid.

Je le trouvai dans la salle à manger, assis à une table près de la vaste baie vitrée qui surplombait le dix-huitième trou. Il était en discussion avec une femme ; elle me tournait le dos alors que je m'approchais de la table. J'eus la sensation diffuse qu'elle avait de la classe, aussi me lissai-je les cheveux en ajustant ma pochette, tout en avançant vers eux.

Big Sid me vit arriver :

— Freddy, mon coco ! explosa-t-il d'une voix tonitruante. (Il tapota doucement l'épaule de la jeune femme.) Chérie, je te présente mon nouveau partenaire au golf, Freddy Underhill. Freddy, voici ma fille Lorna.

La femme pivota sur sa chaise pour me faire face. Elle sourit d'un air distrait.

— M. Underhill, dit-elle.

— Mlle Weinberg, répliquai-je.

Je m'assis. J'avais raison : la femme avait de la classe. Des endroits où Siddell Weinberg faisait montre qu'elle avait hérité des traits carrés de son père, Lorna offrait une version raffinée : la chevelure avait des reflets plus châtains que roux, les yeux bruns étaient plus pâles et cristallins qu'opaques. Elle avait le menton pointu de Big Sid ainsi que sa bouche sensuelle, mais à sa dimension propre, plus douce et plus effacée. Le nez était épaté mais élégant : il infusait au visage son intelligence ainsi qu'une certaine arrogance. Elle ne portait pas de maquillage. Elle était vêtue d'un ensemble de tweed au-dessus d'un chemisier de soie blanche. Je pouvais deviner qu'elle était grande et mince, et que ses seins étaient opulents pour son ossature.

Immédiatement, j'eus envie de la connaître, et étouffai en moi l'impulsion lubrique qui me poussait à lui prendre la main pour la baiser, car je me rendis compte qu'elle n'aurait pas été charmée par un tel geste. En lieu et place, je pris un siège directement face à elle de manière à rester au contact de son regard.

Big Sid me claqua le dos si fort que ma tête faillit en cogner la nappe de lin.

— Freddy, mon coco, nous les avons massacrés ! Quatre cent cinquante biftons ! – Big Sid se pencha en avant et expliqua à sa fille :

— Freddy, c'est ma nouvelle vache à lait ! Et vice versa ! Tu verrais ce swing !

Lorna Weinberg sourit. Je souris en retour. Elle tapota la main de son père et le regarda d'un air de tendresse exaspérée.

— Papa, c'est un fanatique et il exagère toujours. Il adore mettre aux gens des étiquettes familières. Il faut lui pardonner.

Sa déclaration était pleine de tendresse mais teintée d'un très léger soupçon de condescendance à l'égard de son père – et de défi à mon égard.

Big Sid éclata de rire, mais j'acceptai le défi.

— Très intéressant ce que vous avez perçu là, Mlle Weinberg. Etes-vous psychologue ?
— Non, je suis avoué. Et vous ?
— Je suis officier de police.
— A L.A. ?
Lorna sourit avec réserve.
— Etes-vous aussi doué pour le travail de police que vous l'êtes au golf ?
— Je suis meilleur.
— En ce cas, vous êtes une double menace.
— Voilà une familiarité que j'aimerais bien vous voir développer plus avant.
— Touchée. Les yeux de Lorna vinrent se river sur moi. Il y dansait une allégresse amère :
— Je suis adjointe au Bureau du Procureur pour la ville de Los Angeles. Nous avons le même employeur. Je préférerais être adjointe à la défense, mais c'est là, comme dirait papa, ce qui coince sur le green. J'ai affaire aux policiers quotidiennement – et je ne les aime pas. Ils voient trop court et arrêtent trop souvent. Ceux qu'ils ne comprennent pas, ceux qu'ils n'acceptent pas, ils les arrêtent ou les passent à tabac. Les cellules de Los Angeles sont pleines de gens qui n'ont rien à y faire. Mon travail consiste à préparer les dossiers pour le grand jury. J'écrème des tonnes de rapports écrits par des inspecteurs trop zélés. En toute franchise, je me considère comme le chien de garde des services de police un peu trop enclins à l'embastillage. Cela me vaut des tonnes de vannes et de critiques de la part de mes collègues, mais ils m'acceptent, parce que, dans mon domaine, je suis drôlement bonne et que ça leur épargne plein de travail.

D'une profonde inspiration, je digérai sa tirade en lui offrant en retour ce qui, je l'espérais, passerait pour un sourire plein d'ironie :

— Ainsi donc, dis-je, vous n'aimez pas les flics. La belle affaire. C'est vrai de la plupart des gens. Vous préféreriez peut-être l'anarchie ? Il n'existe qu'une seule réponse, Mlle Weinberg. Le monde où nous vivons n'est pas le meilleur des mondes possibles. C'est un état de fait qu'il nous faut accepter, et continuer à administrer la justice.

Big Sid remarqua le feu qui brûlait le regard de sa fille, et il se dépêcha de nous lâcher pour se diriger vers le bar, embarrassé qu'il était par l'intensité de notre conversation.

Lorna ne céda pas d'un pouce.

— Je ne peux accepter ce que vous dites, et je ne l'accepterai donc pas. On ne peut changer la nature humaine, mais on peut changer la loi. Et on peut se débarrasser de certaines mauvaises graines de sociopathes porteurs d'insignes et d'armes à feu.

« Prenons un exemple : mon père m'a dit que vous vous montriez curieux de l'homme qui a été votre caddy aujourd'hui. J'en sais long sur lui. C'est l'une de vos victimes. Un avoué membre de ce club a un jour défendu Dave-la-Piste-à-Crasse dans son recours contre les Services de Police de Los Angeles, le L.A.P.D. Pendant la Dépression, il avait volé un peu de nourriture dans une épicerie. Deux policiers l'avaient vu faire et lui avaient donné la chasse ; lorsqu'ils sont finalement parvenus à le capturer, ils étaient en colère. Ils l'ont passé à tabac avec leurs bidules jusqu'à le laisser inconscient. Dave a souffert d'hémorragies internes et il a failli en mourir. Il lui en est resté des lésions cérébrales irréparables. L'A.C.L.U., l'Association Américaine pour les Droits du Citoyen a poursuivi votre service de police en justice, et elle a perdu. Les flics sont au-dessus de la loi et ils ont le droit de faire ce qui leur plaît. Abe Dolwitz, l'avoué, s'occupe de Dave d'une manière ou d'une autre, mais Dave n'est lucide que la moitié du temps. J'imagine que l'autre moitié doit se passer pour lui en cauchemars. Comprenez-vous ce que je suis en train de dire ?

— Je comprends que vous vous égarez en des zones qui sont bien loin de votre territoire, Mademoiselle la

Conseillère. Je comprends surtout que votre opinion sur les flics est purement théorique et très loin du contexte quotidien qui est le nôtre. Je comprends votre compassion et je comprends que les problèmes que vous décrivez sont insolubles.

— Comment pouvez-vous être aussi blasé ?

— Je ne le suis pas. Je ne suis que réaliste. Vous avez dit que les flics voient trop court et arrêtent trop souvent. Pour moi, c'est tout le contraire. Je fais ce boulot pour ce que j'y vois et non pour le salaire de minable que je me fais.

Lorna Weinberg baissa la voix de manière condescendante.

— J'ai beaucoup de mal à croire ce que vous avancez.

Je baissai la mienne pour me mettre au diapason.

— Cela ne me soucie guère, conseillère. Juste une question. Vous avez dit que je représentais une « *double* menace ». En quoi diable le golf peut-il être menaçant ?

Lorna soupira.

— Il empêche les gens de penser aux choses importantes de l'existence.

— Tout comme il les empêche de penser aux choses sans importance, répliquai-je en contre. – Elle haussa les épaules. Nous étions à égalité. Je me levai pour partir, en me risquant à un petit coup d'adieu.

— Si vous détestez le golf à ce point, pourquoi venez-vous dans ce club ?

— Parce qu'ils y servent la meilleure nourriture de tout L.A.

Je me mis à rire en me saisissant de la main de Lorna Weinberg d'un air très naturel.

— Bonne journée, Mlle Weinberg.

— Bonne journée, M. l'Officier de Police, répliqua-t-elle d'une voix chargée d'ironie.

Je retrouvai Big Sid et le remerciai pour le plaisir de sa compagnie golfeuse en lui promettant de l'appeler bientôt pour une autre partie. La proposition d'amitié de Big Sid était touchante mais ma rencontre avec Lorna Weinberg m'avait laissé énervé et plein d'agressivité.

Je ramassai mes clubs et sortis en direction du parking pour me mettre à la recherche de ma voiture. Elle ne se trouvait ni dans le parc principal réservé aux membres, ni dans celui des employés. Je franchis la grille et me retrouvai sur Pico. Il devenait de plus en plus difficile de se fier à La Fêlure.

Je traversai la rue et décidai de tuer le temps en me payant une petite balade aux alentours du studio de la 20th Century Fox. Je me dirigeai vers le nord en longeant une vaste étendue de terrains vagues.

Le ciel s'assombrissait, des nuages noirs étaient à la lutte avec un ciel bleu et lumineux pour savoir lequel des deux l'emporterait. J'espérais un peu de pluie. La pluie est un bon catalyseur – c'est bon de se chercher des femmes les nuits de pluie, elles paraissent plus vulnérables et plus ouvertes lorsque le mauvais temps fait rage.

J'étais presque à la hauteur d'Olympic lorsque je repérai ma Buick rouge et blanche de 47 dans une allée, derrière le service accessoires du studio. Elle tanguait sur ses roues et de l'intérieur s'échappaient des gémissements. J'avançai jusque-là et jetai un coup d'œil par la fenêtre, côté conducteur. Elle était embuée des vapeurs d'halètements, mais je pus encore clairement apercevoir La Fêlure et Siddell Weinberg, enlacés dans un entrelacs passionné de leurs corps nus.

Un calme parfait s'empara de moi, de ce calme qui s'installe lorsque je me mets très en colère. Je sortis un fer de cinq de mon sac et ouvris la porte de la voiture.

— Police ! hurlai-je pendant que La Fêlure et Siddell se mettaient à crier en essayant de couvrir leurs nudités. Je ne les laissai pas faire. Je jouai brutalement de mon fer de 5 comme d'un tisonnier entre leurs deux corps : je fouillais, je fouillais, je pétrissais l'endroit de leur jointure.

— Putain de merde, sortez de ma bagnole, espèce de connards foireux ! hurlai-je. Tout de suite ! Sortez ! Foutez-*moi* le camp !

Ils parvinrent à se désengager l'un de l'autre et sortirent par la porte en trébuchant. Siddell sanglotait et tentait de masquer ses seins de ses bras. Je leur balançai leurs vêtements et envoyai le 38 de La Fêlure, toujours dans son étui, ainsi que ses menottes au-dessus de la clôture, dans le service accessoires. Alors qu'il essayait d'enfiler son pantalon, je lui bottai le cul violemment.

— Espèce de trou duc, arrête de me prendre pour un con ! Ne déconne pas avec ma carrière, putain de flic dégénéré, t'es une honte vivante ! Emmène ton gros tas de lard, cette putain de pouffiasse, et fous le camp, taille-toi de ma vie !

Ils descendirent l'allée d'un pas incertain tout en essayant d'enfiler leurs vêtements pendant le trajet. Je regardai dans ma voiture. Sur le plancher, je découvris une fiasque de Bourbon à moitié vide. J'en avalai une longue gorgée et leur balançai la bouteille aux trousses. Les nuages sombres étaient presque parvenus à éclipser tout le ciel bleu.

Je récupérai la bouteille de Bourbon et bus tout en attendant la pluie. Je songeais à Lorna Weinberg. Lorsque les premières gouttes de pluie firent leur apparition, j'abandonnai la bouteille et démarrai la voiture sans destination précise à l'esprit.

Je roulai sans but et brûlai ainsi trois heures. Lorna Weinberg, La Fêlure et Dave-la-Piste-à-Crasse se virent consacrer presque toutes mes pensées. C'était des pensées de déprime, et ma conduite sans but précis ne fit que renforcer mon état d'esprit déjà sinistre.

La pluie dévalait en rafales, poussée par un vent du nord sauvage. L'obscurité tomba vite, et sans raison logique, je me sentis attiré par la Voie Rapide de Pasadena qui déroulait avec traîtrise ses lacets comme autant de pièges. Jouer du volant dans ses virages secs sur une chaussée glissante de pluie à vitesse maximale me remit en selle. Je commençai à songer à mes possibilités d'avancement et à ma quête des merveilles que m'offrirait alors un poste aux Mœurs.

Mes songeries me fournirent une destination. Aussitôt arrivé à Pasadena, je fis demi-tour, et revins sur L.A. sur le territoire de la Division de Wilshire, vers quelques points chauds dont les vieux de la vieille des Mœurs m'avaient parlé. Je longeai les étalages de racoleuses sur West Adams, où des petits groupes de prostituées noires, probablement des morphinos, attendaient à l'abri de parapluies le coup de hasard qui ferait qu'un client accepterait de braver la pluie et leur fournirait le pognon pour leur dope. Je roulai au pas le long des bouis-bouis de paris clandestins sur Western avant de me garer pour observer les allées et venues des parieurs. Ils avaient l'air aussi désespéré que les morphinos.

J'eus la sensation que les merveilles des Mœurs seraient des merveilles de tristesse, pathétiques et sans espoir. Les enseignes au néon des bars et des boîtes de nuit que je dépassais ressemblaient à des invites bon marché pour mettre un terme à toute solitude.

Il était presque neuf heures. Je m'arrêtai à l'Original Barbecue sur Vermont où je pris mon temps pour dîner de travers de porc en me demandant où aller pour trouver des femmes. Il était trop tard, il faisait trop mouillé pour tenter ma chance ailleurs que dans les bars, avec des femmes qui cherchaient la même chose que moi. Cela me rendit triste, mais je décidai de contempler le spectacle des bars au cours de ma drague avec l'œil minutieux d'un bleu qui débarque aux Mœurs : j'y apprendrais peut-être quelques petites choses.

Le troquet sur Normandie et Melrose était mort. Son attraction majeure, c'était la télé au-dessus du bar. Des gens du coin avec un coup dans l'aile riaient devant le « Sid Caesar Show »[1]. Je sortis. Dans le bistrot suivant, près de l'Université de la Ville de L.A., je ne trouvai que des étudiants jeunots et animés, tous déjà avec une âme sœur, dont la plupart hurlaient à propos de Truman, de MacArthur et de la guerre.

Je fis route au sud-ouest. Je trouvai sur Western un

---

1. Programme télé célèbre.

bar que je n'avais jamais remarqué auparavant – l'Etoile d'Argent, à deux blocs au nord de Beverly. L'atmosphère avait l'air chaleureuse et le bar bien tenu. L'enseigne au néon arborait trois couleurs : trois étoiles, jaune, bleue et rouge, disposées autour d'un verre à Martini – l'Etoile d'Argent clignotait en lueurs orange vif.

Je me garai de l'autre côté de la rue, au magasin de Ralph, avant de slalomer entre les voitures au pas de course en direction du havre de néon. L'Etoile d'Argent était bourrée de monde, et au fur et à mesure que mes yeux s'accoutumaient à l'éclairage intérieur fluorescent, je compris que l'endroit servait plus de coin à drague que d'abreuvoir aux assoiffés du quartier. Les hommes faisaient des avances aux femmes assises à leur côté. Les gestes étaient gauches, et les femmes feignaient un intérêt bien dans l'esprit d'une camaraderie née de la seule gnôle. Je commandai un double Scotch et soda et l'emportai vers l'obscurité d'une rangée de banquettes, contre le mur du fond, où je me choisis la seule qui était encore libre. J'avais les jambes trop longues : elles cognaient sans cesse dans la table, aussi je les étendis pour siroter mon verre à petites gorgées, en essayant d'avoir l'air dégagé tout en restant en éveil, les yeux sur le bar et la porte d'entrée.

Au bout d'une heure et deux verres de plus, je remarquai une femme attirante qui pénétrait dans le bar. C'était une blonde aux cheveux de miel, entre trente et quarante ans. Elle entra dans le bar de manière hésitante comme si l'endroit ne lui était pas familier mais potentiellement hostile.

Je l'observai qui s'installait sur un tabouret du bar. Le barman était occupé ailleurs et la femme attendit qu'on veuille bien la servir en jouant du contenu de son sac à main. Juste à côté d'elle se trouvait un siège vide et je m'y dirigeai. Je m'installai et la femme pivota pour me faire face.

— Salut ! dis-je, y'a du monde ce soir, on dirait !

Mais le barman devrait pouvoir prendre votre commande bientôt, disons mardi soir.

La femme se mit à rire, le visage légèrement tourné de côté. Je compris pourquoi : elle avait de mauvaises dents et désirait garder toute sa séduction en évitant de les montrer. Ce fut le premier détail de tendresse de ce que j'espérais être une longue nuit qui en comporterait beaucoup.

— C'est un endroit plutôt gentillet, vous ne trouvez pas ? demanda-t-elle.

Elle parlait du nez avec un accent du Middle-West.

— Si, si. En particulier un soir comme aujourd'hui.

— Brrr ! dit la femme. Je vois ce que vous voulez dire. Je ne suis jamais venue ici auparavant, mais je passais par là en taxi et l'endroit m'a paru tellement chaleureux que je n'ai pu résister à l'invitation et je me suis arrêtée pour y entrer. Etes-vous déjà venu ici ?

— Non, c'est ma première fois, à moi aussi. Mais veuillez excuser mes mauvaises manières. Je m'appelle Bill Thornhill.

— Moi, c'est Maggie. Maggie Cadwallader.

— Par Dieu, nos deux noms sonnent tellement bien qu'on se croirait en visite en Grande-Bretagne.

Maggie rit.

— Je suis simplement née dans une ferme du Wisconsin.

— Et moi, un bouseux de la grande ville !

Nous rîmes de plus belle. C'était un rire sincère : nous jouions l'un et l'autre nos rôles avec naturel et raffinement. Le barman apparut et je commandai une bière pour moi et un *stinger* [1] pour Maggie. Je payai.

— Depuis combien de temps habitez-vous à L.A., Maggie ?

— Oh, des années. Et vous, Bill ?

A cette touche d'intimité supplémentaire, je *sus* que ça allait se faire. Un flot de soulagement et d'excitation me courut dans les veines.

---

1. Cocktail sucré à base de cognac.

— Depuis trop longtemps, je crois. En fait, je suis né ici.

— Un des rares dans ce cas ! Mais cette ville, c'est quelque chose, vous ne trouvez pas ? Il m'arrive de penser que j'y habite parce qu'ici, tout peut arriver, vous comprenez ce que je veux dire ? Vous marchez dans la rue, et tout d'un coup, quelque chose de fou et de merveilleux peut se produire, comme ça, sans prévenir.

L'émerveillement en quelques mots. Je commençais à l'apprécier.

— Je vois exactement ce que vous voulez dire, dis-je et j'étais sincère. Parfois je pense que c'est ce qui m'empêche de partir ailleurs. La plupart des gens viennent ici pour la lumière, l'artifice et le cinéma. Je suis né ici et je peux vous dire que c'est de la foutaise. Je reste ici pour le mystère.

— Vous dites ça si bien ! Le mystère ! (Maggie me pressa la main.) Attendez une seconde, dit-elle en terminant son verre. Laissez-moi deviner ce que vous faites dans la vie. Etes-vous un athlète ? On le dirait à vous voir.

— Non, essayez encore.

— Hmmm ! Vous êtes tellement fort. Est-ce un travail d'extérieur ?

— Pas d'indices ? Essayez encore.

— Etes-vous écrivain ?

— Non.

— Homme d'affaires ?

— Non.

— Homme de loi ?

— Non.

— Acteur de cinéma ?

— Ah ! non !

— Pompier ?

— Non.

— J'abandonne. Dites-moi ce que vous faites et je vous dirai ce que je fais.

— Okay, mais préparez-vous à tomber de haut. Je vends des polices d'assurance.

Je prononçai ces mots comme un gamin, plein d'une humilité et d'une résignation de façade. Maggie adora ça.

— Qu'y a-t-il de si mal à ça ? Je ne suis que comptable ! Ce que nous *faisons* dans la vie, ce n'est pas ce que nous *sommes*, pas vrai ?

— Non, répondis-je d'un mensonge.

— Alors, vous voyez bien !

Maggie me pressa la main à nouveau. Je fis signe au barman qui renouvela nos consommations. Nous levâmes nos verres pour porter un toast.

— Au mystère ! dis-je.

— Au mystère ! reprit-elle.

Maggie termina son verre rapidement. Je sirotai ma bière. Le moment était venu, me semblait-il, pour avancer mon pion.

— Maggie, s'il ne faisait pas un temps aussi pourri, on aurait pu faire une balade en voiture. Je connais L.A. comme ma poche et il y a des tas d'endroits très beaux où nous pourrions aller.

Maggie me sourit avec chaleur, sans se soucier cette fois de me montrer sa dentition.

— J'ai envie, moi aussi, de sortir d'ici. Mais vous avez raison, il fait un temps pourri. Nous pourrions aller chez moi, dans mon appartement, pour un dernier petit verre.

— Ça me paraît gentil, dis-je d'une voix plus tendue.

— Vous êtes venu en voiture ? Je suis venue en taxi.

— Ouais, nous pouvons prendre ma voiture. Où habitez-vous ?

— A Hollywood. Sur Harold Way. C'est une petite rue qui donne dans Sunset. Vous savez où c'est ?

— Sans problème.

— C'est bien vrai, vous connaissez L.A. comme votre poche.

Nous rîmes ensemble en quittant le bar avant de traverser Western Avenue et ses rafales de pluie au pas de course vers ma voiture.

En remontant vers le nord sur Wilton Place, la pluie commença à perdre de son intensité. Maggie et moi évitâmes de flirter pour bavarder au contraire de banalités comme le temps ou son chat. Je n'aimais pas particulièrement les chats mais je feignis un intérêt démesuré à l'égard du sien. Je ne cessais de m'interroger sur son corps. Dans le bar, à aucun moment, elle n'avait ôté son manteau. Elle avait la jambe bien faite mais je voulais savoir la taille de ses seins et la largeur de ses hanches avant que nous soyons nus tous les deux.

Harold Way était une petite rue latérale, chichement éclairée. Maggie me montra où me garer. Son immeuble d'appartements était d'une laideur d'après-guerre avec thème décoratif hawaïen. C'était une structure de boîte géante de huit ou dix ensembles, stuc avec imitations de pseudo-bambou autour des portes et des fenêtres. Les entrées s'alignaient sur le côté du bâtiment.

Maggie et moi bavardâmes nerveusement en descendant le couloir d'entrée qui menait à son appartement. Lorsqu'elle ouvrit la porte et alluma les lumières, un gros chat gris bondit de l'obscurité pour nous accueillir. Maggie posa son parapluie et le prit dans ses bras.

— Mmmm ! mon bébé ! roucoula-t-elle en câlinant le félin captif. Lion, je te présente Bill. Bill, voici mon protecteur, Lion.

Je caressai la tête du chat.

— Salut, Lion ! dis-je avec naturel, sans changer ma voix. Comment vas-tu par cette belle soirée d'hiver ? Tu as attrapé des rongeurs récemment ? Mérites-tu au moins ton gîte et ton couvert en cette demeure merveilleuse que ta maîtresse solitaire t'a offerte ?

A mon expression aussi sérieuse que ma voix, Maggie s'écroula en une tornade de rires.

— Oh ! Bill ! Qu'est-ce que c'est drôle ! haleta-t-elle. Elle était légèrement ivre.

Je pris le chat pendant que Maggie verrouillait la porte derrière nous. Lion était très gras, ce n'était probablement pas un piège à souris ambulant, il devait lui manquer les roubignolles. Je jetai un coup d'œil dans le salon. C'était propre et bien rangé, ode virtuelle à des lieux lointains : la Grèce, Rome, la France et l'Espagne étaient représentées sur les quatre murs, par la grâce de la Pan American Airways. Je laissai tomber le chat au sol où il se mit à renifler mes jambes de pantalon.

— L'appartement est très joli, Maggie. Ça se voit que vous en prenez énormément soin.

Maggie rayonna de plaisir puis me prit la main pour me conduire à un canapé capitonné luxueux.

— Asseyez-vous, Bill, et dites-moi ce que vous aimeriez boire.

— Cognac, sans rien, dis-je.

— Une minute.

Pendant que Maggie était dans la cuisine, je transférai mon arme et mes menottes de ma ceinture à la poche de mon manteau. Elle revint quelques instants plus tard avec deux ballons contenant chacun un bon dix centilitres. Elle s'assit près de moi sur le canapé. Nous portâmes un toast silencieux. Alors que le cognac se répandait dans mon organisme, je me rendis compte que je n'avais pas grand-chose à dire. Il n'y avait rien que je puisse transmettre à cette femme – probablement mon aînée de dix ans – qu'elle ne sût déjà.

Maggie m'enleva le problème des mains. Elle termina son cognac et posa son verre sur la table basse. Le chat trottina dans notre direction et, par jeu, je lui tirai la queue. Maggie se baissa pour le caresser et nos épaules se frôlèrent. Une fraction de seconde, nos regards se croisèrent avant que je la saisisse et que nous tombions au sol. Elle gloussa, et j'entrai en jeu. Je me mis à aboyer comme un gentil toutou en lui mordillant les épaules à petits coups de dents, pinçant à peine la peau à travers le tissu.

Maggie rit de plus belle. Elle resserra l'étau de ses bras autour de moi. « Oh Bill ! Oh Bill ! Oh Bill ! » couinait-elle entre deux quintes de rire.

Je ponctuai la ligne de son dos de petits mordillements, en me retournant fréquemment pour regarder son visage baigné de larmes. Je relevai l'ourlet de sa jupe et fis mon chemin en morsures jusqu'aux chevilles, en essayant de ne pas filer ses nylons. Sa main ébouriffait puis lissait mes cheveux. J'ôtai ses chaussures et lui mordillai les orteils, l'un après l'autre, en entrecoupant mes mordillements de petits aboiements « woof ! woof ! ». Maggie hurlait à présent, le corps secoué de crises de rire incontrôlables.

Maintenant que je savais ce que j'étais venu donner, je fis rouler son corps sur le flanc et m'aidant des coudes, remontai jusqu'à son visage pour lui faire face. Nous eûmes un long interlude pendant lequel Maggie me tint serré fort tandis que je caressais sa chevelure. A chaque fois que son rire s'éteignait, j'y allais d'un petit « woof ! woof ! » tendre au creux de son oreille en l'embrassant dans le cou jusqu'à ce qu'elle craque à nouveau.

Finalement, Maggie me souleva la tête de sa poitrine et me regarda :

— Woof, Bill Thornhill !
— Woof, belle Maggie Cadwallader !

Le rouge à lèvres de Maggie avait disparu, écrasé sur mes revers et le plastron de ma chemise. Sa bouche était tout innocence lorsque je me penchai au ralenti pour l'embrasser. Les lèvres de Maggie s'entrouvrirent et ses yeux se fermèrent lorsqu'elle sentit ce que je voulais faire. Nos lèvres et nos langues se rencontrèrent et jouèrent, en expertes parfaites, à l'unisson. Nous roulâmes ensemble, bouches jointes, renversant la table basse et envoyant au sol revues et fleurs artificielles. Nous mîmes un terme à notre long baiser et Maggie se mit à pousser de petits cris lorsque mes mains se portèrent dans son dos pour défaire maladroitement l'attache de sa robe.

— D'abord la salle de bains, Bill, s'il te plaît.

Je la laissai partir et elle s'échappa de mes bras d'un bond pour se remettre debout d'un pas incertain, en continuant de pousser ses petits cris lorsqu'elle se dirigea vers la salle de bains.

Je me remis debout et enlevai mes vêtements pour les étendre avec soin sur le canapé. Vêtu de mon seul caleçon, j'avançai doucement vers la salle de bains. La porte en était légèrement entrebâillée et la lumière était allumée. J'entendais Maggie qui farfouillait dans l'armoire à pharmacie. C'était là un rituel auquel je désirais assister depuis bien longtemps.

J'ouvris la porte d'une poussée. Maggie était sur le point d'insérer son diaphragme lorsqu'elle me vit. Surprise et furieuse, elle bondit dans la douche où elle se couvrit du rideau.

— Bill ! dit-elle le rouge aux joues, s'il te plaît, bon sang ! Je n'en ai que pour une minute. Va m'attendre dans la chambre, chéri. S'il te plaît. J'arrive.

— Tout ce que je voulais, c'est te regarder, ma douce. Je voulais t'aider à le mettre.

— C'est quelque chose de personnel, Bill, me répondit Maggie nerveusement. Un truc de femme. Si tu ne me vois pas le mettre, alors tu ne sauras pas vraiment si ça y est. Et c'est mieux pour toi, crois-moi, chéri.

— Je te crois mais je veux regarder. Montre-moi s'il te plaît.

— Non.

— S'il te plaît ?

Je baissai la tête et repoussai gentiment le dos de Maggie contre le mur de la douche. Elle se mit à glousser. Je la tirai hors de la douche, la soulevai en l'air en la faisant tournoyer avant de la reposer dans la même position que celle qu'elle occupait lorsque j'avais repoussé la porte de la salle de bains.

— Est-ce qu'il t'arrive jamais de perdre, Bill ?

— Non.

— Quel âge as-tu ?

— J'aurai vingt-sept ans la semaine prochaine.

— J'ai trente-six ans.

— Tu es belle. Je veux t'aimer tellement fort.

— Tu es toi-même très beau. Tu n'as jamais vu de femme en train de placer son diaphragme ?
— Non.
— Alors, je vais te montrer.
Ce qu'elle fit.
— Tu es un homme étrange, jeune et curieux, Bill.
— Des choses d'ordre intime comme celle-ci signifient beaucoup pour moi.
— Je te crois. Maintenant, fais-moi l'amour.

Maggie me conduisit à sa chambre. Elle n'alluma pas. Elle déboutonna son chemisier, dégrafa son soutien-gorge et laissa les vêtements tomber au sol. Je quittai mon caleçon. Longtemps, nous restâmes allongés sur le lit dans les bras l'un de l'autre. Je caressais les cheveux de Maggie. Elle roucoulait contre ma poitrine. Je me fatiguai de ma caresse et tentai de lui relever le menton afin de pouvoir l'embrasser, mais elle résista en enfonçant sa tête en moi avec plus de force. Au bout d'un moment, elle se relâcha et je parvins à couvrir son cou de baisers. Maggie soupira et je commençai à lui sucer les seins. Je sentis sa main entre mes jambes qui me guidait vers elle. Elle se mit en position sous moi et m'aida à la pénétrer. Je commençai à bouger. Maggie ne réagit pas. J'essayai des coups de rein lents et exploratoires, puis des coups de bélier insistants. Maggie se contenta de rester là, étendue sans bouger. Je me redressai en appui sur mes mains, afin de mieux percevoir son visage. Maggie leva les yeux vers moi et me sourit.

Elle tendit les bras et me prit le visage dans la coupe de ses mains, un sourire de béatitude imprégnant ses traits à mesure que mes coups augmentaient en cadence. Je jouis très fort. Je grommelai en frissonnant avant de m'écrouler sur elle. Elle ne prononça jamais la moindre parole. Lorsque je parvins au bout du compte à la regarder, je vis qu'elle souriait toujours ; et je compris que j'avais pensé à Lorna Weinberg.

Un changement semblait s'être opéré en Maggie pendant que nous faisions l'amour. Elle avait eu ce qu'elle désirait, et ce n'était ni l'amour, ni le sexe. Son sourire, le rituel d'après l'acte lorsqu'elle apporta ballons et cognac sur un plateau semblaient dire : « Maintenant que nous en avons terminé avec cela, passons aux choses sérieuses et à ce pour quoi nous sommes réunis. »

Assis dans le lit, nus l'un et l'autre, nous dégustâmes notre cognac. J'aimais le corps de Maggie : une peau pâle parsemée de taches de rousseur, des épaules d'une tendre rondeur, un ventre doux et de petits seins moelleux aux grands tétons d'un rouge sombre. J'aimais plus encore son impudeur à me le dévoiler et n'éprouvais nul désir de partir. Le cognac était bon, et je veillai à ne pas trop boire. Maggie continuait à siroter avec constance, elle n'allait pas tarder à être beurrée. Maggie me regarda, rayonnante, alors que je changeais de position. Je jouai des sourcils à la Walker La Fêlure. Maggie rayonnait toujours. Je lui racontai quelques mensonges sur le racket des assurances. Et toujours le même air d'extase. Finalement, elle dit :

— Bill, allons dans le salon, tu veux bien ?

Elle sortit deux peignoirs du placard de la chambre, puis me conduisit dans le salon, me donna un gros baiser sur la joue et me fit asseoir sur le canapé comme une institutrice attentionnée ou une mère aimante. Elle retourna à la chambre et revint avec un grand album relié de cuir.

Elle s'assit entre moi et ma pile de vêtements avant de se resservir du cognac. Mon peignoir avait connu des jours meilleurs mais sentait bon le frais. Pendant que Maggie disposait l'album sur la table basse, j'ajustai son peignoir de manière à bien dégager le décolleté. Elle réagit d'un petit baiser affecté sur ma joue. Le geste me déplut. Les dix années qui nous séparaient commençaient à se voir.

— Le coin des souvenirs, Bill, dit Maggie. Ça ne te dirait pas de faire un petit voyage au coin des souvenirs avec la vieille Maggie ?

— Tu n'es pas vieille.

— Je suis vieille par certains côtés.
— Tu vis tes plus belles années.
— Flatteur !

Elle ouvrit l'album. Sur la première page, on trouvait des photographies d'un homme grand, aux cheveux clairs, en uniforme de fantassin américain de la première guerre mondiale. Il était seul sur la plupart des photos aux teintes sépia et occupait un emplacement de choix sur les photos de groupe.

— C'est mon papa, dit Maggie. Il arrivait souvent à Maman de ne plus pouvoir le supporter et elle parlait de lui en termes méchants. Quand j'étais petite, je lui ai demandé une fois : « Si papa était aussi mauvais, pourquoi est-ce que tu t'es mariée avec lui ? » et elle a dit : « Parce que c'était le plus bel homme que j'aie jamais vu. »

Elle tourna la page. Photos de mariage et photos de bébés.

— Ça, c'est le mariage de papa et maman – 1910. Et ça, c'est moi petit bébé, juste avant que papa parte à l'armée.
— Es-tu fille unique, Maggie ?
— Oui. Et toi ?
— Moi aussi.

Elle tourna les pages plus rapidement. J'observai la fuite du temps, voyant en quelques minutes les parents de Maggie passer de la jeunesse à la vieillesse, et Maggie elle-même, de bébé, se changer en adolescente dansant le *lindy* [1]. Son visage, pris au cours d'un bal de collégienne depuis longtemps enfui, vous serrait le cœur tant on y lisait l'espoir qui était absent du visage de maintenant.

Elle buvait son cognac, poursuivant son soliloque monotone et nostalgique en prêtant à peine attention à ma présence. Elle paraissait vouloir me conduire à quelque chose, dans un effort lent vers quelque but qui

---

[1]. Lindy dance : danse dérivée du be-bop, sorte de rock and roll sautillant, dont le nom vient de Lindbergh.

expliquerait enfin pourquoi elle tenait à ce que je fusse là.

— Fin du volume premier, Bill, dit Maggie.

Elle se leva en chancelant du canapé et renversa mon veston de sport plié. Lorsqu'elle le ramassa, elle remarqua son poids et commença à farfouiller dans la poche où j'avais placé arme et menottes. Avant que j'aie pu même l'en empêcher, elle sortit le 38, hurla et s'éloigna de moi, tenant toujours le revolver d'une main tremblante, canon dirigé vers le sol.

— Non ! non ! non ! non ! haleta-t-elle. Par pitié, non ! Je ne te laisserai pas me faire de mal ! Non !

Je me levai et avançai dans sa direction en essayant de me rappeler si les deux sécurités étaient en place.

— Je suis policier, Maggie, dis-je d'une voix douce et apaisante. Je ne veux pas te faire de mal. Donne-moi l'arme, ma douce.

— Non ! Je sais qui t'a envoyé ! J'étais sûre qu'il le ferait ! Non ! non !

Je ramassai mon pantalon et en sortis mon insigne dans son étui de cuir. Je le lui montrai :

— Tu vois, Maggie ? Je suis officier de police. Je ne voulais pas te le dire. Des tas de gens n'aiment pas les policiers. Tu vois ? C'est un insigne, un vrai, ma douce.

Maggie laissa tomber le revolver en sanglotant. Je m'approchai d'elle et la tins serrée contre moi.

— Tout va bien. Je suis désolé de t'avoir effrayée. J'aurais dû te dire la vérité. Je suis désolé.

Maggie secoua la tête à mon encontre :

— Je suis désolée moi aussi. J'ai fait la simplette. Tu n'es qu'un homme. Tu voulais tirer ton coup et tu as menti. J'ai agi en simplette. C'est moi qui devrais être désolée.

— Ne dis pas ça. Tu comptes pour moi.

— Ça, c'est sûr !

— Mais si, c'est vrai. (J'embrassai la raie qui séparait ses cheveux et la repoussai gentiment.) Tu étais sur le point de me montrer le second volume, tu te souviens ?

Maggie sourit.

— D'accord. Assieds-toi et sers-moi un cognac. Je me sens tout drôle.

Pendant que Maggie allait chercher son autre album, je remis mon arme dans la poche de ma veste. Elle revint serrant contre elle un recueil mince de cuir noir. Elle était aux anges comme si l'épisode de l'arme à feu ne s'était jamais produit.

Nous reprîmes là où nous en étions restés. Elle ouvrit l'album. Il contenait une douzaine d'instantanés d'un petit bébé, probablement âgé de quelques semaines à peine, encore chauve, les yeux écarquillés, l'air curieux en direction de quelque objet fascinant. Maggie porta les doigts à ses lèvres avant de les presser sur les photos.

— Ton bébé ? demandai-je.
— Mon bébé. A moi. Mon amour.
— Où est-il ?
— Son père l'a pris.
— Es-tu divorcée ?
— Il n'était pas mon mari, Bill. C'était mon amant. L'amour de ma vie. Il est mort aujourd'hui. Il est mort de son amour pour moi.
— Comment ça, Maggie ?
— Je ne peux pas te le dire.
— Qu'est-il advenu du bébé ?
— Il est dans l'est, dans un orphelinat.
— Pourquoi, Maggie ? Les orphelinats sont des endroits horribles. Pourquoi ne le gardes-tu pas ? Les enfants ont besoin de parents, pas d'institutions.
— Ne dis pas ça ! Je ne peux pas ! Je ne peux pas le garder ! Je regrette de te l'avoir montré, j'ai cru que tu comprendrais !

Je lui pris la main.

— Je comprends, ma douce, plus que tu ne crois. On retourne au lit, tu veux bien ?
— D'accord. Mais je veux te montrer encore une chose. Tu es policier. Tu sais beaucoup de choses sur le crime, non ?
— C'est exact.

— Alors viens ici. Je vais te montrer ma cachette aux trésors enfouis.

Nous retournâmes dans la chambre. Je m'assis sur le lit et Maggie se mit à dévisser le pied gauche du lit. Elle enleva la partie supérieure et enfonça la main dans la partie creuse du bas. Elle en sortit un sachet de velours rouge, fermé d'un cordon coulissant.

— Est-ce qu'un cambrioleur penserait à fouiller un endroit comme celui-là, Bill ? demanda-t-elle.

— J'en doute.

Maggie ouvrit le sac de velours et en sortit une broche de diamants, une pièce d'antiquité. J'en eus le souffle presque coupé : les gemmes avaient l'air vrai, parfaitement taillées, et il y en avait au moins une douzaine, au milieu desquelles s'intercalaient des pierres plus grosses, de couleur bleue, le tout enchâssé dans une lourde monture d'or véritable. La chose devait valoir une petite fortune.

— Elle est très belle, Maggie.

— Merci. Je ne la montre pas à beaucoup de gens. Seulement à ceux qui sont gentils.

— Où as-tu eu ça ?

— C'est un gage d'amour.

— Offert par l'amour de ta vie ?

— Oui.

— Tu veux un conseil ? Mets-le dans un coffre de sûreté. Et n'en parle pas aux gens. Tu ne sais jamais sur qui tu pourrais tomber.

— Je sais en qui je peux avoir confiance, tout comme je sais en qui je ne peux pas.

— Très bien. Range-la, veux-tu ?

— Pourquoi ? J'ai cru qu'elle te plaisait.

— Elle me plaît mais elle me rend triste.

Elle replaça la broche dans sa cachette. Je soulevai Maggie et l'installai sur le lit.

— Je ne veux pas, dit-elle. Je veux bavarder et boire encore un peu de cognac.

— Plus tard, ma douce.

Maggie fit glisser son peignoir à contrecœur. J'essayai de me montrer passionné, mais mes baisers n'étaient que routine, et j'étais plein du sentiment d'avoir perdu quelque chose au point que même faire l'amour ne parviendrait pas à le surmonter.

Lorsque ce fut terminé, Maggie sourit et m'embrassa sur la joue d'un air absent avant d'enfiler son peignoir et d'aller dans la cuisine. Je l'entendais qui fouillait les placards à la recherche de bouteilles et de verres. Ce fut le signal que j'attendais.

J'allai à pas de velours dans le salon et m'habillai dans la semi-obscurité.

Maggie sortit de la cuisine en portant un plateau sur lequel étaient posés une bouteille de liqueur et des petits verres. L'espace d'un instant, je lus l'effondrement sur son visage à me voir partir, mais elle se reprit bien vite, en vieille habituée qu'elle était.

— Il faut que je parte, Maggie.

Elle ne posa pas ce qu'elle tenait, aussi je me penchai au-dessus du plateau en me butant légèrement contre lui et effleurai la joue de Maggie de mes lèvres.

— Au revoir, Maggie.

Elle ne répondit pas. Elle se contenta de rester là, le plateau dans les bras.

J'allai jusqu'à ma voiture. L'air froid me fit du bien, l'aube commençait à poindre.

Je savais que ce samedi 6 février 1951 avait été pour moi un jour d'exception, à marquer d'une lettre rouge. En rentrant chez moi, je notai dans mon journal ce que je savais : Maggie Cadwallader et Lorna Weinberg. Ce ne serait que plus tard que je me rendrais compte que cette journée avait été le tournant de mon existence.

4

Beckworth me convoqua dans son bureau le lundi matin. Je m'étais attendu à le trouver en colère pour lui avoir posé un lapin, mais il fut d'une magnanimité qui me surprit. Il me dit de but en blanc ce que j'avais déjà entendu de plusieurs autres sources moins dignes de confiance : en juin prochain, ce serait lui le nouveau Commandant du Poste de Wilshire et ce serait, à son instigation, le début d'une purge qui nous débarrasserait « des merdeux utiles comme le bois mort » en expédiant une demi-douzaine « de connards en uniforme » à la Division de la Soixante-Dix-Septième Rue, à « Négroville, U.S.A. », là ou ils apprendraient enfin « le véritable sens du travail de police ». A aucun moment il ne cita de noms – ce n'était pas la peine. Walker La Fêlure, de toute évidence, ferait partie de la première fournée pour Watts, et j'acceptai gravement le fait qu'il m'était impossible d'y faire quoi que ce fût.

La Fêlure et moi avions résolu nos différends ce week-end-là par la gnôle et la poésie. J'étais allé à son appartement le dimanche, les bras chargés de cadeaux – un billet de cent bien craquant pour les greens qu'il nous avait lus, ses menottes et son arme, une bouteille d'Old Grand Dad et un volume d'une édition à tirage limité des poèmes de jeunesse de W. H. Auden. La Fêlure fut transporté de joie, il faillit en pleurer de gratitude, ce qui fit naître en moi un détachement des plus étranges : de l'amour auquel se mêlaient pitié, amertume et ressentiment devant sa dépendance à mon égard. C'était là un sentiment qui ne me quitterait plus jusqu'au terme de la dernière saison de ma jeunesse.

Je pénétrai dans la salle de réunion pour le rituel impérissable de l'appel du lundi matin. La pièce était bruyante et chargée de fumée de cigarettes. Comme à l'accoutumée, Gately, le sergent de revue, avait besoin d'un bon coup de rasoir.

Je me trouvai un siège près de La Fêlure. Il béait de tous ses yeux, tête baissée, en faisant croire qu'il lisait des comptes rendus de procès verbaux. En m'asseyant, je jetai un coup d'œil sur le véritable objet de sa lecture : au milieu de son classeur à P.V. se trouvait un exemplaire des *Quatre Quatuors* de T.S. Eliot.

Gately fit ça vite. Pas d'arrestations pour ivresse – les cellules à poivrots de Lincoln Heights avaient été inondées durant les dernières fortes pluies – et beaucoup de citations à comparaître pour violation de règles de circulation, le procureur de la ville en exigeait des chiées – ce qui laissait sous-entendre, au bout du compte, que la ville avait besoin de pognon. On nous dit de laisser tomber les péripatéticiennes de West Adams pour garder l'œil ouvert sur une équipe de braqueurs : deux demi-sel mexicains enfourraillés avaient braqué un magasin de spiritueux et deux supermarchés à la limite sud de la division, près du Colisée. Des témoins oculaires avaient déclaré aux inspecteurs qu'ils roulaient dans un pick-up Ford blanc au moteur gonflé. Ils étaient chargés de 45 automatiques. Lorsque Gately mentionna ce dernier point, il y eut dans la pièce une réaction immédiate – voici pourquoi nous sommes tous ici, semblait se dire chacun des flics présents dans la salle. Même La Fêlure remua sur sa chaise et leva les yeux de son Eliot. Il dirigea sur moi son index droit et arma son pouce. J'acquiesçai de la tête ; c'était aussi la raison pour laquelle je me trouvais là.

On sortit notre voiture pie du parc de stationnement et on prit à l'est, vitesse de croisière sur Pico direction Hoover, puis plein sud vers le Colisée. La Fêlure voulait consacrer un peu de temps à prévenir les commerçants du coin au sujet des braqueurs mexicains. Il était d'humeur expansive et désirait faire un brin de causette avec ses « administrés ».

Nous garâmes la voiture et La Fêlure insista pour que j'aille bavarder en sa compagnie avec Jack Chew. Jack Chew était chinois mais il avait l'accent traînant du Texas. Il était propriétaire d'un petit magasin de boucherie sur la Vingt-Huitième et Hoover et il disait des choses comme « Ah ouai-aiais, mon ga-a-a-a-rs ! » La Fêlure l'adorait, mais lui détestait La Fêlure parce qu'il se servait tout seul des litchis en boîte que Jack gardait derrière son comptoir pour les flics de ronde. Jack était très courtois et très Vieille France : il aimait à offrir, il aimait qu'on lui demande, et pour lui, La Fêlure était un porc, d'oser ainsi se servir.

Il se tenait derrière son comptoir de boucher lorsque nous entrâmes dans sa boutique en plein air et il enveloppait quelque canard au caramel pour une vieille dame chinoise.

— Salut, Jack, dit La Fêlure, où as-tu mis la main sur ce palmipède ? Je croyais que les mecs de Rampart t'avaient dit de ne plus faire de descente dans Westlake Park. Tu ne sais pas encore que toutes les capotes usagées qu'ils se ramassent flottant à la surface du lac, ça gâche le goût ? Les mecs de Rampart m'ont dit que les canards y portaient les capotes la nuit pour garder leur bec au chaud.

Gloire à toi, palmipède cancanant du bec !
Un peu de jus d'zizi et te voilà parti !
O noble canard, pas de bol, te voilà sec !
Finir chez Jack, foutu, on t'a coupé l'kiki !

Jack grommela et la vieille femme gloussa devant l'imitation que faisait La Fêlure de Frankenstein, en avançant sur elle avec lenteur, bras écartés, en grommelant sourdement.

— Va te faire foutre, Walker, dit Jack. A moi, il me dit : « Ah ! M'sieur l'agent Freddy ! » avant de me tendre une boîte ouverte de litchis. Jack dit quelques mots en chinois à la femme. Elle partit en gloussant, tout en faisant des signes à La Fêlure.

— Elles m'aiment toutes, Jack. Mais qu'est-ce que j'ai donc ! dit La Fêlure. Mais nous ne sommes pas ici pour une visite de courtoisie.

— Bonne chose, dit Jack.

La Fêlure se mit à rire et reprit :

— Jack, on a des hombres, de la mauvaise graine, qui opèrent de ce côté-ci de la plaine, et ils sont enfourraillés. Ils aiment bien les petits magasins comme le tien, et comme c'est des bougnoules, ils ne sont probablement pas au courant que les Chinois, ça s'écrase pas

facile devant le premier venu. Ils ont entre vingt et tr...
La Fêlure ne réussit pas à finir sa phrase. Une jeune femme entrait dans le magasin en courant. Elle ouvrait la bouche pour hurler mais aucun son n'en sortait. Elle agrippa le bras de La Fêlure.

— Mm, Mm, Mm, Mm ! dit-elle en s'étranglant.

La Fêlure lui prit les mains qu'il lui tint serrées contre elle. Il parla calmement.

— Oui, petite. « Monsieur l'agent ». Qu'est-ce qui ne va pas ?

— Mm... m'sieur l'agent, sortit-elle, ma-ma-ma voisine... morte !

— Où ça, dis-je ?

La femme me montra la Vingt-Huitième Rue. Elle se mit à courir dans cette direction. Je courus après elle. La Fêlure me suivit. Elle nous conduisit à mi-chemin du bloc jusqu'à une vieille maison de quatre logements, vieille et blanche, à ossature bois. Elle montra les escaliers qui menaient au premier étage. La porte était grande ouverte.

— Uh, uh, uh, bredouilla-t-elle, avant d'indiquer l'endroit une nouvelle fois et de se reculer tout contre une rangée de boîtes aux lettres en se mordant le poing.

Nous nous regardâmes, La Fêlure et moi. Nous hochâmes la tête et La Fêlure m'offrit un début de sourire. Ayant dégainé nos armes, nous montâmes les escaliers quatre à quatre. J'entrai le premier, dans ce qui avait jadis été un salon modeste. C'était à présent un vrai foutoir : fauteuils, étagères à bouquins, meubles, tout était renversé et le plancher était jonché de verre brisé. Je retins ma respiration et avançai lentement, le revolver à la main. Derrière moi, j'entendais La Fêlure qui respirait d'une voix rauque.

Juste devant moi, il y avait une petite cuisine. Je m'en approchai sur la pointe des pieds. Le linoléum blanc était couvert de larges éclaboussures de sang figé. La Fêlure s'en aperçut et courut immédiatement vers les pièces du fond de l'appartement, en oubliant complètement toute précaution. Je courus derrière lui et faillis presque le renverser dans l'embrasure de la porte d'une chambre lorsque j'entendis ses premières exclamations d'horreur :

— Oh mon Dieu, Freddy !

Je le repoussai de côté et regardai dans la chambre. Sur le sol se trouvait le corps d'une femme gisant sur le dos. Le cou était noir et violacé et tordu sur le côté. La langue avait enflé, énorme, et pendait comme une excroissance obscène. Les yeux sortaient de leurs orbites. Les seins et l'abdomen étaient couverts de plaies profondes et l'intérieur des cuisses était raviné de coupures. Elle était couverte de sang coagulé.

Je consultai ma montre – 9h06 du matin. La Fêlure contempla de tous ses yeux d'abord la femme morte, puis moi, comme s'il ne parvenait pas à croire ce qu'il voyait. Ses yeux étaient animés d'un mouvement frénétique d'avant en arrière alors que son corps restait immobile.

Je descendis l'escalier en courant. La femme qui nous avait appelés se tenait toujours près de la porte ouverte de son appartement, et elle se mordait toujours le poing. « Le téléphone ! » lui hurlai-je. Je le trouvai dans la pièce encombrée qui donnait sur la rue et appelai le poste en demandant une équipe d'inspecteurs et le fourgon à viande froide avant de remonter les escaliers quatre à quatre.

La Fêlure dévorait toujours de tous ses yeux la femme morte. Il paraissait vouloir graver dans sa mémoire les détails de sa profanation. Je traversai l'appartement en notant le descriptif au passage : meubles renversés, verre brisé ainsi que l'emplacement et la forme des taches de sang séché dans la cuisine. Je m'agenouillai pour ausculter le tapis : c'était du pseudo-persan orange foncé, suffisamment clair pour qu'on puisse y suivre les traînées de sang. Je les suivis jusqu'à la chambre où gisait la femme morte. La Fêlure parla soudain dans mon dos en me faisant sursauter presque jusqu'au plafond.

— Par le putain nom du Christ, Freddy. Quel chantier !

— Ouais. Les inspecteurs et le coroner sont en route. Je vais continuer à fouiner par ici. Descends et prends la déposition de la femme.

— D'accord.

La Fêlure s'éloigna et je retournai à mes prises de notes. C'était un appartement de classe moyenne, propre et chaleureux, confortable d'aspect, ce n'était pas le genre d'endroit que même un toxico désespéré tenterait de cambrioler et pourtant, ça y ressemblait bien. Une enquête plus approfondie me révéla un peignoir de bain en tissu éponge gorgé de sang sur le sol de la petite salle à manger qui séparait le salon de la cuisine. Au fond de la cuisine, se trouvait une porte qui menait au rez-de-chaussée, vers ce qui ressemblait à une laverie ; les marches de bois branlantes portaient des empreintes de pas ensanglantées.

Je fouillai l'appartement à la recherche de l'arme du crime et ne trouvai rien, aucun instrument pointu ou affûté d'aucune sorte. J'examinai à nouveau la victime. C'était une jolie brunette, dont l'âge apparemment se situait entre vingt et trente ans. Le corps était mince et les yeux d'un vert très clair. Les ongles des orteils étaient laqués d'un vernis rouge foncé et le rouge à lèvres était de même teinte, parfaitement assortie à la couleur de son sang séché. Le corps était étalé en une posture qui semblait dire à la mort qu'on l'acceptait avec réticence, mais le visage à la bouche ouverte et aux yeux exorbités semblaient hurler « Non ! »

Je repassai dans les pièces, en quête de détails supplémentaires qui pourraient peut-être signifier quelque chose. Je trouvai un fragment d'empreinte sanglante sur le mur du couloir, près de la porte de la chambre. Je l'entourai au stylo. Dans le salon, se trouvait une tablette à téléphone sans combiné dessus, rien qu'un cendrier de cristal décoré rempli de pochettes d'allumettes. L'une d'elles attira mon attention – quelque chose de coloré, orange vif avec trois étoiles, disposées autour d'un verre à Martini. L'Etoile d'Argent. Je fouillai dans le cendrier. Toutes les pochettes provenaient de bars et de lieux nocturnes situés dans la zone centrale de L.A. Hollywood. Je regardai autour de moi en quête de quelque chose à fumer – pipe, cigarette ou tabac. Rien. La femme allait peut-être de bar en bar, peut-être collectionnait-elle les pochettes d'allumettes.

J'entendis l'escalier résonner de bruits de pas lourds et sonores. C'était La Fêlure, suivi de deux flics en civil et d'un vieux mec dont je savais qu'il était l'assistant du légiste. Je leur montrai la chambre d'un signe de tête. Ils y pénétrèrent les premiers. J'entendis sifflements, gémissements, grognements de dégoût et déclarations d'effroi.

— Dieu ! Oh merde ! dit le premier inspecteur.
— Seigneur Jésus ! dit le second.

Le légiste se contenta de regarder de tous ses yeux et de souffler lentement avant de s'approcher de la femme et de s'agenouiller auprès de son cadavre. Il pressa la peau, sonda la chair du doigt, racla de l'ongle le sang coagulé sur les jambes.

— Morte depuis au moins vingt-quatre heures, les gars, dit-il. Cause de la mort : asphyxie, bien que les blessures aux seins et au ventre aient pu être fatales. Regardez les yeux et la langue, cependant. Elle est morte à bout de souffle. Cherchez un cran d'arrêt – et un putain de cinglé.

— Qui a trouvé le corps ? demanda le premier inspecteur. C'était un grand mec costaud que j'avais déjà vu au poste.

— C'est moi, dit La Fêlure.
— Nom et numéro matricule ?
— Walker, cinq cent quatre-vingt-trois.
— Okay, Walker. Je m'appelle Di Cenzo, mon collègue, c'est Brown. Venez, on sort d'ici, les macchabées, ça me déprime. Brownie, t'appelles les mecs du labo.
— C'est fait, Joe, dit Brown.
— Bien.

Nous allâmes tous dans le salon, à l'exception du docteur qui resta avec le corps, assis sur le lit à fourrager dans sa mallette noire.

— Okay, Walker, racontez-moi ça, dit Di Cenzo.
— D'accord. Mon équipier et moi étions dans le magasin du coin de la rue lorsque la dame qui habite l'appartement du rez-de-chaussée est arrivée en courant, complètement hystérique. Elle nous a conduits ici. C'est tout. Après la découverte du macchab, on vous a appelés et j'ai réussi à calmer la nana. Elle a dit qu'elle avait l'impression que quelque chose n'allait pas. Le macchab, c'était une de ses amies, et elle ne s'est pas présentée au travail ni hier, ni aujourd'hui. Elles travaillent toutes les deux au même endroit. Elle a une clé de l'appart de la macchabée ; parce qu'il arrivait que la macchabée parte pour le week-end, et elle donnait à manger au chat. Enfin, elle a eu cette intuition, elle est montée et elle a ouvert l'appart. Elle a trouvé le macchabée et elle est partie en courant chercher les flics. La femme s'appelle Jane Haller, le nom du macchabée, c'est Leona Jensen. Elle était employée comme secrétaire à l'Auto Club, au centre ville. Elle avait vingt-quatre ans. Ses parents habitent quelque part dans le nord, près de Frisco.

— Bien, Walker, dit Di Cenzo, d'un hochement de tête.

Nous fûmes interrompus par une équipe de trois mecs du labo. Ils étaient en civil et portaient des appareils photo et des nécessaires à preuves et empreintes. Brown leur indiqua la chambre.

— C'est là-dedans, les gars. Le toubib vous attend.

Di Cenzo commença à balayer la pièce du regard, le calepin à la main. Je lui tapai sur l'épaule et l'amenai dans la cuisine.

— Pute vierge, dit-il, en voyant les flaques de sang sur le linoléum.

— Ouais, dis-je. Il l'a découpée ici avant de l'entraîner dans la chambre pour l'étrangler. Elle a résisté pendant qu'il la traînait à travers le salon – c'est ce qui explique les meubles renversés et le verre brisé. Il y a une porte qui mène au rez-de-chaussée, au bout de la cuisine. Il y a des empreintes de pas sanglantes sur l'escalier. Il a dû monter et repartir par ce chemin-là. Il y a une empreinte ensanglantée dans le couloir, près de la chambre. Je l'ai entourée. Qu'en pensez-vous ?

Di Cenzo hochait la tête en signe d'acquiescement.

— Quel est votre nom ? demanda-t-il.
— Underhill.
— Vous avez fait l'université, Underhill ?
— Oui, sergent.
— Eh ben, je dirais que rien de ce que vous avez appris à l'université ne va vous servir à grand-chose avec l'homicide qu'on a sur les bras. A moins que cette empreinte soit entière et qu'elle appartienne à l'assassin. Ça, c'est du truc d'université – du truc scientifique. Pour moi, ça ressemble à un cambriolage qui a foiré complètement. Quand on saura ce que dit le rapport du labo, et ça va pas être grand-chose, tout ce qui nous restera à faire, c'est d'alpaguer tous les truands connus de Los Angeles, les cambrioleurs, les drogués, les dégénérés. Tout ce que j'espère, c'est que la nana s'est fait violer – viol et cambriole, c'est un *modus operandi* pas fréquent. Des salopards de ce genre-là, y'en a pas lourd qui courent les rues. Est-ce que c'est votre première victime de meurtre ?
— Oui
— Et est-ce que ça vous fait quelque chose ?
— Non.
— Bien. Vous et votre partenaire, vous retournez au poste et vous rédigez vos rapports.
— Entendu, sergent.

Di Cenzo me fit un clin d'œil.

— C'est pas une honte, ça, Underhill ? Cette gonzesse avait tout pour elle, vous comprenez ce que je veux dire ?
— Ouais, je comprends.

Je trouvai La Fêlure dans la chambre. Les ampoules de flash crépitaient et il écrivait dans son calepin en s'abritant les yeux des éclairs de lumière, en jetant de temps à autre un coup d'œil à feue Leona Jensen. Les hommes du labo commençaient à le regarder d'un œil noir, aussi je le tirai dans le couloir.

— Allons-y. Il faut qu'on retourne au poste pour rédiger nos rapports.

La Fêlure continua à gribouiller dans son calepin.

— Et voilà, dit-il. J'ai terminé. J'ai écrit un poème sur le macchabée. C'est un chef-d'œuvre. Je l'ai dédié à John Milton. Je l'ai appelé « Boudin Perdu ».

— Oublie ça, La Fêlure. Allez, on s'en va.

Nous prîmes Hoover vers le nord en silence.

— Tu crois qu'ils vont trouver le mec qui lui a serré le kiki ? finit par demander La Fêlure.

— Di Cenzo croit qu'il y a une chance.

— Franchement, je suis pessimiste.

— Pourquoi ?

— Parce que la mort, ça va devenir le nouveau truc à la mode. Je sens ça. Ça va remplacer le sport. J'écris un poème épique sur ce sujet. Tous les quarante-huit états vont avoir la bombe atomique et ils vont se la faire tomber les uns sur les autres. L.A. va faire tomber la bombe A sur Frisco parce que Frisco lui vole des touristes. Et les Brooklyn Dodges vont balancer la bombe A sur les New York Giants [1]. Je sens ça.

— T'es cinglé, La Fêlure.

— Non, je suis un génie. Freddy, y faut que t'appelles Big Sid. J'ai adoré Hillcrest. Je veux jouer là-bas. C'est un parcours à faire des records. Je pourrais y faire soixante-huit.

— C'est la meilleure, dis-je dans un éclat de rire. Tout ce que tu veux, c'est t'en repayer une tranche avec Siddell. Dis-moi, Fêlé, es-tu jamais parvenu à en finir avec elle ?

— Ouais, et j'ai pas arrêté de l'appeler pour essayer

---
1. Equipes de base-ball et de football.

de lui fixer un autre rencart, mais à chaque fois, y'a une bonne qui répond et qui me dit : « Mam'zelle Siddell, elle est pas à la maison, m'sieur l'officier. » Je crois qu'elle essaie de me virer comme un malpropre.

— Peut-être bien, mais ne t'en fais pas. Il y a des tas de filles bien grasses dans le coin.

— Ouais, mais pas comme Siddell ; elle a de la classe. Ecoute, collègue, j'ai besoin d'un petit service. Tu veux bien parler à Siddell ? Essaie de la sonder pour savoir ses sentiments à mon égard. T'es copain comme cochon avec Big Sid, tu peux me faire ça ?

J'hésitai puis je sentis que mes petits rouages se mettaient en marche.

— Bien sûr, Fêlé, je ferai un saut chez Big Sid le week-end prochain. Il m'a donné carte blanche pour les visites. C'est moi sa nouvelle vache à lait.

La Fêlure m'envoya une bourrade dans le bras.

— Merci, collègue. Quand je serai en train d'éviter les flèches enflammées à Negro Canyon et que tu seras le roi des Mœurs de Wilshire, je repenserai à ce moment.

Nous nous garâmes dans le parc du poste. J'étais sur le point de faire partir une réplique bien sentie en signe d'opposition, mais je n'y parvins pas. Je montai au contraire dans la salle des inspecteurs pour y taper mon rapport.

***

Tôt dans la soirée de samedi, je roulais en direction de Beverly Hills, en essayant d'être honnête avec moi-même ; je pouvais inventer tous les prétextes possibles, mais je savais que je me rendais au domicile de Big Sid pour une seule raison : en savoir plus sur Lorna Weinberg et essayer, d'une manière ou d'une autre, de satisfaire ma curiosité à son sujet. La maison était située sur Canyon Drive, juste au sud de Sunset. Je m'attendais à quelque aspiration de classe scandaleusement prétentieuse et je fus surpris : la vaste demeure blanche de style colonial, avec sa pelouse de façade bien entretenue, était un euphémisme, une construction presque sévère.

Je frappai à la porte et une bonne noire répondit en m'indiquant : « M'sieur Big Sid, il est pas là, et mam'zelle Siddell, elle est dans sa chambre, elle fait un somme. »

— Et Lorna ? demandai-je brutalement.

La vieille femme toute fanée me regarda comme si j'étais cinglé. « Mam'zelle Lorna, elle habite plus ici il y a des années. »

— Désolé, dis-je, en jetant un œil furtif dans l'entrebâillement de la porte, ce qui me permit d'embrasser du regard un salon meublé de vieux meubles et de tissus luxueux. J'avais la sensation indistincte que l'endroit pourrait s'avérer un havre de choix dans ma quête aux merveilles, même en l'absence de Lorna. Je réfléchis avant de lancer avec force :

— Réveillez Siddell, voulez-vous, je vous prie ? J'ai un message important de la part d'un de ses amis.

La vieille femme me jaugea d'un œil soupçonneux puis ouvrit la porte et me fit entrer dans le salon :

— Vous attendez ici, dit-elle. J'vais chercher mam'zelle Siddell.

La bonne se dépêcha dans les escaliers en me laissant seul dans la pièce luxueusement décorée. Je remarquai quelques photographies encadrées au-dessus de la cheminée de briques rouges ; je m'approchai pour les regarder. C'était des portraits individuels de Big Sid, Siddell et Lorna. Sid souriait, fièrement ; Siddell avait le visage aussi mince qu'un photographe pouvait le lui faire, et Lorna avait l'air grave et lointain, dans sa robe et sa coiffure de cérémonial de remise des diplômes. Il y avait une autre photo plus grande du trio familial : Big Sid étreignait son cigare omniprésent, Siddell faisait la tête et Lorna était appuyée sur une canne. Je remarquai que sa jambe droite était malingre et difforme, et je me sentis envahi par une bouffée de chaleur. Je secouai la tête pour l'éclaircir, puis je me souvins : Lorna était restée assise pendant notre entrevue. Mais où donc était *la mère* Weinberg ?

Perdu dans mes rêveries, je sentis qu'on me tirait sèchement par la manche de ma veste et me retournai pour découvrir Siddell Weinberg, qui se frottait contre moi.

— Je sais ce que vous devez penser de moi, disait-elle, mais je ne fais pas des choses comme celle-là tout le temps.

Je maintins la femme aux allures enfiévrées à bout de bras et me décidai à intervenir avec sérieux, le meilleur moyen pour moi de m'assurer que j'obtiendrais les renseignements qu'il fallait *maintenant* que j'obtienne.

— Eh bien, moi, si, Mlle Weinberg, ce n'est donc pas un gros problème. Mais il faudrait que vous appeliez La Fêlure. Il a de l'affection pour vous et il désire vous revoir.

— Je sais, mais je ne peux pas ! Il faudra dire à Herbert de ne pas m'appeler ici. Papa pense que tous ceux qui s'intéressent à moi en veulent à son argent. En outre, je suis fiancée.

— Est-ce que Big Sid approuve votre choix ?

— Non, pas vraiment, mais au moins, il est juif et il est en année de diplôme. Il a de l'avenir.

— Et les policiers, eux, n'ont pas d'avenir ?

— Ce n'est pas ce que je voulais dire, gémit Siddell. Papa vous aime bien, mais il pense qu'Herbert est cinglé.

Je conduisis Siddell jusqu'à un canapé luxueux de cuir rouge près de l'âtre.

— Votre père a raison. Il est cinglé. Etes-vous amoureuse de ce mec que vous allez épouser ?

— Oui, non ! Je ne sais pas !

— Alors, appelez La Fêlure. Il est dans l'annuaire – Herbert L. Walker, 926 South St Andrews, L. A. D'accord ?

— D'ac... d'accord. Je pars la semaine prochaine, mais j'appellerai Herbert a mon retour.

— Bien.

Je tapotai la main de Siddell, puis je commençai à tourner autour du pot pour essayer de me trouver une ouverture dans la conversation qui m'amènerait au but avoué de ma visite. Finalement, j'en trouvai une :

— Vous avez là une sacrément belle maison, Siddell. Ça se voit que votre mère a dû y consacrer beaucoup de son temps.

Siddell baissa la tête.

— Maman est morte.

— Je suis désolé. Et c'est récent ?

— Non, elle est morte en 1933. J'avais neuf ans et Lorna treize.

— C'était il y a bien longtemps.

— Oui et non.

— Vous voulez dire que vous le ressentez encore ?

— Ou... oui, mais surtout Lorna.

La voix de Siddell avait maintenant les accents d'une personne qui vous explique une profonde vérité. Gentiment, je poussai plus avant.

— Que voulez-vous dire, Siddell ?

— Eh bien, maman est morte et Lorna est devenue infirme au même moment, alors Lorna hait maman et elle l'aime tout à la fois. Elles descendaient Sunset en voiture, toutes les deux. Maman était à nouveau enceinte. Il pleuvait et maman a dérapé dans un arbre. Son ventre a heurté la colonne de direction. Elle a perdu le bébé, mais cela mis à part, elle n'a pas été blessée. Lorna, elle, a traversé le pare-brise. Elle a eu le bassin écrasé et c'est pour ça qu'elle marche drôlement et que sa jambe droite est aussi décharnée – toutes les terminaisons nerveuses ont été arrachées. De toutes façons, maman voulait un autre bébé, à n'importe quel prix. Elle savait que papa voulait un fils. Elle a gardé le bébé dans son ventre, elle ne voulait pas croire qu'il était mort. Elle était censée aller à l'hôpital pour qu'on y déclenche l'accouchement, mais elle ne l'a pas fait. L'enfant a déclenché une infection du ventre et elle s'est enfuie. On l'a retrouvée morte dans les Collines d'Hollywood. Elle s'était fait une petite niche pour elle, avec toutes ces affaires de bébé qu'elle avait achetées chez Bonwit Teller. Elle ne pouvait pas croire que le bébé était mort.

C'en était presque trop par rapport à ce que je voulais savoir. Siddell le sentit :

— Ne soyez pas triste, dit-elle. C'était il y a bien longtemps.

J'acquiesçai.

— Et votre père ne s'est jamais remarié ?

Siddell secoua la tête.

— Papa n'a pas touché une seule autre femme depuis le jour où maman est morte.

Je me levai pour m'en aller. En guise d'adieu, Siddell dit :

— Dites à Herbert que je l'appellerai. Dites-lui que je l'aime bien.

— Je le lui dirai.

Je sortis et marchai jusqu'à ma voiture en regardant le ciel avec l'espoir qu'il pleuve. En mettant le contact, l'émerveillement s'empara de moi, de pair avec l'ironie – les membres de ma famille d'adoption étaient eux aussi orphelins.

5

La Fêlure ne se présenta pas, pour cause de grippe, lundi et mardi et Beckworth avala le morceau parce que La Fêlure n'utilisait pratiquement jamais ses congés de maladie. En réalité, il était gonflé de gnôle et travaillait sur son nouveau poème « épique » en attendant près du téléphone un appel de Siddell Weinberg.

Au tout début de la matinée du mercredi, alors que nous sortions du parc de stationnement du poste, j'apaisai ses frayeurs :

— Elle part pour une semaine à peu près. Elle va t'appeler à son retour.
— T'es sûr ?
— Ouais. On a bavardé gentiment. Elle est fiancée à un mec, un juif, mais elle n'est pas amoureuse de lui.
— Et elle cracherait pas sur un morceau pas casher-casher comme petit supplément. La Fêlure en bavassait presque.
— Je ne crois pas. Elle pense que t'es un coup de roi.

La Fêlure célébra la bonne nouvelle par un demi-tour au beau milieu d'une circulation chargée, enclencha la sirène et écrasa l'accélérateur pendant cinq bonnes minutes, à faire son circuit dans les rues résidentielles paisibles qui entouraient le poste. Lorsqu'il se remit enfin à rouler à vitesse normale après avoir coupé la sirène, nous nous retrouvâmes sur Adams et la Septième Avenue, loin de notre point de départ, et il arborait le sourire d'un amant rassasié.

— Merci, collègue, dit-il.
— De quoi ?
— De tout. Ne me demande pas d'explications. Je me sens d'humeur elliptique aujourd'hui.
— Ça me fait penser, dis-je. J'ai un cadeau pour toi. C'est dans mon casier. Une anthologie de poésie. Mais attention : je l'ai compulsée en long et en large, et la prochaine fois qu'on jouera à « Deviner le Poète », je vais t'en foutre plein la vue.
— Je voudrais voir ça ! Ah ! vingt dieux ! Je me sens en forme aujourd'hui. Café et beignets, ça te dit ? C'est moi qui régale.
— Ça me va.

Nous roulâmes jusqu'à un café à beignets Cooper sur la Vingt-Troisième et Western, où l'on nous en servit une douzaine, glacés de sucre frais, avec du café. Nous bûmes et mangeâmes en silence.

Je pris un siège qui donnait sur la rue et laissai mon esprit vagabonder de merveille en banalité : une journée d'hiver, froide et ensoleillée. Ma ville. Ce juste sentiment de propriété né de mon savoir spécial, de l'intérieur des choses.

De l'autre côté de la rue, sur Western, en face du magasin de spiritueux, un lycéen était en train de convaincre un poivrot d'aller lui acheter de la gnôle. Lorsque le poivrot entra dans le magasin, le môme reluqua la prostituée mulâtre debout dans l'entrée voisine près de la station de taxis. Elle le surprit en train de la regarder et manifesta son amusement en renâclant bruyamment. Le poivrot revint quelques instants plus tard et tendit subrepticement au môme un sac en papier. Le môme se tailla, courant presque, en balançant une vanne à la prostituée qui lui fit signe du doigt d'aller se faire mettre. Le poivrot s'éloigna dans la direction opposée en tétant un carafon de Moscatel que le môme lui avait offert pour service rendu.

Une voiture de patrouille arriva lentement, conduite par mon collègue, Tom Brewer. Le poivrot se dépêcha de fourrer la bouteille dans sa poche arrière en lançant aux alentours des regards coupables. Brewer se contenta de continuer sa route, sans remarquer la petite danse de peur. Même s'il l'avait vue, ça lui aurait été égal. Son père avait été ivrogne, et il avait aimé son père, aussi laissait-il les ivrognes tranquilles. Tom m'avait parlé de son père un soir au cours d'une partie de balle molle à l'Académie alors qu'il était lui-même à moitié soûl.

Ma ville. Mes merveilles.

***

Trois heures plus tard, nous roulions au sud sur Berento lorsqu'un pick-up Ford blanc nous croisa dans la direction opposée. Je tendis le cou et vis qu'il y avait deux Mexicains dans la tire. Elle tourna à droite au coin de la rue et disparut de mon champ de vision, et je *sus*.

— Arrête la voiture, collègue.

La Fêlure remarqua la gravité de ma voix et se rangea contre le trottoir.

— On a un gros coup, La Fêlure, dis-je. Il y a un petit magasin après le coin derrière nous. Les deux braqueurs mexicains, dans la camionnette Ford, viennent de tourner le coin... Ce n'était pas la peine que je termine. La Fêlure acquiesça et très lentement fit faire un demi-tour à notre voiture pie pour nous retrouver de l'autre côté de la rue, et l'arrêta juste avant le croisement.

Nous quittâmes la voiture très lentement en synchronisme parfait. Nous nous regardâmes et après un hochement de tête, nous dégainâmes nos revolvers avant d'avancer pas à pas le long de la devanture d'un pressing jusqu'au coin de la rue. Le pick-up Ford était garé un peu plus loin en double file, en face du magasin.

— Maintenant, collègue, murmurai-je tandis que nous nous aplatissions l'un et l'autre contre le mur de l'immeuble du coin pour parcourir le chemin qui nous séparait du magasin, trois entrées plus loin.

Nous arrivions à quelques mètres de l'entrée du magasin, les deux flingueurs en sortirent en courant, arme au poing. Ils nous virent presque immédiatement et pivotèrent sur leurs talons en pointant leurs 45 au petit bonheur la chance, à l'instant même où j'ouvrais le feu en même temps que La Fêlure. Je lâchai trois coups et le premier flingueur s'effondra sur le trottoir en laissant tomber ce qui ressemblait à un sac plein d'argent. La Fêlure envoya deux coups au jugé sur l'autre homme, qui pivota en faisant feu sur moi.

Nous étions presque à bout portant, mais un calme bizarre m'envahit et je répliquai en le touchant à la poitrine d'une balle qui l'envoya rouler dans le ruisseau. La Fêlure tira deux nouveaux coups de feu sur l'homme du trottoir et avança sur lui très lentement. L'homme gisait sur le ventre, les bras écartés, les doigts toujours resserrés autour de son arme.

La Fêlure était presque au-dessus de lui lorsque le flingueur du caniveau le prit en ligne de mire. Je lui envoyai deux balles et j'avançais vers lui pour le délester de son arme lorsque j'entendis un autre coup de feu.

Je me retournai et vis La Fêlure qui reculait en chancelant, étourdi, en s'agrippant la poitrine. Il laissa tomber son arme en hurlant « Freddy » avant de s'écrouler en arrière.

Je hurlais. L'homme, sur le trottoir, leva son automatique et lâcha quatre coups, au jugé, qui percutèrent la façade du bâtiment au-dessus de ma tête et dont le dernier me rata de très peu. Je baissai la tête et me réfugiai dans le magasin pour recharger. On hurlait dans mon dos – une vieille et un vieux.

Je regardai à l'extérieur. La Fêlure gisait sur le trottoir, sans bouger. Le flingueur du caniveau avait l'air d'être mort. Celui qui avait abattu La Fêlure rampait vers le bord du trottoir et la camionnette. Il me tournait le dos aussi je me ruai au dehors pour mettre La Fêlure à l'abri. A l'intérieur du magasin, j'arrachai son uniforme couvert de sang et je posai l'oreille sur sa poitrine. Rien.

— Non, non, non, non, non, murmurai-je. Je tremblais en lui agrippant le poignet pour y trouver un signe de vie. Rien. Je regardai le visage de La Fêlure. Les yeux étaient clos. Je soulevai les paupières. Les yeux étaient figés, rigides devant leur dernier spectacle d'horreur et d'incrédulité mêlées.

Je soulevai La Fêlure pour l'enlacer. Comme je commençais à bercer sa tête contre moi, la mâchoire s'ouvrit, dégorgeant un flot de sang sur ma poitrine. Je hurlai et me précipitai au-dehors.

Le flingueur survivant rampait toujours vers la rue lorsque je surgis derrière lui et le retournai sur le dos, chassant d'un coup de pied le 45 qu'il tenait à la main. Je pointai mon arme sur lui et il hurla. Je fis feu par six fois dans sa poitrine et le bruit des détonations se perdit dans ses propres hurlements. Je hurlais toujours lorsqu'une douzaine de voitures pic déboulèrent dans la rue ; et quatre flics me fourrèrent à l'arrière d'une ambulance en compagnie de La Fêlure, et je crois que je hurlais toujours à l'hôpital lorsqu'ils essayèrent de me l'enlever.

J'obtins une semaine de congé avec solde pour récupérer du choc reçu, sur l'insistance du docteur qui m'avait examiné à l'hôpital. Je reçus une citation et une ovation debout au moment de l'appel lorsque je repris mon service.

La Fêlure eut droit à des funérailles de héros, et on fit un agrandissement de sa photo de remise de diplômes à l'Académie avant de la mettre sous verre et de la suspendre dans le hall d'entrée du Poste de Wilshire. Elle remontait à peine à quatre ans et Wacky avait l'air paumé et très jeune. Sous le cadre, on avait mis une petite plaque métallique qui disait : « Agent Herbert L. Walker – Nommé à son poste en mai 1947 – Abattu dans l'exercice de ses fonctions le 18 février 1951 ».

La fusillade fit la une de tous les journaux de L.A. avec des photographies de La Fêlure et de moi. Ils firent tout un plat de la Médaille d'Honneur que La Fêlure avait gagnée. Ils le qualifièrent de « véritable héros américain » et ils firent de sa mort « un appel à tous les Américains pour chercher la voie du courage et du devoir ». C'était par trop ambigu pour moi ; je ne savais pas de quoi ils parlaient.

La mère et la sœur de La Fêlure débarquèrent par avion de St Louis pour les funérailles. Je leur avais téléphoné la nouvelle de sa mort et je les accueillis à l'aéroport. Elles restèrent polies mais très distantes – leur détachement m'apparut stupéfiant. Elles pensaient que La Fêlure « aurait dû entrer dans les assurances comme son père ». Après m'être convaincu qu'elles n'avaient pas la moindre idée du genre d'homme qu'était La Fêlure, je les laissai et m'en retournai à la maison pour le pleurer en privé.

Je le pleurai et je luttai, me sachant coupable pour la manière dont j'avais traité La Fêlure ces dernière semaines. Je songeai à son acceptation fataliste de toutes les choses de la vie et de la mort. Je songeai à notre dernière journée de service ensemble et je pleurai, sachant que mon absolution était immédiate et offerte avec amour.

Le jour des funérailles, de hauts nuages noirs s'amoncelaient. Je roulai jusqu'au funérarium de Glendale, impatient que tout soit terminé.

Le service funèbre se tint dans une zone délimitée de cordons sur un tertre herbeux au milieu du cimetière. Des centaines de flics en uniforme étaient là, de l'agent de patrouille aux grosses huiles. La Fêlure eut droit à un éloge de la part d'une demi-douzaine de policiers qui ne le connaissaient pas. Il n'y avait pas de ministre du culte, il ne fut pas fait mention de Dieu. La Fêlure avait laissé des instructions précises à ce sujet à un vieux chapelain de la police plusieurs années auparavant.

J'étais l'un des porteurs de bière. Les cinq autres étaient des flics que je n'avais jamais vus auparavant. Alors que nous faisions descendre La Fêlure en terre, l'équipe de tir de la police, vingt et un fusils, lâcha une salve d'honneur, et un clairon joua la sonnerie aux Morts. Puis je vis que l'on se dépêchait d'entraîner la mère et la sœur de Wacky en direction d'une longue limousine noire. Je vis un groupe de journalistes et de photographes, qui attendaient près de la limousine, fondre sur eux.

Beckworth me rattrapa dans le parking :

— Freddy, m'appela-t-il.

— Bonjour, lieutenant, dis-je.

— Allons jusqu'à ma voiture, il faut qu'on parle tous les deux.

Nous marchâmes jusqu'à l'endroit où sa voiture était garée, près d'une allée où des statues de Jésus agenouillé voisinaient avec des petits animaux affectueux.

Beckworth posa une main paternelle sur mon épaule et remit en place mon nœud de cravate de sa main libre. Il me lança un regard de père et soupira :

— Freddy, ça peut paraître cruel, mais c'est fini. Walker est mort. Vous avez reçu une citation et vous vous retrouvez avec deux truands abattus, net et sans bavure, dans votre dossier. Dans bien des années, ça aura encore bien meilleure allure. Les grosses huiles qui n'ont jamais dégainé de leur vie en seront très impressionnées au fur et à mesure que vous grimperez les échelons.

— Je n'en doute pas. Quand est-ce que je pars aux Mœurs ?

— Cet été. Aussitôt que le capitaine Larson aura pris sa retraite.

— Bien.

— Tout s'est agencé à merveille, Freddy. Je sais que vous avez toujours voulu que tout soit pour le mieux pour Walker. En un sens, c'est ce qu'il a eu. C'était un véritable héros. Une Médaille d'Honneur à la guerre et une mort en héros dans la guerre contre le crime. Je suis sûr qu'il est mort en sachant cela. Et c'est drôle, Freddy. Bien que j'aie eu des paroles dures à l'égard de Walker, je crois que, d'une certaine manière, je savais que c'était un héros véritable et qu'il fallait qu'il meure.

Beckworth baissa la voix pour un effet dramatique et resserra sa prise sur mon épaule. Je sus ce qu'il me fallait faire.

— Vous êtes une outre pleine de merde, lieutenant. Walker La Fêlure était un cinglé d'ivrogne complètement foireux, et c'est tout. Et je m'en fichais. Je l'aimais. Alors ne me faites pas le coup du héros romantique. N'insultez pas mon intelligence. Je le connaissais mieux que quiconque, et je ne le comprenais pas, alors ne venez pas me dire que vous, vous le compreniez.

— Freddy, je...

Je me libérai de sa prise d'un haussement d'épaule.

— Vous êtes une outre pleine de merde, lieutenant.

Beckworth devint rouge comme une betterave et commença à trembler.

— Savez-vous qui je suis, Underhill ?

— Vous n'êtes qu'un foireux de première dans cette ville, dis-je en lui envoyant sa cravate dans la figure d'une pichenette.

Avant que j'arrive à l'appartement de La Fêlure, il s'était mis à pleuvoir. Sa propriétaire, intimidée par mon uniforme, me laissa entrer.

Le salon était un vrai carnage. J'en découvris la raison : Train de Nuit avait été livré à lui-même depuis la mort de La Fêlure et il avait déchiqueté le canapé et les fauteuils à la recherche de nourriture. Je le trouvai dans l'arrière-cour. Le Labrador plein de ressources s'était frayé un passage à coups de gueule à travers une moustiquaire et il était étendu sous un grand eucalyptus, en train de boulotter une dépouille de chat.

Il s'approcha de moi à mon appel.

— La Fêlure est mort, dis-je. Il a quitté sa dépouille mortelle [1], mais ne t'en fais pas, tu peux vivre avec moi, si tu ne chies pas dans la maison.

Train de Nuit laissa tomber le chat mort et vint se frotter du museau contre mes jambes.

Je retournai dans l'appartement. Je trouvai la réserve à poésie de La Fêlure : trois grands classeurs métalliques. La Fêlure n'avait aucun ordre pour les choses et son appartement était un foutoir intégral, mais sa poésie était tenue avec un soin immaculé – classée, datée et numérotée.

Je transportai le travail d'une vie dans ma voiture et l'enfermai sous clé dans le coffre avant de retourner à l'intérieur ; je trouvai ses clubs de golf dans le lourd sac de cuir qu'il aimait et les emportai également avec moi.

Train de Nuit bondit sur le siège avant en me lançant des regards soucieux. Je trouvai un air de jazz tonitruant à la radio et augmentai le volume. Train de Nuit se mit à battre de la queue joyeusement pendant que je l'emmenais dans son nouveau foyer.

Je trouvai dans le placard du couloir un endroit sûr à l'abri de l'humidité pour les trois classeurs. Je fis cuire du hamburger pour Train de Nuit et m'installai pour rédiger une courte biographie de La Fêlure que j'enver-

---

1. Référence au monologue d'Hamlet de Shakespeare, devenue cliché.

rais aux éditeurs accompagnée d'échantillons de sa poésie.

J'écrivis : « Herbert Lawton Walker est né à Saint Louis, Missouri, en 1918. En 1942, il s'engagea dans le Corps des Marines des Etats-Unis. Il reçut la Médaille d'Honneur du Congrès, alors qu'il servait dans le Pacifique. En 1946, il s'installa à Los Angeles, Californie, et en 1947, il s'engagea dans les Services de Police de Los Angeles. Il fut abattu par balles par un des participants d'un hold-up le 18 février 1951. Il écrivait des poèmes, uniques dans leur genre par la préoccupation de la mort qu'ils reflétaient ainsi que par l'humour qui les imprégnait, depuis 1939 jusqu'à la date de sa propre mort. »

Je me reculai sur ma chaise et songeai : je pouvais passer les fiches en revue et chercher ce qui me paraissait être le meilleur travail de La Fêlure. Je pouvais aussi engager des spécialistes en poésie en leur demandant d'examiner les classeurs en détail pour en retenir ce qui était à leur avis ses meilleures œuvres avant d'expédier leur sélection aux éditeurs et aux revues de poésie. Peut-être que Big Sid avait des amis dans le racket de l'édition avec lesquels il pourrait me mettre en contact. Si tout le reste échouait, je pourrais toujours faire éditer les œuvres complètes de La Fêlure à compte d'auteur avant de les distribuer. Il fallait que ce soit fait.

Mais ça ne me paraissait pas suffisant. J'avais besoin de faire pénitence. Alors l'idée me frappa brutalement. Je sortis mon sac de golf de la chambre et le charriai, avec celui de La Fêlure, jusqu'à ma voiture.

Toujours vêtu de mon uniforme, je fis tout le parcours jusqu'à L.A. Est et m'arrêtai près du rebord bétonné du canal d'eaux usées qu'on connaissait sous le sobriquet de Rivière de Los Angeles. Je regardai dans le fond du canal, à quelque dix mètres sous moi. L'eau avait une profondeur d'un mètre cinquante à deux mètres sur toute la largeur et s'écoulait avec un fort courant en direction du sud. J'attendis que la pluie s'arrête un peu pour me donner le temps de me souvenir et d'essayer de savourer les merveilles dont La Fêlure disait que la mort était chargée. J'attendis longtemps. Lorsque la pluie, finalement, s'apaisa, l'obscurité gagnait. Je traînai les deux sacs de golf jusqu'au rebord de la jetée de ciment et les déversai dans l'eau chargée d'ordures avant de contempler l'entremêlement de fer, de bois et de cuir disparaissant à ma vue en direction du sud en emportant avec eux un millier de rêves et d'illusions. C'était la fin de ma jeunesse.

II

Mort par strangulation

6

Walker La Fêlure n'est jamais arrivé à Watts jusqu'à la Division de la Soixante-Dix-Septième Rue, le cœur des ténèbres [1] de L.A. Moi, si.

Beckworth attendit son heure et en juin, lorsque le capitaine Larson prit sa retraite sans grande pompe, après trente-trois années de service, je reçus mes ordres : Agent Frederick U. Underhill, 1647, muté à la Division de la Soixante-Dix-Septième sur poste vacant par manque de personnel.

Ce qui était une douce plaisanterie : les rangs de la Soixante-Dix-Septième étaient bourrés à craquer. L'antique bâtiment de briques rouges qui desservait le quartier de la ville au plus fort pourcentage de crimes par tête d'habitant, était désespérément surencadré de flics, mais manquait cruellement de tout le matériel nécessaire à la lutte contre le crime, du papier toilette à l'encre pour prendre les empreintes. On y manquait de tables, de chaises, d'espace au sol, de casiers, savon, balais, serpillières et même du minimum pour écrire. Par contre, on n'y manquait pas de prisonniers. Jour et nuit, défilait une parade inégalée en nombre de cambrioleurs, voleurs à l'arraché, drogués, ivrognes, maris violents, bagarreurs, maquereaux, racoleuses, pervers et fêlés.

Les quinze cellules, prévues chacune pour quatre hommes, en contenaient chaque jour au moins deux fois ce nombre, et les week-ends étaient pis.

On virait les ivrognes dans la rue à coups de pied pour les récupérer habituellement quelques heures plus tard, et les autres responsables d'infractions mineures étaient relâchés une fois l'infraction établie et reconnue – ce qui laissait les minuscules cellules où l'on étouffait, remplies au minimum d'une centaine de criminels gueulants et chaque heure qui passait voyait leur nombre augmenter.

---

1. Référence à un roman de J. Conrad portant le même nom, qui a inspiré également *Apocalypse Now*.

Debout pour mon premier appel du soir, je me sentis comme un pygmée à une réunion de la famille Paul Bunyan [1]. Avec mon mètre quatre-vingt-cinq et mes quatre-vingt-cinq kilos, j'étais un minus, un nain, un Lilliputien comparé aux cas de dérèglement hormonal avec lesquels je servais. Ils étaient tous taillés sur le même moule : des vétérans de la Seconde Guerre mondiale, du Sud ou du Middle West, avec des résultats moins que brillants aux tests théoriques de l'académie et une expérience poussée en musculation, qui haïssaient tous les Nègres et qui donnaient l'impression de posséder tous une centaine de synonymes ésotériques pour le mot « négro ».

Sur le plan physique, il ne leur manquait rien pour combattre le crime, que ce soit leur grande taille et leurs balles dum-dum illégales, mais là s'arrêtait leur efficacité. On les avait envoyés au Soixante-Dix-Septième pour maintenir en place le couvercle d'un chaudron en ébullition, et ce, en foutant une trouille de tous les diables aux suspects réels ou imaginaires en leur cassant la gueule et le reste, et ça s'arrêtait là. Leur potentiel à l'émerveillement, c'était néant, ils n'étaient guidés que par l'obsession de l'ordre. Sachant cela, sachant aussi que je passerais l'examen de sergent en moins d'un an avec des notes très brillantes, je décidai de tirer de Watts tout ce qu'il avait à m'offrir et de me plonger dans le travail de police comme jamais auparavant. En fait, ça ne poserait aucun problème. Les patrouilles à pied, de nuit, mettraient le holà à mes courres de femmes et me permettraient d'observer ses merveilles en gros plan.

Après l'appel, le commandant du poste, un vieux capitaine à l'air peu commode du nom de Jurgensen, m'appela dans son bureau. Je saluai et il me fit signe de prendre une chaise. Il avait, sur son bureau, devant les yeux, mon dossier personnel et je voyais bien que ca le

---

1. Paul Bunyan : personnage de la mythologie pionnière des U.S.A., géant des bois dont l'animal familier est un bœuf du nom de « Babe ».

rendait perplexe : en un sens, c'était une bonne chose ; cela signifiait qu'il n'était pas pote avec Beckworth et que ma mutation n'était pas le résultat d'une conspiration conjointe.

Jurgensen m'offrit une poignée de main qui ne détonnait pas avec la sûreté de ses traits avant d'en venir tout de suite au fait :

— Vous avez un excellent dossier, Underhill. L'université. Notes remarquables à l'académie. Vous avez abattu deux cambrioleurs qui avaient tué votre équipier. Rapports d'évaluation périodiques excellents. Bon Dieu, mais qu'est-ce que vous venez faire ici ?

— Puis-je parler franchement, monsieur ?

— Je vous en prie.

— Monsieur, le capitaine Beckworth, le nouveau commandant du Poste de Wilshire, me déteste. C'est une affaire personnelle, ce qui explique la raison pour laquelle mes rapports d'évaluation ne portent pas trace de son mécontentement au vu de mes résultats.

Jurgensen soupesa mes paroles. Je vis qu'il me croyait.

— Bien, Underhill, ce n'est vraiment pas de chance. Quels sont vos projets concernant le service ?

— Aller aussi loin que je le peux, aussi vite que je le peux, monsieur.

— En ce cas, vous avez l'occasion de faire du vrai travail de police. Ici même, dans ce cul-de-basse-fosse tragique.

— Monsieur, je suis impatient de faire mes preuves.

— Je vous crois, Underhill. Chaque nouvel arrivant dans cette division commence de la même manière, ronde à pied de nuit en plein cœur de la jungle. Le sergent McDonald vous désignera votre équipier.

Jurgensen fit un signe de tête en direction de la porte, signifiant par là la fin de l'entrevue.

— Bonne chance, Underhill.

Lorsque je me trouvai face à mon nouvel équipier dans la salle de revue bondée et surchauffée, je compris que j'allais avoir besoin de chance – pour ne pas dire plus. Il s'appelait Bob Norsworthy. Il était originaire du Texas et il chiquait. Il crocheta un doigt dans son ceinturon Sam Browne et fit tournoyer son bidule à partir de la hanche droite en un cercle parfait lorsque le sergent de permanence fit les présentations. Norsworthy mesurait un mètre quatre-vingt-quinze et pesait aux alentours de cent dix kilos. Les cheveux étaient coupés en brosse extra-courte qui épousait les lignes de son crâne plat et il avait les yeux d'un bleu si clair qu'on aurait dit qu'il les faisait décolorer.

— Salut, Underhill, me dit-il, alors que le sergent McDonald s'éloignait de nous. Bienvenue au Congo.

— Merci, dis-je en lui tendant la main, geste que je regrettai instantanément lorsque Norsworthy me l'écrasa de sa poigne énorme.

Il rit.

— Alors, dit-il, et ma poignée de main des familles ? Je m'exerce avec un de ces petits trucs à ressort. C'est moi le champion au bras de fer de tout le poste.

— Je te crois. On fait quoi à la ronde de cette nuit, Norsworthy ?

— Appelle-moi Nors. Comment je dois t'appeler ?

— Fred.

— C'est tout bon, Fred. Cette nuit, on va se faire une longue balade, on va remonter Central Avenue et on va se montrer. Y'a des postes d'appel tous les deux blocs, et on appelle le poste toutes les heures pour recevoir nos ordres. Le vieux Mac, au bureau, nous tient au courant des endroits où ça commence à chauffer. J'ai la clé pour les postes d'appel. C'est des boîtes blindées. Si on se les garde pas bien bouclées, y'a les truands qui vont les défoncer et y vont nous y faire entendre des drôles de trucs après.

« On disperse plein de réunions illégales. Une réunion illégale, c'est deux négros ou plus qui traînent encore dans le coin à la nuit tombée. Les fouteurs de merde, on y va à la main forte, et ça veut dire à peu près tous les connards à la redresse qu'on rencontre. On passe la revue des bars et des magasins de spiritueux et on vire les bougnoules qui l'ont mauvaise. Et c'est là que le boulot commence à être un peu marrant. T'aimes ça cogner sur les négros, Fred ?

— J'ai jamais essayé. C'est vraiment marrant ?

Nors éclata de rire à nouveau.

— T'as le sens de l'humour. J'ai entendu parler de toi. C'est toi qui as expédié deux rouleurs de saucisse voir si les frijoles étaient meilleures de l'autre côté des nuages quand tu bossais à Wilshire. T'es un héros authentique. Mais t'as dû jouer au con quelque part ou bien t'aurais pas été transféré ici. T'es un flic comme j'aime. On va être une sacrée paire de potes tous les deux.

Norsworthy s'empara de ma main sans prévenir pour me l'écraser une nouvelle fois. Je me libérai avant qu'il ait pu me briser quelques os.

— Whaou ! collègue, dis-je, j'ai besoin de cette main là pour rédiger mes rapports.

Norsworthy rit.

— C'te main droite, t'en auras besoin pour ben aut'chose que d'écrire des rapports dans c'te division-ci, p'tit blanc ! dit-il.

Si Norsworthy était rien moins que sensible, c'était plus qu'instructif que de l'avoir à mes côtés. A contrecœur, malgré son racisme et sa grossièreté, je commençai à l'apprécier. Je m'attendais à ce qu'il se montre brutal, mais ce n'était pas le cas : il était sévère et poli avec les gens auxquels nous avions affaire dans les rues, et lorsque la violence s'avérait nécessaire pour réduire à merci des suspects non armés, sa méthode, comparée à ce qui avait cours à la Soixante-Dix-Septième Rue, était douce : il vous enlaçait le bonhomme de ses grosses pattes d'ours en une embrassade féroce et il serrait, jusqu'à ce que l'individu en question tourne au violacé, avant de le laisser tomber, inconscient, sur le trottoir. Ça marchait.

Lorsque nous patrouillions sur Central Avenue, au sud de la 100ᵉ Rue, territoire que Norsworthy appelait les « Ténèbres de l'Afrique », tout le monde nous saluait d'un hochement de tête effrayé, tout le monde sauf les ivrognes irrécupérables, les défoncés et les ignorants. Norsworthy était tellement ancré dans la certitude de se savoir un danger qu'il accordait aux Nègres qu'il dénigrait en privé un respect rigoureux, presque par accord tacite. Il n'avait jamais besoin d'élever la voix. Sa présence de Gargantua chiqueur suffisait, et moi, en tant qu'équipier, je partageais avantageusement le respect craintif et impressionnant qu'on lui accordait.

Ainsi donc, notre association fonctionna – pour un temps. Nous faisions nos rondes avec, au tableau, des foules d'arrestations pour ivresse, possession de drogue et agression. Nous allions dans les bars arrêter les fauteurs de troubles. Habituellement, Norsworthy étouffait les velléités de bagarres rien qu'en pénétrant dans le bar et en s'éclaircissant la gorge, mais parfois, il nous fallait faire notre entrée en jouant du bidule et allonger les bagarreurs au tapis avant de leur passer les menottes et d'appeler une voiture de patrouille pour qu'elle les emmène au poste.

Les réunions illégales dont Norsworthy m'avait parlé étaient faciles à disperser. On leur passait à côté d'un air détaché ; Nors disait « Bonsoir, les gars » et le groupe paraissait s'évanouir dans les airs.

C'était ça notre boulot. Mais je commençai à m'ennuyer, et je commençai à apprécier de moins en moins mon équipier. Son flot ininterrompu de paroles – sur son service militaire en Italie pendant la guerre, ses prouesses athlétiques, la taille de son zob, les « négros », les « youpins », les « métèques » et les « bridés » – me déplaisait et me déprimait parce qu'il dénigrait les merveilles et l'étrangeté de Watts. Je voulais me libérer de la présence impressionnante de mon équipier qui semait l'effroi, afin de pouvoir poursuivre les merveilles en paix, en solitaire, aussi je concoctai un plan : je réussis à convaincre Norsworthy que nous pourrions être deux fois plus efficaces en patrouillant séparément, de chaque côté de la rue, à portée de voix et de vue l'un de l'autre. Il me fallut déployer beaucoup de conviction, mais finalement il avala le morceau, à la condition que, puisque ce n'était pas réglementaire, toutes les heures on se retrouve pour comparer nos notes et décider des endroits chauds susceptibles de nécessiter une intervention en duo.

J'y gagnai ainsi une liberté relative, la liberté de laisser mon esprit vagabonder et s'égarer aux sons des fragments de la musique nocturne aux néons crépusculaires. Mon chagrin de la perte de La Fêlure s'apaisait petit à petit et la curiosité débridée que j'avais éprouvée pour Lorna Weinberg avait perdu de son intensité.

Lorsque je me retrouvai un peu plus à l'aise avec mes patrouilles en solitaire, je larguai Norsworthy complètement et je me payai les rues latérales numérotées qui donnaient sur Central – rangées sinistres de petites maisons blanches en bois, cahutes de papier goudronné, et immeubles locatifs surpeuplés. J'achetai trois paires de jumelles bon marché et je les braquais à partir des toits d'immeubles sur le parcours de mes rondes. Tard dans la nuit, j'en balayais les fenêtres éclairées à la recherche de délits et de merveilles. Je les trouvai. Toute la gamme, de l'homosexualité – qui m'était indifférente – aux bœufs de jazz, en passant par les enlacements torrides et les larmes. Je découvris aussi la drogue et les toxicos sur lesquels je sévissais, en transmettant mes renseignements sur les fumeurs de marijuana ou pis encore, aux inspecteurs, sans jamais tenter de jouer à l'important et de procéder à l'arrestation moi-même. Je voulais prouver que je savais jouer en équipe, quelque chose que je n'avais jamais pratiqué à Wilshire, et je voulais des rapports d'aptitude classés A qui accompagneraient à merveille le grade de sergent qui serait mien peu après mon vingt-huitième anniversaire.

Et je fis des prises, de belles prises. Je me trouvai un indic fêlé du cigare, un vieux cireur au comportement de cinglé qui haïssait les morphinos et les revendeurs. Willy voyait et retenait tout et il disposait d'une couverture parfaite. Les macs du quartier, les truands et les revendeurs venaient à lui « pour faire astiquer leurs crocos » et ils parlaient librement en sa présence – tout le monde le prenait pour un imbécile que trente années passées à renifler le cirage avaient rendu complètement gaga.

Il marcha dans la combine, travaillant pour des clopinettes à son étal de cireur et me vendant des renseignements, pour une portion conséquente de ma paye. Grâce à Willy, je réussis à effectuer l'arrestation d'une flopée de fumeurs d'herbe et de revendeurs d'héroïne, y compris celle d'un mec avec un mandat de recherches pour meurtre lancé quelque part dans l'Est.

Norsworthy m'en voulut de ma réussite : il avait le sentiment que j'avais usurpé une part de son pouvoir en faisant passer ses rapports d'aptitude pour moins que rien en comparaison. Je sentais que ses rancœurs et son ressentiment prenaient de l'ampleur. Je savais ce qu'il allait faire, et entrepris d'agir sans tarder pour prendre les devants.

J'allai voir le commandant de la brigade d'inspecteurs et jouai franc jeu. Je lui parlai des prises que j'avais offertes à ses hommes, de la manière dont j'avais obtenu les renseignements qui y avaient conduit – J'avais mené mes rondes nocturnes en solitaire, en toute liberté, loin de mon partenaire envahissant.

Le vieux lieutenant chenu et desséché aima ça. Il crut que j'étais un dur. Je lui dis que ce bon vieux Norsworthy la Grosse Pine allait tout foutre en l'air, qu'il faisait la gueule, qu'il voulait mettre le holà à mes activités et qu'il était sur le point de me cafter au capitaine Jurgensen pour avoir largué ma ronde.

Le vieux lieutenant secoua la tête :

— Nous ne pouvons pas permettre qu'une telle chose

se produise, d'accord, fils ? A partir de cet instant, Underhill, vous êtes le seul homme de ronde de tout le poste à tourner en solitaire. Dieu ait pitié de votre âme si jamais vous vous retrouvez dans une situation difficile, ou si jamais Norsworthy abandonne le service.

— Merci, lieutenant. Vous ne le regretterez pas.

— Ça reste à voir. Un petit conseil, fils. Prenez garde à l'ambition. Parfois elle vous fait plus de mal qu'elle ne vous aide. Et maintenant, fermez la porte derrière vous, je veux mettre mon ventilateur en marche.

7

J'étais chez moi le mercredi suivant en train de faire frire le hamburger matinal de Train de Nuit lorsque ce dernier m'apporta la nouvelle qui allait changer ma vie à jamais.

Ma propriétaire, Mme Gates, se plaignait de ce que Train de Nuit lui bouffait ses plantes, plates-bandes, chaises de jardin, journaux et revues. Elle adorait les chiens, mais elle disait souvent que Train de Nuit tenait plus « du monstre Vaudou » que du chien et qu'il faudrait que je « m'arrange » pour mettre un terme à ses dérèglements. Aussi lorsque j'entendis une voix perçante s'écrier « M. Underhill » en provenance de la pelouse de façade, c'est en arborant mon plus large sourire que je sortis de la maison prêt à apaiser la terre entière.

Mme Gates se tenait au-dessus de Train de Nuit et lui assenait des coups de son balai. Il avait l'air d'apprécier et se roulait sur le dos dans l'herbe, le journal du matin fermement coincé entre ses mâchoires bavantes.

— Donne-moi mon journal, chien vaudou, hurlait la femme. Tu pourras le réduire en purée quand j'aurai fini de le lire. Donne-moi ça !

J'éclatai de rire. J'en étais arrivé à adorer Train de Nuit au cours des mois qui s'étaient écoulés depuis la mort de La Fêlure, et il ne manquait jamais de m'amuser.

— M. Underhill, débrouillez-vous pour que ce chien du démon arrête de me dévorer mon journal ! Faites qu'il me le rende !

Je me penchai sur Train de Nuit et lui grattouillai le ventre jusqu'à ce qu'il laisse tomber le journal et se mette à jouer du museau. Je dépliai le journal d'une pichenette pour bien montrer à Mme Gates qu'on n'y avait fait nul dommage, avant de tomber sur les titres et de me sentir soudain tout engourdi.

« Une femme étranglée découverte dans son appartement d'Hollywood » disait la manchette. Sous le titre de première page se trouvait une photographie de Maggie Cadwallader – cette même Maggie avec laquelle je m'étais accouplé en février, peu de temps avant la mort de La Fêlure.

Je repoussai Train-train ainsi que Mme Gates et ses miaulements pour m'asseoir et lire l'article :

« Une jeune femme a été découverte étranglée dans son appartement d'Hollywood tard dans la nuit de lundi par des voisins curieux qui avaient entendu du bruit et étaient allés aux nouvelles. La femme, Margaret Cadwallader, 36 ans, 2311 Harold Way, Hollywood, était employée comme comptable à la compagnie d'import-export « Le Monde Est Petit » dans Virgil Street, Los Angeles. La police s'est rendue sur les lieux et a emporté le corps de la victime. Bien que les résultats de l'autopsie ne soient pas connus, l'adjoint du légiste du Comté de L.A., Davin Beyless, a déclaré que « la mort était due à une strangulation pure et simple ». Les inspecteurs de la Division d'Hollywood des Services de Police de Los Angeles ont apposé les scellés sur les lieux du crime, et pensent à un cambriolage comme mobile du crime.

« Je crois que la femme a été tuée lorsque les bruits du cambriolage de son appartement l'ont réveillée. L'état des lieux confirme cette hypothèse qui sera le point de

départ de notre enquête. Trouver les coupables n'est plus qu'une question d'heures » a déclaré le sergent Arthur Holland, le policier chargé de l'enquête.
« La victime qui est originaire de Waukesha, Wisconsin, habitait Los Angeles depuis deux ans. Sa mère, Mme Marshall Cadwallader, vit toujours à Waukesha.
« Ses amis et collègues de travail se sont chargés des funérailles. »

Je reposai le journal et fixai l'herbe de la pelouse.
— M. Underhill ? M. Underhill ? disait Mme Gates.
Je l'ignorai et retournai à mon appartement pour m'allonger sur le canapé, les yeux fixés sur le plancher.

Maggie Cadwallader, femme solitaire, morte. Ma conquête d'une nuit, morte. Sa mort n'était pas sans rappeler celle de la femme dont La Fêlure et moi-même avions découvert le corps. Il était probable qu'il n'existait aucun lien entre les deux morts et pourtant, un tout petit détail très concret les unissait : j'avais rencontré Maggie à l'Etoile d'Argent. C'était la première fois, m'avait-elle dit. Mais il se pouvait très bien qu'elle y fût retournée, fréquemment. Je me torturai la cervelle pour essayer de me rappeler le nom de la femme dont La Fêlure et moi avions découvert le corps et je le retrouvai : Leona Jensen. Un de ses cendriers rempli de pochettes d'allumettes contenait des allumettes qui venaient de l'Etoile d'Argent. C'était peu de chose, mais ça suffisait.

Je changeai de vêtements et revêtis mon complet d'été léger en gabardine bleue, fis du café et pleurai Maggie – je pensais plus à son petit garçon à l'orphelinat quelque part dans l'Est qui ne reverrait plus jamais sa mère. Maggie, si solitaire, tellement en manque de ce que moi-même et probablement nul autre homme n'aurait pu lui offrir. La nuit que j'avais passée avec elle avait été pleine de tristesse. Ma curiosité et sa solitude étaient restées sans réponse avec pour seule résolution, colère de sa part et, de la mienne, dégoût de moi-même.

Et maintenant ça, qui me laissait plein de quelque chose qui ressemblait à de la responsabilité.

Je sus ce qu'il me fallait faire. Je bus rapidement trois tasses de café, enfermai Train de Nuit dans l'appartement en compagnie d'une demi-douzaine d'os à moelle de bonne taille, montai en voiture et retournai dans mes foyers d'antan, le Poste de Wilshire.

Je me garai au parking de chez Sears à un bloc de là et téléphonai à la permanence en demandant le sergent inspecteur Di Cenzo. Il vint en ligne une minute plus tard ; à sa voix, je compris que la matinée avait été dure.

— Di Cenzo à l'appareil, qui parle ?
— Sergent, ici, c'est l'agent Underhill. Vous vous souvenez de moi ?
— Sûr que je me souviens, môme. Tu es devenu célèbre juste après notre rencontre. Qu'est-ce qui s'passe ?
— J'aimerais pouvoir vous parler quelques minutes, aussitôt que possible.
— J'vais déjeuner dans environ cinq minutes, de l'autre côté de la rue, au Trèfle. Et je compte y rester trois bons quarts d'heure.
— J'y serai, dis-je en raccrochant.

Le Trèfle était un troquet-bar-brasserie spécialisé dans les sandwiches au corned-beef. J'y trouvai Di Cenzo dans le fond, en train d'engloutir comme un affamé un « spécial » qu'il faisait descendre à la bière. Il m'accueillit avec chaleur.

— Assieds-toi. T'as l'air en pleine forme, bel étudiant. Désolé pour ce qui est arrivé à ton partenaire. Où t'as été ? Je t'ai pas vu dans le coin.

Je le mis au courant aussi brièvement que possible. Il parut satisfait, mais il avait l'air surpris que je puisse aimer travailler à Watts.

— Alors tu veux quoi au juste, môme ? finit-il par demander.

J'essayai d'avoir l'air intéressé sans pourtant trop en laisser paraître.

— Vous vous souvenez de cette femme que mon équipier et moi-même avons trouvée dans la Vingt-Huitième Rue ?

— Ouais, une belle petite nana. Une vraie pitié !

— Exact. Je me demandais quel avait été le résultat de votre enquête. Avez-vous réussi finalement à trouver l'assassin ?

Di Cenzo me regarda d'un air curieux.

— Non, nous ne l'avons jamais retrouvé. Nous avons agrafé des tas de cambrioleurs, mais peau de balle. Nous avons contrôlé la vie privée de la nana et y'avait rien de particulièrement brûlant – pas d'ennemis, tous ses amis, tous les membres de sa famille avaient des alibis. L'empreinte que tu as entourée sur le mur appartenait à la nana elle-même. Nous nous sommes ramassé deux douzaines de fêlés qui ont confessé le crime, mais c'était juste juste que des cinglés. Ça arrive, des trucs comme ça, môme. Tu gagnes un jour, tu perds le lendemain. Comment ça se fait qu'ça t'intéresse ?

— La femme ressemblait à une ancienne de mes petites amies. Je crois que l'avoir trouvée, ça m'a marqué.

Je baissai la tête en feignant l'incrédulité devant le spectacle impressionnant de la mort.

Di Cenzo avala mon numéro.

— Ça te passera, dit-il. En baissant la voix, il ajouta : y faudra bien, si tu veux continuer à faire ce boulot.

Je me levai pour partir.

— Quand tu veux, môme. Sois bon. Prends soin de toi.

Di Cenzo me sourit chaleureusement et se remit à dévorer son déjeuner.

***

Je remontai Wilcox, juste au sud de Sunset, jusqu'au Poste d'Hollywood et tentai ma chance : je franchis le hall d'entrée en me payant de toupet, saluai le sergent de jour à son bureau d'un signe de tête et montai l'escalier tout droit jusqu'à la salle de brigade des inspecteurs où venait de commencer un briefing sur le meurtre de Maggie Cadwallader.

La petite salle était bourrée d'au moins une vingtaine d'inspecteurs, debout ou assis à des bureaux, à l'écoute d'un flic plus âgé et ventru qui expliquait ce qu'il voulait qui fût fait. Je me tins dans l'embrasure de la porte en essayant de me fondre dans la masse comme un quelconque agent, son service fini. Personne ne parut me remarquer.

— Je crois que nous avons un cambriolage, disait le flic âgé. L'appartement de la fille a été mis en pièces quelque chose de bien. Pas d'empreintes – les seules empreintes que nous ayons appartiennent à la victime et à sa propriétaire avec laquelle elle avait l'habitude de jouer aux cartes. L'homme de l'étage du dessous, celui qui a trouvé le corps, en a laissé lui aussi. On les a interrogés et ils ne sont pas suspects. Il n'y a pas dans les archives récentes de meurtre qui corresponde à celui-ci. Alors voici ce que je veux que vous fassiez : je veux qu'on amène ici aux fins d'interrogatoires tous les cambrioleurs connus pour user de violence. Il n'y a pas eu viol, mais je veux qu'on m'amène aussi tous les cambrioleurs avec délits sexuels sur leurs casiers. Je veux qu'on vérifie tous les rapports de cambriolage de la zone d'Hollywood de ces six derniers mois qui ont abouti à des arrestations avant relaxe. Téléphonez au bureau du Procureur pour qu'on mette ses dossiers à votre disposition. Je veux savoir combien des salopards que nous avons arrêtés se retrouvent à nouveau libres comme l'air, je veux qu'on me les amène ici et qu'on les interroge.

« J'ai deux hommes qui font la tournée des voisins. Je veux savoir tout ce que la nana Cadwallader possédait comme choses de valeur. A partir de là, on peut forcer la main aux fourgues et vérifier les boutiques de prêts sur gages. Je veux qu'on m'amène tous les drogués du boulevard et qu'on les travaille sans douceur. C'est probablement un meurtre commis dans un moment de panique, et un morphino en train de se chercher un fixe pourrait très bien étrangler une nana avant de se tailler sans rien emporter. J'ai deux hommes qui interrogent les gens du quartier à propos de la nuit en question. Si quelqu'un a vu ou entendu quelque chose, nous le saurons. C'est tout pour aujourd'hui. On arrête là. Rompez.

Ce fut pour moi le signal de départ. Je regardai ma montre. Il était deux heures quarante. Il me restait trois heures avant de reprendre mon service.

Je sortis et me dirigeai vers ma voiture au milieu d'une mêlée d'inspecteurs grommelants. Je baissai la capote et m'installai sur le siège avant pour réfléchir. Non, pas un cambriolage, n'arrêtais-je pas de me dire à moi-même ; pas cette fois-ci. Peut-être pour la femme Jensen, peut-être que les allumettes n'étaient qu'une coïncidence, mais il y avait chez Maggie Cadwallader un air de profonde étrangeté, presque une aura d'un destin fatal imminent. Lorsqu'elle avait vu mon arme, elle avait hurlé : « Par pitié, non ! Je ne te laisserai pas me faire du mal ! Je sais qui t'a envoyé ! J'étais sûre qu'il le ferait ! » Elle avait été une femme étrange, elle s'était enveloppée serrée dans les plis de son petit univers à elle qu'elle entrouvrait pourtant fréquemment à des inconnus.

Il me fallait commencer par l'Etoile d'Argent, de toute évidence, mais ce n'était pas la peine d'y mettre les pieds en plein jour, aussi je roulai jusqu'à une cabine et obtins l'adresse de la compagnie d'import-export « Le Monde Est Petit » : 615 Virgil Nord. Je roulai jusque-là, tout ragaillardi – en m'en sentant quelque peu coupable.

***

La compagnie d'import-export « Le Monde Est Petit » avait ses locaux dans un vaste entrepôt au milieu d'un bloc résidentiel spécialisé dans la location de chambres aux étudiants de l'Université de la Ville de

L.A. à quelque blocs de là. Chaque maison du bloc portait des affichettes : « Logements pour étudiants » et « Loyers réduits pour étudiants ». Beaucoup des « étudiants » en question étaient assis sur les perrons d'entrée à boire de la bière ou à jouer à balle-attrape sur les pelouses défoncées, en façade. Ils avaient à peu près mon âge et ils arboraient l'air de ceux qui sont bons pour le service. Deux guerres, Underhill, pensai-je, et tu as échappé à l'une comme à l'autre en obtenant ce que tu voulais. Et te voilà aujourd'hui, patrouillant Watts à pied dans ta parodie d'un inspecteur d'Hollywood. Sois prudent.

J'étais prudent. J'entrai dans l'entrepôt par la porte de façade délabrée où quelqu'un avait gribouillé un globe terrestre minable, quelqu'un qui de toute évidence ne connaissait pas très bien sa géographie. Mais la réceptionniste savait reconnaître un flic et son insigne quand elle en voyait un, et lorsque je me renseignai sur les amis de Maggie Cadwallader, elle dit :

— Oh, ça, c'est facile !

Elle composa un numéro sur son téléphone de bureau, en disant :

— Mme Grover, notre chef comptable, était une excellente amie de Maggie. Elles déjeunaient ensemble presque tous les jours.

Elle parla dans le téléphone : « Mme Grover, il y a un policier ici qui voudrait vous parler de Maggie. » La réceptionniste reposa le combiné et dit :

— Elle sera là dans un instant.

Elle sourit. Je lui rendis son sourire.

Nous étions en train d'échanger nos huitième et neuvième sourires, lorsqu'une femme, d'environ quarante ans, l'air énergique, entra dans la salle d'attente.

— Monsieur l'officier de police ? demanda-t-elle.

— Mme Grover, répondis-je, je suis l'agent Underhill, Services de Police de Los Angeles. Pourrais-je avoir un entretien avec vous ?

— Certainement, dit-elle, très service-service.

Voudriez-vous m'accompagner à mon bureau ?

Mon rôle commençait à me plaire, mais la brusquerie de ses manières m'agaçait.

— Ouais, bien sûr, répondis-je.

Nous franchîmes un couloir défraîchi. J'entendais le bourdonnement de multiples machines à coudre qui tournaient derrière les portes fermées. Mme Grover me fit asseoir dans un fauteuil en bois dans son bureau chichement meublé. Elle alluma une cigarette, s'installa confortablement derrière son bureau et dit :

— Pauvre Maggie ! Quelle abominable façon de mourir ! Qui est coupable, selon vous ?

— Je ne sais pas. C'est la raison de ma présence ici.

— J'ai lu dans les journaux que les policiers pensaient que c'était un cambrioleur. Est-ce que c'est vrai ?

— Peut-être bien. J'ai cru comprendre que vous étiez très amie avec Maggie Cadwallader.

— En un certain sens, répondit Mme Grover. Nous déjeunions ensemble chaque jour de la semaine, mais nous ne nous voyions pas en dehors du travail.

— Y avait-il une raison à cela ?

— Que voulez-vous dire ?

— Ce que je veux dire, Mme Grover, c'est que j'essaie de saisir la personnalité de cette femme. Quel genre de personne était-elle ? Ses habitudes, ses goûts, ses haines, les gens qu'elle fréquentait, ce genre de choses, vous voyez ?

Mme Grover me fixa de tous ses yeux en fumant d'un air déterminé.

— Je vois, dit-elle. Eh bien, si cela peut vous aider, je peux vous dire ceci : Maggie était une femme très intelligente mais très perturbée. Je crois que c'était une menteuse pathologique. Elle m'a fait des récits sur elle et quelque temps après, elle me racontait des choses qui contredisaient ses premiers récits. Je crois qu'elle avait des problèmes avec la boisson et qu'elle passait ses soirées seule, à lire.

— Quel genre de récit vous a-t-elle fait ?

— Elle m'a parlé de ses origines. Un jour, elle était de New York, le lendemain du Midwest. Elle m'a dit un jour qu'elle avait un enfant, né hors mariage, d'un « amour perdu » et exactement le lendemain, elle me raconte qu'elle est vierge ! J'ai senti qu'elle se sentait très seule, aussi ai-je essayé un jour d'arranger un rendez-vous à dîner entre elle et un charmant célibataire ami de mon mari. Elle n'a pas voulu s'y prêter. Elle était terrifiée. C'était quelqu'un de cultivé, Maggie, et nous avons eu de longues conversations solitaires sur le théâtre, mais elle me disait des choses tellement folles...
— Telles que ?
— Telles que toutes ses bêtises sur le bébé quelque part dans l'Est. Elle m'a un jour montré une photo. Ça m'a brisé le cœur. Il était évident qu'elle l'avait découpée dans une revue. C'était tellement triste.
— Etes-vous au courant d'hommes éventuels qui auraient partagé son existence, Mme Grover ?
— Non, monsieur l'agent, aucun. Je crois vraiment qu'elle est morte vierge.
— Bien, dis-je en me levant, merci de m'avoir consacré de votre temps, Mme Grover. Vous m'avez été très utile.
— Elle méritait tellement mieux, monsieur l'agent. S'il vous plaît, retrouvez son assassin.
— Je le retrouverai, dis-je – et mes paroles étaient sincères.

***

Je ne fus pas d'une grande efficacité au cours de ma ronde, cette nuit-là. J'avais l'esprit ailleurs. Je savais qu'il me faudrait très vite me faire transférer au poste de jour si je voulais continuer mon enquête la nuit. Je passai en revue les options qui m'étaient offertes : solliciter mon transfert auprès de Jurgensen ? Auprès du chef de la Brigade des Inspecteurs ? Demander un congé maladie ? Trop hasardeux, tout ça !

Le lendemain matin, j'allai au poste et frappai à la porte du capitaine Jurgensen. Il m'accueillit avec chaleur, surpris de me voir là dans la journée. Je lui dis ce que je désirais : Un de mes amis, une connaissance qui remontait à mes années d'orphelinat, était très malade et avait besoin de quelqu'un pour veiller sur lui, la nuit, pendant que sa femme allait travailler aux « Avions Douglas ». Je voulais temporairement être de service de jour, afin d'aider mon ami et de mieux me familiariser avec le secteur où j'opérais.

Jurgensen reposa son exemplaire de *Richard III* et dit :

— Vous commencez aujourd'hui, Underhill. Un de nos hommes est en congé. Mais pas de travail en solo. Pas de truc de petit génie. Vous faites votre ronde avec un partenaire, un point, c'est tout. Maintenant, au travail.

***

Ce soir-là, à onze heures trente, je perpétrai le premier forfait de ma vie d'adulte. J'allai jusqu'à Hollywood, me garai sur le parking d'une station service, et remontai Harold Way jusqu'à l'appartement de Maggie Cadwallader. Les mains gantées, je crochetai la serrure de la porte et traversai l'appartement obscur pour me rendre dans la chambre. J'avais une lampe de poche et me risquai à l'allumer toutes les quelques secondes, ce qui me permit de constater que toutes les affaires personnelles de Maggie avaient été débarrassées, afin de montrer l'appartement, me semblait-il, sous un meilleur jour à d'éventuels locataires lorsque la publicité autour de sa mort se serait éteinte.

Dans la chambre, tout en tenant ma lampe maladroitement, je dévissai le pied de lit, celui qui avait contenu « l'inestimable gage d'amour » de Maggie. Il avait disparu. Je replaçai le pied et dévissai le suivant : rien non plus. Les deux pieds restants étaient massifs, pris dans la masse de l'ossature du lit. C'était bien ce que j'avais espéré. Mais il me fallait pourtant procéder à une seconde vérification.

Je roulai jusqu'au Poste d'Hollywood, me garai, y entrai et montrai mon insigne au sergent de permanence.

— Je travaille avec les inspecteurs de la Soixante-Dix-Septième. Y a-t-il quelqu'un au premier à qui je puisse parler ?

— Essayez toujours, répondit-il, mort d'ennui.

***

La salle de brigade était déserte, à l'exception d'un vieux flic fatigué qui rédigeait des rapports. J'entrai dans la pièce comme le propriétaire des lieux, et le vieux de la vieille se contenta de lever brièvement les yeux de sa paperasserie. Lorsque je vis que ce que je désirais n'était pas directement visible, je m'éclaircis la gorge pour attirer son attention.

Il leva la tête à nouveau, affichant cette fois des yeux injectés de sang et une voix fatiguée.

— Oui ? dit-il.

J'essayai de paraître plein d'entrain et en même temps plus vieux que je n'étais.

— Underhill, Soixante-Dix-Septième Rue. Je suis chargé de faire la tournée des boutiques de prêts sur gage sur Central Sud. Le lieut' m'a dit de venir ici et de vérifier le rapport sur les objets personnels de la nana qui est morte, Cadwallader. On retrouve plein de matos qui est refourgué dans la Soixante-Dix-Septième et qui a été piqué à Hollywood et L.A. Ouest. Le lieutenant a pensé qu'il pourrait comme ça vous donner un coup de main.

— Merci, dit le vieux briscard en se levant de son fauteuil pour se diriger vers une rangée de classeurs. C'était pas un fric-frac de cambrioleur, si vous voulez mon avis. C'est mon équipier et moi qui avons rédigé ce rapport.

Il me tendit une chemise en carton qui contenait trois

pages tapées à la machine.

— Y'avait rien qui manquait, selon la proprio, et elle connaissait bien la gonzesse rétamée. Peut-êt'qu'le mec a paniqué. C'est pas à moi qu'y faut demander.

Le rapport était rédigé dans le jargon ampoulé familier au service et tout avait été noté, de la nourriture pour chat au détergent – mais aucune mention n'était faite d'une broche en diamants ou de tout autre bijou.

Il y avait une déposition signée de la propriétaire, une Mme Crawshaw, qui déclarait que, bien que l'appartement ait été dans un désordre complet, rien ne semblait avoir disparu. Elle déclarait aussi que Maggie Cadwallader, à sa connaissance, ne possédait ni bijoux, ni bons au porteur, ni actions, et qu'elle n'avait jamais caché de grosses sommes d'argent dans son appartement.

Le vieux flic me regardait :

— Vous voulez une copie de ça ? demanda-t-il d'un air fatigué.

— Non, dis-je, vous aviez raison, y'a rien dans le rapport. Merci beaucoup, à un de ces jours !

Il eut l'air soulagé. Moi, je me sentais soulagé.

Il était zéro heure quarante-cinq et je savais que je ne pourrais plus dormir maintenant, même si je le voulais. Je voulais réfléchir, mais je voulais que ce fût facile, l'esprit libre des spéculations de panique sur tous les dangers et les risques que je courais. Aussi je décidai de rompre mes vœux silencieux d'abstinence et je partis en direction de Silverlake où je frappai à la porte d'un vieux pote du temps de l'orphelinat.

Il fut modérément heureux de ma visite, sa femme, pas du tout. Je leur dis que ce n'était pas une visite mondaine, tout ce que je désirais, c'était emprunter ses clubs de golf. Incrédule, il me les prêta. Je promis de les rapporter bientôt et de le remercier de ce petit service par un bon dîner au restaurant. Incrédule, sa femme dit qu'elle le croirait quand elle y serait, avant de presser son mari de retourner se coucher.

Je vérifiai les clubs. C'étaient de bons Tommy Armours, et il y avait au moins une cinquantaine de balles d'entraînement fourrées dans les poches du sac. Je me mis en quête d'un endroit où je pourrais les frapper, et penser.

Je retournai à la maison et embarquai Train de Nuit. Il était heureux de me voir et mourait d'envie de faire un peu d'exercice. Je trouvai quelques côtelettes froides dans le freezer et les lui lançai. Il grignotait les os lorsque je lui attachai sa laisse et passai le sac de golf sur mon épaule.

— La plage, Train-Train. Voyons un peu quel genre de Labrador tu es vraiment. Je vais frapper les balles dans l'océan. Que des petits coups de rien. Si tu peux me les récupérer dans le noir, je te mets du steak au menu pendant un an. Qu'en dis-tu ?

Train de Nuit dit « Woof ! » et nous voilà partis, trois blocs à parcourir avant d'atteindre le bord du Pacifique.

La nuit était chaude et il n'y avait pas de brise. Je dégrafai la laisse de Train de Nuit, et il démarra en courant, un os de côtelette toujours dans la gueule. Je laissai tomber les balles sur le sable mouillé et sortis un fer de huit du sac. Le soupeser me fit le même effet qu'embrasser un ami bien aimé longtemps perdu de vue. Je me surpris à ne pas être rouillé. Ma coupure d'avec le golf n'avait pas émoussé le côté incisif que j'avais toujours eu dans mon jeu, et ce, dès le premier jour où j'avais manié un club, ou presque.

Je frappai des coups faciles dans les vagues blanches qui brassaient l'écume, jouissant de la synchronisation entre le corps et l'esprit qui est l'essence même du golf. Au bout d'un moment, la partie mentale ne fut plus nécessaire, mon swing et moi n'étions plus qu'un, et je tournai mon esprit ailleurs.

Accordé : je m'étais fait passer deux fois pour inspecteur, en utilisant mon propre nom, ce qui pourrait très bien me valoir une suspension si ça venait au grand jour. Accordé : ce qui me poussait, ce n'était que des coups de flair ; et mes observations de Maggie Cadwallader se fondaient sur son attitude durant une seule soirée. Mais. Mais. Mais, quelque part, d'une manière ou d'une autre, je *savais ;* ça allait plus loin que l'intuition, la logique déductive ou l'évaluation d'une personnalité. C'était là ma parcelle en propre d'un écheveau de merveilles qu'il me fallait débrouiller, et le fait que la victime m'eût offert son corps, geste sans conséquence dans sa quête de quelque chose de plus, lui donnait tout son poids et toute sa signification.

Je sifflai Train de Nuit, qui arriva en trottinant. Nous reprîmes le chemin de l'appartement et je songeai, La Fêlure avait raison. La clé des merveilles, c'est la mort. J'avais tué, par deux fois, et j'en avais été changé. Mais la clé n'était pas dans le geste de mort, elle était dans la découverte de tout ce qui y conduisait.

Je me sentis étrangement magnanime et aimable, pareil à l'écrivain sur le point de dédicacer un livre. Celui-ci, c'est pour toi, La Fêlure, me dis-je à moi-même ; il est pour toi.

8

C'était une sensation étrange que d'être assis dans un bar à la recherche d'un tueur plutôt que d'une femme.

La nuit qui suivit, libéré de l'obsession qui m'entraînait habituellement dans de tels endroits, j'étais assis et je buvais du Scotch noyé d'eau en contemplant des gens qui se soûlaient, se mettaient en colère, s'apitoyaient en larmoyant sur leur vie dont ils déversaient l'histoire à de parfaits inconnus dans leurs effusions alcooliques. Je cherchais des hommes en chasse, comme moi-même, mais au cours de cette première nuit, l'Etoile d'Argent ne m'offrit rien que des désespérances d'individus entre deux âges, qui se jouaient au son des vieux succès d'avant-guerre du juke-box.

Je restai jusqu'à la fermeture et sortis à 1 h du matin en demandant au barman si l'endroit s'animait un peu de temps en temps.

— Le week-end, dit-il. Le week-end, ça chauffe et ça guinche dans le troquet. Demain soir. Vous verrez.

***

Le barman avait raison. J'arrivai à l'Etoile d'Argent à huit heures moins le quart le samedi soir et observai le rade qui commençait à s'animer. Des jeunes couples, des militaires en permission – aisément reconnaissables à leur coiffure en brosse courte et leurs chaussures noires à bouts ronds – des soiffards sur le retour, et des hommes et des femmes, seuls, jetaient des regards solitaires et chargés d'espoir dans le seul but de se trouver une place au bar ou sur la piste.

La musique était plus entraînante ce soir-là, et destinée à une clientèle plus jeune : arrangements rythmés et joyeux de morceaux de comédies musicales et même un peu de jazz. Une belle femme d'une trentaine d'années m'invita à danser. Avec regret, je refusai son invitation arguant d'une jambe bancale comme excuse. Elle se tourna vers le mec assis au bar à côté de moi, qui accepta.

Je cherchais des « dragueurs de profession », du genre « beau gosse », des « loups » – de ces hommes capables de gagner la confiance d'une femme tout autant qu'une entrée directe dans sa chambre à coucher avec une aisance désarmante. Des hommes comme moi. Je restai trois bonnes heures, assis, changeant de place, passant du bar aux tables, à siroter ma limonade au gingembre, le regard toujours aiguisé. Je commençais à me rendre compte que la surveillance pourrait devenir longue et épuisante. Malgré l'intense activité de mes prunelles, je ne vis pas grand-chose.

Je commençais à déprimer, voire à être un peu à cran, lorsque je remarquai deux individus, sans l'ombre d'un doute du genre minables sans envergure, qui s'approchaient du bar et se penchaient vers le barman pour lui parler d'un air sous-entendu. Le visage du barman parut s'éclairer d'un air complice. Il indiqua une porte au fond du rade, près d'une rangée de téléphones et de machines à cigarettes. Puis tous trois s'engagèrent dans cette direction, le barman abandonnant son poste pour l'occasion.

Je les observai qui fermaient la porte derrière eux et attendis deux minutes. J'allai jusqu'à la porte et m'accroupis pour renifler le jour entre porte et plancher. De la fumée de marijuana. Je souris, transférai mon revolver de son étui à la poche de ma veste de sport, ouvris mon étui d'insigne en cuir et, très naturellement, mais avec conviction, me jetai épaule droite contre le chambranle ; le bois se fendit et la porte s'ouvrit en grand sous la violence de ma poussée.

Le bruit fut bref et violent, pareil à une explosion. Les trois fumeurs se tenaient contre le mur du fond, tout près d'une cargaison de caisses de whisky qui montait jusqu'au plafond. Ils reculèrent d'un bond et levèrent les bras par réflexe en entendant le bruit et en voyant arme et insigne.

Je jetai un coup d'œil en arrière en direction du bar. Personne ne semblait avoir remarqué ce qui s'était passé. Je refermai la porte derrière moi, en douceur.

— Police, dis-je très paisiblement. Avancez jusqu'au mur de gauche et appuyez-vous dessus, mains à plat sur le mur au-dessus de la tête. Allez-y tout de suite.

Ils s'exécutèrent. L'odeur de marijuana se faisait plus forte et plus sensuelle. Je passai les trois hommes à la fouille, à la recherche d'armes et de dope, mais je ne trouvai rien, hormis trois joints bien dodus. Les mecs tremblaient et le barman commença à bafouiller à propos de sa femme et de ses mômes.

— La ferme ! lui dis-je brutalement.

Je chopai les deux autres mecs par le colback et les bousculai en direction de la porte.

— Foutez-moi le camp d'ici, putains de minables, leur sifflai-je à la figure, et que je ne vous revoie plus jamais ici.

Ils sortirent en trébuchant, tout en lançant des regards soucieux en direction du barman.

Je barricadai la porte en plaçant tout contre une caisse de bouteilles de gin. Le barman se fit tout petit contre le mur lorsque je m'avançai dans sa direction. Il farfouilla dans ses poches à la recherche de cigarettes tout en implorant du regard que je lui accorde la permission.

— Vas-y, fume, dis-je.

Il alluma sa cigarette.

— Quel est ton nom ?

— Red Julain, dit-il, le regard sur la porte.

J'apaisai ses craintes.

— Ça ne prendra pas longtemps, Red. Je ne vais pas te mettre au trou. J'ai juste besoin d'un petit coup de main.

— J'connais pas de revendeurs, j'vous jure, m'sieur l'agent. J'en grille une de temps en temps, c'est tout. Cinquante cents le coup, ça va pas plus loin.

Je souris d'un air sardonique.

— Je m'en fiche, Red. Je ne travaille pas aux Stups. Depuis combien de temps tu travailles ici ?

— Trois ans.

— Alors tu dois être bien au courant de tout ce qui se passe ici – tous les habitués, les escrocs...

— Ici, c'est un endroit propre, m'sieur l'agent. Je laisse pas...

— La ferme. Ecoute-moi. Ce qui m'intéresse, c'est les artistes de la drague, les rois de la chatte, les mecs qui se lèvent habituellement leur coup ici. Tu me donnes un coup de main et je laisse pisser. Tu refuses et je te colle au trou. J'appelle une voiture de patrouille et je dis aux poulets de service que tu as essayé de me vendre ces trois joints. Ça te fera entre deux et dix ans à Quentin. Tu décides quoi ?

Red alluma une nouvelle cigarette au mégot de la première. Ses mains tremblaient.

— On a nos p'tits artistes, y vont et viennent. On a un mec qui passe de temps en temps, mais il vient recta quand il est en ville. Un beau mec qui s'appelle Eddie. C'est le seul tuyau que j'aie sur lui, j'mens pas. Il se lève ses morceaux ici.

Red se recula de moi une nouvelle fois.

— Est-ce qu'il est ici ce soir ?

— Non, y vient quand c'est plus calme. Un vrai coulos. Fringué voyant. Il est pas là ce soir, j'mens pas.

— Okay. Ecoute-moi. T'as un nouvel habitué à partir d'aujourd'hui. Moi. Quels sont tes soirs de congé ?

— J'en ai pas. Le patron y veut pas. Je travaille de six heures à minuit, sept jours par semaine.

— Bien. Est-ce qu'Eddie est passé récemment ? Est-ce qu'il a levé une nana ?

— Oui, du travail sans bavures.

— Bien. Je repasserai, tous les soirs. Dès qu'Eddie entre, tu me fais signe. Si tu essaies de le rencarder, tu sais ce qui t'arrivera.

Je souris et lui plaçai les trois joints sous le nez.

— Ouais, je sais.

— Bien. Et maintenant, sors d'ici. Je crois que tes clients commencent à avoir soif.

***

Je fis la fermeture cette nuit-là, une nouvelle fois. Pas d'Eddie.

Dimanche matin, en tout premier lieu, j'allai au drugstore de Santa Monica où ils développaient les photos sous vingt-quatre heures. J'y laissai quatre photographies de journaux de Maggie Cadwallader, et je dis à l'employé, qui secoua la tête d'un air dubitatif, que je voulais la meilleure reproduction possible, format instantané, six exemplaires pour six heures le soir même. Lorsque j'agitai un billet de vingt dollars sous son nez avant de le lui fourrer dans sa poche de chemise, ses doutes devinrent moins manifestes. Les photos que je récupérai cet après-midi là étaient d'une qualité plus que suffisante pour que je les montre à des témoins potentiels.

***

Red essuyait un verre d'un geste nerveux lorsque je m'installai sur un tabouret du bar, tôt dans la soirée du dimanche.

A l'extérieur, la chaleur était étouffante, mais l'Etoile d'Argent avait l'air conditionné : la température y était glaciale.

— Bonsoir, Red !
— Bonsoir, m'sieur.
— Appelle-moi Fred, dis-je magnanime, en lui glissant sur le bar un agrandissement de Maggie Cadwallader.
— As-tu jamais vu cette femme ?
Red acquiesça.
— Plusieurs fois, ouais, mais pas récemment.
L'as-tu déjà vue en compagnie d'Eddie ?
— Non.
— Pas de bol. Ça tourne au ralenti ce soir, non ? dis-je en regardant le bar presque vide.
— Ouais. Tout ça à cause de l'heure d'été, ça tue le commerce. Les gens, y croient que c'est pas bien de boire avant qu'y fasse sombre. Sauf les soiffards.
Il indiqua un couple de poivrots en train de se palucher sur une des banquettes du salon.
— Je vois ce que tu veux dire. J'ai eu jadis un ami qui aimait la boisson. Il disait qu'il n'aimait boire que lorsqu'il était seul ou avec des gens, en plein jour ou dans la nuit. C'était un philosophe.
— Qu'est-ce qui lui est arrivé ?
— Il s'est fait descendre.
— Ouais ? C'est dégueulasse.
— Ouais. Je vais aller m'asseoir sur une de ces banquettes qui font face à la porte. Si notre ami se pointe, tu

viens me prévenir, capice ?
— Ouais.
Vers huit heures, le bar avait fait à moitié le plein et arrivé dix heures, l'obscurité profonde me donnait la sensation d'être une chauve-souris dans les « Cavernes de Carlsbad ».
Aux environs de onze heures, Red s'avança jusqu'à moi et me donna un coup de coude.
— C'est lui, dit-il, au bar. Le mec à la chemise hawaïenne.
Je fis signe à Red de s'éloigner et me dirigeai d'un pas tranquille vers les toilettes en m'arrangeant pour passer à côté du bonhomme ; en revenant des toilettes, je m'installai sur le tabouret proche du sien et reçus une bouffée entêtante d'eau de cologne au lilas. J'appelai Red à haute voix et commandai un double Scotch afin d'obtenir une réaction de la part d'Eddie. Il se retourna dans ma direction et je gravai dans ma mémoire un beau visage, délicat et arrogant tout à la fois, bien bronzé, des cheveux bruns bouclés portés plutôt longs et des yeux bruns et doux enfoncés dans leurs orbites. Eddie reprit sa position rapidement pour s'absorber dans la contemplation de son Martini et de la femme assise à côté de lui, une brunette maigrelette en uniforme d'infirmière qui feignait par politesse d'être intéressée par sa conversation.
— ... Alors, ça a bien marché, ces temps-ci. En particulier les trotteurs. Ne croyez pas tout ce que vous lisez. Il y a des systèmes qui marchent.
— Vraiment ? dit la brunette, morte d'ennui.
— Vraiment. (Eddie se pencha plus avant en direction de la femme.) C'est quoi, déjà, votre nom ?
— Corinne.
— Salut, Corinne. Moi, c'est Eddie.
— Salut, Eddie.
— Salut. Vous aimez les chevaux, Corinne ?
— Pas vraiment.
— Oh ! Vous savez, en fait, c'est qu'une question d'apprendre comment ça marche, vous voyez ?

— Je crois. Mais je ne sais pas, ça m'ennuie, tout simplement. Il faut que j'y aille. Heureuse d'vous avoir rencontré. Au revoir.

La brunette se leva de son tabouret et partit. Eddie soupira, termina son verre et se dirigea vers les toilettes ; il s'arrêta face au miroir de plain-pied sur le mur et entama un rituel élaboré qui consistait à se lisser la chevelure, brosser les peluches de sa chemise, vérifier le pli du pantalon tout en souriant plusieurs fois à son image sous des angles différents. Il parut satisfait de son examen, à juste titre d'ailleurs : c'était le prototype parfait d'un racoleur de bar de L.A. à la langue de velours, dont le seul objet dans la vie était de charmer, manipuler et séduire. Une fraction de seconde, je ne sentis que de la répulsion devant mes propres chasses, avant de me convaincre que les raisons qui m'y poussaient étaient sans conteste totalement différentes.

Je me trouvai une autre place au fond de la pièce d'où je pouvais englober tout le bar du regard. J'observai Eddie au cours de ses tentatives infructueuses pour lever successivement trois jeunes femmes. Je sentis son dégoût et son désespoir lorsqu'il paya sa note avant de descendre son dernier Martini et de sortir en trombe. Je sortis rapidement et le suivis jusqu'à une rue latérale. Il monta dans une berline Olds [1] modèle 46. Ma voiture était garée de l'autre côté de la rue, le nez dans la direction opposée ; en voyant Eddie s'éloigner, je sprintai jusqu'à elle. Je donnai à Eddie trente secondes d'avance, fis demi-tour et démarrai ma filature. Eddie tourna à gauche sur Wilton puis à droite, un kilomètre et demi plus loin, sur Santa Monica. Il était facile à suivre : son feu arrière droit ne marchait pas et il roulait gentiment dans la file du milieu.

Il me conduisit jusqu'à Hollywood Ouest. Je faillis le perdre dans la traversée de La Brea, mais lorsqu'au bout du compte il se rangea contre le trottoir à Santa Monica et Sweezer, j'étais immédiatement derrière lui.

---

[1]. Oldsmobile.

Il verrouilla soigneusement sa voiture avant de pénétrer dans un bar appelé « Le Pivot ». Je lui accordai une minute d'avance avant d'y pénétrer à mon tour ; je m'attendais à trouver un rade animé à la drague facile pas très loin du Strip. Je me trompais complètement : c'était bien un rade à drague, mais il n'y avait pas une seule femme dans le bar, rien que des hommes à l'air tourmenté.

Je rassemblai tout mon courage et marchai jusqu'au bar. Le barman, un gros chauve, apparut et je commandai une bière. Il s'éloigna en paradant et minaudant pour me l'apporter et je me mis en quête d'Eddie.

Je le repérai avant d'entendre sa voix. Il était sur une banquette dans le fond, au milieu d'une vive discussion avec un autre homme – beau, incontestablement très masculin, la bonne cinquantaine. Je n'arrivais pas à entendre leur conversation, mais je ne pus m'empêcher un court instant d'être troublé. Que faisait-il ici ? J'avais cru que c'était un coureur de jupons. La discussion se fit plus vive mais je n'arrivais toujours pas à entendre une seule parole échangée.

Finalement, l'autre homme poussa ce qui ressemblait à une grande enveloppe de papier kraft vers Eddie, avant de se lever et de quitter le bar par la porte de derrière. Du coin de l'œil, j'observais Eddie, assis immobile sur sa banquette ; soudain, il bondit vers la porte d'entrée. Je me penchai sur ma bière à son passage avant de partir à sa poursuite.

Comme j'ouvrais la porte de ma voiture en quatrième vitesse, Eddie fit un virage vers le nord, pour s'engager sur Sweetzer dans un grincement de pneus ; il monta la côte bien abrupte qui menait au Strip. Je laissai de la gomme sur le bitume en démarrant ma poursuite et je le rattrapai finalement alors qu'il signalait qu'il tournait à gauche sur Sunset. Je restai derrière lui pendant environ huit cents mètres jusqu'à ce qu'il prenne à droite dans une petite rue du nom de Horn Drive pour se ranger presque tout de suite. Je continuai un peu plus loin et me garai à quelque cinquante mètres devant lui ; je sortis de la voiture juste à temps pour le voir traverser la rue et pénétrer dans la cour d'un ensemble de bungalows de style espagnol.

Je traversai la rue au pas de course en espérant rattraper Eddie à son entrée dans l'un des bâtiments, mais la chance ne me sourit pas. La cour cimentée était vide. Je vérifiai les boîtes aux lettres alignées sur la pelouse de façade en quête d'Edward, Edwin, Edmund ou tout au moins de l'initiale « E ». Pas de chance – les locataires des quinze bungalows étaient indiqués uniquement par leurs noms de famille.

Je retournai à la voiture et m'arrêtai de l'autre côté de la rue, juste en face de l'entrée de la cour, décidé à attendre qu'Eddie ressorte. J'étais dévoré de curiosité par le bonhomme : c'était un oiseau de nuit qui volait beaucoup et il pourrait très bien repartir bientôt pour une autre course.

J'avais tort. J'attendis, j'attendis et j'attendis encore, manquant plusieurs fois de m'endormir, jusqu'à neuf heures et demie le lendemain matin. Lorsque Eddie se décida finalement à émerger, habillé impeccablement d'une nouvelle chemise hawaïenne, pantalon de coton bleu clair et sandales, je sentis ma faiblesse disparaître d'un coup. Alors qu'il marchait vers sa voiture, j'étudiai son visage, la manière dont il bougeait pour essayer d'y trouver des indices sur ses dispositions sexuelles. Il portait en lui une conscience aiguë de son propre mépris qui ne cadrait pas tout à fait avec le personnage, mais je rejetai très vite cette impression.

Eddie conduisait vite, de manière agressive, en s'insinuant avec adresse dans la circulation. Je restai derrière lui en ne laissant entre nous que quelques voitures. Nous roulâmes ainsi jusqu'au centre ville, puis jusqu'à la voie rapide de Pasadena, avant de quitter cette autoroute tortueuse pour arriver à Pasadena Sud où nous prîmes plein est jusqu'à l'hippodrome de Santa Anita en Arcadie.

En pénétrant dans le gigantesque parc de stationnement de l'hippodrome, je me sentis soulagé et plein d'espoir. La journée était claire et lumineuse, il ne faisait pas trop chaud et le parking était déjà rempli de voitures et de monde qui me cacheraient pendant que je filerais mon suspect. Et je me souvins de ce que m'avait dit un jour un vieux flic des Mœurs : les champs de courses sont un endroit excellent où alpaguer les gens pour obtenir quelque renseignement – quelque part, ils se sentent coupables, c'est un péché que d'être là, et ils s'écrasent vite fait face à un insigne.

Je me garai et sprintai jusqu'au portillon d'entrée. Je payai mon entrée, puis flânai, les yeux baissés, jusqu'à un stand de souvenirs à attendre qu'Eddie se montre. Il apparut, dix bonnes minutes plus tard, et montra brièvement un laissez-passer au contrôleur qui lui rendit en échange un large sourire. Lorsqu'il passa près de moi, plongé dans sa grille de courses, je lui tournai le dos.

L'allée centrale et les allées latérales gigantesques qui menaient aux tribunes se remplissaient à toute allure, aussi je laissai un gros paquet de parieurs se mettre entre nous deux tandis que nous jouions des coudes pour accéder aux escaliers mécaniques qui menaient aux guichets des paris. Eddie donnait dans la première classe : guichet à cinquante dollars. Il était le seul. L'homme dans sa petite cage l'accueillit avec chaleur, et je l'entendis sans aucun problème alors que j'attendais devant le guichet à dix dollars à quelques mètres de là.

— Comment va le bonhomme, Eddie ? dit le mec.
— Pas mal, Ralph. Et comment ça roule, ici ? T'as quelques tuyaux bien brûlants pour moi ?

La voix d'Eddie paraissait tendue derrière le rituel tout en nuances du dialogue.

— Non, tu m'connais, Eddie. Je les aime tous. C'est pour ça qu'ici, j'travaille, je parie pas. Je les aime trop tous, beaucoup trop.

Eddie éclata de rire.

— J'te comprends. Mais j'ai le truc au point et je me sens en veine aujourd'hui. (Il tendit à l'homme une feuille de papier et une liasse de billets.) Tiens, Ralph, ça, c'est pour les quatre premières courses. On fait ça tout de suite. Je veux jeter un œil au spectacle.

L'homme dans sa cage ramassa comme à la pelle feuille de paris et argent et poussa un sifflement. Il détacha une série de tickets et les tendit à Eddie. Il secoua la tête.

— Il se pourrait bien que tu plonges aujourd'hui, fiston !
— Jamais, mon gars. T'as vu des spectatrices dans le coin ? Tu connais mon type.
— Va traîner du côté du Turf Club, fiston. C'est là qu'elles sont, les nanas classe.
— Ça en jette trop pour moi. Je peux pas arriver à respirer là-dedans. Je repasserai prendre mes gains à la fin de la journée, Ralph. Débrouille-toi pour que ce soit prêt.

Ralph éclata de rire.
— Tu peux y compter, fiston !

***

Je suivis Eddie jusqu'à sa place dans un des meilleurs secteurs des tribunes. Il acheta une bière et des cacahuètes à un vendeur ambulant et s'installa, plongé dans sa feuille de courses et tripatouillant une paire de jumelles dans un étui en cuir.

Je me demandais ce que j'allais bien pouvoir faire ensuite, lorsque j'eus soudain une idée. J'attendis le départ de la première course, et lorsque les portillons s'ouvrirent et que la foule se mit à hurler, je me frayai un chemin pour retourner au stand de souvenirs où j'achetai trois revues : *Life, Collier's* et *Ladies' Home Journal*.

Je les emmenai dans les toilettes, m'enfermai dans les cabinets et me mis à les feuilleter : je trouvai ce que je voulais presque immédiatement : cinq photographies en noir et blanc de femmes plutôt banales, cinq portraits. Je les arrachai, laissai le reste des revues par terre et plaçai l'agrandissement de la photo de Maggie Cadwallader au milieu de mes portraits à l'arraché.

Je me mis ensuite à la recherche de Ralph, l'homme du guichet à cinquante dollars. Il ne se trouvait pas dans sa cage, aussi je me baladai sans but précis le long des allées maintenant désertes jusqu'à ce que je le repère au sortir de la tribune des journalistes de la radio, cigarette au bec et tasse de café à la main.

Il me repéra lui aussi, et une lueur de reconnaissance se fit sur son visage avant même que je lui montre mon insigne :

— Oui, monsieur l'agent, dit-il patiemment.
— Rien que quelques questions, dis-je.

Je lui montrai de l'autre côté de la salle une cafétéria avec tables et chaises.

Ralph acquiesça patiemment et ouvrit le chemin. Nous nous installâmes face à face à une table métallique tachée de gras ; je me montrai brusque, voire un peu brutal.

— Je m'intéresse à l'homme auquel vous parliez à votre guichet il y a une demi-heure de cela. Il s'appelle Eddie.
— Ouais. Eddie.
— Quel est son nom de famille ?
— Engels. Eddie Engels.
— Qu'est-ce qu'il fait dans la vie ?
— Flambeur. Crapule. Petit malin. Je ne crois pas qu'il a un boulot.
— Je m'intéresse aux femmes avec lesquelles il sort.
— Moi aussi ! Oh là ! là !

Ralph commençait à se plier en deux à sa propre plaisanterie.

— Arrêtez de faire le comique ; ce n'est pas drôle !

J'étalai en éventail les six photographies sur la table devant lui.

— Jamais vu Eddie avec une de ces femmes ?

Ralph étudia les photos en détail et hésita un moment

avant de placer un index dodu en plein sur la photo de Maggie Cadwallader. Mon corps tout entier se souleva de l'intérieur et ma peau fut prise de picotements.

— Vous êtes sûr ? demandai-je.

— Ouais.

— Comment êtes-vous aussi sûr ?

— Cette gonzesse, c'est un boudin comparé à certaines des minettes avec qui j'ai vu Eddie.

— Quand les avez-vous vus ensemble ?

— Je ne sais pas. Je crois que c'était y'a deux mois. Ouais, c'est là, c'était le jour du prix du Président – en juin.

Je rassemblai mes photos et laissai à Ralph un avertissement sévère.

— Vous ne soufflez pas un mot de ceci à Eddie. Vous avez compris ?

— Oui, oui, m'sieur l'agent. Je m'étais toujours dit qu'Eddie était pas tout à fait régule et...

Je ne le laissai pas terminer. J'avais déjà franchi la porte et je cherchais désespérément un téléphone public.

J'appelai les sommiers du L.A.P.D., donnai mes nom et matricule et dis ce que je désirais. Quelqu'un revint en ligne en moins de cinq minutes : il n'y avait aucun Edward, Edwin ou Edmund Engels, blanc, sexe masculin, environ trente ans, avec un casier judiciaire à Los Angeles. J'étais sur le point de raccrocher lorsqu'une nouvelle idée se fit jour : je demandai à l'employé de passer en revue les dossiers d'enregistrement de véhicules automobiles pour ces quatre dernières années. Et cette fois, il gagna le gros lot : Edward Engels, 1911 Horn Drive, Hollywood Ouest, était propriétaire de deux voitures : la berline verte Olds de 46 que j'avais filée et une décapotable Ford 49 rouge à toit blanc, numéro d'immatriculation JV 861. Je remerciai l'employé, raccrochai et courus vers ma propre voiture.

Mon arrêt suivant fut Pasadena où je cherchai les concessionnaires Ford et Oldsmobile. Cela me prit un moment mais je les trouvai et obtins ce que je désirais :

des photos publicitaires de leurs modèles 46 et 49. Je me rendis ensuite dans une quincaillerie bon marché de Colorado Boulevard où je fis l'achat d'une boîte de crayons de couleurs. Dans le parc de stationnement, je me mis au travail sur mes supports visuels et coloriai la berline Olds en vert marin pâle et la Ford en rouge pompier bien vif avec toit blanc immaculé. Les produits finis étaient bien.

Mais l'heure avançait, il était une heure quarante-cinq et l'air devenait très humide. J'avais besoin de me raser et de changer de vêtements. Je roulai jusqu'à la maison, me douchai, me rasai, me changeai. Je sortis mon journal et détruisis toutes les pages qui se rapportaient à ma rencontre avec Maggie Cadwallader. Puis je m'étendis sur le lit et essayai de dormir.

Ça ne servait à rien. Mon cerveau n'arrêtait pas de bouillonner de plans, de combinaisons, de contingences et d'espoirs. Finalement, j'abandonnai, bottai le derrière de Train de Nuit pour l'expédier dans l'arrière-cour, verrouillai la porte et roulai jusqu'au Strip de Sunset.

J'avais choisi mon moment à la perfection : je me garai dans le parc d'une station service sur Sunset et Doheny et partis à pied. Les boîtes de nuit ouvraient tout juste, affairées à se préparer pour une nouvelle nuit de vie intense, et les barmen, serveurs et chasseurs auxquels je désirais parler avaient le visage frais et tout le temps du monde pour répondre à mes questions.

J'étais en train d'échafauder une théorie sur Eddie Engels : il était arrogant, fier à l'extrême de sa propre importance, c'était un gueulard plutôt stupide – juste assez stupide pour amener les femmes auxquelles il avait l'intention de nuire, voire qu'il voulait tuer, jusque dans son quartier pour un dîner aux chandelles. Ça paraissait logique. Il vivait à quelques pas des lieux nocturnes les plus chauds de la ville, et de toute évidence, il aimait à être vu en compagnie féminine.

Ainsi s'élaborait ma théorie : je marchai vers l'est et montrai ma photographie de Maggie Cadwallader aux employés de parkings, aux portiers, aux maîtres d'hôtels et aux serveurs. Je fis la tournée de toutes les boîtes de nuit, tous les rades à musique des deux côtés de Sunset, de Doheny jusqu'à La Cienaga – sans résultats. J'étais sur le point de m'avouer vaincu lorsque je me décidai à faire aussi la tournée des restaurants.

A mon troisième restau, j'obtins ma première confirmation. C'était un Italien et le vieux serveur volubile hocha la tête en reconnaissant la photo que je lui montrais. Il se souvint de Maggie, plusieurs semaines auparavant, et allait s'embarquer dans un long discours sur ce qu'elle avait mangé ce soir-là lorsque je lui sifflai aux oreilles : « *Etait-elle accompagnée ?* »

Surpris, le vieux mec sourit, dit « Bien sûr » et décrivit Eddie Engels. Il poursuivit pour me parler de toutes ces « geannes-tilles bambinas » que les « geanne-tils jenne-hommes » y z'amenaient là pour dîner. Ce qu'il me confirmait me suffisait, mais je voulais une preuve. Je voulais en couvrir tous les angles possibles de sorte que lorsque je présenterais mon affaire à mes supérieurs, elle ne fasse eau de nulle part.

Je fis quatre autres restaurants, tous dans un rayon de cinq blocs de l'appartement d'Eddie Engels sur Horn Drive, et j'obtins trois autres identifications positives par des serveurs qui se souvenaient d'Eddie comme allongeant des pourboires princiers tout en parlant haut et fort de ses gains sur les champs de courses. Ils se souvinrent de Maggie Cadwallader comme de quelqu'un de tranquille qui se collait à Eddie et buvait beaucoup de rhum et de coca.

Je pris note de tous les noms, adresses personnelles et numéros de téléphone de mes témoins et retournai à ma voiture au pas de course. Il était huit heures et demie, ce qui me laissait à mon avis encore à peu près deux heures avant que la plupart des gens ne se mettent au lit.

Je roulai jusqu'à Hollywood et commençai à frapper aux portes.

Les gens à qui je m'adressai ne parurent pas surpris : d'autres agents étaient passés poser des questions la semaine précédente. Lorsque je leur montrai mes photos coloriées des deux voitures, ils furent surpris. Les autres flics n'avaient rien demandé à ce sujet – rien que sur « des choses étranges », des « trucs bizarres » qu'ils auraient pu voir ou entendre la nuit du meurtre. L'un après l'autre, tous secouèrent la tête. Personne n'avait remarqué l'Olds 46 ou la décapotable Ford. Je couvris toutes les maisons de Harold Way et m'engageai sur De Longpre, sentant le découragement me gagner. Les lumières commençaient à s'éteindre ; les gens allaient se coucher.

Au coin de De Longpre et Wilton, je tombai sur trois lycéens qui jouaient à balle-attrape à la lueur d'un réverbère. Je leur jouai le coup copain-copain et leur laissai même voir mon arme. Leur confiance une fois gagnée, je leur montrai mes photos.

— Hey ! s'exclama le plus grand des trois. Vise-moi un peu cette décapo ! Mec, eh, regarde !

Un de ses copains attrapa la photo et l'examina en détail et en silence.

— J'ai vu une tire comme ça. Juste ici. Dans la rue, un peu plus bas.

— Quand ? demandai-je paisiblement.

Le môme réfléchit, puis chercha en soutien le regard du plus grand.

— Larry, dit-il, tu te souviens, la s'maine dernière, je me suis taillé en douce pour venir. Tu t'souviens ?

— Ouais, j'me souviens. C'était lundi soir. Il fallait que j'aille au ...

Je l'interrompis d'une voix ferme et paternelle :

— Et la voiture était rouge et blanche comme celle de la photo ?

— Ouais, dit le môme. Exactement pareille. Y'avait une queue de renard sur l'antenne, super net.

J'étais en extase. Je pris note de leurs noms et numéros de téléphone et leur dis qu'ils étaient en passe de devenir des héros. Les visages des mômes se firent sombres devant la gravité de leur héroïsme. Je leur offris à chacun une poignée de main solennelle avant de m'éloigner.

Je trouvai une cabine téléphonique sur Hollywood Boulevard et obtins des Renseignements le numéro de téléphone d'Eddie Engels. Je le composai et laissai sonner quinze fois. Pas de réponse. Eddie l'oiseau de nuit était en chasse.

Je revins sur le Strip, tournai vers le nord dans Horn Drive et me garai de l'autre côté de la rue, face à la cour aux bungalows. Je fouillai mon coffre à la recherche de matériel de cambriole improvisé et tombai sur des vieux trucs du temps de la fac, des tracts pour s'engager – y compris une règle profilée en T aux bords minces qui donnait l'impression de pouvoir faire sauter un verrou. Equipé de ça et d'une torche, je marchai jusqu'à la cour obscure.

Cette fois, je savais que je trouverais Engels au numéro 11. C'était trois bungalows plus loin, à main gauche. Toutes les lumières étaient éteintes. J'ouvris une porte moustiquaire fragile, regardai à droite et à gauche, puis masquai ma torche avant de l'allumer et de la pointer sur le mécanisme de la porte intérieure. Ce n'était qu'un verrou de rien du tout, aussi je sortis ma règle de métal, transférai ma torche au creux de mon coude gauche, coinçai le rebord de métal entre porte et huisserie et poussai. Ce fut difficile mais j'insistai, faisant presque sauter la lame de la règle. Finalement, j'entendis un ka-thack métallique et sonore et la porte s'ouvrit.

J'entrai rapidement et refermai la porte derrière moi. Je fis courir la lumière de ma torche le long des murs à la recherche d'un interrupteur, en trouvai un et l'allumai, illuminant momentanément un salon meublé avec goût de tapis persans, de mobilier moderne en bois blond cintré et, sur tous les murs, de peintures à l'huile de chevaux aux couleurs de course.

J'éteignis la lumière et me dirigeai vers le couloir. J'allumai une autre lampe et faillis renverser un meuble téléphone. Le meuble comportait trois tiroirs, et je les passai à la fouille dans l'espoir d'y trouver un genre de répertoire téléphonique personnel. Il n'y avait rien – les trois tiroirs étaient vides.

J'éteignis la lampe et tâtonnai pour trouver le chemin de la chambre. Mes yeux commençaient à s'habituer à l'obscurité et il m'était facile de distinguer les objets dans la pièce – lit, commode, étagères. La fenêtre était tendue de lourds rideaux de velours, aussi me risquai-je à laisser une lampe allumée pendant que je poursuivais mes recherches. J'allumai une lampe de bureau qui éclaira une pièce étrangement sereine – rien qu'un simple lit avec une courtepointe écossaise, une étagère bourrée de livres de photographies sur les courses de chevaux, des affiches de corridas et des gravures encadrées d'un très beau palomino sur les murs. Derrière le lit, se trouvait un profond placard de plain-pied bourré de vêtements. Au moins cinquante vestes de sport sur les cintres, trente ou quarante paires de pantalons, des douzaines de chemises de ville et de chemises de sport. Le sol du placard était recouvert de chaussures, des souliers de ville aux couleurs sombres aux mocassins de sport, toutes soigneusement cirées et disposées soigneusement. Eddie le gandin. Ce n'était pas suffisant. Je voulais des preuves incriminant Eddie le dégénéré – Eddie le tueur.

Je fouillai les tiroirs de la commode, quatre en tout, avec beaucoup de soin et de minutie ; je cherchais des répertoires téléphoniques, journaux intimes, photographies, tout et n'importe quoi qui me permettrait d'établir un lien entre Eddie Engels et Maggie Cadwallader ou Leona Jensen. Je ne trouvai rien. Rien que des dessous en soie d'or, mais cela ne suffisait pas pour pendre un homme.

Je retournai dans le grand placard et tâtai l'intérieur des poches. Rien. En ayant fini avec la chambre, j'éteignis la lumière et retournai au salon, éclairant de ma torche les recoins, les étagères, le dessous des fauteuils et du canapé. Rien. Rien de personnel. Rien qui pourrait indiquer qu'Eddie Engels était autre chose qu'un bel élégant qui aimait les chevaux.

Il y avait aussi un meuble bar qui contenait une bouteille de Scotch, une de bourbon, une de gin et une de cognac. On ne trouvait nulle part de photographies de famille ou d'êtres chers. C'était une demeure dont l'impersonnalité confinait à la folie, la maison d'un fantôme.

J'allai dans la cuisine. Je ne fus pas déçu : compacte et soigneusement rangée : un coin pour le petit déjeuner, un évier sans assiettes sales, un réfrigérateur qui ne contenait rien qu'une bouteille d'eau, et un calendrier de 1950 fixé au mur sans aucun graffiti sur aucune de ses pages.

Ce qui laissait la salle de bains. Peut-être était-ce là que ce bon vieil Eddie larguait ses amarres. Peut-être que la baignoire était remplie de sirènes ou d'alligators. C'était trop demander. La salle de bains était en carrelage rose immaculé, avec un gigantesque miroir au-dessus du lavabo, et un miroir de plain-pied sur le côté intérieur de la porte. Eddie, le narcisse.

Au-dessus de la cuvette des toilettes, se trouvait une armoire à pharmacie. Je l'ouvris en m'attendant à y trouver dentifrice et nécessaire de rasage, mais j'y trouvai au contraire une demi-douzaine d'étagères minuscules qui contenaient des cravates roulées. Eddie, splendeur vivante en costume, utilisait le miroir de plain-pied pour s'assurer de la perfection de son nœud à la Windsor. Je laissai courir la main sur la collection de soies agencée par motifs et couleurs. Quelle maniaquerie de l'ordre ; quelle maniaquerie pour les petites perfections. C'est alors que je remarquai ce qui ressemblait à une étrange anomalie – une cravate de soie verte dépassait de l'alignement général. J'y enfonçai un doigt et sentis quelque chose de dur à l'intérieur. Je sortis la cravate avec précautions et la déroulai. La broche de diamant de Maggie Cadwallader me tomba dans la main.

Je la regardai fixement de longs instants, en état de choc. Au bout d'à peu près une minute, mon calme prit la tangente et mon cerveau se mit à bouillonner de plans divers. Je remis la broche en place et roulai la cravate que je replaçai dans la petite armoire, exactement telle que je l'avais trouvée. J'éteignis la lumière de la salle de bains et retraversai l'appartement sombre jusqu'à la porte d'entrée. Je la verrouillai derrière moi en vérifiant sur le chambranle des signes d'effraction. Il n'y en avait pas.

Toutes les lumières de la cour étaient éteintes. Je restai là debout un moment, savourant les merveilles de la nuit et ma découverte toute récente, avant de me diriger vers l'arrière des bungalows. J'y trouvai un avant-toit en tôle ondulée qui abritait les voitures des locataires. La voiture en bout de rangée qui luisait sous la lune était une Ford 49 rouge vif avec capote blanche. Au bout de l'antenne pendouillait une queue de renard. Je lui envoyai une pichenette.

— Tu as tué Maggie Cadwallader et Dieu seul sait qui d'autre, espèce de fils de pute dégénéré. Et je vais tout faire pour que tu payes.

9

Mon affaire. Mon suspect. Ma vengeance ? Ma prise ? Ma gloire et mon filon ? Toutes ces pensées me traversaient l'esprit le lendemain au cours de ma ronde sur Central Avenue dévorée de soleil.

Il fallait prendre une décision et il me faudrait agir soit de manière rationnelle, soit en Don Quichotte idéaliste. Je réfléchis encore aux options qui m'étaient offertes et à la fin de ma ronde, je pris une décision – un peu humiliante mais présentant toutes garanties de sécurité. Je me changeai, mis mes vêtements civils et allai frapper à la porte du capitaine Jurgensen.

— Entrez, cria-t-il derrière sa porte. J'entrai et saluai. Jurgensen corna une page de son *Othello* en livre de poche et me regarda.

— Oui, Underhill, dit-il.

— Monsieur, dis-je, je sais qui a assassiné la femme trouvée étranglée à Hollywood la semaine dernière. Il en a peut-être tué d'autres. Je ne peux pas procéder à l'arrestation de mon propre chef. Il faut que je puisse donner les preuves que j'ai à quelqu'un qui pourra ouvrir une enquête officielle, aussi je suis venu vous voir.

— Que le cric me croque, dit Jurgensen, avant de pousser un soupir et de sortir du tiroir de son bureau pipe et blague à tabac. Je restai en position repos tout le temps qu'il lui fallut pour bourrer sa pipe et l'allumer. Il paraissait avoir oublié ma présence. J'étais sur le point de m'éclaircir la gorge lorsqu'il dit :

— Pour l'amour du ciel, Underhill, asseyez-vous et racontez-moi ça.

Il me fallut vingt minutes, à l'horloge électrique sur le mur du capitaine.

Je ne passai rien sous silence, hormis ma partie de jambe en l'air avec Maggie Cadwallader. Je lui parlai des similitudes entre les deux assassinats. Je lui dis comment j'avais remarqué les allumettes dans l'appartement de Leona Jensen en février dernier, et la manière dont ce détail avait attiré mon attention sur l'Etoile d'Argent. J'omis ce que je savais sur la broche en diamants.

Pendant le cours de mon récit, j'observai l'expression habituellement stoïque de Jurgensen osciller entre la curiosité, la colère et une sorte d'amertume amusée. Lorsque j'en eus terminé, il me fixa du regard en silence. Je lui rendis son regard de tous mes yeux, sentant que mes regrets bidons pour les libertés que j'avais prises ne seraient pas crues. Nous restâmes les yeux dans les yeux quelque temps encore.

Le capitaine avait l'air très solennel. Il commença à tapoter le fourneau de sa pipe dans la paume de sa main, très lentement, d'un geste délibéré.

— Underhill, vous êtes un jeune homme d'une arrogance suprême. Au cours de ce que vous qualifiez avec arrogance de votre « enquête », vous avez commis des infractions au règlement du service qui pourraient mettre fin à votre carrière ; vous avez commis deux délits qui pourraient vous expédier à San Quentin ; et sans que vous l'ayez dit, vous avez tourné en ridicule les inspecteurs de deux divisions et la Criminelle...
— Monsieur, je...
— Ne m'interrompez pas, Underhill. C'est moi le capitaine et vous êtes aux patrouilles, ne l'oubliez pas.

Le visage de Jurgensen était très rouge et une veine bleue de colère lui battait sur le cou.
— Monsieur, acceptez mes excuses.
— Très bien. Je pourrais vous clouer au pilori pour votre arrogance, mais je ne le ferai pas.
— Merci, monsieur.
— Ne me remerciez pas encore, monsieur l'agent ! Vous êtes un jeune homme très doué, mais votre arrogance dépasse de loin vos talents. L'arrogance n'est pas tolérable chez les policiers ; la tolérer serait une voie ouverte à l'anarchie. Les Services de Police de Los Angeles sont une structure bureaucratique superbement organisée et vous leur avez prêté serment d'allégeance. Vos actes sont une injure pour le service. Sachez-le, Underhill. Sachez que votre ambition risquera un jour de vous mener à votre perte comme policier. Est-ce que vous me comprenez ?

Je m'éclaircis la gorge.
— Monsieur, je crois très sincèrement avoir agi de manière inconsidérée et je vous prie de m'en excuser – ainsi que le service tout entier. Mais je crois que ce qui m'a poussé à agir était fondé. Je voulais que justice soit faite.

Jurgensen renâcla et secoua la tête.
— Non, Underhill, certainement pas. J'accepterais cet argument de la part de beaucoup de jeunes officiers de police, mais pas de vous. Sans vouloir me faire plus

grand que je ne suis, je ne suis pas certain que vous sachiez vous-même ce que vous voulez, mais ce n'est certainement pas la justice. Vous vous moquez du code pénal de notre état, et vous venez me dire que vous voulez que justice soit faite ? N'insultez pas mon intelligence !

La colère de Jurgensen baissait d'un ton. J'essayai de détourner son attaque.

— Monsieur, avec tout le respect qui vous est dû, que pensez-vous de mon affaire ?

— Votre « affaire » ? Je crois que pour l'instant, tout ce que vous avez, c'est un suspect avec de fortes présomptions et un incroyable don d'intuition. Cet homme, Engels, pour l'instant, n'est qu'un joueur et un coureur de jupons, ce qui dans un cas comme dans l'autre, ne relève pas d'un comportement criminel. C'est aussi probablement un homo, ce qui ne fait pas de lui un meurtrier. Vous n'avez aucune preuve tangible. Votre « affaire », je n'en pense pas grand chose.

— Et mon intuition, Capitaine ?

— J'ai confiance dans votre intuition, Underhill, sinon je vous aurais suspendu de service actif il y a une demi-heure.

— Et, monsieur ?

— Et... vous voulez *quoi* au juste, Underhill ?

— Je veux participer à l'enquête, et je veux aller au Bureau des Inspecteurs lorsque je réussirai l'examen de sergent à la fin de cette année.

Jurgensen éclata d'un rire d'amertume. Il sortit un bloc-notes de son bureau, écrivit quelque chose dessus et arracha la page de garde avant de me la tendre.

— Voici mon adresse personnelle, à Glendale. Soyez-y ce soir à huit heures trente. Je veux que vous racontiez votre histoire à Dudley Smith. Il décidera de la suite à donner à l'enquête. Maintenant, laissez moi !

Lorsqu'il avait prononcé les paroles « Dudley Smith », les yeux bleus et froids de Jurgensen m'avaient transpercé comme des traits empoisonnés, dans l'attente

que je fasse montre de peur ou d'appréhension. Je n'en fis rien.
— Bien, monsieur.
Je me levai et sortis sans saluer.

***

Dudley Smith était lieutenant à la Criminelle, personnage qui inspirait la crainte et flic légendaire avec cinq hommes à son actif abattus dans l'exercice de ses fonctions. De souche irlandaise et élevé à Los Angeles, il s'accrochait de manière tenace à son accent celte à la musique mélodieuse et haut perchée, aussi finement accordée qu'un Stradivarius. Il avait souvent fait des conférences à l'académie sur les techniques d'interrogatoire, et j'avais encore en mémoire la manière dont il jouait de cet accent, le faisant tour à tour apaisant ou brutal, inquisiteur ou stupéfait, sympathique ou plein de rage.

Il mesurait plus d'un mètre quatre-vingt et il était large comme une poutre maîtresse. C'était une immensité de brun – bruns, les cheveux coupés court, bruns, les yeux petits, et il était toujours vêtu d'un complet brun avec gilet, qui pochait aux genoux. L'expression de son visage avait quelque chose d'effrayant quelle qu'ait pu être la technique d'interrogatoire qu'il expliquait. C'était un maître acteur avec un égo démesuré, qui excellait à changer de rôle en un tour de main et qui réussissait pourtant toujours à communiquer au rôle qu'il interprétait pureté et conviction.

J'étais à l'académie alors que l'enquête sur le Dahlia Noir continuait encore. Smith avait la charge de faire la rafle de tous les criminels sexuels connus de Los Angeles. A la fin de sa conférence, tout amoureux d'applaudissements qu'il ait pu être en acteur qui se respecte, il nous parla du genre de « déchets d'humanité » auxquels il avait affaire. Il nous raconta qu'il avait entendu des choses, vu des choses, fait des choses à la recherche de l'assassin d'« Elizabeth Short, cette damoiselle tragique en quête de frissons », telles qu'il avait l'espoir que nous, « la crème de la virilité de Los Angeles », sur le point « de répondre à l'appel le plus glorieux qui soit sur cette terre », n'aurions jamais à en entendre, en voir ou en faire de semblables. L'ellipse était brillante. Les spéculations sur la rigueur des mesures prises par Smith devinrent le sujet de conversation numéro un de l'académie des semaines durant. J'interrogeai un de mes instructeurs, le sergent Clark, à son sujet :

— C'est une brute et un salaud, mais avec lui, le boulot se fait, dit-il.

On ne retrouva jamais l'assassin d'Elizabeth Short – ce qui signifiait que Dudley Smith était humain, et faillible.

Je rechargeai mes batteries à force de logique en sortant de Los Feliz pour me diriger vers Glendale ce soir-là. Je me repassai mon histoire sous tous les angles possibles, sachant qu'il me serait impossible de trahir ce que je connaissais personnellement de Maggie Cadwallader. J'étais moi aussi prêt pour une représentation exceptionnelle, prêt à lécher le cul du gros Irlandais, à me cogner au bélier bille en tête, à jouer du blasphème, à jouer à l'obséquieux, à jouer à tout et n'importe quoi sauf à l'imbécile avec lui, au milieu de tous mes efforts pour être admis dans l'enquête qui ferait tomber Eddie Engels.

***

Le capitaine Jurgensen vivait dans une petite maison à ossature bois dans une rue latérale sans arbres, qui donnait sur Brand Avenue près du centre ville de Glendale. Alors que je gravissais les marches, un chien se mit à aboyer et j'entendis Jurgensen qui lui disait chut : « Ami, Colonel, ami. Et maintenant, chut. » Le chien gémit et s'approcha en trottinant pour m'accueillir, la truffe dirigée tout droit vers mon entre-deux.

Jurgensen était assis sous la véranda protégée de moustiquaires, dans un fauteuil de jardin.

— Salut, Underhill, dit-il, asseyez-vous.

Il m'indiqua le fauteuil en osier près du sien. Je m'assis.

— En ce qui concerne cet après-midi, mon capitaine... commençai-je à dire.

Jurgensen me fit taire comme il avait fait taire le chien.

— Oubliez ça, Fred. Assez parlé. A partir de cet instant, vous êtes temporairement détaché au Bureau des Inspecteurs. Le lieutenant Smith vous en parlera. Il sera ici dans quelques minutes. Aimeriez-vous du thé glacé ou une bière ?

— Une bière, ce sera très bien, monsieur.

Le capitaine l'apporta dans une tasse à café, juste comme je voyais une vieille Dodge d'avant guerre se ranger au bord du trottoir. J'observai Dudley Smith qui verrouillait soigneusement sa porte, remontait son pantalon et traversait la pelouse devant la maison pour venir nous rejoindre.

— N'ayez pas peur, Fred, ce n'est qu'un homme, dit Jurgensen.

J'éclatai de rire et avalai une gorgée de ma bière alors que Dudley Smith frappait haut et fort sur l'armature de bois fragile de la véranda.

— Toc, toc, dit-il à haute voix de son accent irlandais, mélodieux et haut perché. Qui va là ? Dudley Smith, les truands l'évitent.

Il rit de ses propres rimes avant d'entrer et de tendre une main énorme au capitaine Jurgensen.

— Salut, John. Comment vas-tu ?

— Dudley, dit le capitaine.

Smith fit un signe de tête dans ma direction.

— Ainsi donc, voici notre brillant jeune collègue, l'agent Frederick Underhill ?

Je me levai pour serrer la main du flic balèze, et notai avec satisfaction que je mesurais cinq centimètres de plus que lui.

— Bonsoir, lieutenant, c'est un grand plaisir pour moi de vous rencontrer.

— Tout le plaisir est pour moi, mon gars. Pourquoi est-ce qu'on ne s'asseoirait pas ? Nous avons à parler de choses sérieuses et nos corps doivent être au repos si nous voulons mettre notre matière grise à partie.

Smith se plia tant bien que mal dans l'unique fauteuil capitonné, sous la véranda. Il étendit ses longues jambes et fit un sourire charmeur à Jurgensen.

— Bière, s'il te plaît, John, en bouteille, et s'il te plaît, prends tout ton temps.

Le policier supérieur en grade s'éloigna respectueusement pendant que le grand Irlandais me dévisageait de ses yeux bruns en vrilles qui détonnaient violemment avec le visage brutal et rougeaud. Au bout d'un moment, il parla :

— Agent Frederick U. Underhill, vingt-sept ans, diplômé de l'université, pas vétéran de l'armée. Notes remarquables à l'académie, rapports de capacité excellents à Wilshire et à la Soixante-Dix-Septième Rue. A tué deux hommes en service. Je suis impressionné comme il se doit, et je me fous comme de l'an quarante des actions de redresseur de tort que vous avez pu commettre récemment. John est un flic traditionnel, il s'excite facilement. Pas moi. J'applaudis à vos actions et je vous félicite pour l'intelligence dont vous avez fait preuve en rapportant le résultat de votre enquête à un officier supérieur. Assez de conneries. Parlez-moi de tueurs et de femmes mortes. Prenez votre temps, je suis bon public.

Les petits yeux bruns n'avaient jamais quitté les miens, et ils restèrent rivés à leur cible pendant que Dudley Smith fouillait ses poches à la recherche d'allumettes et de cigarettes avant d'en allumer une et de m'envoyer la fumée à la figure.

Je m'éclaircis la gorge.

— Merci, monsieur. En février, je travaillais aux Patrouilles de Wilshire. Mon partenaire et moi avons été appelés sur les lieux d'un meurtre par une femme dans tous ses états. La victime était une jeune femme du nom de Leona Jensen. Elle avait été étranglée et poignardée à mort dans son appartement ; l'endroit était sens dessus dessous. J'ai appelé les inspecteurs. Ils sont venus et ont déclaré que la femme avait dû apparemment surprendre des cambrioleurs en cours de fric-frac. J'ai remarqué une boîte d'allumettes de l'Etoile d'Argent, mais je n'ai songé à rien de particulier sur le moment.

« La semaine dernière, une autre femme a été étranglée dans son appartement à Hollywood ; je l'ai lu dans les journaux. Elle s'appelait Margaret Cadwallader. J'ai commencé à penser aux similitudes existant entre les deux meurtres. Les inspecteurs d'Hollywood ont aussi catalogué le second comme meurtre pendant cambriolage et ils fondaient toute leur enquête sur cette hypothèse. J'ai eu une intuition sur cette affaire. Ça m'empêchait de dormir. Je fais confiance à mes intuitions, monsieur, c'est la raison pour laquelle j'ai un aussi bon palmarès d'arrestations pour délits.

« Je savais quelque part que ces deux morts étaient liées. J'ai pénétré par effraction dans l'appartement de la femme Cadwallader – je ralentis mon débit comme je m'apprêtais à sortir mon premier gros mensonge – et j'ai trouvé une pochette d'allumettes du même susdit bar sous un coin du tapis du salon.

Je m'arrêtai pour juger de l'effet.

— Continuez, dit Dudley Smith.

— Très bien. Je savais maintenant que la nana Cadwallader était allée à l'Etoile d'Argent au moins une fois. Je me débrouillai pour me faire transférer de jour de manière à pouvoir m'y rendre le soir moi aussi. J'avais le pressentiment que la femme Jensen et Margaret Cadwallader s'étaient fait lever là par un dragueur beau-gosse. J'obtins l'aide du barman, qui me parla d'Eddie, un dragueur roublard qui levait des tas de femmes dans le rade. Eddie est venu le soir suivant. Le barman me l'a montré. Il a essayé de monter son coup avec plusieurs femmes qui ont repoussé ses avances. Il est parti et je l'ai suivi jusqu'à un bar de tantes à Hollywood Ouest où il a eu une violente discussion avec un mec. Je l'ai alors suivi jusqu'à son appartement non loin du Strip. Il est resté chez lui tout la nuit. Le lendemain matin, je l'ai filé jusqu'aux champs de courses de Santa Anita. A partir de la conversation qu'il a eue avec l'employé du guichet à cinquante dollars, j'en ai conclu qu'il jouait gros et qu'il amenait souvent des femmes à l'hippodrome.

« J'ai montré une photographie de Margaret Cadwallader à l'homme du guichet. Il m'a dit que le nom de famille d'Eddie était Engels et qu'Eddie avait amené la femme aux courses en juin pour le prix du Président. J'avais mélangé la photo à plusieurs autres, c'est pour ça que je sais qu'il était sûr de lui.

« Ensuite j'ai appelé les sommiers et j'ai eu quelques tuyaux sur le casier d'Eddie et les voitures qu'il possède. Pas de casier ; deux voitures. Je suis allé chez des concessionnaires et j'ai obtenu des photos des modèles qu'il possède. Je les ai ensuite coloriées de la couleur voulue. Puis, j'ai fait toutes les boîtes de nuit du Sunset Strip. Quatre personnes se sont souvenues d'avoir vu Eddie Engels en compagnie de Margaret Cadwallader. J'ai pris leurs noms et adresses. Ensuite je suis allé à Hollywood. Un môme du lycée s'est souvenu d'avoir vu la décapotable Ford 49 d'Engels au coin de la rue où se trouve l'appartement de Cadwallader, la nuit du meurtre. Il l'a décrite en disant qu'elle avait une queue de renard fixée à l'antenne. Un peu plus tard cette nuit-là, j'ai pénétré par effraction dans le bungalow d'Engels. Je n'ai rien trouvé qui puisse établir qu'il a participé à une activité criminelle, mais j'ai effectivement vu sa Ford 49. Elle avait une queue de renard à l'antenne. Voilà, c'est tout, lieutenant.

Je m'attendais à ce que Dudley Smith me fixe d'une expression sévère de ses yeux inquisiteurs. Il n'en fit rien. Il se contenta de me refiler un sourire tordu et alluma une nouvelle cigarette. Il exhala la fumée et se mit à rire de bon cœur.

— Eh bien, mon gars, vous nous avez trouvé un assassin. Nom de Dieu, ça, c'est sûr. La nana Cadwallader, c'est sûr et certain. L'autre femme, c'est quoi son nom, déjà ?

— Leona Jensen.

— Ahhh ! Oui. Eh bien, là, je ne suis pas aussi sûr. Quelle était la cause de la mort, vous vous en souvenez ?

— Le légiste, sur les lieux, a dit asphyxie.

— Ahhh ! Oui. Et qui s'est occupé de l'affaire à Wilshire ?

— Joe Di Cenzo.

— Ahhh ! Oui ? Je connais Di Cenzo. Freddy, mon gars, quels sont vos sentiments sur ce dégénéré d'Engels ?

— Je crois qu'il a buté Cadwallader et Jensen et Dieu seul sait qui d'autre encore.

— Dieu ? Etes-vous un homme de religion, mon gars ?

— Non, monsieur.

— Eh bien, vous devriez. Ahhh ! Oui ! La Divine Providence a certainement mis la main à cette affaire.

Le capitaine Jurgensen revint sous la véranda, une bière à la main.

— Ahhh, John, merci, dit le lieutenant. Tu nous laisses encore dix minutes, tu veux bien, mon gars ?

— Bien sûr, Dud, marmonna le capitaine avant de battre en retraite pour la seconde fois.

— J'étais sur le point de dire, mon gars, continua Dudley Smith, que j'étais du même avis que vous, et de tout cœur. Quel âge avez-vous ? Vingt-sept, c'est pas ça ?

— Si, monsieur.

— Ne m'appelez pas monsieur, appelez-moi Dudley.

— Très bien, Dudley.

— Ahhh ! Sensass ! Eh bien, mon gars, j'ai quarante-six ans, et j'ai été flic la moitié de ma vie. J'ai été avec l'O.S.S. pendant la guerre. J'ai été major en Europe et je suis revenu prendre mon grade de sergent dans le service en espérant grimper très vite les échelons. J'ai capturé des tas d'assassins, et j'en ai tué quelques uns moi-même. Je suis passé lieutenant, et je pense que je resterai lieutenant jusqu'au bout. Je suis trop dur, trop intelligent et trop utile pour être fait capitaine et rester le cul sur ma chaise toute la journée à lire Shakespeare comme notre ami John.

Dudley Smith se pencha vers moi et m'enserra le genou de son énorme main droite comme d'un étau. Il baissa sa voix de ténor de trois bons octaves et dit :

— En Irlande, les frères m'ont enseigné la permanence de l'amour et du respect dus aux femmes. Je suis marié à la même femme depuis vingt-huit ans. J'ai cinq filles. Dieu sait, mon gars, la part conséquente de la bête en moi. Ce que j'ai de douceur, c'est aux frères et aux femmes que j'ai connus que je le dois. Je hais les assassins, et je hais les tueurs de femmes plus que je ne hais Satan lui-même. Partages-tu cette haine, mon gars ?

C'était son premier test, et je voulais le réussir avec mention. Je durcis tous les traits de mon visage et murmurai d'une voix rauque :

— De tout mon cœur.

Smith resserra sa prise sur mon genou. Il voulait que je lui manifeste un signe de douleur en assentiment, aussi je grimaçai. Il libéra mon genou que je frottai avec précautions. Il sourit.

— Aaah ! Oui ! Sensass ! Il est à nous, Freddy. A nous. Il vient de réclamer sa dernière victime, que Dieu m'en soit témoin !

Smith se bascula en arrière pour se vautrer comme un gros ours dans son fauteuil. Il ramassa sa bouteille de bière et la sécha.

— Aaah ! Oui ! Sensass ! Inspecteur Underhill ! Comment ça te sonne aux oreilles, mon gars ?

— J'aime bien ça, Dudley.

— Sensass ! Dis-moi, mon gars, qu'est-ce que ça t'a fait d'avoir descendu ces deux pachucos qui ont tué ton équipier ?
— J'étais plein de colère.
— As-tu pleuré, ensuite ?
— Non.
— Aaah ! Sensass !
— Quand commençons nous, Dudley ?
— Demain, mon gars. Nous serons quatre. Deux de mes protégés, deux superbes jeunes garçons du bureau, et nous deux. A partir de cet instant, John n'est plus dans le coup. A partir de cet instant, c'est moi ton officier commandant. Pendant la guerre, à l'O.S.S., nous utilisions un mot pour décrire nos activités : clandestines. Est-ce que ce n'est pas un mot sensationnel ? Il signifie : « en secret ». Voilà exactement comment se déroulera notre enquête : en secret. Rien que nous quatre. Je peux obtenir n'importe quoi, n'importe quel dossier dont nous pourrions avoir besoin, à l'intérieur du service ou de tout autre service de police. Cette affaire est à nous, pleine et entière, la gloire est pour nous, les applaudissements sont pour nous, les citations et l'avancement qu'on pourra y gagner, pour nous aussi – dès qu'on aura un dossier sans failles ainsi qu'une confession de ce monstre qu'est Eddie Engels.
— Et ensuite ?
— Ensuite, nous allons devant le grand jury, mon gars, et nous laissons le peuple de Californie, notre sensationnelle République, décider du destin du bel Eddie, destin qui sera, naturellement, d'expédier ce salopard de fils de putain à la chambre à gaz.
— C'est comme s'il était déjà dans la petite pièce verte dès à présent, Dudley.
— En effet, mon gars. Alors maintenant, écoute. Notre chef-lieu d'opérations se tiendra au Havana Hôtel, centre ville, sur la Huitième et Olive. Je nous ai déjà loué une chambre, le numéro seize. Sois-y demain matin à huit heures tapantes. Habille-toi en civil. Passe une bonne nuit de sommeil. Dis tes prières. Remercie Dieu

d'être libre, et blanc, d'avoir vingt-sept ans et d'être un superbe jeune flic. Tu rentres chez toi maintenant. John sera vexé de ne pas être de la fête, et je veux y aller mollo avec sa fierté. Maintenant, file !

Je me levai et m'étirai les jambes. Je tendis la main à Dudley Smith.

— Merci, Dudley. Ça signifie beaucoup pour moi.

Smith me serra la main d'une poigne ferme.

— Je sais que ça signifie beaucoup, mon gars. Je peux te dire d'ores et déjà que nous allons être une paire d'amis sensationnels. Dieu te bénisse. Quand tu réciteras tes prières, fais-en une petite pour ce vieux Dudley.

— C'est promis.

Smith éclata de rire.

— Non, tu ne le feras pas, tu vas sortir et tu vas te trouver un morceau sensationnel à qui tu vas montrer ton insigne en disant que c'est toi le prochain grand chef de la police. Ha ! Ha ! Ha ! Je te connais, mon gars. Tu peux partir et me laisser apaiser ce vieux John.

Je retournai à ma voiture, touché d'un sentiment de folie et de merveilles. Un rire fou et merveilleux se perdit dans la nuit alors que je m'éloignais.

***

Mon sommeil fut peuplé d'un rire de folie cette nuit-là. Je me sentis agacé par le tiraillement du doute qui avait pris la forme de Walker La Fêlure et de Dudley Smith qui faisaient pirouetter leurs bidules en s'envoyant à la face l'un de l'autre des hurlements de poésie obscène. Reuben Ramos était là en spectateur, cornant de son sax et offrant ses commentaires hermétiques comme un chœur grec de défoncés. Le capitaine Bill Beckworth était présent lui aussi, y allant de son petit grain de sel : « Attention, Freddy. Améliorez mon putt et je ferai de vous le roi de la Division de Wilshire. Toute la fesse et toutes les merveilles que vous serez capable d'encaisser ! Je ramènerai Walker d'entre les morts et ferai de lui un prix Nobel. Ayez confiance en moi ! »

Je m'éveillai avec un mal de crâne et la certitude que Dudley Smith allait essayer de m'entuber et de se garder pour lui seul tout le crédit à gagner dans l'affaire Eddie Engels. C'était lui l'officier supérieur, le preneur de décision, c'était lui qui présenterait l'affaire au Bureau du Procureur lorsque Engels serait arrêté. Il me fallait me trouver une police d'assurance, et je savais exactement qui je devais appeler.

Je pris mon temps à m'habiller et prendre mon petit déjeuner. Je fis frire à Train de Nuit sa livre de hamburgers. Il l'engloutit voracement et lécha l'intérieur de sa gamelle. Je lui lançai un os à moelle comme dessert. Il se mit à le ronger pendant que j'appelais les Renseignements afin d'obtenir le numéro du procureur du district de la ville de Los Angeles. Il était encore tôt. J'espérais y trouver quelqu'un.

Je composai le numéro.

— Bureau du Procureur, psalmodia une voix féminine.

— Bonjour. Pourrais-je parler à mademoiselle Lorna Weinberg, s'il vous plaît ?

— Votre nom, monsieur, s'il vous plaît ?

— Agent de police Fred Underhill.

— Un moment, monsieur l'agent. J'appelle son bureau.

Lorna Weinberg vint en ligne quelques instants plus tard, la voix tendue par les soucis.

— Allô, dit-elle.

— Allô, Mlle Weinberg ? Vous souvenez-vous de moi ?

— Bien sûr. Est-ce que votre coup de fil concerne mon père ?

— Non. C'est à la fois personnel et professionnel. J'ai besoin de vous parler, aussitôt que possible.

— De quoi s'agit-il ? rétorqua-t-elle sèchement.

— Je ne peux pas en parler au téléphone.

— Qu'est-ce que c'est que cette histoire, M. Underhill ?
— C'est quelque chose d'important. Quelque chose que je sais et que vous trouverez important. Pouvons-nous nous rencontrer ce soir ?
— Très bien. Pas longtemps. Que diriez-vous de cinq heures, à la sortie de l'hôtel de ville, entrée de Spring Street. Je pourrai vous consacrer quinze minutes.
— J'y serai.
— Bonne journée, monsieur l'agent, dit Lorna Weinberg en raccrochant avant que j'aie pu placer la remarque spirituelle que j'avais préparée.

La journée était chaude, chargée de smog, mais je ne m'en sentais pas déprimé pour autant. Je roulai jusqu'au centre ville plein d'entrain à l'idée de ce qui m'attendait et me rangeai en face du Havana Hôtel, un vieux bâtiment de briques rouges de deux étages avec un ascenseur branlant dans le petit hall d'entrée. A ma montre, il était 7 h 59 et je gravis les marches quatre à quatre pour frapper à la porte de la chambre 16 à exactement huit heures.

Un blond trapu en chemisette blanche et étui d'épaule ouvrit la porte. Je sortis mon insigne pour me faire reconnaître et il me fit signe de la tête d'entrer. Dudley Smith et un autre homme se trouvaient au milieu de la petite pièce minable, penchés au-dessus d'une table pliante.

Smith jeta un regard par-dessus son épaule et m'accueillit :
— Freddy ! Mon p'tit gars ! Bienvenue ! Permets-moi de faire les présentations. Messieurs, voici l'agent Fred Underhill, le dernier de mes protégés. Fred, je te présente le sergent Mike Breuning, dit-il en indiquant d'un petit hochement de tête le blond trapu. Et l'agent Carlisle, fit-il de même en direction du second, un homme grand et mince au teint olivâtre, avec lunettes à monture d'acier. Je serrai la main à mes nouveaux équipiers et échangeai avec eux quelques plaisanteries jusqu'à ce que Dudley Smith se racle la gorge bruyam-

ment pour attirer notre attention.
— Assez déconné, dit-il. Freddy, raconte ton histoire à Mike et à Dick. N'omets rien. Tiens, mets-toi debout derrière cette table comme un vrai maître de cérémonie. Aaah ! Oui, c'est sensass !

Breuning et Carlisle prirent place sur des fauteuils pendant que je prenais position derrière la table pliante. Smith s'assit sur le lit, à fumer et siroter son café tout en me souriant. Il me fallut quinze minutes pour refaire mon récit. Je voyais bien que Breuning et Carlisle étaient impressionnés. Ils cherchèrent Dudley Smith du regard pour qu'il confirme mes dires, presque obséquieux dans leur déférence au grand flic.

Il leur adressa un sourire.
— Aaah ! Oui ! Un tueur de femme dégénéré en chair et en os. Des commentaires, mon gars ? Des questions ?

Carlisle et Breuning secouèrent la tête.
— Freddy ? demanda Smith.
— Une seule question, Dudley. On commence quand ?
— Ha- la- la- ! Sensass ! On commence maintenant, mon gars. Et maintenant, écoutez bien : voici le travail qui vous attend. Mike, tu te rendras immédiatement à Horn Drive. Tu fileras Eddie Engels. Tu passeras la journée et la nuit à ses basques jusqu'à ce qu'il rentre se coucher. S'il lève une femme, tu le serres de très près. Tu comprends bien ce que je veux dire, mon gars ? Cet animal ne doit plus réclamer de nouvelles victimes. Freddy, tu te rendras à Horn Drive, toi aussi. Tu interrogeras les gens de la rue sur leur voisin dégénéré. Je veux noms et adresses pour tout témoin oculaire ayant assisté à des actes de violence ou de mauvais traitements de la part d'Eddie Engels. Consacre-z-y ta journée entière. Dick, tu vas au Poste de Wilshire et tu vois le sergent Di Cenzo. Parle-lui du meurtre de Leona Jensen. Dis à Joe que je travaille sur cette enquête en dehors de mon service – il comprendra. Lis tous les rapports sur le boulot en question : coroner, main courante, tous les rapports

des inspecteurs, avoirs et possessions de la victime, tout ce qu'il y a. Prends des notes. C'est moi qui me charge de fouiller dans le passé d'Eddie. On se retrouve ici demain, à la même heure. Maintenant au boulot et que Dieu vous accompagne.

Dudley Smith tapa ses grosses mains l'une contre l'autre, signifiant dans un bruit de tonnerre que l'entrevue était terminée.

Breuning et Carlisle sortirent l'un derrière l'autre, un air de détermination sinistre sur le visage. J'étais sur le point de les suivre lorsque Dudley Smith m'agrippa le bras :

— Tu m'appelles cet après-midi au bureau, mon gars. Vers quatre heures.

— Bien sûr, Dudley.

Smith m'écrasa le bras avec force avant de me pousser gentiment vers la porte.

Breuning se tenait sur le trottoir, apparemment, il m'attendait.

— Puisqu'on va tous les deux sur le Strip, j'ai pensé que je pourrais te suivre, dit-il.

— Pas de problème. Où est ta voiture ?

— Au coin de la rue.

Breuning traînait les pieds d'un petit geste nerveux.

Je voyais bien qu'il voulait me dire quelque chose. J'essayai de lui faciliter les choses.

— Ça fait combien de temps que tu fais ce boulot, Mike ?

— Onze ans. Et toi ?

— Quatre.

— Ça a dû être un morceau dur à avaler, ces deux Mexicains que t'as descendus ?

— Je n'y pense pas trop.

— Je me posais la question. Dudley t'aime bien, tu sais ?

— Je crois que oui. Pourquoi dis-tu ça ?

Le visage germanique impassible de Breuning s'assombrit.

— Parce que j'ai remarqué la façon dont tu le regardais. A l'étudier sous tous les angles comme si c'était une sorte de cinglé. Il y a beaucoup de gens qui croient que Dudley a un grain, mais ce n'est pas le cas. Il a autant de grain qu'un vieux renard.

— Je te crois. Ce n'est qu'un acteur, mais il est sacrément doué. Il a le don de vous enflammer son monde. C'est ça, sa grande qualité.

— Exact. Mais ce mec, Engels, il veut se le faire. Et sans faire le détail.

— Je sais. Il me l'a dit. Il hait les tueurs de femmes.

— C'est plus que ça. Il faut connaître Dudley. Et je le connais vraiment bien. Depuis que je suis une bleusaille. Encore aujourd'hui, il fait la gueule à cause du Dahlia. Il m'a dit que l'affaire Engels, c'était sa pénitence pour ne pas avoir réussi à attraper le mec qui l'a découpée.

Je réfléchis à ce qu'il venait de me dire.

— Il n'avait pas la responsabilité de l'enquête tout entière, Mike. Le L.A.P.D. et les Services du Shérif tout entiers n'ont pas réussi à trouver l'assassin. Ce n'était pas la faute de Dudley.

— Je le sais bien, mais c'est comme ça qu'il l'a pris. C'est un homme de religion, et il prend ce truc d'Engels comme quelque chose de personnel. La raison pour laquelle je soulève ce problème, c'est que Dudley veut faire de toi son numéro un. Il dit que tu as l'étoffe pour faire ton chemin jusqu'au sommet dans le service. C'est pas mes oignons, moi, ça me plaît d'être sergent au Bureau. Mais il va falloir que tu joues ça comme Dudley l'entend. Ça se voit bien que tu n'as pas la trouille de lui, et ça, c'est mauvais. Si tu te mets en travers de sa route, il te baisera pour de bon. C'est ça que je voulais te dire.

Je souris à son exhortation. Je n'en eus que plus de respect pour Dudley Smith, et pour Mike Breuning de m'en avoir fait part.

— Merci, Mike.

— Quand tu veux, c'est gratuit. Allez on se magne

pour aller au Strip. Ça me démange de démarrer.
 Mike prit sa voiture et s'engagea derrière moi. Je traversai Wilshire tout droit, espérant qu'Eddie Engels était un lève-tard, de manière à ce que Mike ait quelqu'un à filer. Je pris au nord sur La Cienaga. Mike était juste derrière moi lorsque je m'engageai sur le Strip dix minutes plus tard. Horn Drive apparut et je me rangeai contre le trottoir en indiquant le bungalow d'Engels et sa berline Olds. Mike sourit et me fit signe pouce en l'air que tout était OK. Je lui fis signe de la main et remontai la côte, garai la voiture et partis à pied pour commencer à poser mes questions.

***

Je frappai aux portes de bungalows cabanons, maisonnettes bien entretenues, appartements d'immeubles sans ascenseur style château français, piaules d'artistes et castels miniatures style mauresque et n'obtins qu'une succession de regards vides, de bâillements et de signes de tête négatifs et noyés d'ennuis. « Désolé, je ne peux pas vous aider, monsieur l'agent. » Eddie le fantôme. Cela me prit cinq heures. A deux heures, je descendis jusqu'au snack au coin de Horn et Sunset et commandai deux cheeseburgers, des frites, une salade et un lait malté géant à l'ananas. Je mourais de faim – et j'étais nerveux à l'idée de mon entrevue avec Lorna Weinberg.
 L'homme qui me servit au comptoir ressemblait à un loufiat éreinté droit sorti des enfers. Il s'affala devant moi pendant que je plongeais dans ma salade, à se curer alternativement les dents puis le nez. Le destin voulait de toute évidence que la conversation s'engage entre nous – il restait à savoir lequel de nous deux parlerait le premier. Ce fut moi, par pure nécessité.
 — J'pourrais avoir du Ketchup, s'il vous plaît ?
 — Sans problème, mon pote, dit l'homme du comptoir, en me tendant une bouteille de Heinz, avant de se pencher pour m'envoyer son haleine à la figure. Z'êtes

avec le shérif ? demanda-t-il. Intéressant !
— L.A.P.D. Et vous, ancien taulard ?
— Ça fait six ans que j'suis blanc. J'ai tenu jusqu'au bout de mon temps de parole, je touche du bois.

Le mec se prépara avec recherche à faire son petit numéro en touchant le comptoir de la main.
— Je vous félicite, dis-je. Il y a combien de temps que vous travaillez dans ce troquet ?
— Ça fait deux ans que je bosse ici. J'touche du bois.
— Vous connaissez bien les mecs du coin ?
— Les bouseux du quartier ou les clients réguliers ?
— Très drôle. Je veux dire les gens qui vivent dans le voisinage et qui fréquentent cet endroit.
— Oh.

Les yeux de l'homme se plissèrent pour laisser filtrer un regard de taulard à la coule.
— Vous pensez à quelqu'un de particulier ? demanda-t-il.
— Ouais. Un mec qui s'appelle Eddie. Un beau mec d'environ trente ans. Cheveux bruns bouclés. Yeux bruns. Sapé milord. Genre gigolo. Avec toujours une belle gonzesse à la traîne. Vous le connaissez ?

Les yeux du serveur ne cillèrent pas pendant ma description. Lorsque j'en eus terminé, il acquiesça, d'un geste presque imperceptible.
— Ouais, je crois bien.

J'y allai sans prendre de gants.
— Je suis de la police et je ne suis pas avare de pourliches. Accouchez.

Il regarda autour de lui en quête d'oreilles indiscrètes. Il n'y en avait pas.
— Okay. Vous ne vous êtes pas gouré. Un petit futé. Le chéri de ces dames. J'aimerais bien me faire les nanas avec qui j'ai vu ce salopard. Ecoutez, monsieur l'agent...

Je mis la main à la poche de ma veste et sortis ma photographie de Maggie Cadwallader.
— Elle ? dis-je. Cette gonzesse-ci ?

L'homme du comptoir examina la photo avec soin et secoua la tête.

— Non, jamais le p'tit chéri y se serait montré avec une pouffiasse comme ça. Beurk ! Quel...

— La ferme. Parlez-moi des femmes avec lesquelles vous l'avez vu.

Le caquet rabattu, il poursuivit à voix basse :

— Que du genre actrice. De vraies beautés. De la chatte de première classe, qui lui collaient au cul comme si c'était le dernier homme sur terre.

— Connaissez-vous certaines de ces femmes ? Y en a-t-il qui soient clientes régulières chez vous ?

— Non, j'crois qu'il les amène ici pour un burger sur le pouce pasqu'il crèche pas loin.

— Comment le savez-vous ?

— Ça, c'est drôle comme truc. Un jour, il était ici avec une belle blonde. Elle le taquinait pour queq'chose. Il a pas aimé ça. Elle avait posé sa main sur le comptoir. Eddie s'est mis à lui serrer la main, queq'chose de bien. La nana, elle en avait les larmes aux yeux. Et ça lui faisait vraiment mal. Elle a dit : « Pas maintenant, chéri. Tu pourras me faire ça bien à l'appartement, mais pas ici. On y retourne dans une minute. S'il te plaît, chéri ». Elle avait l'air d'avoir la trouille, mais aussi excitée, presque, vous voyez ?

— Quand était-ce ?

— Chais pas. Des mois de ça.

— Avez-vous revu cette femme, avec ou sans Eddie ?

— Je ne crois pas.

— Avez-vous vu Eddie faire montre de violence à l'égard d'autres femmes ?

— Non. Mais j'appellerais pas ça de la violence.

— La ferme.

Je lui tendis un morceau de papier de mon calepin.

— Ecrivez votre nom et votre adresse, dis-je.

L'ex-taulard s'exécuta, la mâchoire légèrement tremblotante.

— Ecoutez, monsieur l'agent, ...

— Ne vous en faites pas, dis-je en souriant. Vous n'aurez pas d'ennuis. Contentez-vous simplement de la boucler sur notre conversation. Capice ?
— Ouais.
— Bien.
Je glissai le morceau de papier dans ma poche et laissai un talbin de cinq sur le comptoir.
— Gardez la monnaie, dis-je.

***

Je trouvai une cabine téléphonique dans le parking et appelai Dudley Smith en ville. Il lui fallut quelques minutes pour venir en ligne et j'attendis dans la cabine surchauffée, perdu dans mes pensées, le récepteur collé à l'oreille. L'accent irlandais sonore et haut perché retentit soudain :
— Freddy, mon gars ! C'est bien agréable d'avoir de tes nouvelles !
Je repris très vite mes esprits et répondis calmement :
— Bonnes nouvelles, Dudley. Notre homme a été vu dans un restau du quartier en compagnie d'une femme il y a quelques mois de ça. Le mec du comptoir a dit qu'il a usé de violence physique contre elle et qu'elle a aimé ça. J'ai la déposition du barman.
Dudley Smith parut réfléchir à mes paroles, il resta silencieux pendant presque une minute. Dans mon empressement, je rompis le silence.
— Je crois que c'est un sadique sexuel, Dudley.
— Aaah ! Oui ! Eh bien, mon gars, je crois que notre bonhomme est plein de choses à la fois. J'ai moi aussi quelques tuyaux intéressants. Maintenant, Freddy, écoute, demain la grandeur sera ta compagne et tu en seras le faire-valoir. Tu passes me prendre chez moi à neuf heures du matin, 2341 Kelton Avenue, à Westwood. Tu mets un complet clair, et tu te prépares à apprendre. Tu as compris ?
— Oui.

— Aaah... sensass ! Y avait-il autre chose que tu désirais me dire, mon gars ?
— Non.
— Sensass. Alors je te verrai demain.
— Au revoir, Dudley.

***

Je roulai jusqu'à la maison où je me douchai et changeai de vêtements. Je me rasai pour la seconde fois de la journée. Je pris la route du centre ville en luttant contre l'anticipation de l'attente dont les picotements étaient dus pour moitié à mes nerfs et pour l'autre à des bouffées de plaisir sexuel qui me réchauffaient le ventre. Je me garai dans le parc de stationnement réservé aux employés de la ville dans Temple Street, et je montrai à l'employé mon insigne en lieu et place d'un macaron de parking. Je me peignai plusieurs fois, en vérifiant dans le rétroviseur que la raie soit bien droite.

A exactement cinq heures, j'étais garé directement en face de la sortie de l'hôtel de ville qui donnait sur Spring Street et j'attendais Lorna Weinberg.

Lorna franchit les larges portes vitrées quelques minutes plus tard, en boitant d'une jambe dont le pied s'écartait presque à angle droit. Elle s'aidait d'une épaisse canne de bois noir à embout de caoutchouc. Elle portait une serviette dans la main gauche d'un air distrait au vu de son visage. Elle se renfrogna en me voyant.

— Bonjour, Mlle Weinberg.
— M. Underhill, répliqua-t-elle.

Elle fit passer sa canne dans sa main gauche et me tendit la droite. Nous nous serrâmes la main et cette simple poignée de main nous rappela implicitement que nous nous retrouvions dans l'exercice de nos métiers respectifs pour une entrevue aimable.

— Merci d'accepter de me voir, dis-je. Je sais que vous êtes très occupée.

Lorna acquiesça sèchement et se reposa de tout son

poids sur sa bonne jambe.

— Et vous êtes vous-même quelqu'un d'occupé. Il faudrait nous trouver un endroit où nous pourrons parler. Je suis très curieuse d'entendre ce que vous avez à me dire.

Elle se surprit à être presque amicale et ajouta :

— J'ose espérer que vous n'oseriez pas me faire perdre mon temps.

Comme je ne répondais pas à sa pique, elle demanda :

— En seriez-vous capable ?

J'offris à Lorna Weinberg mon plus large sourire tout innocent.

— Peut-être bien. Arrêtons là les civilités. Vous arrive-t-il de dîner ?

Lorna se renfrogna à nouveau.

— Oui, monsieur l'agent, et vous ?

— Ouais, tous les soirs. Une vieille habitude d'enfance. Vous connaissez un endroit correct dans le quartier ?

— Aucun où je puisse me rendre à pied.

— Si votre patte folle fait des siennes, nous pouvons ne pas bouger, ou je peux vous porter, ou on peut prendre la voiture pour aller quelque part.

Lorna tiqua à nouveau d'une grimace devant mes commentaires avant de retrousser la lèvre d'un air pensif.

— Nous pouvons aller quelque part, dit-elle, dans ma voiture.

J'étais plus qu'enclin à lui concéder ce point gagnant.

Nous allâmes jusqu'à Temple très lentement, un demi-bloc à parcourir, sans pratiquement rien nous dire. Lorna boitait à chaque pas, balançant avec aisance sa jambe morte devant elle dans un rythme parfait et plein de grâce. Si elle avait mal, elle ne le montrait pas, seul son bras nu qui tenait la canne manifestait les signes de sa tension intérieure.

J'essayai de trouver quelque chose à dire mais mes entrées à l'emporte-pièce me parurent toutes idiotes comme autant de piques. Comme nous traversions la rue, je lui agrippai le coude pour assurer sa démarche et elle se défit de ma prise avec colère.

— Non, rétorqua-t-elle sèchement, je peux me débrouiller toute seule.

— Je n'en doute pas, dis-je.

La voiture était une Packard de modèle récent, avec changement de vitesses automatique et un étrier spécialement aménagé pour tenir la mauvaise jambe de Lorna. Sans me consulter, elle prit au nord en direction de Chinatown. Elle conduisait bien, de manière efficace, elle manœuvrait la grosse voiture avec adresse au milieu de la circulation chargée de cette fin d'après-midi sur North Broadway. Elle se gara en s'insérant sans effort dans un emplacement libre et en serrant le frein à main avec panache, elle se tourna vers moi pour me faire face et demanda :

— Un chinois, ça vous va ?

***

L'intérieur du restaurant était une merveille d'architecture en papier mâché. Les quatre murs avaient la forme de chaînes de montagnes, avec cascades et chutes d'eau dont le flot aboutissait dans une cuvette pleine de poissons rouges géants. Une lumière vert-bleuâtre baignait la pièce et lui donnait des reflets de paysage sous-marin.

Un serveur obséquieux nous guida jusqu'à une banquette dans le fond du restaurant avant de nous tendre les menus. Lorna fit tout un numéro en se plongeant dans l'étude du sien alors que j'exprimai mes désirs de manière brève et pragmatique. Je la dévorai des yeux pendant qu'elle étudiait son menu. Le visage était plein de force et de beauté.

Elle leva les yeux de son menu et surprit mon regard fixé sur elle.

— Vous ne mangez donc pas ? demanda-t-elle.

— Peut-être que si, dis-je. Si je prends quelque chose, je sais ce que ce sera.

— Je ne vous savais pas aussi rigide dans vos choix. Vous n'aimez pas essayer de nouvelles choses ?

— Depuis peu, si. Et c'est la raison de ma présence ici.

— Est-ce une insinuation ?

— Disons, un mélange de proposition et de déclaration d'intention.

— Et ça, ce n'est pas une insinuation ?

— Disons, un mélange de paradoxe et de sophisme logique.

— Et le rôle que je...

Je l'interrompis.

— Le paradoxe, c'est un meurtre, maître, ajouté au fait que j'entends tirer profit de la capture du meurtrier. Le sophisme logique, c'est que... eh bien, je suis ici en partie parce que vous êtes une femme très belle et passionnante.

Lorna ouvrit la bouche pour protester, mais j'élevai la voix pour étouffer ses protestations.

— Pardonnez-moi mon vocabulaire, mais comme le dit un de mes collègues, « assez déconné ». On mange, et ensuite je vous en parlerai.

Lorna me braqua d'un regard menaçant, à court de paroles. Je voyais bien qu'elle battait le rappel de toutes ses ressources pour une salve de piques bien méchantes en retour. Heureusement pour moi, notre serveur se glissa jusqu'à nous en silence et dit :

— Vous avez fait votre choix ?

Avant que Lorna puisse redémarrer, je bus une gorgée de thé vert et commençai l'histoire de Freddy Underhill, flic escroc, et de son intuition et son acharnement incroyables. Plusieurs fois, elle se mit à me questionner mais je me contentai de secouer la tête et de continuer. Une seule fois au cours de mon monologue, elle changea d'expression, lorsque je fis mention de Dudley Smith. Puis son air de profond intérêt se changea en air de colère. Lorsque j'en eus terminé avec mon récit, les plats étaient sur la table. Le regard de Lorna passa de moi au plat devant elle, qu'elle repoussa en faisant la grimace.

— Je ne peux pas manger maintenant, dit-elle. Pas après ce que vous m'avez dit.

— Me croyez-vous ?

— Oui. Ce ne sont que des preuves indirectes, mais tout concorde. Qu'attendez-vous au juste de moi ?

— Lorsqu'il sera complet et sans failles, je veux déposer le dossier et le faire enregistrer auprès de vous en personne. La vérité, c'est que Smith va essayer de m'entuber avec cette affaire et tirer les marrons du feu. Je sens ça ; je n'ai pas confiance dans ce salopard. Franchement, la gloire m'intéresse. Est-ce que vous préparez toujours les dossiers pour le grand jury ?

— Oui.

— Bien. Alors, dès que j'aurai rassemblé suffisamment de preuves, ou aussitôt que nous aurons arrêté Engels, je viendrai vous voir. Vous préparez le dossier, et le grand jury va inculper Engels.

— Et alors, monsieur l'agent ? demanda Lorna d'un ton sarcastique.

— Et alors, nous aurons l'un et l'autre la satisfaction de savoir qu'Eddie Engels est en route pour la chambre à gaz. Votre carrière y gagnera, et j'irai au Bureau des Inspecteurs.

Lorna resta silencieuse et morose. J'essayai de lui remonter le moral.

— Ce qui facilitera votre travail encore plus. Je vous déposerai des tas de dossiers mais uniquement des dossiers où je serai sûr que l'inculpé sera coupable.

Je souris.

— Dudley Smith va vous faire la peau après ce coup, dit-elle.

— Non, impossible. Je serai devenu un trop gros morceau. L'affaire fera la une des journaux. J'aurai des appuis trop importants – de la part de la presse ainsi que de l'intérieur du service. Je serai devenu intouchable.

Lorna piqua son riz frit du bout de ses baguettes.
— Voulez-vous m'aider ? demandai-je.
— Oui, dit-elle. C'est mon travail, c'est mon devoir.
— Bien. Merci.
— Vous êtes vraiment très, très suffisant !
— C'est que je suis très, très bon.
— Je n'en doute pas. Mon père parle de vous souvent. Vous lui manquez. Il m'a dit que vous ne jouiez plus au golf.
— J'ai abandonné le golf l'hiver dernier, peu de temps après vous avoir rencontrée.
— Pour quelle raison ?
— Mon meilleur ami s'est fait tuer, et j'ai tué deux hommes. Le golf ne me paraissait plus important.
— J'ai lu ça dans les journaux. Ma sœur en a été toute retournée. Cela m'a tracassée également. Je me suis demandé à quel point tout cela vous avait affecté. Je peux vous dire aujourd'hui que vous ne l'avez guère été en fait. Vous étiez déjà suffisant à l'époque et vous l'êtes plus encore maintenant. Vous êtes un vrai dur.
— Certainement pas. Je suis quelqu'un de gentil et je suis flatté que vous ayez pensé à moi.
— Vous n'avez pas lieu de l'être. C'était purement professionnel.
— Ouais, d'un point de vue très purement non professionnel, je pense à vous depuis que nous nous sommes rencontrés. Des pensées très agréables, pleines de chaleur et tout à fait non professionnelles.
Lorna ne répondit pas – elle se contenta de rougir, d'un rougissement purement féminin, tout à fait non professionnel.
— Avez-vous terminé votre repas ? demandai-je.
— Oui, dit Lorna, avec douceur.
— Alors, partons.

***

Dix minutes plus tard, nous étions de retour au parc de stationnement de Temple Street. Je sortis de la voiture et en fis le tour jusqu'à la porte de la conductrice.

— S'il vous plaît, Lorna, un sourire, avant de nous quitter, dis-je.

Lorna s'exécuta à contrecœur, entrouvrant les lèvres et grinçant des dents. J'éclatai de rire.

— Pas mal pour une néophyte. Acceptez-vous de dîner avec moi demain soir ? Je connais un endroit à Malibu. Nous pourrons faire une balade en voiture au bord de la mer.

— Je ne pense pas.

— C'est ça, ne pensez pas.

— Ecoutez, M....

— Appelez-moi Freddy.

— Ecoutez, Freddy, je...

La voix de Lorna comme sa résistance se perdirent dans le soir, et elle grimaça et sourit à nouveau, sans que je lui demande rien.

— Bien, dis-je avec entrain. Qui ne dit mot consent. Je vous retrouverai en face de l'hôtel de ville à six heures.

Lorna fixa les yeux sur le volant, elle ne souhaitait pas croiser mon regard. Je me penchai à l'intérieur de la voiture et lui tournai la tête tendrement pour l'avoir face à moi et l'embrassai doucement sur ses lèvres fermées. Sa main abandonna le volant et se posa sur mon bras pour le serrer avec force. Je rompis le baiser.

— Ne pensez pas, Lorna. Demain, six heures.

Je m'éloignai en direction de ma voiture au pas de course avant qu'elle ait pu répondre.

10

Dudley Smith et sa couvée de femelles vivaient dans une maison modeste et spacieuse à moins de deux kilomètres au sud de Westwood Village. Je me rangeai en face avec cinq minutes d'avance ; j'étais vêtu de mon costume clair, quelque peu taché et fripé. Je sonnai à la porte et m'entendis annoncer par différents gloussements de fillettes.Papa, c'est lui !

— Papa, ton policier est là !
— Papa, une visite, papa !

Des rideaux se levèrent à la grande fenêtre à un vantail qui jouxtait l'entrée. Une petite fille au visage plein de taches de rousseur me dévorait des yeux. Elle continua à me dévisager jusqu'à ce que je sourie et lui fasse signe de la main. Elle me tira alors la langue et battit en retraite.

Dudley Smith ouvrit la porte énergiquement un instant plus tard. Comme à l'accoutumée, il était vêtu d'un complet trois pièces en lainage brun. En septembre. La petite fille aux taches de rousseur était à califourchon sur ses épaules, vêtue d'une robe en coton rose. Elle gloussa à mon endroit du haut de son perchoir.

— Freddy, mon gars, sois le bienvenu, dit Dudley en se pliant en avant pour déposer la petite fille au sol. Bridget, ma chérie, ce jeune monsieur d'allure sensationnelle, c'est l'agent de police Fred Underhill. Dis bonjour à l'agent Fred, ma chérie.

— Bonjour, agent Fred, dit Bridget en faisant la révérence.

— Bonjour, belle Bridget, répondis-je d'une courbette.

Dudley riait à gorge déployée. Son rire avait l'air presque authentique.

— Oh, mon gars, tu es un vrai bourreau des cœurs, y'a pas à dire. Bridget, va chercher tes sœurs. Elles ne manqueront pas de vouloir rencontrer ce jeune monsieur.

Bridget détala. Je me sentis momentanément perdu, sentiment que j'éprouve parfois au sein des familles nombreuses, mais je le rejetai bien vite. Dudley parut remarquer mon léger changement d'humeur.

— Une famille, c'est un bien précieux qu'il faut

chérir, mon gars. Tu auras la tienne quand le temps viendra, j'espère.

— Peut-être bien, dis-je en regardant autour de moi le salon chaleureusement installé. Pourquoi un costume clair, Dudley ?

— Pur symbole, mon gars. Tu verras. Ne parlons pas de ça ici. Tu comprendras bien assez vite.

Bridget revint, traînant derrière elle ses quatre sœurs. L'âge des filles s'échelonnait de six à environ quatorze ans. Elles étaient toutes vêtues de robes en coton rose identiques et toutes les cinq étaient des copies conformes de Dudley, en plus doux et plus joli. Les filles Smith s'alignèrent derrière Bridget, la cadette.

Dudley Smith annonça fièrement :

— Mes filles, Fred. Bridget, Mary, Margaret, Maureen et Maidred.

Les filles me firent toutes la révérence en gloussant. J'exagérai mes courbettes en réponse.

Dudley passa un bras vigoureux autour de mes épaules.

— Retenez bien mes paroles, fillettes, ce jeune homme sera un jour le chef de la police. (Il resserra sa prise et je sentis mon épaule qui s'engourdissait.) Et maintenant, dites au revoir à votre vieux papa et à l'agent Fred, et allez réveiller votre mère, elle a dormi suffisamment.

— Au revoir, Papa. Au revoir, agent Fred.

— Au revoir, m'sieur l'agent.

— Au revoir.

Les filles se ruèrent vers leur père pour s'agripper à ses jambes et tirer sur son veston. Il leur envoya des baisers et leur botta gentiment le derrière en les faisant entrer à la maison et en refermant la porte derrière nous. En traversant la pelouse en direction de ma voiture, Dudley dit, très terre à terre :

— Et maintenant, comprends-tu pourquoi je hais les tueurs de femmes plus que Satan lui-même, mon gars ?

— Roule, mon gars, et écoute, me disait Dudley. Hier, j'ai fait partir quelques demandes de renseignements sur le bel Eddie. Edward Thomas Engels, né le 19 avril 1919 à Seattle, état de Washington. Pas de casier judiciaire, j'ai vérifié auprès des Fédés. Service dans la Marine pendant la guerre de 42 à 46. Bon dossier. Rendu à la vie civile avec les honneurs. Notre ami a servi comme aide-pharmacien. J'ai appelé le Bureau des Crédits de L.A. Il a fait deux emprunts auprès d'une compagnie financière pour l'achat de deux voitures. Il a cité deux répondants pour le crédit. C'est ceux-là que nous allons voir, mon gars, des amis intimes de notre bel Eddie.

Nous nous arrêtâmes au feu de Pico et Bundy. Je regardai Dudley pour avoir quelque idée sur notre destination.

— Venice, mon gars. En Californie, pas en Italie. Continue à rouler plein ouest.

— Pourquoi le costume clair, Dudley ? essayai-je une nouvelle fois.

— Pur symbole, mon gars. Nous allons jouer au bon et au méchant. Ce mec que nous allons rencontrer, Lawrence Brubaker, est un des vieux potes du bel Eddie. Il est propriétaire d'un bar à Venice. Une boîte de tantouzes. C'est un homo réputé avec une vie remplie d'arrestations pour conduite indécente. Un dégénéré, aussi sûr que deux et deux font quatre. Nous allons jouer de lui comme d'un accordéon, mon gars. Je lui rentre dans le chou et toi, tu arrives à la rescousse. Contente-toi de suivre le fil, Freddy, mon gars. J'ai confiance dans tes instincts.

Je pris à gauche sur Lincoln avant de tourner à droite sur Venice Boulevard, en route pour la plage et mon premier interrogatoire. Dudley Smith fumait en silence et regardait d'un air distrait le spectacle par la fenêtre.

— Arrête-toi au bord du trottoir à Windward et Main, dit-il finalement lorsque nous fûmes en vue de l'océan. Nous irons jusqu'au bar à pied, comme ça on aura le temps de causer.

Je me rangeai et me garai dans le parking d'une salle de réunion de la Légion Américaine. En sortant de la voiture, je me dégourdis les jambes et respirai à pleins poumons l'air marin vivifiant. Dudley sortit à son tour et me colla une grande claque dans le dos.

— Ecoute bien maintenant, mon gars. J'ai contrôlé les dossiers des meurtres non résolus de femmes qui cadrent avec la manière d'opérer du bel Eddie. J'en ai trouvé trois, mon gars, à qui on a serré le kiki, et qui remontent à mars 1948. On en a découvert une à trois blocs d'ici, étranglée et battue à mort dans une allée, non loin de la Vingt-Septième et de Pacific. Elle avait vingt-deux ans, mon gars. Garde ça présent à l'esprit quand on se fera ce dégénéré de Brubaker.

Dudley Smith eut un lent sourire, un sourire carnivore, sans trace d'émotion au milieu d'un visage impassible, et je compris que c'était là le véritable Dudley Smith, dénué de toute sa suffisance d'acteur. J'acquiesçai.

— D'accord, partenaire, dis-je en sentant un grand froid m'envahir.

***

La Petite Cabane de Larry se trouvait à un bloc de la plage, bâtiment de stuc rose avec portes battantes factices en séquoia et, au-dessus d'elles, une pancarte qui affichait les heures d'ouverture – 6 h du matin à 2 h du matin, le maximum autorisé par la loi.

Dudley me donna un coup de coude comme nous y entrions.

— C'est une boîte à tantes que le soir, mon gars. La journée, c'est la racaille du coin qui y traîne ses guêtres. Suis le fil, mon gars, et ne bouscule pas les habitués.

La pièce était très étroite, et très faiblement éclairée. Les murs s'ornaient de scènes de chasse et le plancher était couvert de sciure. Dudley me donna un nouveau coup de coude :

— Brubaker change de décor le soir, mon gars, des peintures de monsieur muscle sur tous les murs. C'est un sergent des Mœurs de Venice qui me l'a dit.

Assis au bar en forme de rondin, se trouvaient une demi-douzaine de picoleurs âgés qui éclusaient leur bibine. Ils avaient l'air abattu et méditatif tout à la fois. Le serveur somnolait derrière le comptoir. Il avait l'air qu'ont tous les barmen où que ce soit – éreintés même dans leur sommeil. Dudley s'avança jusqu'au bar et plaqua bruyamment deux mains énormes sur le comptoir de bois. Le bar résonna et les buveurs du petit matin en furent tirés de leur rêverie. La tête du barman eut un soubresaut vers l'arrière et il se mit à bafouiller.

— Ou-ou-oui, m-m-monsieur ?

— Bonjour, beugla Dudley de sa voix mélodieuse. Voudriez-vous m'indiquer où je pourrais trouver le propriétaire de ce superbe établissement, M. Lawrence Brubaker ?

Le barman commença à bredouiller une phrase puis y réfléchit à deux fois et indiqua une porte au fond du bar. Dudley y alla de sa courbette avant de me propulser en tête dans la direction voulue en me murmurant :

— Nous sommes deux flics antagonistes, mon gars. Je suis le pragmatiste, toi l'idéaliste. Brubaker est homo et tu es un beau jeune homme. Il craquera pour toi. Si je dois avoir la main lourde avec lui, touche-le gentiment. Il va falloir y aller par des chemins détournés. On ne peut pas lui laisser deviner qu'on enquête sur un meurtre.

Je hochai la tête en signe d'acquiescement avant de me libérer d'une torsion de sa prise. Je me sentais devenir très tendu.

Dudley frappa doucement à la porte et parla d'une voix très mollassonne à l'accent américain, forçant sur les dernières syllabes en leur donnant une intonation montante.

— Larry, ouvre, mon coco !

Un instant plus tard, la porte s'ouvrit et apparut un

mulâtre décharné, les yeux bleus et le crâne presque totalement chauve ; il nous dévisagea l'espace d'une seconde avant de battre en retraite presque par réflexe.

— Toc, toc, tonitrua Dudley de sa voix d'irlandais, qui va là ? Dudley Smith, attention les tatas ! Ha-ha-ha Police, Brubaker, ici présente pour conforter nos électeurs dans la conviction que nous sommes toujours sur la brèche, toujours vigilants !

Lawrence Brubaker se tenait au milieu de son bureau, tremblant de tout son corps filiforme.

— Qu'est-ce qui se passe, mec ? hurla Dudley d'une voix perçante. T'as donc rien à nous dire ?

J'y allai de ma réplique, au moment choisi :

— Laisse ce monsieur tranquille, Dud. Ce n'est pas un pédé, c'est lui le propriétaire.

J'allongeai une tape dans le dos de Dudley, avec force.

— Je crois que ton sergent des Mœurs s'est gouré. Ce n'est pas un rade à tantouzes, ça, n'est-ce pas, M. Brubaker ?

— Je ne questionne pas mes clients sur leurs préférences sexuelles, inspecteur, dit Brubaker. La voix était légère.

— Bien dit. Et pourquoi le feriez-vous ? dis-je. Je suis l'inspecteur Underhill, et voici mon partenaire l'inspecteur Smith.

J'allongeai une nouvelle claque dans le dos de Dudley, cette fois avec encore plus de force. Dudley grimaça mais ses yeux bruns étincelèrent dans ma direction en signe de conspiration muette. J'indiquai le canapé au fond du bureau.

— Et si nous nous asseyions ?

Brubaker haussa ses frêles épaules et s'installa dans le fauteuil face au canapé alors que Dudley prenait place sur son bureau, une jambe pendant dans le vide et cognant du talon dans la corbeille à papier. Je m'assis sur le canapé et étendis mes longues jambes jusqu'à ce qu'elles touchent presque les pieds de Brubaker.

— Depuis combien de temps êtes-vous propriétaire de ce bar, M. Brubaker ? demandai-je en sortant stylo et calepin.
— Depuis 1946, dit-il d'un ton morose, son regard passant sur Dudley pour revenir sur moi.
— Je vois, continuai-je. M. Brubaker, nous avons reçu de nombreuses plaintes concernant votre bar, qui déclarent que c'est un endroit où les bookmakers viennent lever leurs clients. Des agents en civil nous ont déclaré que c'était un endroit réputé pour sa clientèle de flambeurs.
— Et un antre d'iniquité plein de pédés ! beugla Dudley. Quel était le nom de ce flambeur gravure de mode qu'on a alpagué, Freddy ?
— C'était Eddie Engels, non ? demandai-je innocemment.
— C'est ça, c'est le pervers en question, s'exclama Dudley. Il prenait les paris dans tous les bouis-bouis à tantouzes d'Hollywood.
Les yeux de Brubaker reprirent vie en reconnaissant le nom que j'avais mentionné, Eddie Engels, mais sans plus. Stoïque, il tenait bon.
— Connaissez-vous Eddie Engels, M. Brubaker ? demandai-je.
— Oui, je connais Eddie.
— Fréquente-t-il votre bar ?
— Pas vraiment, pas depuis un moment.
— Mais c'était un habitué par le passé ?
— Oui.
— A quelle époque ?
— Les toutes premières années, lorsque je suis devenu propriétaire de La Cabane.
— Quand a-t-il cessé de venir ?
— Je ne sais pas. Il a déménagé du quartier. Il a rompu avec la femme avec laquelle il vivait. Elle avait l'habitude de venir ici fréquemment, et lorsqu'ils ont rompu, Eddie a arrêté de venir.
— Eddie Engels a vécu ici, à Venice ? demandai-je avec douceur.

— Oui. Lui et Janet habitaient une maison près des canaux, aux alentours de la Vingt-Neuvième et de Pacific.

J'expirai lentement.

— Et c'était quand ?

— A la fin des années quarante. De 47 ou à peu près jusqu'au début 49, si je me souviens bien. Pourquoi tout cet intérêt pour Eddie ?

Brubaker approcha doucement ses pieds de mes jambes étendues jusqu'à me toucher les chevilles. Je sentis une bouffée de répulsion qui me donna la nausée mais je ne bougeai pas.

Du coin de l'œil, je vis Dudley qui tournait la tête.

— Assez déconné, hurla-t-il. Brubaker, toi et Engels, vous êtes amants ?

— Au nom du ciel, êtes-vous... s'exclama Brubaker.

— Ta gueule, espèce de nom de Dieu de dégénéré. Oui ou non ?

— Je n'ai pas à ...

— Des clous, tu n'as pas ! C'est une enquête de police officielle et tu vas répondre à mes questions !

Dudley se leva et avança vers Brubaker, qui bascula en arrière dans son fauteuil, se releva et se réfugia en tremblant tout contre le mur.

Je m'interposai entre eux alors que Dudley commençait à serrer les poings.

— Du calme, Dud, dis-je en le repoussant gentiment par les épaules. M. Brubaker est très coopératif et nous enquêtons sur les paris clandestins, pas sur l'homosexualité.

— Des clous, Freddy. Je veux des tuyaux sur ce dégénéré d'Engels, je veux savoir à quoi il marche.

Je soupirai et relâchai Dudley, avant de soupirer à nouveau. Je pris Brubaker par le bras et le reconduisis jusqu'au canapé. Il s'assit et je m'assis à côté de lui en laissant nos genoux se toucher légèrement.

— M. Brubaker, je vous présente mes excuses pour le comportement de mon partenaire, mais il a soulevé un point important. Pourriez-vous nous parler de vos rapports avec Eddie Engels ?

Brubaker hocha la tête en signe d'acquiescement.

— Eddie et moi, ça remonte à la guerre. Nous étions en poste tous les deux à Long Beach. Nous sommes devenus amis. Nous allions aux courses ensemble. Nous sommes restés amis après la guerre. Eddie est quelqu'un de très populaire sur les champs de courses et il amenait des tas de gens ici à La Cabane. Des tas de très belles femmes, homos et normales. Je l'ai présenté à Janet, Janet Valupeyk, et ils se sont mis ensemble, ici à Venice. Il lui arrive encore de passer une fois de temps en temps mais plus aussi souvent depuis qu'il a rompu avec Janet. Nous sommes toujours amis. C'est à peu près tout.

— Et il aime les garçons, exact ? persifla Dudley.

— Ce ne sont pas mes affaires, inspecteur.

— Réponds, Brubaker, tout de suite.

— Il marche à voile et à vapeur, dit Brubaker avant de baisser les yeux sur ses genoux, honteux d'avoir divulgué cette chose intime. Dudley grogna en signe de triomphe et fit craquer ses jointures.

— Qu'est-ce que fait Eddie dans la vie, M. Brubaker ? demandai-je gentiment.

— Il joue. Il joue gros, et d'habitude il gagne. C'est un gagnant.

Dudley accrocha mon regard et montra la porte de la tête. Brubaker continuait à fixer le sol.

— Merci pour votre coopération, M. Brubaker. Vous nous avez été très utile. Bonne journée. Je me levai du canapé pour partir.

Dudley plaça sa réplique de sortie.

— Tu ne souffles pas un mot de ça à personne ; tu piges, espèce de raclure ?

Brubaker bougea la tête en signe d'acquiescement. Je lui serrai l'épaule gentiment avant de franchir la porte derrière Dudley.

En retournant à ma voiture, Dudley laissa échapper un énorme cri de joie.

— Freddy, mon gars, tu as été brillant ! Tout comme moi, bien sûr. Et nous avons obtenu des preuves solides : le bel Eddie vivait à deux blocs de là lorsque cette tragique jeune femme s'est fait rétamer en 48. Réfléchis un peu, mon gars !

— Ouais. Est-ce qu'on va mettre quelqu'un là-dessus ?

— On ne peut pas, mon gars. Mike et Dick filent Engels vingt-quatre heures par jour. Nous ne sommes que nous quatre sur cette enquête et en plus, la piste est trop froide – froide depuis trois ans et demi. Mais ne t'en fais pas mon gars. Quand nous mettrons la main sur Eddie pour Maggie Cadwallader, il confessera jusqu'au dernier de ses péchés, n'aie aucune crainte.

— Où va-t-on maintenant ?

— Cette nana Janet Valupeyk. Elle vit dans la Vallée. C'était elle le second garant pour le crédit du bel Eddie. Nous pouvons joindre les affaires et le plaisir, mon gars ; je connais un endroit chouette sur Ventura Boulevard – du bœuf en boîte qui vous fond dans la bouche. C'est moi qui régale, mon gars, en l'honneur de ton numéro de première étoile.

Le bide bien plein de bœuf en conserve et de chou, Dudley et moi prîmes la route du domicile de Janet Valupeyk dans Sherman Oaks.

— Espérons que cette vieille tante de Larry ne l'a pas prévenue. On fait ça en gants de velours avec celle-ci, mon gars, dit-il en montrant une maison vaste et blanche d'un étage de style ranch. Ça se voit qu'elle a du pognon et elle n'a pas de casier. Ce n'est pas un crime que de succomber au charme d'un pilier de cabaret comme notre charmant Eddie.

Nous frappâmes à la porte et une belle femme au corps épanoui, non loin de la quarantaine, ouvrit la porte avec brusquerie. Le regard était brouillé et elle portait une robe d'été jaune toute chiffonnée.

— Oui, dit-elle, en bredouillant légèrement.

— Nous sommes de la police, madame, dit Dudley en lui montrant son insigne. Je suis le lieutenant Smith et voici l'agent Underhill.

La femme hocha la tête dans notre direction, le regard toujours un peu flou.

— Oui ?

Elle hésita avant de dire :

— Entrez... je vous en prie.

Nous prîmes place sans y être invités, dans le vaste salon climatisé. La femme s'affala dans un fauteuil confortable, nous regarda et sembla faire appel à des ressources cachées dans un effort pour donner à sa voix une articulation correcte.

— Je m'appelle Janet Valupeyk, dit-elle. En quoi puis-je vous être utile ?

— En répondant à quelques questions, dit Dudley en souriant. A propos, vous avez là une maison absolument ravissante. Etes-vous décoratrice d'intérieur ?

— Non, je vends de l'immobilier. De quoi s'agit-il ?

— Ahhh ! Oui ! Madame, connaissez-vous quelqu'un du nom d'Eddie Engels ?

Janet Valupeyk eut un petit frisson, s'éclaircit la gorge et dit calmement :

— Oui, j'ai connu Eddie. Pourquoi ?

— Ahhh ! Oui ! Vous avez dit « J'ai connu ». Si je comprends bien, vous ne l'avez pas vu récemment ?

— Non. Pourquoi ?

La voix était assurée mais son calme se faisait moins assuré.

— Mademoiselle Valupeyk, vous ne vous sentez pas bien ? demandai-je.

— La ferme, rétorqua Dudley.

Je poursuivis.

— Mademoiselle Valupeyk, le but de notre ...

— J'ai dit la ferme ! rugit Dudley, sa voix criarde à l'accent irlandais sur le point de se briser.

On aurait dit que Janet Valupeyk allait fondre en larmes.

— Attends-moi dans la voiture, me murmura Dudley. Je ne serai pas long.

Je sortis et attendis, assis sur le capot de ma voiture en me demandant ce que j'avais bien pu faire pour mériter le courroux de Dudley.

Il sortit une demi-heure plus tard. Le ton était conciliant mais ferme, la voix très basse et patiente comme pour donner une explication à un enfant débile.

— Mon gars, quand je te dis de la fermer, tu la fermes. Suis le fil. Il fallait que je joue mon coup très doucement avec cette femme-là. Elle marchait à la dope, mon gars, et ça se mélangeait trop dans sa tête pour suivre les questions de deux hommes.

— Très bien, Dudley, dis-je en laissant néanmoins transparaître dans ma voix un reste de fierté. Ça ne se produira plus.

— Bien, mon gars. J'ai obtenu de nouvelles confirmations, mon gars. Elle a vécu avec le bel Eddie pendant deux ans. Elle a payé les factures de ce bon à rien de gigolo. Il la battait. Une fois, il a essayé de l'étrangler mais il s'est repris à temps. C'est un coureur de chattes invétéré, mon gars. Il avait l'habitude de draguer des nanas même à l'époque où il vivait avec Janet la solitaire. Elle était amoureuse de lui, mon gars, et il la traitait comme une moins que rien. Il se payait des putes et leur offrait de l'argent pour se faire tabasser. Et c'est une tante, mon gars. Aussi pédé qu'un billet de trente balles. Les garçons, c'est sa passion et les femmes ses victimes.

J'étais stupéfait :

— Comment avez-vous réussi à lui tirer les vers du nez ?

Dudley éclata de rire.

— Lorsque je me suis rendu compte qu'elle marchait à la dope plutôt qu'à la gnôle, j'ai fait un tour dans son armoire à pharmacie. Il y avait une ordonnance pour un flacon de pastilles de codéine. Une droguée, mon gars, mais une droguée légale. Alors j'ai joué sur sa peur de perdre cette ordonnance, et elle m'a tout sorti : Eddie l'a larguée pour un monsieur muscle quelconque. Elle aime Eddie et elle le hait, mais plus que tout, elle aime la codéine. Une vraie tragédie, mon gars.

Sans qu'on me le dise, je pris le chemin le plus long pour rentrer à L.A. centre ville. Laurel Canyon Boulevard et ses petites rues rustiques tout en lacets me donneraient largement le temps de sonder l'homme qui grandissait devant mes yeux dans plusieurs directions différentes.

Dudley Smith avait charge de merveilles mais son commerce était brutal et je sentais chez lui une étrange ambivalence. Il était trop vif pour des jeux d'ellipses, aussi je lâchai tout de go :

— Parlez-moi du Dahlia.

Dudley feignit la surprise.

— Le dahlia ? Quel dahlia ?

— Très drôle. Le Dahlia, le seul, l'unique, le vrai.

— Oh. Ahhh ! oui, ce Dahlia-là. Qu'est-ce que tu voulais savoir précisément, mon gars ?

— Jusqu'où êtes-vous allé dans votre enquête, ce que vous avez vu, ce que vous aviez à faire.

Je me tournai vers Dudley pour lui lancer un regard qui, je l'espérais, était chargé à parts égales d'intérêt et d'allégeance totale et entière. Il sourit d'un sourire démoniaque et je sentis un nouveau frisson me parcourir tout entier.

— Regarde la route, mon gars, et je te le dirai. Tu as déjà entendu des histoires là-dessus, non ?

— Pas vraiment.

— Alors, apprête-toi à en entendre une, de la bouche même du prince : j'ai vu beaucoup, beaucoup de crimes dont les femmes étaient les victimes, mon gars, mais le crime commis sur Elizabeth Short les dépassait tous de mille coudées – les atrocités qu'on a commises sur elle défiaient même la logique de Satan en personne. Elle a été torturée systématiquement pendant des jours et ensuite on l'a sciée en deux alors qu'elle était encore vivante.

— Seigneur Jésus, dis-je.

— Seigneur Jésus en vérité, mon gars. L'enquête durait depuis trois semaines lorsqu'on a fait appel à moi. On m'a confié une tâche spéciale : vérifier les déclarations de tous les psychos qui avaient avoué et qu'on retenait toujours sans possibilité de libération sous caution comme témoins matériels ; ceux qui, en fait, pour les inspecteurs, auraient eu la possibilité de commettre le crime. Il y en avait trente en tout, mon gars, et c'était la lie de la terre – des dégénérés de tous acabits qui haïssaient leur mère, qui violaient les bébés, ou qui baisaient les animaux. J'en ai immédiatement éliminé vingt-deux. J'ai brisé des bras, des mâchoires, un par ci, une par là, je les ai confrontés avec des détails intimes sur les blessures de Beth la belle. J'ai jaugé leurs réactions alors que je les frappais et je les ai fait me craindre pis que Satan en personne. Aucun d'entre eux ne l'avait tuée ; ils étaient tous coupables, d'ignobles dégénérés qui aspiraient à être punis, et je les ai obligés. Mais pas un qui ait été coupable de crime sur Beth la belle.

Dudley fit une pause théâtrale, et s'étira en attendant que je lui demande de continuer.

Je l'obligeai.

— Et les huit restants ?

— Ahhh, oui ! Les durs de durs de mes suspects ; ceux dont le vieux Dudley n'a pas pu jauger les réactions parce qu'il manquait d'astuce. Eh bien, mon gars, j'ai eu assez d'astuce pour reconnaître que ces huit-là avaient une chose en commun : ils étaient cinglés, totalement, complètement, des fous délirants, la bave aux lèvres, capables de tout, ce qui ne faciliterait pas les choses avec eux. J'étais sûr que leur maladie mentale était d'une telle intensité qu'ils seraient capables de supporter n'importe quel degré de souffrance physique. En outre, ils étaient tous convaincus qu'ils avaient effectivement rétamé Beth la belle ; c'est bien ce qu'ils avaient avoué, non ?

« Les inspecteurs avec lesquels j'avais discuté m'avaient déclaré qu'ils pensaient que l'assassin avait suspendu Beth la belle à une poutre du plafond ; elle portait des brûlures de corde aux chevilles. Ça m'a fait réfléchir. J'avais besoin de créer un choc à ces cinglés de dégénérés. Il me fallait pénétrer les barrières de leur folie. J'ai d'abord loué à un ami son entrepôt. Bel endroit, vaste et désert. Ensuite je me suis procuré un macchabée, une belle et jeune femme, auprès d'un pathologiste de la morgue qui était en dette avec le vieux Dudley. Une grosse dette, mon gars – ce vieux Dudley a fermé les yeux pour ce gars-là, et le mec en question, il était à ce vieux Dudley pour le restant de ses jours.

« Dick Carlisle et moi, on a amené le macchab en douce une nuit dans l'entrepôt. J'ai teint ses cheveux d'un noir de jais, comme la chevelure du Dahlia. Je l'ai mise toute nue, et je lui ai attaché les chevilles au moyen d'une corde, et Dick et moi, on l'a pendue, tête en bas, à une poutre basse du plafond. Puis Dick est allé chercher nos huit dégénérés à la prison du Palais de Justice. On les a laissés la regarder, un à la fois, mon gars, avec les ustensiles appropriés. Une de ces raclures était un artiste du couteau ; il avait à son actif des dizaines d'arrestations pour des bagarres au couteau. Je lui ai tendu un couteau de boucher et je l'ai obligé à tailler dans le cadavre. C'est à peine s'il a pu le faire. Il n'avait pas ça en lui. Une autre de ces ordures venait d'être libérée sur parole d'Atascadero pour attentat à la pudeur sur enfant. Sa manière de faire, c'était de demander aux petites filles d'embrasser ses parties intimes. Je lui ai fait embrasser les parties intimes de la morte, je lui ai fait sentir de près ces chairs sexuelles mortes. Il n'a pas pu le faire. Et ainsi de suite. J'étais à l'affût d'une réaction d'une telle bassesse, tellement innommable, que j'aurais alors su que c'était ça la saloperie qui avait tué Beth Short.

J'étais abasourdi. Sans voix. Je sentis mes mains qui serraient le volant avec tant de force que je crus un moment qu'il allait défoncer l'avant de la voiture. Ma voix se brisait lorsque je réussis finalement à sortir :
— Et puis ?
— Et puis, mon gars, je les ai gardés là toute la nuit durant, je les ai obligés à regarder le cadavre. Je les ai frappés, et Dick les a frappés, nous les avons forcés à embrasser la morte et à lui faire des mamours pendant que nous les interrogions.
— Et puis ?
— Et puis, mon gars, aucun d'entre eux n'avait tué Beth la belle.
— Seigneur Jésus ! dis-je.
— Ahhh, oui, Seigneur Jésus. Je n'ai pas trouvé le monstre qui a tué le Dahlia, mon gars. Je sais au plus profond de moi-même que personne n'y parviendra jamais. J'ai ramené la jeune morte à la morgue pour qu'elle soit incinérée. C'était une Marie Dupont solitaire qui ne soupçonnait pas que sa mort servirait la justice. Je suis allé à la confession le lendemain matin. J'ai dit au père ce que j'avais fait et j'ai demandé l'absolution. Je l'ai obtenue. Ensuite je suis rentré à la maison prier Dieu, Jésus et la Sainte Marie pour qu'ils me donnent la force de refaire ce que j'avais fait, encore et encore, s'il m'arrivait jamais de m'y trouver contraint au nom de la Justice et de l'Eglise.

Nous pénétrions dans Hollywood. Je me rangeai contre le trottoir à Crescent Heights et Sunset. Je fixai de tous mes yeux le visage coloré et démoniaque de Dudley. Il me fixa en retour.
— Et puis, mon gars ? dit-il en imitant ma voix.
— Et puis quoi, Dudley ? réussis-je à sortir d'une voix ferme.
— Et tu crois, mon gars, que Dudley est un malade mental ?
— Non, je crois que vous êtes un maître comédien.
— Ha-ha-ha ! Bien dit. Est-ce qu'acteur, c'est un

euphémisme pour fou, mon gars ?

— Non, je crois simplement qu'à certains moments, vous n'êtes pas sûr du rôle que vous jouez.

De minuscules yeux de prédateur se rivèrent à moi.

— Mon gars, tous mes rôles, je les interprète au nom de la justice et je suis tous mes rôles. N'oublie jamais ça.

— C'est promis, Dudley.

— Et en plus, mon gars, ne crois pas que je ne te connaisse pas. Ne crois pas que je ne sache pas à quel point tu penses être intelligent. Ne crois pas que je n'aie pas remarqué combien tu t'es délecté à m'envoyer paître en face de Brubaker. Ne crois pas que je ne sache pas à quel point tu crois voir en moi un sacré fils de pute. Ha-ha-ha ! Assez chagriné, assez disputé, mon gars. Emmène-moi en ville et prends le reste de ta journée.

Je déposai Dudley au centre ville en face du quartier général de la Division de Central sur Los Angeles Street. Il me tendit sa grosse main que je serrai :

— Demain, mon gars. Huit heures du matin à l'hôtel. On repassera toutes nos preuves en revue et on décidera du moment où on va alpaguer le bel Eddie.

— D'accord, Dudley.

Il m'écrasa la main jusqu'à ce que je le récompense d'une grimace, puis il me fit un clin d'œil avant de me laisser seul à méditer sur la folie et le salut.

***

Il me restait plus de quatre heures à tuer avant mon rendez-vous avec Lorna. J'allai à la maison et rédigeai un rapport détaillé sur mon implication dans l'affaire Margaret Cadwallader. Je le mis dans une grande enveloppe de papier bulle que je scellai. Je donnai à manger à Train de Nuit, changeai de vêtements et me rasai à nouveau.

En chemin vers le centre ville, je m'arrêtai chez un fleuriste où j'achetai pour Lorna une douzaine de roses à longues tiges. Elles me firent d'une certaine manière penser à la morte dont Dudley Smith avait interrompu le sommeil éternel avec tant de violence. Je commençais à prendre peur, mais la pensée de Lorna mit le holà à mes craintes en les transformant en symbioses étranges d'espoir mêlé des agréments bizarres de la justice.

J'attendis impatiemment, roses rouges à la main, à la sortie de l'hôtel de ville sur Spring Street jusqu'à six heures trente.

Lorna me posait un lapin. Je courus jusqu'au parc de stationnement sur Temple. Sa voiture était là, à son emplacement. Furieux, je retournai à l'hôtel de ville et entrai. Je consultai l'annuaire dans le couloir : les bureaux du procureur occupaient deux étages entiers. Irrité, je pris l'ascenseur, bien que l'envie me démangeât de monter au pas de course les neuf étages. Je traversai les couloirs déserts du neuvième, passant la tête dans les embrasures de porte et contrôlant des salles de conférence vides. J'allai jusqu'à fourrer mon nez dans les toilettes des dames. Rien.

J'entendis le claquement d'un clavier de machine à écrire au loin. Je longeai le couloir jusqu'à une porte vitrée portant l'inscription en lettres d'un noir mat « Enquêtes du Grand Jury ». Je frappai doucement.

— Qui est-ce ? demanda Lorna d'une voix irritée.

Je déguisai ma voix.

— Télégramme, madame.

— Merde, l'entendis-je marmonner. C'est ouvert.

Je poussai la porte. Lorna leva les yeux de sa machine à écrire, m'aperçut et bondit vers la porte en essayant d'en bloquer l'entrée. J'esquivai, et elle s'écrasa au sol.

— Merde. Oh ! merde. Oh mon Dieu ! dit-elle en se remettant en position assise contre le mur. Nom d'un chien, qu'est-ce que vous voulez de moi ?

— Je vous traque. Votre cœur m'intéresse, dis-je en déposant les roses sur son bureau. Laissez-moi vous aider à vous relever.

Je m'accroupis, attrapai Lorna sous les bras et la

remis doucement debout. Elle eut quelques velléités de me repousser, mais le cœur n'y était pas. Je l'enlaçai et la serrai contre moi sans qu'elle résiste.

— Nous avions rendez-vous, vous vous en souvenez ? murmurai-je dans ses douces boucles brunes.

— Je me souviens.

— Etes-vous prête à partir ?

— Je ne crois pas.

— Je vous ai dit hier soir, ne pensez pas.

Lorna se dégagea.

— Arrêtez vos grands airs protecteurs, Underhill, dit-elle d'une voix sifflante. Je ne sais pas ce que vous voulez, mais ce que je sais, c'est que vous me sous-estimez. Je connais la vie. J'ai trente et un ans. J'ai essayé les partenaires multiples et j'ai essayé le grand amour et ils sont comme ma jambe morte : ça ne marche pas. Je n'ai pas besoin d'amant par charité. Je n'ai pas besoin d'amant que la difformité excite. Je n'ai pas besoin de compassion – et surtout, je n'ai pas besoin d'un flic.

— Mais vous avez besoin de moi.

— Non, je n'ai pas besoin de vous.

Elle leva le bras pour me gifler.

— Allez-y, maître. Et je porte plainte contre vous pour un 647-f, agression sur un officier de police. Il vous faudra instruire l'affaire vous-même pour vous retrouver dans la position incongrue d'être la défenderesse, le magistrat instructeur et l'avocat de la défense tout à la fois. Allez-y, n'hésitez pas.

Lorna baissa le bras et se mit à rire.

— Bien, dis-je. Je laisse tomber l'accusation et je vous accorde la liberté conditionnelle.

— Sous la responsabilité de qui ?

— La mienne.

— Et sous quelles conditions ?

— Pour commencer, vous acceptez mes fleurs et vous dînez avec moi ce soir.

— Et ensuite ?

— Tout dépendra des rapports sur votre conditionnelle.

Lorna éclata de rire à nouveau.
— Aurai-je droit à une réduction de peine pour bonne conduite ?
— Non, dis-je, je crois que ce sera une condamnation à perpétuité.
— Ce n'est plus de votre ressort, monsieur l'agent, ainsi que vous me l'avez dit un jour.
— Je suis au-dessus de la loi, maître, ainsi que vous, vous me l'avez dit un jour.
— Touché, Freddy.
— Balle au centre, Lorna. Dîner ?
— D'accord. Les fleurs sont très belles. Donnez-moi le temps de les mettre dans un vase, ensuite nous pourrons partir.

Nous prîmes la direction de la plage et du Malibu Rendez-vous, un restaurant de bord de mer chic que je gardais en réserve dans ma mémoire depuis le « bon vieux temps », lorsque je rêvais de la femme « ultime ». Aujourd'hui, des années plus tard, c'est là que je me rendais, adulte et policier, en compagnie d'une femme procureur, juive et infirme, assise à mes côtés en train de souffler des ronds de fumée tout en me lançant des regards furtifs pendant que je conduisais.
— A quoi pensez-vous ? dis-je.
— Vous m'avez dit de ne pas penser, vous vous souvenez ?
— Je retire ce que j'ai dit.
— Très bien. Je pensais que vous êtes beaucoup trop beau. C'est désarmant et cela fait que les gens doivent probablement vous sous-estimer. Il y a une partie de vous qui pourrait très aisément tirer profit de cette sous-estimation.
— C'est très perspicace. A quoi d'autre pensiez-vous ?
— Que vous êtes trop doué pour être flic. Non. Ne m'interrompez pas, ce n'est pas tout à fait ce que je voulais dire ; je suis contente que vous soyez flic. Eddie

Engels serait libre de continuer à tuer en toute impunité si vous ne l'étiez pas. C'est simplement que vous pourriez littéralement faire tout ce que vous voulez. Je songeais aussi que je n'avais pas envie qu'on joue au chien-chien avec moi dans un restaurant chic ; je ne veux pas traverser ça clopin-clopant en suscitant des tas de regards apitoyés.

— Alors pourquoi ne pas manger sur la plage ? Je demanderai au restaurant de nous préparer un panier de pique-nique et une bouteille de vin.

Lorna sourit et m'envoya un rond de fumée avant de jeter sa cigarette par la fenêtre.

— C'est une bonne idée, dit-elle.

Je me garai sur l'aire goudronnée qui jouxtait le restaurant, à environ trente mètres de la plage. Lorna attendit dans la voiture pendant que je m'en allais quérir notre festin. Je commandai trois plats de crabe préconcassé et une bouteille de chablis. Le serveur hésitait à enregistrer une commande « qui n'était pas sur place » mais il changea de refrain lorsque je lui allongeai un bifton de cinq, allant même jusqu'à déboucher la bouteille de vin et nous ajouter deux verres.

Lorna fumait debout près de la voiture lorsque je revins. Lorsqu'elle me vit, elle leva les yeux vers la chaleur d'un ciel d'été et pointa sa canne vers le firmament. Je levai les yeux à mon tour et mis dans un recoin de ma mémoire l'image d'un ciel de crépuscule aux nuages bas sur l'horizon.

Une volée de marches branlantes en bois menait à la plage de sable. Je portais le pique-nique et Lorna boitait à mes côtés. L'escalier était à peine assez large pour deux, aussi j'enlaçai Lorna d'un bras et elle se blottit contre ma poitrine, riant et sautillant sur sa bonne jambe pendant toute la descente pour arriver en bas hors d'haleine.

Nous nous trouvâmes un endroit agréable un peu en surplomb. Le soleil ressemblait à une boule orange qui s'éloignait en accrochant tendrement des mèches de la chevelure châtain de Lorna pour les teinter de reflets d'or.

Nous étions assis sur le sable et je déballai la nourriture sur le sac de papier brun qui avait servi à l'emballer. Sans nous soucier de cérémonie, nous expédiâmes les trois crustacés qui avaient le goût de trop peu, sans échanger une parole. Le soleil était descendu sur l'horizon pendant le repas, mais la lumière de la grande baie vitrée du restaurant nous éclairait de lueurs orangées qui nous permettaient de voir l'autre en silence.

Lorna alluma une cigarette pendant que je remplissais nos verres de vin.

— Au 2 septembre 1951, dis-je.
— Et aux commencements.

Lorna sourit et nous trinquâmes. Je ne savais trop quoi dire au juste.

— Qui donc êtes-vous ? demanda Lorna.

J'engloutis mon verre d'une gorgée et je sentis le vin me monter à la tête presque immédiatement.

— Je m'appelle Frederick Upton Underhill, dis-je. J'ai vingt-sept ans, je suis orphelin, diplômé de l'université et flic. Voilà ce que je sais. Et je sais aussi que vous m'avez capturé au moment le plus exaltant de mon existence.

— Capturé ? Lorna éclata de rire.
— Non, plus exactement, c'est moi qui vous ai capturée.
— Vous ne m'avez pas capturée.
— Pas encore.
— Entendu, pas encore.
— Mais en un sens, je vous connais. Je suis allé chez votre père l'hiver dernier. J'ai vu des photographies de vous. J'ai interrogé Siddell à votre sujet et elle m'a parlé de l'accident et de la mort de votre mère, et à ce moment-là, j'ai senti que je vous connaissais, et je le sens encore.

Les yeux de Lorna étincelèrent de colère et elle parla d'une voix glacée :

— Vous n'aviez aucun droit de fouiller dans ma vie. Et si vous vous apitoyez sur moi, je ne vous reverrai jamais. Je remonterai jusqu'à ce restaurant, j'appellerai un taxi et je sortirai de votre vie pour toujours. Comprenez-vous ce que je dis ?

— Oui, dis-je. Je comprends. Je comprends que je ne sais pas ce qu'est la pitié, ne m'étant jamais apitoyé sur moi-même. J'ai pitié de certains qu'il m'arrive de rencontrer dans l'exercice de mon métier mais ça, c'est facile ; je sais que je ne les reverrai plus jamais. Non, ce que je veux dire et vous en ferez ce que vous voulez, je me fous pas mal que vous ayez une jambe en mauvais état, ou deux, ou trois. Lorsque je vous ai vue en février, j'ai su et je sais toujours.

— Vous savez quoi ?

— Ne me le faites pas dire, Lorna. Il est trop tôt.

— Très bien. Voulez-vous me serrer dans vos bras un instant, s'il vous plaît ?

J'allai vers Lorna et je l'enlaçai maladroitement. Elle me serra de ses bras passés au creux de mes reins et nicha sa tête contre ma poitrine. Je posai ma main sur le genou de sa jambe morte jusqu'à ce qu'elle la prenne et la pose en coupe contre un de ses seins, en l'y tenant serrée. Nous restâmes dans cette position pendant quelque temps, jusqu'à ce que Lorna me dise d'une toute petite voix :

— Vous voulez bien me raccompagner jusqu'à ma voiture, s'il vous plaît ?

***

Une heure plus tard, nous étions enlacés, debout cette fois sur le parking de Temple Street. Nous échangeâmes des baisers, alternativement tendres et forts. Une voiture de patrouille passa près de nous, nous illumina de son projecteur de portière et s'éloigna, le flic hochant la tête. Nous éclatâmes de rire.

— Vous le connaissez ? demanda-t-elle.

— Non, mais je vous connais, vous.
— C'est entendu, vous me connaissez et je commence à vous connaître.
— Dîner, demain soir ? demandai-je.
— D'accord, Fred. Seulement, je ne veux pas sortir, je veux vous faire la cuisine moi-même.
— C'est une idée merveilleuse.
— Mon adresse, c'est le 8987 Charleville, à Beverly Hills. Vous pouvez retenir ça ?
— Oui, à quelle heure ?
— Sept heures trente ?
— J'y serai. Maintenant, embrassez-moi que je puisse vous laisser partir.
Le baiser fut rapide cette fois.
— Pas d'adieux à n'en plus finir, marmonna Lorna en se libérant de mes bras pour boitiller jusqu'à sa voiture.

11

Nous nous retrouvâmes au Havana Hôtel à 8 heures du matin, le mercredi 3 septembre. Dudley Smith avait le visage fermé et l'air très sérieux lorsqu'il nous demanda de faire nos rapports et de tirer nos conclusions.

Dudley fit son rapport en premier et parla de nos interrogatoires de Lawrence Brubaker et de Janet Valupeyk. Il fit état de lui-même des renseignements sur les trois homicides par étranglement non résolus dans la zone L.A. Ouest Venice, en mettant l'accent sur la femme dont le corps avait été découvert dans l'allée près des canaux de Venice en mars 48.

Breuning et Carlisle, impressionnés, poussèrent un sifflement devant ces nouvelles ramifications de l'affaire. Mike leva la main et lança une remarque :

— Dud, Dick n'a absolument rien trouvé qui établisse

un lien entre notre gars et l'homicide de Leona Jensen. J'ai un pote aux Inspecteurs de Venice qui pourrait me laisser accéder à leurs dossiers. Si Engels vivait à deux blocs de là à l'époque du meurtre, il pourrait bien y avoir quelque chose dans leurs dossiers qui nous l'indique.

Dudley secoua la tête patiemment.

— Mike, mon gars, ce démon, on le tient pour le meurtre Cadwallader. Et on le tient bien, mon gars. Je commence à croire que le meurtre Jensen était sans rapport. Freddy, c'est toi qui as découvert le macchab, qu'en penses-tu ?

— Je ne sais pas, Dudley, dis-je en mesurant mes paroles avec soin. C'est certain que si je n'avais pas découvert ces allumettes sur les lieux du meurtre, nous ne serions pas ici aujourd'hui. Mais je commence à penser que c'était juste une coïncidence incroyable et qu'Engels n'a pas zigouillé Leona Jensen. Engels est un étrangleur, et bien qu'on ait étranglé la Jensen, on l'a aussi lardée de coups de poignard. L'image que j'ai d'Engels, c'est celle d'un homosexuel aux talents variés mais difficile à satisfaire. Quelqu'un qui hait les femmes mais qui a le sang en horreur. Je suis d'accord avec Dudley : oublions le meurtre Jensen ; la façon d'opérer ne correspond pas.

Dudley éclata de rire.

— C'est ça qu'il vous faut, un mec de la fac – une grosse tête qui sait réfléchir. Mike, tu as filé le bel Eddie. Qu'as-tu à nous offrir ?

Mike Breuning l'impassible s'éclaircit la gorge et regarda Dudley Smith comme s'il voulait lui lécher les bottes.

— Patron, je suis d'accord avec Underhill. Engels est trop immaculé. Mais il n'a pas arrêté de courir le jupon et trois soirs d'affilée, il a ramené chez lui une gonzesse différente. Je me suis mis en planque sous l'abri à voitures près de son bungalow et j'ai attendu des bruits et des signes de violence. Ç'aurait été trop beau. Les nanas sont toutes parties au petit matin, sans une seule marque sur elles. Je les ai filées toutes les trois jusqu'à leurs voitures. Engels leur a offert le taxi pour retourner à leurs voitures qui étaient toutes garées près de bars à cocktails. Je les ai filées jusqu'à des boîtes à musique de Hollywood. J'ai les numéros d'immatriculation des voitures qu'ont empruntées les nanas, au cas où nous aurions besoin d'elles comme témoins.

— Beau travail, Mike, dit Dudley, en se penchant de son fauteuil à dossier droit pour allonger sur l'épaule de Breuning une tape paternelle.

— Dick, mon gars, qu'as-tu à nous dire ?

Carlisle, le regard froid derrière ses lunettes, parla avec conviction :

— Tout ce que je sais, c'est qu'Engels tue de sang-froid et que c'est un salopard intelligent. A mon avis, on lui met la main dessus avant que ça lui monte à la tête et qu'il dessoude une autre nana.

Dudley laissa courir son regard de l'un à l'autre dans la minuscule chambre d'hôtel.

— Je crois que nous sommes tous d'accord là-dessus, n'est-ce pas, les gars ?

Nous hochâmes la tête tous les trois.

— Y a-t-il d'autres questions, mes garçons ?

— Quand déposons-nous notre dossier auprès du procureur ? demandai-je.

Breuning et Carlisle éclatèrent de rire.

— Quand Eddie aura avoué, mon gars, dit Dudley.

— Dans quelle prison allons-nous le boucler, dans ce cas ?

Dudley chercha un appui auprès de ses subordonnés plus expérimentés. Leurs yeux se fixèrent sur moi et ils secouèrent la tête avant de se retourner avec crainte vers Dudley.

— Mon gars, il n'y aura ni décision policière officielle, ni paperasses avant qu'Eddie n'avoue. Demain matin, à cinq heures quarante-cinq, nous nous donnerons rendez-vous en face de la cour du bel Eddie. Je prendrai ma voiture. Mike, tu passeras prendre Dick et Freddy.

Mike et Dick, vous prendrez des fusils. Freddy, ton revolver réglementaire. A six heures moins cinq, nous enfoncerons la porte d'Eddie. Nous nous emparerons de lui et si jamais nous trouvons une demoiselle ou un homo au lit en sa compagnie, nous leur collerons une trouille de tous les diables avant de les renvoyer chez eux. J'ai un endroit tout prêt pour l'interrogatoire, un motel abandonné à Gardena. Freddy, Dick, Engels et moi ferons le trajet dans ma voiture. Mike nous suivra dans la sienne. L'interrogatoire risque de durer longtemps, mes gars, alors passez un moment auprès de ceux que vous aimez et dites leur qu'ils risquent de ne pas vous revoir avant un certain temps. Debout, mes gars.

Nous nous levâmes en petit demi-cercle.

— Maintenant, mettez vos mains sur la mienne.

Nous nous exécutâmes.

— Et maintenant, mes garçons, dites une petite prière silencieuse pour notre opération clandestine.

Breuning et Carlisle fermèrent les yeux avec respect. Moi aussi, un court instant. Lorsque je les ouvris, je vis le regard de Dudley fixé tout droit au-delà de nous sur quelque point ultime et lointain.

— Amen, dit-il finalement, et il me fit un clin d'œil.

***

L'appartement de Lorna était situé à un bloc au sud de Wilshire près du quartier d'affaires de Beverly Hills ; c'était un testament parfait à sa fierté et à sa réussite : un deux-pièces sans fioritures avec une chambre, meublé avec discrétion d'objets de prix qui témoignaient des choses qui lui tenaient à cœur – un sens de l'ordre et de la propriété, et un souci très maîtrisé de la chose prolo. L'endroit était un guichet ouvert sur ses intérêts professionnels : les étagères débordaient de livres et volumes juridiques ainsi que des registres des codes légaux de Californie et du reste du pays. Un grand bureau de merisier était placé en diagonale dans un coin du salon avec, sur le dessus, son dictionnaire géant ainsi que des douzaines de feuilles de papier à l'aspect officiel disposées proprement en quatre tas distincts.

L'appartement était aussi une porte ouverte sur les merveilles, j'eus un frisson de fierté lorsque Lorna me fit faire le tour du propriétaire en m'illustrant par le détail les gravures encadrées porteuses de merveilles qui étaient accrochées aux murs. Il y avait une toile de Hieronymus Bosch qui représentait la folie – des créatures grotesques et hystériques dans un univers sousmarin, qui importunaient Dieu – ou quelqu'un d'autre – pour qu'on les libère de leur folie. Il y avait quelque chose de Van Gogh qui mettait en scène des champs de fleurs auxquels se juxtaposaient de l'herbe brune et un ciel sombre. Il y avait aussi les *Faucons de nuit* d'Edward Hopper, trois personnages solitaires assis, silencieux, dans un restaurant de nuit. C'était impressionnant et plein des merveilles de la solitude.

Je pris la main de Lorna et l'embrassai.

— Vous connaissez les merveilles, Lorna, dis-je.

— C'est quoi, les merveilles ?

— Je ne sais pas, rien que toutes ces ellipses mystérieuses et merveilleuses que nous ne parviendrons jamais à connaître tout à fait.

Lorna acquiesça. Elle connaissait.

— Et c'est pour cette raison que vous êtes flic ?

— Exactement.

— Mais moi, je veux la justice. Les merveilles sont pour les artistes, les écrivains, les créateurs. Leur vision nous offre la compassion nécessaire pour affronter nos propres vies et nous comporter de manière décente à l'égard des autres, parce que nous savons combien le monde est imparfait. Mais je veux la justice, je veux du concret. Je veux avoir la possibilité de regarder les gens que j'envoie devant le tribunal et dire : « Il est coupable, que cette culpabilité s'exprime par la volonté du peuple », ou bien « il est coupable, mais il a des circonstances atténuantes, que la clémence que je recommande s'exprime par la volonté du peuple », ou encore « il est innocent, pas de procès devant le grand jury pour lui. » Je veux pouvoir voir les résultats, pas les merveilles.

Nous allâmes nous asseoir sur un vaste canapé au tissu fleuri. Lorna me caressa les cheveux d'une main hésitante :

— Vous comprenez, Freddy ?

— Oui, en particulier maintenant. Je veux la justice pour Eddie Engels. Il l'aura. Mais le système du grand jury est fondé sur les gens, et les gens sont imparfaits, ce sont les merveilles qui les mènent. C'est pourquoi la justice n'est en rien absolue – elle est subordonnée aux merveilles.

— C'est la raison pour laquelle je travaille avec autant d'acharnement. Rien n'est parfait, pas même la loi.

— Ouais, je sais.

Je m'interrompis et allai à la pêche dans la poche de ma veste d'où je sortis une grande enveloppe de papier bulle.

— Nous arrêtons Eddie Engels demain, Lorna.

Je lui tendis l'enveloppe cachetée.

— Voici mon rapport en tant qu'agent qui aura procédé à l'arrestation.

Elle me regarda dans les yeux et me pressa la main.

— Vous avez l'air soucieux, dit-elle.

— En fait, je ne le suis pas. Mais j'ai besoin d'un service.

— Lequel ?

— N'ouvrez pas cette enveloppe avant que je vous appelle. Oubliez tout de cette affaire jusqu'à ce que je vous appelle. Et lorsque Dudley Smith viendra vous remettre son rapport, sachez ceci : c'est mon rapport qui est la vérité. S'il y a des désaccords entre les deux, demandez à me voir. *Nous* préparerons le dossier pour le grand jury. D'accord ?

Lorna hésita.

— D'accord. Vous vous placez vous-même sur la corde raide, Freddy.

— Je sais.

— Et vous voulez Engels plus pour votre carrière que pour la justice.
— Oui.
J'avouai presque en m'excusant.
— Ça m'est égal. Vous comptez pour moi, et Engels est coupable. Vous vous occupez de votre carrière et je m'occuperai de la justice, et l'un comme l'autre nous obtiendrons ce que nous voulons.
Je ris d'un rire nerveux devant l'imperfection de la logique de la chose. Lorna me prit la main.
— Et vous avez peur de Dudley Smith.
— Je ne pense pas du tout à lui. Il n'est pas à sa place dans la police.
— Ha ! L'imperfection, les merveilles, vous vous rappelez ?
— Touché, Lorna.
— Où allez-vous incarcérer Engels ?
Lorna vit mon visage s'assombrir.
— Je ne sais pas, dis-je.
Nous nous fixâmes et je sus qu'elle savait. Tout son corps se raidit et elle se remit debout avec peine en disant :
— Je vais préparer le dîner.
Lorna parcourut en sautillant la dizaine de pas qui la séparaient de la cuisine sans l'aide de sa canne. Je restai sur le canapé. J'entendis la porte du réfrigérateur s'ouvrir et se refermer ainsi que le tintement des ustensiles de cuisine que l'on sortait des placards. Se fit alors un silence tendu et lorsque je ne fus plus capable de le supporter, j'allai dans la cuisine où Lorna se tenait penchée au-dessus de l'évier en tenant une casserole d'une main distraite. Je la lui arrachai des mains. Elle résista mais je fus le plus fort. J'envoyai la casserole contre le mur où elle résonna avant de tomber au sol. Lorna se jeta sur moi pour m'enlacer avec violence. Elle me martela les épaules de ses poings en gémissant d'une voix sourde. Je lui relevai le menton enfoncé dans ma poitrine et l'embrassai en la soulevant de terre. Elle com-

mença par résister, me frappant les épaules avec encore plus de vigueur avant d'y réfléchir à deux fois et d'arrêter. Je la transportai dans sa chambre.

***

Après avoir fait l'amour, rassasié, conscient que quelque chose venait de commencer, je cherchai mes mots pour bien augurer du futur, afin qu'il se multiplie sans fin à partir de cet instant.

— Au sujet d'Eddie Eng... furent les seules paroles que je réussis à prononcer avant que Lorna ne presse ses doigts avec tendresse sur mes lèvres pour m'arrêter.

— Tout va bien, Fred, tout va bien.

Nous restâmes serrés l'un contre l'autre et je jouais des gros seins doux de Lorna. Elle voulut m'y maintenir niché dans le désir de me materner mais j'avais d'autres idées. Je m'ouvris une route de baisers plus bas que son ventre jusqu'aux boursouflures de cicatrices qui lui couvraient le bassin. Lorna s'écarta de moi.

— Non, pas là, dit-elle, tu vas bientôt me dire combien tu m'aimes pour ça et combien tu aimes ma patte folle. S'il te plaît, Freddy, pas ça.

— Je veux tout simplement le voir, ma douce.

— Pourquoi ?

— Parce que c'est une partie de toi.

Lorna se tortilla dans l'obscurité.

— Il t'est facile de dire ça, parce que tu es parfait. Lorsque j'étais une jeune fille, tous les garçons qui voulaient jouer avec mes gros seins essayaient d'y parvenir en jouant de ma jambe. C'était très laid. Ma jambe est laide, mon ventre est laid, je n'ai plus d'utérus et je ne peux donc plus avoir d'enfants.

— Et alors ?

— Alors, j'avais l'habitude de me couvrir le ventre d'une serviette lorsque je couchais avec un homme pour qu'il ne me touche pas en cet endroit-là. S'il y avait eu moyen de couvrir ma jambe, je l'aurais fait aussi.

Lorna se mit à pleurer. Je lui séchai ses pleurs et lui mordillai le cou jusqu'à ce qu'elle se mette à rire.

— Est-ce que c'est Freddy et Lorna à partir de maintenant ? murmurai-je

— Si tu le veux bien, dit Lorna.

— Je le veux.

Je me levai du lit et allai dans le salon. Je trouvai le téléphone et appelai Mike Breuning chez lui. Je lui dis de ne pas passer me chercher ce matin-là, que je retrouverais les autres sur Sunset et Horn à l'heure convenue. Il me gratifia d'un gloussement, « Ben, toi alors » avant de raccrocher.

J'allai dans la cuisine et ouvris le réfrigérateur. Je trouvai un bac à glace dans le freezer et en sortis une demi-douzaine de glaçons. Je retournai dans la chambre. Lorna était allongée sur le ventre, immobile. Je m'approchai du lit et laissai tomber les glaçons sur ses épaules. Lorna hurla et se rejeta en arrière.

Je bondis sur elle, ensevelissant ma tête dans la chair morte de son abdomen.

— Je t'aime, dis-je. Je t'aime, Lorna, je t'aime, je t'aime.

Lorna, de contorsions en tortillements, essaya de se défaire de ma prise. Sa jambe morte battait, inutile, au milieu de ses efforts. Je m'en saisis et l'enserrai de mes deux bras.

— Je t'aime, Lorna, je t'aime, Lorna, je t'aime, je t'aime.

Petit à petit, Lorna renonça à se battre et se mit à sangloter doucement.

— Oh Freddy, oh Freddy, oh Freddy.

Puis elle pressa de ses deux mains sur l'arrière de ma tête et me tint serré avec force contre cette partie d'elle-même qu'elle haïssait avec autant d'intensité.

***

Le matin et la réalité sombre vinrent trop vite.

Lorna s'était assoupie, blottie contre mon épaule.

J'étais resté éveillé, savourant la sensation de la savoir à mes côtés, mais incapable de cesser de penser à Eddie Engels et Dudley Smith, aux fusils, à la justice et à ma carrière, à la lumière toute neuve de la femme que j'aimais.

A quatre heures trente au cadran lumineux du réveil-matin sur la table de chevet de Lorna, je quittai ses bras avec douceur, l'embrassai dans le cou et allai m'habiller dans le salon.

Lorsque je mis mon étui d'épaule et pris en main mon 38 réglementaire dans son étui de cuir, je me sentis glacé sur tout le corps. La justice, songeai-je tout le long du chemin jusqu'au Sunset Strip, la justice – la Justice, pas les merveilles. Pas cette fois.

J'eus à peine le temps de prendre un café avant de retrouver les autres à Sunset et Horn.

Mike Breuning était déjà là, garé directement face à l'entrée de la cour où habitait Eddie. Il me fit signe de la main comme je me garais de l'autre côté de la rue. J'avançai jusqu'à lui et nous nous serrâmes la main par la vitre côté conducteur. Mike avait épinglé son insigne sur le revers de sa veste, et il avait posé sur le siège à côté de lui un fusil à pompe.

— Bonjour, Fred, dit-il, belle journée pour ce qu'on a à faire.

— Ouais. Où sont Dudley et Dick ?

— Ils sont partis faire une balade autour du bloc. Engels est seul ; Dick l'a filé toute la nuit. Et j'en suis bien content.

— Moi aussi.

— Tu te sens un peu nerveux ?

— Peut-être un petit peu.

— Eh bien, t'as pas de raison de l'être. Dudley a préparé son coup dans les moindres détails.

Breuning passa la tête par la fenêtre.

— Les voici qui arrivent. Epingle ton insigne sur ta veste, dit-il.

Je m'exécutai, alors que Dudley Smith et Dick Carlisle traversaient la rue dans notre direction.

— Freddy, mon gars, me salua Dudley, bien le bonjour !

— Bonjour, patron, bonjour Dick, dis-je.

— Underhill, répondit Carlisle, le visage impassible.

— Alors, mon gars, tu es prêt ?

— Oui.

— Très bien, en ce cas. Sensass. Mike ?

— Prêt, Dudley.

— Dick ?

— Prêt, chef.

Dudley tendit le bras vers le siège arrière de la voiture de Breuning et donna à Carlisle un calibre 12 à double canon. Mike s'extirpa par la porte passager avec à la main son fusil à pompe Ithaca. Je dégainai mon revolver de service et Dudley sortit un 45 automatique de sa ceinture.

— Allons-y, messieurs, dit-il.

Nous nous engageâmes rapidement dans la cour, armes pointées vers le sol. J'avais le cœur qui cognait vite et je n'arrêtais pas de lancer des regards furtifs sur le côté en direction de Dudley. Quelque chose faisait luire ses minuscules yeux bruns d'un éclat glacé, qui allait bien au-delà d'un numéro d'acteur. C'était ça le vrai Dudley Smith.

Arrivés à la porte d'Engels, je lui murmurai :

— Laissez-moi entrer en premier. Je suis déjà venu ici. Je sais où se trouve la chambre.

Dudley hocha la tête pour me donner son accord et nous fit passer devant, Breuning et moi.

— Défoncez-moi ça dit-il d'une voix sifflante.

Mike leva son fusil à hauteur de poitrine et je tins mon 38 au-dessus de la tête pendant que nos deux pieds droits se levaient à l'unisson avant de frapper simultanément la surface lisse. La serrure céda et la porte s'ouvrit vers l'intérieur avec fracas. Je courus droit jusqu'à la chambre, le revolver devant moi, Smith, Breuning et Carlisle tout de suite derrière. La porte de la chambre était ouverte et je réussis à apercevoir dans l'obscurité une forme sur le lit.

J'allumai le plafonnier et à l'instant précis où Eddie Engels remua en donnant les premiers signes de réveil, je plaçai le canon de mon arme contre sa tempe en murmurant :

— Police ! Ne faites pas un geste ou vous êtes mort.

Engels, les yeux écarquillés de terreur, commença à hurler. Dick Carlisle bondit dans mon dos sur le lit et lui tordit la tête en l'enfonçant dans l'oreiller et commença à l'étouffer. Breuning se trouvait juste derrière en train d'arracher les draps de satin bleu en tordant les mains d'Engels derrière son dos.

— Nom de Dieu, Freddy, réfléchis ! Assieds-toi sur ses jambes, s'écria Dudley.

Je me lançai sur la forme gigotante et pesai de tout mon poids sur la partie inférieure du corps d'Engels alors que Mike réussissait à lui passer les menottes. Carlisle tordait toujours la tête d'Engels toujours enchâssée dans son oreiller.

— Arrête, Dick, hurla Dudley, tu vas le tuer !

Carlisle le relâcha et Engels s'affaissa comme un chiffe. Nous abandonnâmes le lit en nous regardant les uns les autres d'un air choqué. Dudley avait le visage rouge de colère. Il se pencha sur Engels et ouvrit violemment le haut du pyjama de soie bordeaux, mit son oreille sur la poitrine et se mit à rire.

— Ha-ha-ha ! Il est toujours vivant, mes garçons, grâce à ce vieux Dudley. Il s'en remettra. On l'emmène et on fout le camp. Tout de suite.

Carlisle souleva Engels et je le chargeai sur mon épaule. Il ne semblait pas peser lourd. Je traversai l'appartement sombre et sortis, entouré du cordon que formaient mes trois collègues. Pour couvrir nos traces, la porte fut soigneusement refermée derrière nous. Je courus jusqu'à ma voiture, le tueur toujours inconscient rebondissant dans mon dos à chaque pas. Mon cœur cognait plus qu'un marteau-pilon et je ne cessai de regarder autour de moi à la recherche de témoins de l'enlèvement. Dudley ouvrit la porte de la voiture et je balançai Engels comme un sac sur la banquette arrière. Il reprit conscience en étouffant un hurlement et Dudley lui fracassa la crosse de son 45 sur la mâchoire.

— Monte avec lui derrière, mon gars, murmura-t-il. Ce que je fis en faisant rouler Engels tête la première sur le plancher. Dick Carlisle prit le volant et mit le contact. Dudley prit la place du passager et dit avec beaucoup de calme :

— Tu sais où aller, Dick. Freddy, arrange-toi pour garder le bel Eddie à l'abri des regards. Relève-lui la tête qu'il puisse respirer. Ahhh, oui, sensass.

Il sortit un bras par la fenêtre et fit signe, pouce en l'air, à Mike Breuning que tout allait bien.

— Gardena, mes garçons, dit-il.

Nous prîmes les routes de surface jusqu'à la voie express d'Hollywood. Mike resta sur nos talons pendant tout le chemin. Dudley et Carlisle bavardaient nonchalamment de base-ball de première division. Je fixai de tous mes yeux le visage gonflé et ensanglanté d'Eddie Engels et sans raison, songeai à Lorna.

La voie express d'Hollywood nous mena à Vermont puis Vermont Sud. Alors que nous longions le campus de l'université, Engels commença à reprendre conscience, la lippe tremblant d'une terreur muette. Je plaçai un doigt sur ses lèvres et dis :

— Chut.

Nous restâmes ainsi, Engels me suppliant du regard, jusqu'à ce que Dudley se retourne en tendant le cou et dise :

— Comment va notre ami, mon gars ?

— Il est toujours inconscient.

— Ahhh, oui, sensass. Nous y serons dans quelques minutes. C'est un endroit sûr et désert. Mais je ne veux rien laisser au hasard. Lorsque Dick s'arrêtera, tu réveilles Eddie. Remets ton insigne dans ta poche. Garde ton arme à l'abri des regards. On va l'aider à marcher comme si c'était un de nos vieux amis pris de boisson. Tu piges le tableau, mon gars ?

— Je pige.
— Sensass !

Eddie Engels et moi restâmes à nous dévisager mutuellement. Quelques minutes s'écoulèrent. La voiture se faufilait dans la circulation du jour qui commençait. Lorsque Dick Carlisle s'arrêta complètement, je fis semblant de réveiller Engels. Il comprit et joua le jeu.

— Réveille-toi, Engels. Nous sommes de la police et nous ne te voulons aucun mal. Nous voulons simplement te poser quelques questions. Est-ce que tu comprends ?

— Ou-oui, dit Engels en haletant à petits coups.

— Bien. Je vais t'aider à sortir de la voiture. Tu vas te sentir faiblard, alors accroche-toi à moi. Okay ?

— O-Okay.

Carlisle et Smith ouvrirent les portes de la voiture. Je tirai Engels pour le remettre en position assise sur la banquette arrière. Je lui enlevai les menottes et il se frotta les poignets qui étaient presque bleus avant de se mettre à sangloter.

— La paix, lui murmura Dudley. Pas de ça, c'est compris ?

Engels accrocha le regard de folie sur le visage du grand Irlandais et comprit immédiatement. Il me regarda de ses yeux implorants. Je lui souris en sympathie et me sentis vaguement remué par le jeu du pouvoir : si l'impératif, c'était la justice, si l'interrogatoire allait se conduire sur le modèle bon-méchant, alors c'était déjà bien parti.

Mike Breuning vint se ranger derrière nous et appuya sur l'avertisseur. Je quittai Engels des yeux pour vérifier les alentours. Nous étions garés dans une allée jonchée de détritus à l'arrière de ce qui ressemblait à une cour de motel inoccupé.

— Freddy, dit Dudley, tu vas avec Mike et tu ouvres la pièce. Assure-toi qu'il n'y ait personne dans le coin.

— Entendu, patron.

Je sortis de la voiture et étirai mes jambes car je commençais à avoir des crampes. Mike Breuning me donna une claque dans le dos. L'excitation du moment le rendait presque fébrile dans son éloge de Dudley.

— Je te l'avais bien dit que ce bon vieux Dud pensait à tout. Regarde cet endroit, dit-il en m'ouvrant le passage sur une allée étroite qui conduisait à un ensemble en forme de L composé de minuscules chambres de motel reliées les unes aux autres et peintes de la même couleur vert dégueuli.

— C'est sensass, non ? L'endroit a fait faillite pendant la guerre et le propriétaire ne veut pas vendre. Il attend que les prix grimpent. C'est parfait.

C'était vraiment parfait. Je fus repris un bref instant de frissons glacés. Une parfaite représentation impressionniste de l'enfer : deux corps de bâtiments en forme de L qui ouvraient sur de l'herbe brûlée et un sol jonché de carafons de picrate et d'étuis de préservatifs. Les panneaux « Entrée interdite » placés tous les trois mètres, étaient recouverts d'obscénités. Des merdes de chien partout. Un palmier de bonne taille, mort, jouait à la sentinelle et faisait bonne garde en tenant à distance le parc de stationnement d'une usine d'aviation de l'autre côté de la rue.

— Ouais, c'est parfait, dis-je à Mike. Ça a un nom ?
— Le Motel de la Victoire. Ça te plaît ?
— Ça sonne comme quelque chose de connu.

Mike indiqua la chambre numéro 6. Il déverrouilla la porte et un gros rat prit la fuite.

— Nous y sommes, dit-il.

Je passai la revue de notre salle d'interrogatoire : une petite pièce parfaitement carrée, à l'odeur putride, avec un lit de bat-flanc rouillé dont les ressorts nus supportaient un matelas répugnant. Un bureau et deux fauteuils. Une croûte bon marché représentant un clown, sans cadre, au-dessus du lit. Une photographie de Franklin D. Roosevelt, découpée dans une revue et punaisée à la porte qui ouvrait sur la salle de bains où le receveur de douche et l'équipement étaient couverts de déjections de rongeurs. Quelqu'un avait ajouté une moustache à la Hitler à F.D.R. Mike me la montra et gloussa.

— Va chercher notre suspect, Mike, tu veux bien ? dis-je.

Je voulais être seul, ne serait-ce qu'un moment, ne serait-ce que dans un taudis comme celui-ci.

***

Dudley, Breuning et Carlisle pénétrèrent dans la pièce minuscule une minute plus tard, en poussant devant eux notre suspect en pyjama. Carlisle balança Engels sur le lit et lui attacha les mains sur le devant en lui passant les menottes. Engels tremblait et commençait à transpirer, mais je crus remarquer qu'un soupçon d'indignation se faisait jour dans son comportement lorsqu'il gigota pour trouver une position confortable sur le matelas taché d'urine.

Il leva les yeux vers ses quatre ravisseurs qui le toisaient et dit :

— Je veux appeler un avocat.

— C'est admettre que tu es coupable, Engels, dit Carlisle. On ne t'a accusé de rien jusqu'à présent, alors ne te bile pas pour un bavard jusqu'à ce qu'on te boucle.

— Si jamais on te boucle, dis-je, jouant mon rôle de bon sans qu'on me le dise.

— C'est exact, dit Mike Breuning. P'têt' bien qu'ce mec, il est pas coupable.

— Coupable de quoi ? s'écria Engels d'une voix qui se brisait presque. Nom de Dieu, je n'ai rien fait du tout !

— Du calme, fiston, dit Dudley, d'un ton paternel. Simplement, tais-toi. Nous sommes ici pour que justice soit faite. Tu dis la vérité et tu serviras la justice – et toi-même, par la même occasion. Tu n'as rien à craindre, alors tais-toi.

La voix douce et mélodieuse à l'accent irlandais de Dudley parut avoir un effet apaisant sur Engels. Tout son corps parut s'affaisser en signe d'acceptation. Il fit pendre ses jambes sur le rebord du matelas.

— Puis-je fumer, demanda-t-il ?

— Bien sûr, dit Dudley, en mettant la main à sa poche arrière pour en sortir une clé de menottes.

— Freddy, veux-tu détacher M. Engels ?

— Bien sûr, Dud.

Je libérai les bracelets et Engels me sourit, plein de reconnaissance. Continuant à assumer le rôle que nul ne m'avait assigné, je lui souris en retour. Dudley lui balança un paquet de Chesterfield et une pochette d'allumettes. Les mains d'Engels tremblaient trop fort pour gratter une allumette, aussi lui allumai-je sa cigarette, tout en lui souriant. Il engloutit la fumée et me sourit à son tour.

— Dick, Freddy, dit Dudley, mes garçons, je veux que vous alliez faire un saut jusqu'au magasin de spiritueux. Eddie, mon gars, c'est quoi ton poison ?

Eddie eut l'air stupéfait.

— Vous voulez dire la gnôle ? Je ne bois pas beaucoup.

— Voyez-vous ça, mon gars ! Un pilier de bistrot comme toi ?

— J'aime bien un gin et coke de temps en temps.

— Ahhh, sensass. Freddy, Dick, vous avez entendu la commande de monsieur. Allez, au trot ; il y a un magasin de boissons au bas de la rue.

Une fois à l'extérieur, Carlisle me détailla la procédure :

— Dudley dit que le mot clé, c'est « circonvenir ». Il dit que ça signifie de « manière détournée ». On va d'abord soûler Engels pour le faire parler ouvertement de lui-même. Tu es censé être avec les fédés, ce qui signifie que tu es diplômé en droit. Toi et Dudley, vous allez lui faire cracher ce qu'il a dans les tripes en jouant au bon et au méchant. On va le garder éveillé toute la nuit, on va lui casser sa résistance. On a fait nettoyer la pièce à côté. On peut y piquer un roupillon à tour de rôle. Et ne t'en fais pas : Dudley a des potes chez les flics de Gardena – ils nous laisseront tranquilles.

Je souris, à nouveau pris sous le charme de Dudley Smith le pragmatique distributeur de merveilles.

— Qu'est-ce que vous allez faire, Mike et toi ?

— Mike va tout prendre en sténo et mettre le tout au propre quand Engels aura avoué. C'est un petit prodige. Je vais faire le méchant aux côtés de Dudley.

— Et si jamais il n'avoue pas ?

— Il avouera, dit Carlisle, en retirant ses lunettes pour les essuyer avec sa cravate.

***

A notre retour du magasin de boissons avec un litre de gin bon marché, trois bouteilles de coke et une douzaine de gobelets en papier, Dudley régalait Eddie Engels de récits de sa vie en Irlande à l'époque de la première guerre mondiale, alors que Mike Breuning faisait du café et préparait des sandwiches dans la pièce à côté.

Mike entra dans la pièce d'interrogatoire avec une demi-douzaine de blocs sténo et une grosse poignée de crayons taillés. Il s'approcha une chaise juste à côté du lit et sourit à Engels. Le regard d'Engels allait sans cesse du visage affable de blondin de Mike à son 38 dans son étui sous l'aisselle.

Eddie faisait bonne figure, mais il avait peur. Et il était curieux de savoir combien nous en savions à son sujet, ça, je l'aurais parié. Il avait tué au moins une femme, mais, de toute évidence, il était impliqué dans tellement d'activités illégales qu'il ne connaissait pas la *raison précise* pour laquelle nous l'avions alpagué. Mais il ne se comportait pas comme un tueur aux abois – il avait en lui une arrogance mêlée de veulerie qui transparaissait jusque dans sa peur. Depuis trente ans, il menait sa barque en jouant de son charme et de sa gueule et il se considérait à l'évidence comme quelqu'un de naturellement supérieur. Sa mascarade pleine de suffisance allait bientôt prendre fin, et je me demandais s'il s'en doutait un instant.

Dudley ouvrit les débats en plaquant ses énormes mains avec fracas sur la petite table de bois sur laquelle Mike avait posé ses blocs sténo.

— M. Engels, dit-il, vous vous demandez probablement qui nous sommes exactement ainsi que la raison qui nous a fait vous amener ici.

Il s'arrêta et versa gin et coke, moitié-moitié, dans un gobelet qu'il tendit à Engels, lequel le prit et se mit à siroter respectueusement, en nous jetant à tous les quatre des regards incessants de ses yeux sombres et intelligents.

Dudley s'éclaircit la gorge et reprit :

— Permettez-moi de vous présenter mes collègues : M. Carlisle, Police de Los Angeles ; M. Breuning, du Bureau du Procureur ; je suis le lieutenant Dudley Smith du L.A.P.D. ; et ce monsieur – il s'arrêta et inclina la tête dans ma direction – c'est l'inspecteur Underhill du F.B.I.

Je faillis éclater de rire devant ma promotion soudaine et conséquente, mais gardai le visage fermé.

— Si vous voulez soulever des points de droit, adressez-vous à l'inspecteur. Il est avoué et sera heureux d'y répondre.

Je me mis de la partie sans façon, désireux de quelque peu apaiser Engels avant l'assaut de brutalités qui ne manquerait pas de suivre.

— M. Engels, il se peut que vous ne le sachiez pas, mais vous êtes en relation avec certaines personnes qui vivent en marge de la loi dans la pègre de L.A. Nous désirons vous interroger sur les personnes en question. Nos méthodes ne sont pas très orthodoxes mais elles donnent des résultats. Contentez-vous de répondre à nos questions et je vous assure que tout se passera très bien.

C'était un coup à l'aveuglette, documenté et ambigu, qui atteignit son but. Engels me crut. Son visage se décrispa et il engloutit le reste de son verre avec soulagement. Dudley lui en versa un autre immédiatement, avec un bon deux-tiers de gin.

Engels en avala deux bonnes gorgées et lorsqu'il se mit à parler, sa voix avait considérablement baissé de ton, on aurait presque dit un baryton.

— Que désirez-vous savoir ? demanda-t-il.
— Parlez-nous de vous, mon gars, dit Dudley.
— Que voulez-vous savoir ?
— Tout de votre vie, passée et présente.
— Que voulez-vous dire exactement, lieutenant ?
— Je veux dire absolument *tout*, mon gars.

Engels parut réfléchir à la chose. Il donna l'impression de replonger dans sa mémoire, et siffla son gin et coke pour accélérer son processus de pensée.

Je consultai ma montre. Il était 7 heures et il commençait déjà à faire chaud dans la petite chambre sordide. J'enlevai mon veston et remontai mes manches. Je me sentais fatigué, ayant passé plus de vingt-quatre heures sans dormir. Presque en réponse à mes réflexions, Mike Breuning brancha son ventilateur portatif et me tendit une tasse de café tiède. Dudley versa à Engels un gobelet de gin à ras bord.

— L'histoire de votre vie mon gars. Nous mourons tous d'envie de l'entendre, dit-il.

***

— Papa et maman étaient de braves gens, commença Eddie d'une voix aux accents de stentor comme celui qui explique des vérités profondes et intrinsèques. Ils le sont toujours, je suppose. Je suis originaire de Seattle. Maman et papa sont nés en Allemagne. Ils sont venus avant la Première Guerre mondiale. Ils...

— Avez-vous été un enfant heureux, Eddie ? l'interrompit Dudley.

Engels avala une gorgée de gin en grimaçant légèrement devant l'âcreté de l'alcool pur.

— Bien sûr que j'étais un môme heureux. Un vrai

chic type. Un mec de première. J'avais un chien. J'avais une cabane, j'avais un vélo. Papa, c'était le brave mec. Il ne m'a jamais touché. Il était pharmacien. Il ne nous a jamais envoyés, M'man et moi, chez le docteur. Il nous préparait des trucs de la pharmacie. Parfois, il y avait de la drogue dedans. Un jour, M'man en a pris et elle a été prise de visions religieuses. Elle a dit qu'elle avait vu Jésus qui chevauchait Miffy – c'était un de nos chiens qui s'est fait écraser. Elle a dit que Miffy pouvait parler et qu'il voulait qu'elle devienne catholique pour aller travailler au cimetière pour animaux à l'extérieur de la ville. Après ça, Pa, il a plus jamais rien donné de ses trucs à M'man ; il haïssait les catholiques. Pa, c'était un mec de première mais avec ma sœur Lillian, il était dur, dur comme le fer. Il ne voulait pas qu'elle ait des rendez-vous avec les mecs, il rôdait toujours du côté du fleuriste où elle travaillait pour être sûr qu'il y ait pas de gommeux qui lui fixent rencart. Pa, c'était un boche de la vieille école. Il détestait les mecs qui couraient la minette. Il ne voulait pas que je coure la minette, il voulait que je me marie avec un boudin boche et que je fasse pharmacie.

Engels s'arrêta et avala le reste de son gin. Son corps eut un soubresaut et je vis clairement qu'il était en train de s'enivrer, à son sourire de travers et son visage rayonnant de bons sentiments. Dudley remplit son verre.

— Mais vous vouliez chasser la minette, n'est-ce pas, Eddie ? dis-je.

Engels éclata de rire et siffla son gin.

— Exact, dit-il d'une bouche pâteuse, et je voulais me tirer de ce putain de trou à rat de ville, Seattle. Rien que de la pluie, des chiens crevés, des pharmacies et de la fesse d'une laideur ! Laide-laide-laide, je vous dis pas ! Je me suis payé les plus belles minettes de tout Seattle et c'était pis que la dernière des dernières des boudins d'Hollywood. Laide-laide-laide.

— Alors vous êtes venu à L.A., intervint Mike.

— Putain que non ! Ces putains de japs ont bombardé

Pearl Harbor et j'ai été appelé. La marine. Pa disait que je ressemblais à Donald Duck dans mon uniforme. Je lui ai répondu qu'il ressemblait à Mickey Mouse dans la blouse qu'il portait à la pharmacie. Il ne voulait pas que je parte. Il a essayé d'arranger le coup pour que je puisse rester à Seattle. Il a essayé de faire son numéro comme quoi les temps étaient durs devant le conseil des recours, mais ça n'a pas marché. Mais Pa a gagné en poésie sinon en justice. Ils ont fait de moi un aide pharmacien. Il m'a appelé Donald Duck.

Eddie Engels se plia en deux de rire sur le matelas, avant de se redresser d'un bond et de vomir sur le plancher, la tête entre les jambes, les bras ballants sur les côtés. Il avait renversé son verre de gin et lorsqu'il leva les yeux, il battit le matelas d'une main d'ivrogne à sa recherche. Il découvrit le verre par terre dans une flaque de vomi, le ramassa et le tendit avec force gestes vers Dudley.

— Refilez-moi un plein, lieutenant. Aide-pharmacien Engels, 416-8395 exige son putain de coup à boire et en vitesse !

Dudley se prêta à son jeu avec joie en remplissant cette fois le verre à moitié. Engels s'en empara, sécha le liquide d'un trait et retomba en arrière sur le matelas en marmonnant « des tas d'minettes, des tas d'minettes » avant de perdre connaissance.

***

Eddie Engels s'éveilla quelque six heures plus tard, complètement paniqué et totalement déshydraté. Le regard était fiévreux, la voix grinçante chevrotait.

Dudley nous avait donné les grandes lignes de son plan pendant qu'Engels était inconscient : toujours le bon et le méchant, avec modifications. Il s'était procuré auprès des Inspecteurs de la Division d'Hollywood, une liste de bookmakers, homosexuels et fourgues connus en se disant qu'Engels devait bien connaître quelques-uns d'entre eux. En balançant ces noms à la figure d'Engels, il l'empêcherait de cette manière de deviner la raison exacte de sa détention. Ce plan avait l'air bon même s'il exigeait beaucoup de temps. Je m'étais reposé pendant l'après-midi et j'étais fin prêt. Mais je voulais que ça se termine, et vite : je voulais retrouver Lorna.

Au moment même où Engels se réveillait, Mike était de retour avec deux grands sacs en papier bourrés de hamburgers, de frites et de café dans des gobelets en carton. Nous plongeâmes dedans en ignorant notre prisonnier sur son matelas.

— Il faut que j'aille à la salle de bains, dit-il humblement.

Personne ne répondit. Il essaya à nouveau.

— Il faut que j'aille à la salle de bains.

Tout le monde l'ignora cette fois encore.

— J'ai dit que je devais aller à la salle de bains.

Cette fois, sa voix paniquée avait monté d'un cran.

— Alors, pour l'amour du ciel, allez à la salle de bains, beugla Dudley.

Engels se leva de son lieu de repos et se dirigea vers les toilettes répugnantes d'un pas incertain. Nous l'entendîmes vomir dans la cuvette des W.C. avant de faire couler de l'eau et d'uriner. Il revint un instant plus tard, en ayant abandonné son haut de pyjama souillé de vomi. Il avait lavé grossièrement sa poitrine mince et musclée. Il frissonna dans la chaleur de cette fin d'après-midi au milieu des odeurs de la petite pièce.

— Je suis prêt à répondre à vos questions, messieurs les policiers, dit-il. Permettez-moi d'y répondre que je puisse rentrer chez moi.

— La ferme, Engels, dit Dudley. Nous nous occuperons de vous quand nous serons prêts, en temps et heure, pas avant.

— Doucement, lieutenant, dis-je. Ne vous en faites pas, M. Engels, nous sommes à vous dans un instant. Voudriez-vous un hamburger ?

Engels secoua la tête et nous fixa des yeux.

Nous terminâmes notre dîner. Dick Carlisle annonça qu'il partait faire un tour à pied avant de se lever et de quitter la pièce. Mike, Dudley et moi-même, disposâmes trois fauteuils autour du matelas. Engels s'était appuyé contre le mur. Il était assis à l'indienne, les mains croisées sous les genoux pour maîtriser leur tremblement. Nous nous installâmes face à lui pour nous mettre à le dévisager un long moment avant que Dudley n'élève la voix :

— Votre nom ?

Notre prisonnier s'éclaircit la gorge.

— Edward Engels.

— Votre adresse ?

— 1911 Horn, Hollywood Ouest.

— Votre âge ?

— Trente-deux ans.

— Votre profession ?

Engels hésita :

— Intermédiaire immobilier.

— Et c'est quoi, au juste, intermédiaire immobilier, nom d'un chien ? aboya Dudley.

Engels cherchait ses mots.

— Alors, mec, ça vient ? s'écria Dudley.

— Doucement, lieutenant, dis-je. M. Engels, voudriez-vous nous expliquer les fonctions de votre charge ?

— J'interviens pour mener à bien des transactions immobilières jusqu'à leur conclusion.

— Ce qui implique ? demandai-je.

— Ce qui implique de mettre en contact les acheteurs avec les professionnels de l'immobilier.

— Je vois. Eh bien, pourriez-vous...

Dudley m'interrompit.

— Des conneries tout ça, inspecteur. Ce mec est un joueur réputé. J'ai des tuyaux sur lui qui viennent de tous les books d'Hollywood. En fait, j'ai même plusieurs témoins qui déclarent que c'est un book, lui aussi.

— Ce n'est pas vrai, s'écria Engels. Je parie aux

courses mais je ne travaille pas pour les books et je ne fais pas le book non plus. Je n'ai rien à me reprocher chez les flics. Je n'ai pas de casier.

— Des clous, Engels ! J'en sais long !

Je levai les mains et demandai le silence.

— Ça suffit ! Ça suffit tous les deux ! M. Engels, parier aux courses, ce n'est pas un crime. Le lieutenant Smith s'est un peu emporté parce qu'il y a un moment qu'il n'a pas touché de gagnants. Est-ce que le terme de joueur qui gagne pourrait s'appliquer à vous ?

— Oui, je suis un gagnant.

— Gagnez-vous plus d'argent au jeu qu'à votre travail dans l'immobilier ?

— Oui, dit-il après une hésitation.

— Déclarez-vous vos gains sur votre feuille de revenus ? demandai-je.

— Euh... non.

— Combien avez-vous déclaré de revenu total pour cette année ?

— Je ne sais pas.

— Et pour 1950 ?

— Je ne sais pas.

— 1949 ?

— Je ne sais pas.

— 1948 ?

— Je ne me souviens pas.

— 1947 ?

— Je ne sais pas !

— 1946

— Je ne... j'étais dans la Marine alors... j'oublie.

Dudley intervint.

— Vous payez bien des impôts sur le revenu, Engels, non ?

Engels laissa tomber la tête entre ses jambes.

— Non, dit-il.

— Vous vous rendez bien compte que la fraude fiscale est un crime fédéral, Engels, poursuivit Dudley, accentuant la pression.

— Oui.
— Je paie des impôts, l'inspecteur aussi et tous les citoyens respectueux des lois. Et qu'est-ce qui fait donc de vous quelqu'un d'assez spécial, nom d'un chien, pour croire qu'il n'a pas à faire comme tout le monde ?
— Je ne sais pas.
— Doucement, lieutenant, dis-je. M. Engels est prêt à coopérer. M. Engels, je vais vous citer des noms. Parlez-moi de vos relations avec ces gens.

Engels acquiesça sans dire un mot. Dudley me tendit une feuille de papier qui portait soigneusement dactylographiées, trois colonnes distinctes avec pour en-tête, « Joueurs », « Bookmakers » et « Fichés aux Mœurs d'Hollywood ». Je commençai par les joueurs. Mike Breuning sortit son bloc sténo et se tint prêt, crayon levé. Dudley alluma une cigarette pour lui-même et une autre pour Engels qui l'accepta avec reconnaissance.
— Okay, M. Engels, écoutez avec attention : James Babij, Leslie Thomas « le Gribouilleur », James Gillis, Walter Snyder, Willard Dolphine. Il y en a qui vous paraissent familiers ?

Engels acquiesça d'un hochement de tête, l'air sûr de lui.
— Ces mecs, c'est des flambeurs de haut-vol, ils dépensent gros à Santa Anita. Des amateurs de risque, vous voyez ce que je veux dire ?
— Oui. Etes-vous familier avec certains d'entre eux ?
— Qu'est-ce que vous entendez par familier ?

Engels laissa filtrer un regard soupçonneux entre ses paupières rétrécies.
— J'entends par là, avez-vous déjà joué avec certains d'entre eux ? En avez-vous reçu chez vous ?
— Oh non ! Je vois ces mecs sur le champ de courses, il leur arrive de me payer un verre au Turf Club comme il m'arrive de leur en offrir un. Ce genre de choses.
— Très bien, dis-je en souriant pour passer à la liste des books. William Curran, Louis Washington, Dellacroccio « La Combine », Murphy « Le Speedé »,

Frank Deffry, Gerald Chamales « Beau Sourire », Bruno Earle, Duane Tucker « Le Cerveau », Fred Vestal « Gros Lard », Mark Mc Guire « Patte Folle ». Ça vous évoque quelque chose, M. Engels ?

— Des tas de choses, inspecteur. Tous ces gugusses, c'est des books de L.A. Ouest. Des gandins de salons de cocktails. Mark « Patte Folle » fait le mac avec des radasses noires en plus. C'est que du menu fretin tout ça, classe néant.

Engels sourit à ses ravisseurs avec suffisance. Il commençait à reprendre confiance quand à nos intentions. Tous les trois, nous le regardâmes sans ciller. Cela le rendit nerveux.

— Freddy Vestal fait le revendeur de joints, j'ai entendu dire, lâcha-t-il.

J'offris à Engels un sourire engageant.

— Très bien, passons aux suivants maintenant : Pat Morneau, Coleman « Le Scooter », Jack Foster, Lawrence Brubaker, Al Bay, Jim Waldleigh, Brett Caldwell, Jim Joslyn.

Le visage d'Engels prit un teint de cendres. Il déglutit plusieurs fois et, récupérant très vite, nous envoya un sourire qui n'était que pur charme, pure bravade.

— Connais pas ces mecs, inspecteur, désolé.

Dudley partit à l'attaque en disant très doucement :

— Savez-vous qui sont ces gens, Engels ?

— Non.

— Ces hommes sont des dégénérés connus – des chouttes, des lopettes, des choupettes, des pédés, des homos, des tantes, des fagots et des pédales. Ils ont tous des dossiers longs comme le bras dans tous les services des mœurs de tous les services de police du comté de L.A. Ils fréquentent tous les bars de pédés d'Hollywood Ouest. Des lieux dont nous savons que vous les fréquentez aussi, Engels. La moitié de ces hommes vous ont identifié à partir de photographies. La moitié...

— Quelles photos ? s'écria Engels dans un hurlement de fausset. J'suis propre ! J'ai pas de casier ! Tout ça, c'est un mensonge ! C'est qu'un...

J'entrai dans la bagarre.

— M. Engels, permettez-moi de vous le demander une seule et unique fois ; pour nos dossiers officiels, êtes-vous homosexuel ?

— Putain, non ! hurla pratiquement Eddie Engels.

— Très bien. Je vous remercie.

— Inspecteur, dit Dudley calmement, ça ne marche pas avec moi. C'est un fait établi qu'il est comme les deux doigts de la main avec cet homo, Lawrence Brubaker. Nous savons...

— Larry Brubaker, c'est un vieux pote du temps de la Marine. On était casernés ensemble au port de Long Beach pendant la guerre.

Engels transpirait, son visage et son torse exsudaient la sueur par tous les pores de la peau. Je lui tendis un verre d'eau. Il l'avala d'un trait en moins d'une seconde, puis chercha mon regard en soutien.

— Je vous crois, dis-je. Vous viviez près de son bar, à Venice, exact ?

— Exact ! Avec une femme. J'étais à la colle avec elle. Je vous dis que les femmes, ça me botte. Demandez à Janet, elle vous le dira.

— Janet ? Demandai-je innocemment.

— Janet Valupeyk. C'est elle la nana avec laquelle je bosse dans l'immobilier. Elle vous le dira. On est restés ensemble pendant deux ans, elle vous le dira.

— Très bien, M. Engels.

— Pas très bien, inspecteur, dit Dudley, la voix plus aiguë et plus forte. Pas très bien du tout. Nous avons des témoins qui déclarent avoir vu ce dégénéré dans des bars pédés réputés tel que le Pivot, le Chat Noir, la Planque à Sergio, l'Etoile d'Argent, le Chevalier en Armure et la moitié des endroits de la Vallée qui servent de repaires aux pédés.

— Non, non, non ! Engels secouait frénétiquement la tête en signe de dénégation.

J'élevai la voix et regardai Dudley, l'œil sévère et plein de colère.

— Cette fois, vous êtes allé trop loin, lieutenant. On vous a manifestement trompé. L'Etoile d'Argent n'est pas un repaire de pédés, j'y suis allé moi-même, et souvent. Ce n'est qu'un bar à cocktails, un bistrot de quartier.

Engels s'agrippa à ce qu'il croyait être une bouée de sauvetage.

— C'est vrai ! J'y ai été aussi. Des tas de fois !
— Pour placer des paris ? lui dis-je brutalement.
— Que dalle, oui, pour draguer la minette. J'ai levé de beaux morceaux dans le coin.

Sans se rendre compte qu'il nous offrait la corde pour le pendre, Engels continua à déblatérer en gigotant sur le matelas maintenant trempé de sueur.

— J'ai levé des morceaux dans la moitié des boîtes à musique d'Hollywood. Pédé, de la merde, oui ! Y'a quelqu'un qui vous a refilé des tuyaux crevés ! Moi, j'suis vétéran. Larry Brubaker, c'est un pédé mais je me suis contenté de me servir de lui en lui empruntant de l'argent. Il a jamais essayé ses trucs de pédé avec moi ! Demandez à Janet. Demandez-lui !

Engels adressait maintenant toutes ses remarques à ma seule intention. Il était visible qu'il me considérait comme son sauveur. Du coin de l'œil, je vis Dudley se passer un doigt sur la gorge.

— M. Engels, dis-je, arrêtons-nous un moment, vous voulez bien ? Pourquoi ne vous reposez-vous pas un peu ?

Engels acquiesça. J'allai dans la salle de bains et mouillai une serviette de papier au lavabo. Je le lui balançai et il s'épongea le visage et le haut du corps.

— Reposez-vous, Eddie, dis-je en souriant de toute ma hauteur à l'assassin joli garçon.

Il hocha la tête à nouveau et se cacha le visage dans les mains.

— Je vais faire un tour, annonçai-je à Dudley et Mike Breuning. J'attrapai un gobelet de café froid et un hamburger froid et sortis.

Le vent de Santa Ana [1] s'était levé, et la minable pelouse en façade était jonchée d'une nouvelle cargaison de détritus. Les feuilles de palmier avaient volé sur l'allée. Le vent avait chassé toute trace de smog dans l'air et le ciel crépusculaire était de pure lumière bleue, teintée des vestiges d'un soleil rose.

J'essayai de manger mon burger, mais il était trop froid et trop graisseux et mon estomac serré s'y refusa. Je jetai mon sandwich par terre et sirotai mon café, en méditant sur les rituels de la justice.

Dudley sortit une minute plus tard.

— Notre ami est endormi, mon gars, dit-il. Mike lui a refilé un Mickey Finn [2]. Il se réveillera dans environ quatre heures avec un mal de crâne de tous les diables. Ensuite, je me mettrai au travail sur lui.

— Où est Carlisle ?

— Il passe l'appartement du bel Eddie à la fouille. Il devrait être bientôt de retour. Comment te sens-tu, mon gars ?

— Dans l'attente. Et impatient que ça soit terminé !

— Bientôt, mon gars, bientôt. Je vais te travailler ce monstre pendant un bon moment. Tu restes en dehors jusqu'à ce que j'enlève ma cravate. A ce moment-là, tu interviens. Affronte la force par la force, mon gars, fût-elle verbale ou physique. Tu me suis ?

— Oui.

— Ahhh, sensass. Tu es un jeune policier plein d'intelligence, Freddy. Tu sais ça ?

— Oui, je le sais.

— Alors pourquoi cet air sinistre ?

— Je me demande si je me plairai au Bureau des Inspecteurs.

— Tu t'y plairas très bien. C'est la crème du service. Maintenant, va te reposer un peu.

J'allai dans la pièce jouxtant la chambre d'interrogatoire et m'allongeai sur un lit de camp de l'armée tout

---

1. Vent chaud du désert.
2. Mickey Finn : boisson droguée.

défoncé qui était trop petit pour ma taille de quinze bons centimètres. Je me relevai et allai à la salle de bains. Elle était relativement propre ; presque assez propre pour qu'on puisse s'en servir. J'avais besoin de me raser et je n'avais pas pensé à apporter un rasoir.

J'allai m'étendre à nouveau sur mon lit. L'épuisement s'empara de moi avant que je puisse ôter mes chaussures et mon étui d'épaule. Je luttai contre le sommeil un bref instant en réussissant à marmonner « Lorna, Lorna, Lorna » avant que le sommeil l'emporte.

***

Je m'éveillai parce que quelqu'un me secouait. Je me redressai d'un bond et je voulus me saisir de mon arme. Dick Carlisle se matérialisa devant moi et m'épingla les deux bras. La lumière de l'ampoule au plafond se reflétait dans les verres de ses lunettes à monture d'acier.

Je balançai les jambes hors du lit et me rendis compte soudain que je n'aimais pas Carlisle. Il avait en lui quelque chose d'animal et de morose. Et ça se voyait qu'il était remonté.

— Regarde ça, dit-il en fouillant dans la poche de sa veste pour en sortir la broche en diamants de Maggie Cadwallader.

— Seigneur, dis-je. Où diable as-tu déniché ça ? C'est du vrai ?

— Dudley dit que oui. Il en sait long sur ce genre de marchandise et il dit que c'est du vrai. Je l'ai trouvée à l'appartement d'Engels planquée dans un placard à cravates.

— Seigneur, dis-je en feignant d'être impressionné, les rouages de mon cerveau tournant à plein régime. Seigneur ! Quand j'ai fouillé l'appartement de la nana Cadwallader, j'ai trouvé une petite photographie d'elle. Elle portait une broche tout à fait pareille à celle-ci.

— Par le Christ, Underhill ! Qu'est-ce que tu en as fait ?

— Je l'ai perdue quand j'ai fait retirer la photo du journal.

— Merde ! J'le dirai à Dudley.

Carlisle disparut par la porte de communication entre les deux pièces, et je me dépêchai de m'asperger le visage d'eau et de me recoiffer. Lorsque je pénétrai dans la pièce d'interrogatoire, Dick Carlisle réveillait Eddie Engels à coups de gifles pendant que Dudley et Mike complotaient dans leur coin. Lorsqu'il m'aperçut, Dudley me fit signe d'approcher.

— Freddy, tu es sûr que tu as vu une broche comme celle-ci sur la photo que tu as trouvée ? – Il la souleva pour que je la voie.

— J'en suis certain, Dudley.

— Sensass, une confirmation supplémentaire. Tu vas t'asseoir, mon gars. Souviens-toi du signal.

Carlisle se remit à secouer Engels.

— Réveille-toi, réveille-toi, nom de Dieu de dégénéré ! cria-t-il, avant d'abandonner de frustration et de détacher le ceinturon de son pantalon pour en cingler le dos nu d'Eddie.

Engels, sortant de sa léthargie de drogué, se blottit en boule comme un fœtus en se couvrant le visage de ses bras :

— Non, ne me frappez pas, j'avoue. Je vais tout dire, ne me frappez pas, hurla-t-il d'une voix perçante.

Carlisle hurla en retour d'une voix identique :

— Nous voulons la vérité, espèce d'homo ! la vérité.

— Je ne suis pas homo.

— Prouve-le !

Carlisle recommença à flageller Engels de son ceinturon. La lourde boucle de bronze arrachait des lambeaux de chair de ses omoplates et Eddie se jeta sur le dos pour se protéger.

Dudley arracha le ceinturon des mains de Carlisle et en enveloppa son large poing droit.

— Demandez à Janet, suppliait Eddie.

— C'est ce que j'ai fait, mon gars. Veux-tu que je te dise ce qu'elle m'a répondu ?

Engels hésita.

— Dites-le moi, murmura-t-il.

Dudley Smith alla jusqu'au lit, souleva Engels en le prenant sous les bras et le lança à travers la pièce. Il atterrit dans un enchevêtrement désordonné de bras et de jambes et se mit à hurler. Je restai bouche bée devant cet exploit de force pure. Dudley avança sur Engels et le remit debout d'un sursaut de sa main gauche avant de lui fracasser son poing droit enchâssé de cuir dans l'estomac. Engels hurla à nouveau et se plia en deux, maintenu toujours debout grâce à la main dont Dudley lui avait saisi l'épaule en tenaille.

— Janet m'a dit que tu n'es qu'un salopard de dégénéré de suceur de pines, dit Dudley, qui a repoussé la chaleur de ses draps pour les draps d'une lopette amoureuse de ses muscles. Est-ce que c'est vrai, Eddie ?

— Non !

— Non ?

Dudley enfonça ses doigts dans l'épaule d'Engels jusqu'à ce qu'en jaillissent des petits jets de sang.

— Non, Eddie ?

— Non ! hurla Eddie Engels.

— Non ?

— Non !

— Non ?

Le sang coulait maintenant en rigoles sur la poitrine d'Engels en se mêlant à sa sueur. Dudley grinça des dents et enfonça la main de toutes ses forces.

— Non, dit-il d'un grincement, son accent irlandais presque cassé. Il relâcha sa main et Engels tomba à genoux en sanglotant.

— Si, dit-il au milieu de ses pleurs.

— Bien, mon gars. Maintenant, réponds à quelques autres questions. Est-ce que tu paies des impôts ?

— Non.

— Ahhh, oui. Est-ce que tu prends des paris sur les canassons ?

— Oui.

Engels se palpa l'épaule. Elle était violacée avec de profondes traces de perforations et enflait à vue d'œil.

— Remets-toi debout, mon gars, dit Dudley.

Engels parvint à se remettre sur ses deux jambes et Dudley lui balança un énorme swing en plein dans le ventre. Engels étouffa un hurlement et s'effondra au sol, les mains serrées sur son estomac.

— Les questions sont pas finies, mon gars. Janet m'a dit que tu la frappais. Est-ce exact ?

— Non !

Engels rampa vers le mur sur les coudes, en se protégeant la tête de ses mains.

— Non ! non ! non ! non ! hurla-t-il d'une voix de fausset, en se roulant un peu plus en boule à chaque fois que le « non » se répétait par ses hurlements.

— Non ? dit Dudley d'un sourire menaçant.

— Si ! dit Engels faiblement.

— Ahhh ! sensass ! Tu la frappais souvent, mon gars ?

— Oui.

— Et les autres femmes ?

— Oui.

— Pourquoi ? Espèce de suceur de merde ?

— J... je... je n'sais pas.

— Ah ! tu.. ne... sais... pas. (Dudley goûta les mots contre son palais, tel un connaisseur tâtant un grand cru.) Parle-moi de monsieur muscle, mon gars.

Je regardai autour de moi. Dick Carlisle sirotait une bière près de la porte de la salle de bains, Mike Breuning écrivait rapidement sur son bloc sténo et Dudley Smith s'approchait lentement à petits pas de la forme prostrée d'Eddie Engels. Il s'accroupit à ses côtés et dit doucement :

— Crois-tu en Dieu, mon gars ?

— Oui, dit Engels d'un hochement de tête.

— En ce cas, tu ne crois pas que Dieu désire que tu te débarrasses de ta culpabilité, en bon croyant ?

— Si, dit Engels, d'une voix étonnamment calme.

— Bien, mon gars. Parle-moi de ton petit musclé.

— Il s'appelait Jerry. Je l'ai rencontré à La Cabane de Larry. Il était toxico. Il avait besoin d'aide et je l'ai aidé.

— Est-ce qu'il aimait lui aussi frapper les femmes ?

— Non !

— Est-ce que vous rôdiez tous les deux à l'affût de jeunes femmes à battre avant de rentrer chez vous et de vous commettre en sodomie l'un avec l'autre ?

— Non ! Je vous en prie, mon Dieu, non, s'il vous plaît mon Dieu, non ! gémit Engels.

Dudley passa les mains derrière Engels, lui agrippa les bras et le remit debout. Engels se soumit, docile, et le fixa d'un regard impassible jusqu'à ce que la main droite de Dudley vienne s'écraser sur son plexus solaire. Il vomit, crachant une giclée rosâtre qui sentait le gin sur le plastron de la chemise de Dudley. Le visage de Dudley se tordit d'une grimace et tout son corps se révulsa, mais il ne bougea pas, à dévisager de toute sa hauteur le tueur de femmes qu'il haïssait tant.

La pièce baignait dans un complet silence. Personne ne bougea. Engels resta parfaitement immobile sur le sol, enveloppant de ses bras serrés son estomac dévasté. Immédiatement derrière lui se trouvait une chaise de bois à dossier droit. Dudley souleva Engels pour l'asseoir dessus. Il tira une chaise pour lui et la plaça de telle sorte que ses genoux touchent presque ceux d'Eddie.

— Maintenant, Eddie, nous savons que tu aimes frapper les femmes, n'est-ce pas ?

— Ou-oui.

— Un beau gars comme toi n'a aucun mal à trouver des jeunes femmes, n'est-ce pas vrai ? Tu as dit que tu fréquentais les bars à cocktails. Est-ce exact ?

— Oui.

— Et tu y lèves des jeunes femmes ?

— Oui.

— Dans quel but ?

— Quoi ? Mais pour les baiser. Pour coucher avec. Je

suis pas une tante.
— Du calme mon gars. Nous savons que tu aimes les garçons.
— Non, non !
Dudley le gifla.
— Non ! non ! non ! non ! non ! poursuivit-il.
Dudley le gifla à nouveau, plus fort cette fois. Le sang lui coulait du nez et lui dégoulinait dans la bouche. Il se passa la langue sur les lèvres et se mit à pleurer. Dudley soupira et tendit un mouchoir à Engels.
— Peut-être bien que tu n'es pas pédé, mon gars. Peut-être bien que tu aimes la minette. Après tout, l'inspecteur a dit qu'il t'avait vu dans cet endroit, c'était quoi le nom déjà ? l'Etoile d'Argent ? C'est pas un endroit ou traînent les pédés.
Engels commença à secouer la tête, aspergeant Dudley de sang et de sueur mêlés.
— Je suis pas une tante. Je me suis fait plus de minettes que n'importe quel flic de L.A.
— Parle m'en un peu, Eddie, dit Dudley, en lui allumant une cigarette qu'il lui plaça entre les lèvres.
Le chéri de ces dames, dans sa suffisance, redevint lui-même pendant un instant, oubliant toutes ses terreurs et ses fatigues.
— Elles m'aiment, elles ne peuvent pas me laisser tranquille. Je suis un virtuose. Il me suffit de claquer des doigts. Tous les barmen d'Hollywood me connaissent.
Dudley l'interrompit.
— Le barman de l'Etoile d'Argent dit que tu es une chochotte. Il dit que tu détestes les femmes. Tu les détestes, alors, tu les baises pour qu'elles t'aiment et puis tu leur fais mal, n'est-ce pas, Eddie ? N'est-ce pas, Eddie ? N'est-ce pas, Eddie, n'est-ce pas ? Eddie, le pédé, le suceur de bites, n'est-ce pas... ?
Eddie se jeta sur Dudley et fit basculer sa chaise en tombant sur lui en essayant de l'étouffer de son corps meurtri. Breuning et Carlisle regardèrent, estomaqués, pendant quelques secondes avant de s'élancer pour

agripper Eddie par les bras et les jambes qui moulinaient l'air et de l'épingler contre le mur. Engels hurlait alors que Carlisle commençait à lui marteler les côtes et l'entre-deux de ses deux poings. Breuning lui écrabouilla la figure sur le mur jusqu'à ce qu'Engels lui morde le gras de la main. Breuning hurla et battit en retraite, et Carlisle entoura le cou d'Engels de ses mains et commença à serrer pour l'étouffer. Engels lâcha la main de Breuning et commença à émettre des gargouillis.

Je bondis et agrippai Carlisle par les épaules en le jetant en arrière sur le matelas. Breuning essayait d'attaquer Engels de sa main valide en serrant sa main mordue entre ses cuisses pour apaiser la douleur. Je m'aplatis contre Engels en essayant de nous pousser tous les deux au-delà du mur vers une autre réalité. Breuning me tira aux épaules.

Finalement, Dudley hurla :

— Arrêtez, tous autant que vous êtes ! Arrêtez ! Arrêtez tout de suite !

Breuning me laissa aller. Je m'éloignai d'Engels qui tomba au sol, inconscient.

— Espèce de sale traître, me siffla Carlisle aux oreilles. – J'avançai vers lui, les poings serrés.

Dudley se planta en face de moi.

— Non, mon gars.

Je m'affalai sur la chaise qu'avait occupée Engels. J'étais épuisé et je tremblais de la tête aux pieds. Breuning, Carlisle, Dudley et moi commençâmes à nous regarder les uns les autres dans un silence horrible.

Finalement, Dudley sourit. Il sortit de sa poche de pantalon une seringue hypodermique et un petit flacon. Il inséra l'aiguille dans le flacon et en tira un liquide clair, puis il s'agenouilla à côté d'Engels toujours inconscient, vérifia son pouls, hocha la tête et lui enfonça l'aiguille dans le bras, juste au-dessus du coude. Il pressa le piston et le maintint pendant quelques secondes avant de soulever Engels et de le remettre sur son matelas.

— Il va dormir, dit Dudley. Il en a besoin. Vous aussi, les gars. Nous en avons tous besoin. Alors, reposez-vous, mes garçons. Nous reprendrons au matin.

***

En effet. Ragaillardis par une nuit de sommeil – sommeil de bébé pour moi et de drogué pour Engels – nous reprîmes à neuf heures le lendemain. Dudley m'avait réveillé à sept heures trente en me présentant un rasoir et une chemisette propre. Le rituel de la toilette et du rasage me revigorèrent quelque peu.

J'étais toujours en état de choc devant ce qui s'était passé. Dudley le savait et il apaisa mes frayeurs :

— Plus de violence, mon gars. Il ne peut guère en encaisser beaucoup plus. J'ai renvoyé Dick Carlisle chez lui ; il pourrait se laisser emporter trop loin. A partir de maintenant, on joue ça au gant de velours.

Tout ce que je pouvais faire, c'était acquiescer avec humilité. Je ne pouvais même pas essayer de jouer au petit protégé de l'Irlandais fou à lier – c'était pour moi maintenant, un objet de mépris.

Je descendis la rue jusqu'à un petit troquet qui servait une clientèle turbulente et bon enfant de travailleurs de l'aviation. La rudesse amicale des hommes assis à mes côtés au comptoir finit par me requinquer. Je mangeai un énorme petit déjeuner de saucisses, œufs et pommes de terre que je fis passer avec quelques litres de café. J'achetai une triple ration d'œufs pochés et deux chocolats maltés pour Eddie Engels. Je commandai le tout emballé et « à emporter » et cela me rendit triste et furieux. Tout ceci n'était plus du ressort des merveilles et de la justice, mais atteignait en quelque sorte à un savoir sur la nature humaine que pour une fois je ne voulais pas partager.

Il y avait un téléphone au fond du troquet. Je faillis céder à une impulsion subite et appeler Lorna, mais tins bon. Je voulais en finir d'abord.

Lorsque je revins dans la pièce, Eddie Engels était toujours dans les vaps sur son matelas sordide, le visage convulsé de terreur même dans son sommeil.

Dudley, Breuning et moi l'observâmes qui se réveillait. Pendant un long moment, il parut ne plus savoir où il était. Finalement, un déclic se fit, son cerveau retrouva sa réalité et lorsque ses yeux se focalisèrent sur Dudley, il commença à s'animer de soubresauts spasmodiques en fermant les paupières et en essayant de hurler. Pas un son ne sortit de sa bouche.

Dudley et moi nous regardâmes. Mike Breuning jouait de son bloc sténo, les yeux baissés, honteux. Je fis signe à Dudley. Il me suivit dans la pièce voisine.

— Laissez-moi le prendre, dis-je. Vous lui inspirez une terreur sans nom. Laissez-moi lui parler. Seul. Je le convaincrai.

— Je veux une confession, mon gars. Aujourd'hui.

— Vous l'aurez.

— Je te donne deux heures, mon gars. Pas plus.

Je conduisis Engels avec douceur dans l'autre pièce. Je lui dis qu'il pouvait prendre son temps dans la salle de bains à moitié propre. Il s'exécuta en refermant la porte derrière lui. J'attendis pendant qu'Engels se nettoyait. Il ressortit et vint s'asseoir au bord de l'un des lits de camp. Il avait des contusions sur toute la poitrine et les hématomes de son épaule, là où Dudley avait enfoncé ses doigts, avaient enflé pour atteindre la taille d'une orange.

J'allumai une cigarette que je lui tendis.

— Tu as la trouille, Eddie ? demandai-je.

— Ouais, j'ai une trouille bleue, dit-il en hochant la tête.

— De quoi ?

— De cet Irlandais.

— Je ne t'en blâme pas.

— Qu'est-ce que vous voulez ? Je ne suis qu'un joueur au petit pied.

— Et tu frappes aussi les femmes.

Il baissa la tête.
— Regarde-moi, Eddie.
Il leva la tête et croisa mon regard.
— As-tu frappé beaucoup de femmes, Eddie ?
Il acquiesça.
— Pourquoi ? demandai-je.
— Je ne sais pas.
— Depuis combien de temps fais-tu ça ?
— Longtemps.
— Avant que tu quittes Seattle ?
— Je... oui.
— Est-ce que tes parents sont au courant ?
— Non ! Laissez-les en dehors de tout ça.
— Chchchut. Est-ce que tu aimes tes parents ?
Engels grommela puis me regarda comme si j'étais cinglé :
— Tout le monde aime ses parents.
— Tous ceux qui les connaissent. Je n'ai jamais connu les miens. J'ai grandi dans un orphelinat.
— C'est tellement triste. C'est vraiment d'une tristesse ! Est-ce pour cette raison que vous êtes devenu flic, pour essayer de les retrouver ?
— Je n'y ai jamais songé. Tu as de la chance, toi, d'avoir une gentille famille.
Engels acquiesça d'un hochement de tête, son visage de frayeur un instant radouci.
— Es-tu proche de ta sœur, Lillian ? demandai-je.
Engels ne répondit pas.
— L'es-tu, oui ou non ?
Toujours pas de réponse.
— L'es-tu, Eddie ?
Le visage d'Engels devint rouge comme une betterave.
— Je la hais, hurla-t-il. Je la hais, je la hais, je la hais.
Il frappa de ses mains à plat sur le rebord du lit, de frustration. Sa sortie prit fin aussi vite quelle avait commencé, mais la personnalité d'Eddie avait changé à nouveau.

— Je... hais... Lillian, dit-il très doucement, de manière irrévocable, un mot après l'autre.
— Est-ce qu'elle te frappait, Eddie ?
Une secousse de la tête en guise de toute réponse.
— Est-ce qu'elle se moquait de toi ?
Pas de réponse.
— Est-ce qu'elle te tenait sous son emprise ?
— Oui, gémit Engels. Il se mordit la lèvre.
— Qu'est-ce qu'elle te faisait ? dis-je gentiment.
— Elle m'emmenait avec elle, dit Eddie Engels, très calme. C'était une gouine et elle ne voulait pas que j'aime d'autres filles qu'elle.
— Et ? murmurai-je.
— Et elle m'habillait et elle me maquillait...
— Et puis ?
— Et puis, elle... elle m'arrangeait, et m'obligeait à me la faire, elle, devant sa petite amie.
La voix d'Engels se perdit. Je m'éclaircis la gorge. Ma propre voix me paraissait étrange et désincarnée.
— Et tu la hais à cause de ça ?
— Et je la hais pour ce qu'elle a fait de moi, officier. Mais je l'aime, aussi. Et je préfère être ce que je suis, moi, que ce que *vous* êtes, vous.
Ses paroles restèrent suspendues dans l'air, chargées de poison comme des retombées atomiques. Je tendis à Engels le sac de papier contenant les œufs et le lait malté.
— Mange ton petit déjeuner, dis-je. Repose-toi un petit peu et bientôt tu connaîtras la raison pour laquelle nous t'avons amené ici.
Après m'être assuré que la pièce sans fenêtres était verrouillée de l'extérieur, je laissai Engels seul pour qu'il médite sur ma menace, avant d'aller faire mon rapport à Dudley Smith.
— Tu aurais dû faire psy, mon gars, fut son seul commentaire.

A une heure trente de l'après-midi, on ramena Eddie Engels dans la pièce d'interrogatoire. Il avait mangé et s'était reposé mais il avait l'air éreinté et prêt à accepter n'importe quoi. Je le fis asseoir sur le matelas et Dudley, Breuning et moi disposâmes nos chaises de manière à ce qu'il ne puisse rien voir d'autre que trois flics démesurés. Dudley plaça cendrier, allumettes et un paquet entamé de Chesterfield sur le matelas près d'Engels, lequel se servit, avec prudence.
Dudley donna le coup d'envoi :
— Tu sais bien sûr de quoi il s'agit, n'est-ce pas, Engels ?
Engels déglutit et secoua la tête :
— Non.
— Mon gars, est-ce que tu vivais sur la Vingt-Neuvième et Pacific à Venice en mars 1948 ?
— Ou... oui, dit Engels.
— On a découvert une jeune femme morte étranglée à deux blocs de la maison que tu partageais avec Janet Valupeyk. Est-ce toi qui l'as tuée ?
Engels devint tout blanc et hurla :
— Non !
— Elle s'appelait Karen Waters. Elle avait vingt-deux ans.
— J'ai dit non !
— Très bien. J'ai ici les noms de deux autres jeunes femmes, des jeunes femmes solitaires qui ont trouvé une mort prématurée par strangulation. Réponds si le nom te dit quelque chose, tu veux bien, mon gars ? Mary Peterson ?
— Non !
— Jane Macaulay !
— J'ai dit, non !
Dudley soupira, feignant d'être à bout de patience, exaspéré :
— C'est bien ce que tu as dit. Eh bien, mon gars, Janet Valupeyk ne dit pas comme toi. Elle a identifié sans risque d'erreur ces trois femmes mortes comme des conquêtes à toi. Elle se souvient très bien d'elles. Elle...

— Ce n'est pas possible ! Janet était une toxico. Elle marchait à la dope tout le temps que nous avons vécu ensemble...

Dudley balança la main en un demi-cercle rapide et elle s'abattit sur la joue d'Engels. Stupéfait, Engels se contenta de le fixer des yeux comme un enfant que l'on vient de réprimander.

— Je croyais que tu avais levé des tas de femmes, mon gars.

— C'est vrai, j'en ai levé beaucoup. Je veux dire, j'en lève beaucoup.

— Alors dans ce cas, comment se fait-il que tu saches si bien que tu n'as pas levé une de celles-là ?

— Je... ne... sais pas...

— En as-tu tué tant que ça, Eddie ?

— Je n'ai jamais tué...

Dudley balança sa main ouverte, avec plus de force cette fois, et rouvrit les plaies infligées au visage d'Engels la nuit précédente. Engels moulina des bras mais resta en position assise. Son visage avait montré une peur et une colère de quelqu'un qui ne comprend plus, mais maintenant ce n'était plus que douleur et chagrin. Il savait qu'on approchait du but.

— Leona Jensen, tu te souviens d'elle ? demanda Dudley.

Engels laissa retomber la tête et la secoua. Dudley défit son nœud de cravate. J'allai sur le matelas.

— J'ai appelé Seattle ce matin, dis-je. J'ai parlé à ton papa. Je lui ai dit qu'on te suspectait d'avoir assassiné cinq femmes. Il a dit que tu n'en étais pas capable. Il a dit que tu étais un brave garçon. Je l'ai cru et je te crois. Mais pas le lieutenant Smith. Je lui ai dit que nous n'avons pas de preuves solides pour établir un lien entre toi et ces femmes dont il a mentionné les noms. Je crois qu'il n'y a qu'une seule affaire de meurtre qui te concerne directement, et je crois que nous pouvons la boucler très vite si tu réponds sincèrement aux questions du lieutenant.

Engels releva le menton qu'il avait collé à la poitrine et me regarda d'un air plein de tristesse, pareil à un chien qui attend sans savoir, un coup ou une récompense. Lorsqu'il parla, sa voix avait perdu toute son énergie, comme auparavant.

— Vous avez vraiment parlé à papa ?
— Oui.
— Qu'est-ce qu'il a dit ?
— Qu'il t'aime. Que ta mère t'aime, et que Lillian t'aime plus que tous les autres réunis.
— Oh, mon Dieu ! Engels se mit à sangloter.

Dudley éleva la voix :
— C'est bien gentil, tout ça, *Monsieur* Engels. Est-ce que le nom de Margaret Cadwallader te dit quelque chose ?

Le visage tout entier d'Eddie se mit à se tordre. Il baissa la voix jusqu'à un ton de baryton et dit en chevrotant :
— Non.
— Non ? Nous avons une douzaine de témoins oculaires qui vous ont vus l'un et l'autre, au champ de courses ou dans des boîtes de nuit sur le Sunset Strip.

Engels secoua la tête frénétiquement.
— La vérité, Eddie, dis-je. Pour l'amour de ta famille.
— Nous... nous sommes sortis ensemble, dit Engels.
— Mais vous avez rompu ? continuai-je à sa place.
— Ou... oui.
— Pourquoi, assassin ? beugla Dudley. Parce qu'elle ne voulait pas que tu la frappes ?
— Je n'ai jamais tué personne.
— Personne n'a dit que tu l'avais tuée, homo ! L'as-tu frappée ?
— Je voul... elle n'était...
— Tu ne voulais pas quoi, putain de dégénéré ?

Dudley arma son bras loin derrière et l'envoya sur Engels au ralenti. Je l'arrêtai au milieu de sa course, en me saisissant du poignet de Dudley pour le maintenir au-dessus de sa tête.

— J'ai dit que je ne voulais plus de ça, Smith !

— Nom de Dieu, inspecteur, cette tapette est coupable et je le sais !

— Je n'en suis pas si sûr. Eddie, une chose me tracasse. On a vu ta décapotable Ford garée dans la rue de Margaret Cadwallader la nuit où on l'a étranglée.

— Oh, mon Dieu ! – Engels se mit à gémir.

— Que faisait-elle là ? continuai-je.

— Je... Je la lui avais prêtée.

— Comment l'as-tu récupérée ? l'interrompit Dudley.

— Je... je...

— Est-ce qu'il t'est arrivé de la baiser chez elle, dans son appartement, mon mignon ? beugla Dudley.

— Non !

— Ça, c'est drôle, nous avons retrouvé tes empreintes dans sa chambre.

— C'est un mensonge ! On ne m'a jamais pris mes empreintes !

— C'est toi le menteur, mon mignon. On t'a pris tes empreintes lorsque les flics de Ventura ont fait une descente dans un nid à pédés où tu étais en train de boire un coup.

— *Ça,* c'est un mensonge !

Dudley fut pris d'une crise de fou rire. Parfaitement modulé, son rire mélodieux montait et descendait en diminuendo et crescendo, pareil à un Stradivarius entre les mains d'un maître. « Ho-ho-ho ! ha-ha-ha ! » Les larmes coulaient sur son visage rougeaud. Il continua à rire alors qu'Engels, Breuning et moi-même le regardions de tous nos yeux, stupéfaits. Finalement, le rire de Dudley se métamorphosa en un bâillement énorme qui allait grandissant. Il regarda Breuning :

— Mike, mon gars, je crois qu'il est temps de mettre les choses au point avec le chéri de ces dames, tu ne crois pas ?

— Si, lieutenant.

Tous les regards étaient fixés sur lui et Dud plongea la main dans la poche de sa veste pour en sortir la broche en diamants de Maggie Cadwallader. La petite pièce sordide était d'une immobilité absolue. Dudley sourit d'un air démoniaque et le visage d'Eddie Engels se transforma en un réseau serré de veinules bleues qui palpitaient. Il se prit la tête entre les mains et resta assis sans bouger.

— Sais-tu où nous avons trouvé ça, Eddie ? demandai-je.

— Oui, dit-il, la voix soudain plus aiguë.

— L'as-tu obtenue de Margaret Cadwallader ?

— Oui.

— As-tu payé pour l'obtenir ?

Engels se mit à rire – d'un rire de crête très féminin.

— Petit, qu'est-ce que je n'ai pas donné ! Oh petit ! Et j'ai payé, j'ai payé et j'ai payé, hurla-t-il d'une voix de fausset.

Dudley intervint.

— Je dirais, moi, que c'est Margaret qui l'a payée, mon mignon, elle l'a payée de sa vie. Tu les châtaignes, tu les tues – et maintenant, tu les voles. Est-ce que tu profanes aussi leurs cadavres, mon mignon ?

— Non !

— Tu te contentes de les tuer ?

— Ou... Non !

— Qu'est-ce que tu voulais en faire de cette broche, saleté ? La refiler à ta gouine de frangine ?

— Aaarrugh ! éructa Engels.

— Est-ce que ton abominable frangine t'a appris à lui bouffer la chatte, mon mignon ? Est-ce que c'est pour ça que tu la hais ? C'est pour ça que tu hais les femmes ? Est-ce qu'elle t'a pissé dessus ? Est-ce qu'elle t'a obligé à la lécher à genoux ? C'est pour ça que tu tues les femmes ?

— Oui, oui, oui, oui, oui, hurla Engels d'une voix perçante et discordante de soprano. Oui, oui, oui, oui, oui !

Dudley bondit sur Engels, le souleva du lit et le plaqua avec violence contre le mur.

— Dis-moi comment tu l'as tuée, assassin ! Dis-moi un peu comment tu as liquidé la belle Margaret et on ne parlera pas à papa et maman des autres. Parle !

Engels s'affaissa comme une poupée de chiffons entre les mains de Dudley. Lorsque Dudley finit par le relâcher, il s'effondra en tas sur le lit pour se mettre à geindre hideusement.

Dudley indiqua la salle de bains. Je l'y suivis. Un cafard géant sortait de la baignoire en rampant.

— Saloperies de merde de cafards, dit-il. Ils se glissent dans ton lit la nuit et te sucent le sang. Saletés de cafards.

Il s'accroupit et laissa la bestiole lui ramper dans la main avant de refermer le poing et de l'écrabouiller en purée jaune-verdâtre. Il essuya les restes suintants sur la jambe de son pantalon et me dit :

— Il est sur le point de craquer, mon gars.
— Je sais, dis-je.
— C'est toi qui lui assèneras le coup final.
— Comment ?
— Il t'aime bien. Il en pince pour toi. Sa voix devient bizarre, un peu choutte, chaque fois que tu t'approches de lui. Tu es son sauveur, mais tu es sur le point de devenir son Judas. Lorsque je desserrerai ma cravate, je veux que tu le frappes.

Je plongeai mon regard dans les yeux bruns de Dudley chargés de folie et hésitai :

— C'est la seule façon, mon gars.
— Je... je ne peux pas.
— Tu peux et tu le feras, me siffla Dudley dans la figure. J'en ai eu ma dose de tes airs de beau gosse qui joue à la prima donna. Je veux avoir ma part de cette prise et tu claqueras la figure de ce putain de pervers, et fort ! Tu comprends, Underhill ?

Je me sentis devenir glacé.
— Oui, dis-je.

***

Nous nous rassemblâmes à nouveau dans la petite pièce qui avait l'air maintenant aussi délabrée qu'Eddie

Engels lui-même. Dudley indiqua le bloc sténo de Mike Breuning.

— Tous les mots, Mike.
— D'accord, patron.

J'apportai à Engels un verre d'eau. Sachant ce qu'il me faudrait faire, je n'aggravai pas mon geste à venir en étant gentil avec lui. Je me contentai de lui tendre l'eau et lorsqu'il me sourit, je lui offris en retour un visage impassible.

— Très bien, Engels, dit Dudley. Tu admets que tu connaissais Margaret Cadwallader ?
— Oui.
— Que tu as eu avec elle des rapports intimes ?
— Oui.
— Que tu l'as battue ?
— Non, je n'ai pas pu. Elle... écoutez, je pourrais faire l'indic pour vous, essaya Eddie avec désespoir. Je connais des tas de gens que je pourrais balancer. Des drogués, des revendeurs. Je connais des trucs qui remontent à mon service dans la marine.

Dudley le gifla.

— Chut, bel Eddie. C'est presque terminé maintenant. Nous allons faire venir ta sœur ici par avion. Elle veut te parler de Margaret la solitaire. Elle veut que tu avoues et que tu épargnes à ta famille l'angoisse d'une inculpation pour cinq accusations de meurtre.

— Non, s'il vous plaît, gémit Engels.

— Lieutenant, je n'accepte pas ça, dis-je avec colère. Nous n'avons pas de preuves. Tout ce que nous avons, c'est le meurtre de la Cadwallader. Nous pouvons l'inculper pour ça.

— Oh, merde, inspecteur. Nous pouvons obtenir une inculpation sur au moins cinq chefs d'accusation. On peut risquer le tout pour le tout ! Faisons venir Lillian Engels ici, elle réussira bien à force à lui faire entendre raison, au petit Eddie, avec un petit bourrage de crâne, comme elle l'a toujours fait.

— Non, s'il vous plaît, gémit Engels.

— Eddie, dis-je, tes parents savent-ils que tu es homosexuel ?
— Non.
— Savent-ils que Lillian est lesbienne ?
— Non ! Je vous en prie !
— Tu ne veux pas qu'ils le découvrent, n'est-ce pas ?
— Non ! Il hurla le mot, d'une voix perçante qui se brisait. Il s'enveloppa de ses bras et se mit à se balancer d'avant en arrière.
— Nous pouvons leur épargner ça, Eddie, dis-je. Tu peux avouer pour Margaret, et nous ne déposerons pas de demande d'inculpation devant le grand jury pour les autres. Ecoute-moi, je suis ton ami.
— Non... je ne sais pas.
— Chchchut ! Ecoute-moi. Je crois que tu as des circonstances atténuantes. Est-ce que Margaret se moquait de toi ?
— Non... Si !
— Est-ce qu'elle te faisait penser à Lillian ? A toutes ces choses affreuses du passé ?
— Oui.
— Des choses qui étaient mal ? Des choses horribles, abominables auxquelles tu détestes repenser ?
— Oui.
— Est-ce que tu veux qu'on en finisse ?
— Oh mon Dieu, oui ! dit-il en pleurant bruyamment.
— As-tu confiance en moi ?
— Oui. Vous êtes gentil. Vous êtes quelqu'un d'adorable.
— Alors parle-moi de Margaret.
— Oh mon Dieu ! Je vous en prie, mon Dieu !
Je posai la main sur le genou d'Eddie.
— Je compatis, Eddie. Je suis sincère. Parle.
— Je ne peux pas !
Du coin de l'œil, je vis Dudley qui relâchait son nœud de cravate. Je m'armai de courage et me levai pour faire face à Engels. Il leva son regard vers moi, me suppliant de ses yeux bruns écarquillés. Je serrai les doigts et

envoyai mon poing de toutes mes forces sur le côté du nez. Il y eut un craquement, sang et fragments de cartilage volèrent dans les airs. Engels agrippa son visage ensanglanté et retomba sur le matelas.

— Avoue, nom de Dieu d'assassin, hurla Dudley.

Je restai là, tremblant de tous mes membres. Engels roula sur le côté sur le matelas et souffla du sang par ses narines. Lorsqu'il parla, la voix était résignée et pitoyable.

— J'ai tué Maggie. Personne d'autre. C'était moi, que moi. Personne d'autre. Je l'ai tuée et maintenant, il faut que je paye. Elle ne le méritait pas, mais il fallait qu'elle paye, elle aussi. Il nous faut tous payer.

Et il s'évanouit.

Breuning griffonnait furieusement, Dudley souriait comme un amant rassasié et je restais là, à essayer de forcer en moi un peu de gaieté pour ma victoire entachée de compromission.

Personne ne parla et je me rendis compte que j'allais devoir agir vite pour sauver ne serait-ce que cette victoire pleine de compromis. Je quittai la pièce brutalement avant de traverser la rue au pas de course jusqu'à une cabine téléphonique d'où j'appelai Lorna à son travail.

— Lorna Weinberg, dit-elle.
— C'est Fred, Lorna.
— Oh, Freddy, je...
— Il a avoué, Lorna. Le meurtre de Margaret Cadwallader. Nous allons l'incarcérer. Probablement à la prison du Palais de Justice. Je ne crois pas que ce soit une affaire pour le grand jury. Je crois qu'il va plaider la folie. Veux-tu préparer tous les papiers ?
— Je ne peux pas tant que je n'ai pas le rapport d'arrestation. Freddy, tu vas bien ?
— Oui, ma douce... Je vais bien.
— Tu n'as pas l'air bien, à t'entendre. Veux-tu m'appeler lorsque Engels sera sous les verrous ?
— Oui. Puis-je te voir ce soir ?

— Oui, à quelle heure ?
— Je ne sais pas. Il se peut que je sois pris ce soir à rédiger mes rapports.
— Alors viens quand tu auras terminé, d'accord ?
— Oui.
— Freddy ?
— Oui ?
— Je... je te le dirai quand je te verrai. Sois prudent.
— Promis.

***

Engels avait les menottes lorsque je revins dans la pièce d'interrogatoire. Il portait un pantalon beige, des sandales et une chemise hawaïenne que Carlisle était allé chercher dans son appartement.
Breuning notait sa déclaration :
—... Et j'ai paniqué. J'ai cru entendre du bruit à l'étage. J'ai bondi par la fenêtre de la cuisine. J'avais peur de rejoindre ma voiture. J'ai couru jusqu'au buisson près de la rampe d'accès de la voie express. Je me suis caché... pendant des heures... puis j'ai pris un taxi pour rentrer chez moi.

La voix d'Engels se perdit. Il me regarda et cracha du sang par terre. Le nez était énorme, enflé et violacé, et il avait les deux yeux au beurre noir.

— Pourquoi, Engels ? demanda Breuning.
— Parce que quelqu'un doit payer. Ça n'aurait pas dû être quelqu'un d'aussi gentil que Maggie, mais c'est arrivé, tout simplement.

Dudley m'envoya une tape dans le dos.
— Mike et moi emmenons Engels à la P.D.P.J. [1] Tu rentres chez toi. Il va falloir justifier nos déclarations. Tu as été brillant, mon gars, brillant. Toutes les portes te seront grandes ouvertes une fois que cette affaire aura été réglée.
— Faux, Dudley, dis-je, avançant mon pion gagnant,

---
1. Prison du Palais de Justice.

enfin. J'irai avec vous. C'est ma prise. Vous pouvez déposer votre rapport ainsi que les aveux d'Engels, mais c'est ma prise. J'ai déposé mon propre rapport auprès du Bureau du Procureur le jour qui a précédé l'arrestation d'Engels. J'y dis toute la vérité depuis le début. Vous avez toujours eu l'intention de me baiser pour ma prise et ça, je ne l'accepte pas. Vous essayez, et je vais voir la presse. Je leur raconterai votre petite histoire sur le Dahlia ainsi que la manière dont vous avez kidnappé Engels avant de le démolir de coups. J'accepte de foutre toute ma carrière à l'eau si vous essayez de me piquer ma prise. Comprenez-vous ?

Le visage de Dudley Smith avait viré du rouge à un violacé tremblotant. Ses grosses mains de chaque côté de son corps étaient agitées de soubresauts. Les yeux n'étaient plus que des épingles de haine. A la commissure des lèvres, de la salive perlait mais pas un son ne sortit de sa bouche.

***

Je les gagnai de vitesse jusqu'au centre ville.

Les marches du Palais de Justice étaient déjà encombrées de journalistes. Ce vieux Dudley, à la manière d'un vrai cabotin, les avait préparés pour son arrivée.

Je me garai sur la Première non loin de Broadway et me plaçai au coin pour attendre l'arrivée de mes collègues et de notre prisonnier. Ils tournèrent au coin de la rue une minute plus tard et s'arrêtèrent au feu. Breuning me lança un regard farouche de sa place de conducteur. J'ouvris la porte et montai dans la voiture ; Dudley et Engels étaient assis à l'arrière.

— Tu es fichu, Judas, dit Dudley, et Engels me siffla à la figure en grinçant des dents.

Je les ignorai l'un comme l'autre et dis, jovial et un peu brusque, en imitant l'accent irlandais de Dudley :

— Salut, les gars ! J'ai juste pensé venir faire un saut pour l'incarcération. Je vois que toute la presse est là.

Sensass ! J'ai beaucoup de choses à vous dire. Dudley, avez-vous entendu parler de la dernière découverte anthropologique ? L'homme ne descend pas du singe, mais il descend de l'Irlandais ? Ho ! ho ! ho ! C'est pas sensass, ça ?

— Judas Iscariote, dit Dudley Smith.

— Faux, Dud. Je suis le Père Noël irlandais. Beggora [1] !

Nous nous rangeâmes au bord du trottoir en face de la meute des journalistes et j'épinglai mon insigne au revers de mon veston froissé. Dudley poussa Engels en dehors de la voiture et nous le prîmes chacun par un bras pour lui faire monter les marches du Palais de Justice. Quelqu'un hurla : « Les voilà ! » et une foule déchaînée de journaleux nous fondit dessus comme des vautours, en lançant leurs questions aveuglément, au milieu des explosions d'ampoules de flash.

— Dudley, combien s'en est-il fait ? Est-ce qu'il a avoué, Dudley ? Souris, assassin : c'est pour le *L.A. Daily News*. Raconte-nous, Dud. Eh ! Mais c'est le flic qui a tué les flingueurs mexicains ? Dites-nous quelque chose, monsieur l'agent !

Nous nous frayâmes un chemin parmi eux. Engels gardait la tête baissée. Dudley rayonnait devant les appareils photo et je gardai un visage stoïque. Nous attendait dans la salle des pas perdus du bâtiment, le gardien chef, un lieutenant du shérif en uniforme. Il nous conduisit jusqu'à un ascenseur où un adjoint mit les fers aux pieds d'Engels. Nous montâmes au onzième en silence. Nous regardâmes Engels se faire libérer de ses fers et de ses menottes avant qu'on lui donne une tenue de prisonnier du comté en toile et qu'on le conduise jusqu'à une cellule individuelle de sécurité. Une fois bouclé en sécurité, il me dévisagea une dernière fois et cracha par terre.

Le lieutenant parla :

— Vous êtes tous immédiatement attendus à la

---

1. Expression irlandaise : par Dieu !

Division de Central. Le chef des inspecteurs m'a appelé personnellement.

Dudley acquiesça, le visage de pierre. Je m'excusai, pris l'escalier jusqu'au rez-de-chaussée et sortis par la grande porte pour être assailli par les journalistes. Certains me reconnurent à cause de ma notoriété passée et me lancèrent leurs questions pendant que je descendais vers le trottoir.

— Underhill, qui l'a arrêté ? Qu'est-ce qui s'est passé ? Dudley dit que le mec est fêlé. Est-ce que vous pouvez lui coller des meurtres non résolus de vos tablettes ?

Je les ignorai et me libérai d'une poussée en arrivant sur le trottoir. Je parcourus tout le chemin qui me séparait du quartier général de la Division de Central au pas de course, jusqu'à Los Angeles Street, à quatre blocs de là. Trempé de sueur, je franchis les couloirs en quatrième vitesse et m'arrêtai un moment pour reprendre figure avant de frapper à la porte de Thad Green, le chef des inspecteurs. Son secrétaire me fit entrer dans son antichambre. Dudley Smith était déjà là, assis en train de fumer sur le canapé. Nous nous fixâmes du regard jusqu'à ce que la sonnerie retentisse sur le bureau du secrétaire et que celui-ci dise :

— Vous pouvez entrer, lieutenant Smith.

Dudley franchit l'entrée du sanctuaire, une porte de verre cathédrale, et j'attendis nerveusement en pensant violemment à Lorna pour tenter d'apaiser mes esprits. Dudley refit surface une demi-heure plus tard, passa tout à côté de moi et sortit.

Une voix de l'intérieur du bureau du chef appela « Underhill » et j'entrai pour être confronté à mon destin. Le chef était assis derrière son énorme bureau de chêne. Il accepta mon salut d'un hochement très sec de sa tête aux cheveux gris acier.

— Au rapport, Underhill, dit-il.

Lorsque j'eus terminé, toujours debout, le chef dit :
— Bienvenue au Bureau des Inspecteurs, Underhill. Je vais remettre une déclaration à la presse. Le Bureau du Procureur se mettra en contact avec vous. Je veux un rapport écrit complet dans deux heures. Ne parlez pas aux journalistes. Et maintenant, rentrez chez vous vous reposer.
— Merci, monsieur, dis-je. Où serai-je nommé ?
— Je ne sais pas encore. Dans une brigade quelque part, probablement.
Il consulta son calendrier.
— Vous vous présenterez au rapport ici même dans une semaine à dater d'aujourd'hui, à huit heures. Ce sera le vendredi 12 septembre. Nous vous aurons trouvé une affectation qui vous convienne, d'ici là.
— Merci, monsieur.
— Merci, officier.
Je rédigeai mon rapport dans une pièce qui servait d'entrepôt, un peu plus loin dans le couloir. Je le laissai au secrétaire du chef, puis récupérai ma voiture et rentrai chez moi vers Train de Nuit, une douche et une nuit, par miséricorde sans rêves.

12

Un crépuscule étincelant me trouva dans l'attente des journaux du soir à un kiosque sur Pico et Robertson. Les journaux arrivèrent, hurlant de toutes leurs manchettes « Corée » plutôt que « Meurtre à L.A. ». J'étais déçu.

Après avoir consulté d'un coup d'œil rapide les deuxièmes et troisièmes pages pour vérification, je commençai à me sentir soulagé ; je tenais Dudley aux couilles et le répit d'un jour que nous offrait la presse aiderait à aplanir les difficultés d'une soirée qui s'annonçait tendue avec Lorna.

En me garant sur Charleville, je vis Lorna dans son salon qui fumait d'un air distrait en regardant par la fenêtre, les yeux dans le vague. Je sonnai et toute ma colère et mon énervement disparurent comme par enchantement. Je commençais à ressentir les délices de l'anticipation.

Le vibreur qui déverrouillait la porte bourdonna et je galopai pour trouver Lorna debout au milieu du salon, appuyée sur sa canne. Elle avait mis du rouge à lèvres rose et un soupçon de mascara, et sa chevelure brune et luisante était coiffée différemment – ramenée vers le haut et tombante sur les côtés. Je la regardais, haletant. Elle portait un kilt et une chemise d'homme à manchettes qui dessinait ses gros seins à la perfection.

Elle me sourit sans expression lorsqu'elle me vit, et j'avançai vers elle lentement et l'enlaçai en prenant délicatement ses cheveux entre mes mains.

— Bonjour ! fut tout ce que je trouvai à dire.

Lorna laissa tomber sa canne et passa un bras autour de ma taille.

— Je ne vais pas devant le grand jury, Freddy, dit-elle.

— C'est bien ce que je pensais. Il a avoué.

— Combien de meurtres ?

Je commençai à relâcher Lorna mais elle tint bon :

— Combien de meurtres, insista-t-elle.

— Rien que celui de Margaret Cadwallader. Ne parlons pas de ça, Lor.

— Il le faut.

— Alors, asseyons-nous.

Nous nous installâmes sur le canapé.

— Je t'ai cherché au Palais de Justice. J'avais pensé que tu serais là pour l'incarcération, dit Lorna.

— J'ai été convoqué par le chef des inspecteurs. J'imagine que Smith y est retourné et qu'il a procédé à l'incarcération d'Engels. J'étais mort de fatigue. Je suis rentré et j'ai dormi. Pourquoi ?

Le visage de Lorna s'assombrit de colère.

— Pourquoi ? répétai-je. Mais nom d'un chien, qu'est-ce qui se passe ?

— J'étais là, j'ai un laissez-passer. Le procureur était là. Il parlait à Dudley Smith. Smith lui a déclaré que le meurtre Cadwallader n'était que le sommet de l'iceberg et qu'Engels avait commis des meurtres en chaîne.

— Oh mon Dieu !

— Ne m'interromps pas. Il a été incarcéré sur un seul chef d'accusation : le meurtre de Cadwallader. Mais Smith n'arrêtait pas de répéter : « C'est un boulot pour le grand jury, impossible de dire combien ce cinglé a descendu de nanas. » Le procureur paraissait d'accord avec lui. Puis le procureur m'a aperçue et il a dit à Smith que c'était moi qui instruisais les affaires passibles du grand jury. Smith fait alors remarquer que je suis une femme et il commence à me passer de la pommade. Puis il me demande ce que je fais là et je luis dis que toi et moi, nous sommes amis. Il est alors devenu livide et il s'est mis à trembler. Il avait l'air d'un fou.

— Il est fou, dis-je un peu secoué. Il me hait, je me suis mis en travers de sa route.

— Alors, c'est *toi* qui es fou. Il pourrait ruiner toute ta carrière.

— Chut, ma douce. Non, j'ai été promu. Smith a déposé son rapport en premier, moi ensuite. Je passe au Bureau des Inspecteurs. Dans une brigade quelque part. Thad Green me l'a dit lui-même. Quoi qu'ait pu dire Smith, cela concorde avec le rapport que je t'ai rédigé et mon rapport officiel d'arrestation, et c'est la vérité. Ce que Smith a dit au procureur n'est qu'une extrapolation, il a exagéré. Tout ce que je...

— Freddy, tu m'as dit qu'il n'y avait pas de preuves solides pour permettre d'établir un lien entre Engels et les autres meurtres.

— C'est l'absolue vérité. Mais...

Le visage de Lorna s'empourprait et devenait de plus en plus agité :

— Mais rien du tout, Freddy. *J'ai vu* Engels. Il avait été horriblement battu. J'ai interrogé Smith à ce sujet et il m'a raconté des salades comme quoi Engels avait tenté de résister lors de l'arrestation. Je n'ai pas cessé de me répéter « Mon Dieu, est-ce que mon Freddy aurait quelque chose à voir là-dedans ? Est-ce que c'est ça, la justice ? Avec quel genre d'homme me suis-je impliquée ? »

Je me contentai de plonger mon regard dans le Hieronymus Bosch sur le mur.

— Freddy, réponds-moi.
— Je ne peux pas, maître. Bonne nuit.

Je rentrai chez moi, en me refusant avec une fermeté inébranlable à penser à Lorna, aux tueurs de femmes et aux flics cinglés. J'essayai mon nouveau grade : Inspecteur Frederick U. Underhill. Inspecteur Frederick U. Underhill. Inspecteur. A vingt-sept ans. J'étais probablement le plus jeune inspecteur de toutes les Forces de Police de Los Angeles. Il faudrait que je me renseigne. En novembre, l'examen de sergent. Sergent Inspecteur Frederick Underhill. Il faudrait que je m'achète trois nouveaux complets et deux vestes de sport, quelques cravates et une demi-douzaine de pantalons. Inspecteur Fred Underhill. Mais son beau visage aux cheveux bruns brillants ne cessait de réapparaître. Lorna Weinberg, conseil légal. Lorna Weinberg.

Reste tranquille, me dis-je à moi-même, en essayant de me tenir à ma propre décision, contente-toi de ne pas penser.

A la maison, après une séance endiablée avec Train de Nuit, une sorte de peur du futur à laquelle je ne trouvai pas de nom s'empara de moi et je sortis quelques livres pour la combattre.

J'essayai de m'y plonger, mais c'était inutile ; les mots défilaient, ils n'accrochaient pas, je ne les voyais même plus. Je ne pouvais m'empêcher de penser.

J'étais sur le point d'abandonner lorsque l'on sonna à la porte. Je n'osais deviner qui ce pouvait être et j'allai ouvrir. C'était Lorna.

— Bonsoir, monsieur l'agent, dit-elle. Puis-je entrer ?
— Je suis inspecteur dorénavant, Lorna. Peux-tu accepter ce que j'ai dû faire pour en arriver là ?

— Je... je sais que je t'ai jugé coupable d'un crime inconnu et sans preuves suffisantes.

— J'aurais déposé une ordonnance d'habeas corpus, maître, mais tu m'aurais battu devant la cour.

— J'aurais fait appel en ton nom. Tu savais que tu étais le seul Frederick U. Underhill de tous les annuaires téléphoniques de la zone de L.A. ?

— Je m'en doute. Que viens-tu faire ici, Lorna ?

— Ton cœur m'intéresse, je te traque.

— Alors ne reste pas dans la porte, entre que je te présente mon chien.

***

De nombreuses heures plus tard, des heures de joie, rassasiés et pleins l'un de l'autre, trop fatigués pour dormir ou penser et incapables de renoncer à toucher le corps de l'autre, j'eus une idée. Je fouillai dans ma maigre collection de ballades sentimentales à l'eau de rose que j'utilisais auparavant pour séduire les femmes solitaires. Je mis *You Belong to Me,* « Tu m'appartiens » par Jo Stafford sur le tourne-disque et augmentai le volume de manière à ce que Lorna puisse l'entendre de la chambre.

Elle riait lorsque je retournai auprès d'elle.

— Oh Freddy, c'est tellement...

— Ringard ?

— Oui.

— Comme mes sentiments. Donc inutile de dire que je me sens romantique ce soir.

— C'est le matin, mon chéri.

— J'accepte d'être repris. Lorna ?

— Oui ?

— M'accordes-tu la prochaine danse ?

— Danser ? Freddy, je ne peux pas danser !

— Si, tu peux !

— Freddy !

— Tu peux sautiller sur ta bonne jambe. Je te tiendrai. Allez, viens !

— Freddy, je ne peux pas !
— J'insiste.
— Freddy, je suis toute nue.
— C'est bien. Moi aussi.
— Freddy !
— Assez discuté, Lor ! On y va !

J'enserrai une Lorna nue et riante de mes bras, la soulevai et la transportai dans le salon avant de la déposer sur le canapé et de mettre Patti Page qui chantait *The Tennessee Waltz*, « La valse du Tennessee » sur le tourne-disque. Lorsqu'elle se mit à entonner les premières mesures, je m'approchai de Lorna et lui tendis mes mains.

Elle me tendit les siennes et je la tirai vers moi pour la serrer contre mon corps, mes mains sur ses fesses en la soulevant légèrement du sol de sorte que sa mauvaise jambe pendait dans le vide, tout son poids reposant sur la bonne. Elle m'entoura de ses bras dans mon dos et me serra contre elle et nous nous mîmes à remuer maladroitement à tout petits pas au son de la chanson de Patti Page.

— Freddy, me murmura Lorna contre ma poitrine, je pense que je...
— Ne pense pas, Lor.
— J'allais dire... je pense que je t'aime.
— Alors pense, parce que je sais que je t'aime.
— Freddy, je ne pense pas que ce disque soit ringard.
— Moi non plus.

***

Nous nous rendîmes à Santa Barbara le samedi après-midi, en prenant l'autoroute de la Côte Pacifique. Le Pacifique bleu était sur notre gauche, des falaises brunes et des collines vertes sur notre droite. A peine voyait-on quelques traces de nuages ou de smog. Nous roulâmes tranquillement, capote baissée, dans un silence agréable. Lorna avait posé sa main sur ma jambe et me la pressait, espiègle, de temps à autre.

De toute la matinée, nous n'avions pas parlé de l'affaire, qui me trottait doucement dans un recoin de la tête. Le présent était trop bon, trop vrai, pour que je le trouble ne serait-ce qu'en suggérant la dure réalité qui était notre lot quotidien.

Nous prîmes la direction du nord, notre première sortie ensemble. Lorna fit remonter sa main, en imitation grossière de quelque chose qui se faufile, le long de ma jambe jusqu'à ce que j'explose :

— Garrr ! mais qu'est-ce que tu me fais, bon sang ?

— Et qu'est-ce que tu penses que je te fais ? dit-elle en riant.

— Je pense que c'est bon, répondis-je en riant aussi.

— Ne pense pas, contente-toi de conduire. (Lorna enleva sa main.) Freddy, je pensais justement...

— A quoi ?

— Je viens de me rendre compte que je ne connaissais pas la moindre chose, bon sang, de ce que tu fais... je veux dire, de ton temps.

Je réfléchis à ses paroles et décidai de ne rien cacher.

— Eh bien, avant que La Fêlure ne se fasse tuer, je passais beaucoup de mon temps en sa compagnie. Je n'ai pas vraiment d'amis. Et je courais les femmes.

Ce qui, chose surprenante, fit rire Lorna.

— Uniquement pour tirer ton coup ?

— Non, c'était plus que ça. C'était en partie pour les merveilles, mais c'était A.L.

— A.L. ?

— Avant Lorna.

Lorna me pressa la jambe et indiqua le bas-côté :

— Arrête-toi, s'il te plaît.

Je m'exécutai, soudain alarmé par l'expression sombre et sérieuse du visage de Lorna. J'entourai ce visage de mes deux mains comme d'un cadre.

— Qu'est-ce qu'il y a, ma douce ? demandai-je.

— Freddy, je ne peux pas avoir d'enfants, lâcha Lorna.

— Ça m'est égal, dis-je. Non, je veux dire, ça ne

m'est pas égal du tout, mais ça ne fait pas pour moi l'ombre d'une différence, nom de Dieu. Vraiment, je...

— Freddy, il fallait que je le dise.

— Parce que tu crois que nous avons un avenir ensemble ?

— Ou... oui.

— Lorna, je ne pourrais même pas envisager un avenir sans toi.

Elle se tortilla pour s'éloigner de moi et se mordit les jointures.

— Lorna, je t'aime, et nous ne partirons pas d'ici avant que tu m'aies dit que tu croyais ce que je viens de te dire.

— Je ne sais pas. Je pense.

— Ne pense pas.

Lorna éclata de rire, les larmes aux yeux.

— Alors je te crois.

— Bien, alors foutons le camp d'ici, j'ai faim.

***

Nous avions programmé notre arrivée à la perfection : Santa Barbara nous ouvrait les bras en grand, tous ses bruits étouffés par le crépuscule, tel un havre de paix que nous envoyait le ciel après l'humidité noyée de smog de L.A. la vulgaire.

Nous trouvâmes notre refuge pour le week-end sur Bath Street, à quelques blocs de State : le Mission Bell Hôtel, une résidence victorienne transformée aux couleurs d'un jaune franc et brillant. Nous nous inscrivîmes à la réception sous les noms de M. et Mme Underhill. Le réceptionniste commença à prendre un air inquisiteur devant notre absence de bagages, mais la vue de mon insigne lorsque je sortis mon portefeuille pour régler la chambre l'apaisa bien vite.

En gloussant avec des airs de conspirateur, je pris Lorna par le bras et allai jusqu'à l'ascenseur. Notre chambre avait des murs d'un jaune vif décorés d'huiles bon marché représentant la Mission de Santa Barbara, des fenêtres en saillie qui donnaient sur la rue aux rangées de palmiers, et un grand lit de laiton avec baldaquin et courtepointe jaune vif.

— Je ne mangerai plus jamais de citrons, dit Lorna.

Je l'embrassai sur la joue.

— Alors ne prenons pas de poisson ce soir. J'ai laissé mon nécessaire de rasage dans la voiture. Je reviens.

Je pris l'escalier moquetté de jaune jusqu'au niveau de la rue. Le réceptionniste, un homme décharné entre deux âges avec des cheveux d'un roux éclatant et incongru, commença à remuer sur son siège lorsqu'il me vit traverser le hall d'entrée. Il éteignit sa cigarette et s'approcha.

Je lui facilitai les choses.

— Qu'est-ce qu'il y a, doc ? demandai-je.

L'homme se cala devant moi, l'air empoté, les mains fourrées dans les poches. Il se mit à bafouiller et à bredouiller avant de lâcher tout de go :

— C'est pas mes oignons, monsieur le policier, dit-il en regardant de tous côtés en baissant la voix, mais quand y disent « dégénéré », est-ce qu'ils veulent vraiment dire « pédé » ?

— Qu'est-ce qu... commençai-je à dire avant de comprendre la source de sa question folle et hors de propos et de soupirer. Vous voulez dire que c'est dans les journaux de Santa Barbara ?

— Oui, monsieur. Vous êtes un grand héros. C'est bien ça que ça veut dire ?

— Je ne suis pas autorisé à en parler, dis-je, en abandonnant le réceptionniste seul dans son hall d'entrée jaune à cogiter sur la sémantique.

Je descendis State Street au trot jusqu'à un kiosque à journaux où j'achetai un exemplaire du *L.A. Times* et du *Clarion* de Santa Barbara. C'était en première page sur les deux, de gros titres avec photos. Je commençai par le *Times* :

« UN JOUEUR AVOUE
L'ASSASSINAT D'UNE FEMME
À HOLLYWOOD
« *Le crime est lié à au moins
six autres meurtres.*

« LOS ANGELES, 7 septembre : la police a arrêté aujourd'hui un suspect du meurtre du 12 août par lequel Margaret Cadwallader, 36 ans, 2311 Harold Way, Hollywood, avait trouvé la mort, étranglée. Le suspect répond au nom d'Edward Engels, 32 ans, Horn Drive, Hollywood Ouest. Peu après son arrestation, Engels, un joueur sans moyens déclarés de subsistance, a avoué aux inspecteurs du L.A.P.D., Dudley Smith, Michael Breuning et Frederick Underhill en déclarant : « J'ai tué Maggie ! J'avais pour elle moins d'importance que la poussière du sol, alors je l'ai retournée à la poussière. »

« On croyait que Mlle Cadwallader, qui travaillait comme comptable à la compagnie d'import-export « Le Monde Est Petit » à Los Angeles, avait été tuée par un cambrioleur qu'elle avait interrompu dans ses œuvres au petit matin du 12 août. La police avait commencé son enquête en se fondant sur cette hypothèse et interrogé des cambrioleurs réputés pour user de violence mais sans résultats, jusqu'à l'intervention de l'inspecteur Underhill, à l'époque simple agent de patrouille.

« Dans une déclaration officielle remise à la presse, l'inspecteur Underhill a déclaré : « Lorsque je travaillais aux Patrouilles de Wilshire au début de cette année, mon équipier et moi avons découvert le corps d'une jeune femme. Elle avait été étranglée. Lorsque l'affaire Cadwallader fit la une des journaux, j'ai remarqué des similitudes entre les deux meurtres. J'ai commencé à mener ma propre enquête et j'ai apporté mes preuves, dont je ne peux parler pour l'instant, au lieutenant Dudley Smith. Le lieutenant Smith a pris la tête de l'enquête qui a conduit à l'arrestation d'Edward Engels.

« Le lieutenant Smith a fait l'éloge d'Underhill pour « son remarquable et sensationnel travail de police », en ajoutant : « Nous avons mis la main sur Engels grâce à un travail de police obstiné ; de longues planques dans les nombreux bars où il se rendait en quête de femmes solitaires. Son arrestation est une victoire de la justice et d'une Amérique morale. »

« L'enquête continue pour établir des liens avec d'autres victimes de meurtres.

« De son accent fleuri, le lieutenant du L.A.P.D., irlandais de naissance, 46 ans, policier depuis 23 ans, a poursuivi : « Je crois que la tragédie de Miss Cadwallader n'est que la partie visible de l'iceberg. Engels est un dégénéré connu qui fréquente les bars où se réunissent les gens de son acabit dans le quartier d'Hollywood, et ce, depuis des années. C'est un fait établi qu'il lève son gibier, des femmes, dans les bars et qu'il les paie pour qu'elles acceptent d'être battues. J'ai la ferme conviction qu'Engels est responsable d'au moins une demi-douzaine de meurtres par strangulation commis sur des femmes ces cinq dernières années dans toute la Californie du Sud. J'espère pouvoir persuader le procureur de lancer une enquête de grande envergure sur ces bases-là. »

J'étais soudain tellement furieux que je n'arrivais plus à penser. Je lus en vitesse les premières pages du journal de Santa Barbara. Il n'y avait rien de plus, ils avaient copié le *Times* presque mot pour mot.

Dudley Smith, distributeur de gloire à la trop grande gueule, faisait sauter toutes les barrières dans sa monomanie. J'étais couvert mais il était en route pour de nouvelles victimes sur le dos d'un assassin qui n'avait tué qu'une fois.

Je retournai à l'hôtel en courant et pénétrai en coup de vent dans le hall avant de gravir les marches quatre à quatre. La porte de notre chambre était ouverte et Lorna était assise dans un fauteuil en fumant, l'air heureux de son sort, en train de feuilleter un dépliant touristique de Santa Barbara.

Je lui lançai les journaux sur les genoux.

— Lis ça, Lorna, lui dis-je.

Elle s'y plongea après m'avoir lancé un long regard soucieux. Je la regardai lire. Lorsqu'elle eut terminé, elle dit :

— Il n'y a rien à quoi je ne m'attendais pas.

— Que veux-tu dire ?

— Je savais que Smith allait exploiter l'affaire au maximum, si ça peut t'intéresser.

— Tu ne le connais pas, Lor. Pas comme je le connais. Il va essayer de tout épingler sur Engels, depuis les inondations de Johnstown jusqu'à la Seconde Guerre mondiale. Il a complètement perdu la boule, nom de Dieu !

Lorna sourit et me prit les mains.

— Freddy, est-ce qu'Engels a tué Margaret Cadwallader ?

— Oui, mais...

— Reste tranquille. Alors il est bien détenu là où il doit être. Et c'est toi qui l'as mis là, pas Dudley Smith. Si Dudley Smith veut démarrer dans sa folie une grande enquête tous azimuts, et si ça te tracasse, oublie ça. Le procureur ne donnera jamais son autorisation.

— Tu es sûre ? dis-je un peu apaisé.

— Oui. Jamais il ne dépenserait l'argent nécessaire. Il est convaincu qu'il ne faut pas réveiller le chat qui dort. Tu penses qu'Engels est innocent de ces autres meurtres ?

— Oui. Il a tué Cadwallader et c'est tout.

Lorna me prit le visage entre ses mains et l'embrassa doucement à plusieurs reprises.

— Tu commences à te soucier de justice, chéri, et c'est merveilleux de voir ça.

— Je n'en suis pas si sûr.

— Moi, je le suis. As-tu lu cet article en douzième page du *Times* ?

— Non.

— Bon, eh bien, je vais te le lire.

Lorna éteignit sa cigarette et s'éclaircit la gorge.

— Le titre est « Saluons un véritable héros » avec, en sous-titre « Un policier vaut à lui seul une armée contre le crime ». Et c'est parti :

« L'inspecteur Frederick Underhill, vingt-sept ans, est le plus jeune policier dans l'histoire des Forces de Police de Los Angeles à mériter ce grade. Ce n'est pas le flic ordinaire. Il a été diplômé en 1946 de l'université de Loyola mais il n'a pas voulu embrasser la carrière universitaire. Il a bataillé avec ténacité pour s'engager dans les forces armées pendant la Seconde Guerre mondiale, allant jusqu'à présenter sa requête au Conseil de Révision plusieurs fois de suite pour qu'on accepte sa demande, en dépit d'un tympan crevé. On la lui a refusée et il a profité au mieux de ses années de faculté en obtenant son diplôme d'histoire avec félicitations du jury. L'inspecteur Underhill est orphelin, et il a obtenu les meilleures moyennes jamais atteintes à l'orphelinat de St-Brendan. Monseigneur John Kelly, proviseur du lycée de St-Brendan où Underhill a accompli sa scolarité, a déclaré : « Les récents succès de Fred dans ses fonctions de policier ne me surprennent aucunement. C'était un garçon travailleur et fervent dont je savais qu'il était destiné à de grandes choses. »

« Mais quelles choses ! Underhill a déclaré : « Je n'ai jamais voulu être autre chose que flic. C'est la seule vie que j'aie jamais envisagée. »

« Et nous, citoyens de Los Angeles, sommes les heureux bénéficiaires de la décision d'enfant de Fred Underhill, d'embrasser l'existence altruiste d'un officier de police. Fait : lorsqu'il travaillait aux Patrouilles de la Division de Wilshire, Fred Underhill a eu à son actif plus d'arrestations que tout autre policier du poste. Fait : Fred Underhill est un de ceux qui ont obtenu les meilleures notes jamais attribuées à l'Académie de Police. Fait : le capitaine William Beckworth, ancien commandant de poste d'Underhill à Wilshire, l'a qualifié de « policier inné, le meilleur qu'il ait jamais rencontré ». Des louanges à faire tourner la tête de n'importe qui mais corroborées par un fait : en février de cette année, Fred Underhill a abattu deux cambrioleurs armés qui venaient d'attaquer un magasin. Son équipier a trouvé la mort au cours de la fusillade. Et aujourd'hui, c'est lui qui apporte la solution de la déroutante affaire Margaret Cadwallader, le tout en moins d'une année.

« La guerre de Corée continue à faire rage. Outre-mer, nous n'avons pas avancé d'un pouce face à l'ennemi communiste. Sur le front intérieur, la guerre contre le crime ne s'interrompt pas. C'est malheureusement une guerre qui ne s'arrêtera jamais. Que le ciel soit remercié : des hommes tels que l'inspecteur Fred Underhill seront toujours à nos côtés. »

Lorna termina en apothéose et se pâma dans une parodie de coup de foudre grandiose.

— Eh bien, agent de police Fred ? dit-elle.
— Ils ont oublié de dire que j'étais grand, beau, intelligent et plein de charme. C'aurait été ça, la vérité. Au lieu de ça, ils ont préféré leurs conneries – ça se lit mieux. Ils pouvaient difficilement écrire que j'étais athée et que j'avais réussi à échapper à l'armée et, avant de te connaître, un racoleur de minettes toujours en chasse...
— Freddy !
— C'est la vérité ! Oh, merde, Lorna. Je suis tellement fatigué, nom de Dieu, par tout ce truc.
— Vraiment, chéri ?
— Oui, vraiment.
— Alors tu veux bien me faire deux plaisirs ?
— Lesquels ?
— Ne parle plus de l'affaire pendant le reste du week-end.
— Okay. Et puis ?
— Et puis, fais-moi l'amour.
— Double Okay.

Je tendis les bras vers Lorna et nous tombâmes sur le lit en riant.

***

Un peu plus tard, nous appelâmes le service pour qu'on nous apporte deux dîners, deux truites qui arrivèrent sur un petit chariot drapé que poussait un chasseur qui frappa discrètement à la porte avant de dire doucement « Dîner, m'sieur dame. »

Le repas terminé, Lorna alluma une cigarette et me regarda avec chaleur et beaucoup d'humour. Je m'en sentis d'une certaine manière piqué au vif de curiosité et dis :

— Volte-face, Lorna ?
— Volte-face ?
— Exact. Tu voulais savoir ce que je faisais des heures cachées de ma vie.
— D'accord, chéri, volte-face. Après l'accident, beaucoup d'apitoiement sur moi-même : me sentir piégée, ma sainte mère morte, une sœur obèse, un père clownesque et toutes ces satanées opérations – avec les faux espoirs, les spéculations, la culpabilité, la haine de soi, la colère. Et le détachement. C'était ça le pire. *Savoir* que je n'étais pas de ce temps et de ce lieu – ni d'aucun temps, ni d'aucun lieu. Et puis réapprendre à marcher, depuis le début, et me sentir pleine d'allégresse jusqu'à ce que le docteur me dise que je ne pourrais jamais avoir d'enfants. Et puis une amertume affreuse, affreuse, et toutes ces petites leçons à accepter l'inévitable.
— Que veux-tu dire, Lor ?
— Je veux dire ne jamais savoir à quel moment ma mauvaise jambe me lâcherait complètement et que je me retrouverais sur le cul. On aurait dit que ça arrivait à chaque fois que j'avais une robe blanche. Apprendre à monter les escaliers. Devoir partir plus tôt pour l'école lorsque je savais que j'avais des marches à monter. L'abominable gentillesse des gens qui veulent vous aider. Les hommes qui croyaient que je serais un coup facile parce que j'étais infirme. Ils avaient raison, tu sais. J'étais un coup facile.
— Moi aussi, Lor.
— Enfin, après cela, l'université, et la fac de droit, les livres, la peinture, la musique, quelques hommes et une sorte de réconciliation avec ma famille, et finalement le Bureau du Procureur.
— Et puis ?
— Et puis *quoi,* Freddy ? (La voix de Lorna se fit plus

forte dans son exaspération.) Mais tu es sacrément obstiné ! Je sais que tu veux me faire parler des « merveilles » – quel que soit ce satané truc – mais je ne le *sens* pas, c'est tout.

— Du calme, ma douce. Je n'essayais pas de te tirer les vers du nez.

— Si, tu essayais tout en n'essayant pas. Je sais que tu veux tout connaître de moi, mais donne-moi le temps. Je ne suis pas les merveilles.

— Si, tu l'es.

— Non, ce n'est pas moi. Toi, tu veux être maître des merveilles. C'est pour ça que tu es flic. Freddy, je veux être avec toi, mais tu ne seras jamais maître de moi. Tu comprends ?

— Oui, je comprends que tu as toujours peur des choses. Plus moi.

— Nom de Dieu, ne tourne pas autour du pot !

— Merde, dis-je, en sentant soudain le poids d'une vie soigneusement calculée s'écrouler après trois semaines de tension et d'espérance. Merveilles, justice, conneries. Je ne sais plus, c'est tout.

— Si, tu sais, dit Lorna. Il y a moi. Je ne suis ni merveilles, ni justice.

— Qu'es-tu alors ?

— Je suis ta Lorna.

***

Cette nuit-là au petit matin, nous ne sommes pas allés arpenter en touristes State Street ou faire une promenade romantique sur la plage, ou visiter la Mission de Santa Barbara chargée d'histoire. Nous sommes allés danser – dans notre chambre aux couleur citronnées – au son, à la radio, des Fours Lads, des Mc Guire Sisters, du Teresa Brewer et de l'immortel grand orchestre de feu Glenn Miller.

Nous nous sommes trouvé une station qui passait les disques à la demande ; j'ai appelé, et je les ai enquiquinés pour qu'ils me jouent une flopée de vieux morceaux célèbres qui étaient soudainement devenus chers à mon cœur à la lumière de Lorna. Le disc-jockey fut obligeant et Lorna et moi, nous nous sommes tenus étroitement enlacés en avançant lentement à travers la pièce aux doux rythmes de *The way you look tonight*, *Blue Moon*, *Perfidia*, *Blueberry Hill*, *Moments to Remember*, *Good Night*, *Irène* et bien sûr Patti Page qui chantait *The Tennessee Waltz*.

A l'aube du lundi matin, nous nous levâmes pour retourner à contrecœur à L.A. et à l'exercice de la justice.

13

Le lundi, je dormais profondément dans mon appartement, lorsque le téléphone sonna. Il était deux heures de l'après-midi. Je dormais depuis à peine trois heures. C'était Lorna.

— Freddy, il faut que je te voie tout de suite. C'est urgent.

— Qu'est-ce qu'il y a, Lor ?

Au bout du fil, je compris que quelque chose d'important la tracassait. Jamais je n'avais entendu un tel timbre à sa voix.

— Je ne peux pas en parler au téléphone.

— Engels a-t-il été présenté au tribunal pour la mise en accusation ?

— Oui. Il a plaidé non coupable. Dudley Smith était là en compagnie de l'adjoint du procureur et Engels s'est mis à hurler. Les huissiers ont dû le maîtriser.

— Seigneur. Es-tu à ton bureau ?

— Oui.

— Je serai là dans quarante-cinq minutes.

Il m'en fallut cinquante-cinq après m'être habillé à la va-vite et en poussant ma Buick à vingt kilomètres au-dessus de la vitesse autorisée. Je montrai mon insigne à l'employé du parking de Temple et il hocha la tête sèchement en plaçant un papier d'aspect officiel sous mon essuie-glace. Deux minutes plus tard, je faisais irruption dans le bureau de Lorna.

Lorna avait de la compagnie, et ils avaient l'air solennel. C'était deux hommes, vêtus avec élégance, au début de la quarantaine. Le premier, celui qui avait l'air le plus impressionnant des deux, me parut familier. Il était assis sur le canapé de cuir vert de Lorna, ses longues jambes étendues devant lui, les chevilles croisées. Il tripotait une mallette de cuir posée à côté de lui sur le plancher. Même dans cette attitude banale, il était intimidant. Le second était grassouillet, le cheveu d'un roux pâle et il portait un foulard noué et un chandail en cachemire, un jour où la température promettait d'atteindre les trente-cinq degrés. Il n'arrêtait pas de se passer la langue sur les lèvres et son regard allait et venait sans cesse, de moi à l'homme à la mallette.

Lorna fit les présentations alors que j'attrapais une chaise en bois près de son bureau.

— Inspecteur Fred Underhill, voici Walter Canfield. Elle montra l'homme à la mallette.

— Et voici M. Clark Winton. Elle hocha la tête en direction de l'homme au foulard. Les deux hommes répondirent aux présentations d'un regard qui se fixa sur moi – hostile chez Canfield, nerveux chez Winton.

— En quoi puis-je vous être utile, messieurs ?

Canfield commença à ouvrir la bouche, mais Lorna parla la première d'une voix très professionnelle.

— M. Canfield est avocat, Fred. Il représente M. Winton. Elle hésita avant d'ajouter très vite : Nous avons déjà travaillé ensemble par le passé, M. Canfield et moi. J'ai confiance en lui.

Elle regarda Canfield qui sourit d'un air sinistre.

— Je serai bref, inspecteur, dit-il. Mon client se trouvait en compagnie d'Eddie Engels, la nuit où Margaret Cadwallader a été assassinée.

Il attendit une réaction de ma part et voyant qu'il n'obtenait que le silence, il ajouta :

— Mon client a passé la nuit entière en compagnie d'Engels. Il se souvient très bien de la date. Le 12 août, c'est son anniversaire.

Canfield me regarda d'un air triomphant. Winton avait les yeux fixés au sol et pétrissait ses mains tremblantes. Je sentis mon corps tout entier se figer et se charger de picotements d'aiguilles.

— Eddie Engels a avoué, M. Canfield, dis-je prudemment.

— Mon client m'a informé qu'Engels est un homme troublé qui porte un lourd fardeau de culpabilité : il se sent responsable de certains événements de son passé.

Winton intervint :

— Eddie est un homme troublé, inspecteur. Il a été amoureux d'un homme plus âgé lorsqu'il était dans la marine. L'homme l'a obligé à faire des choses abominables de telle sorte qu'Eddie se haïssait pour être l'homme qu'il était.

— Il a avoué, répétai-je.

— Allons, inspecteur. Nous savons tous deux que ces aveux ont été obtenus sous la contrainte physique. J'ai vu Engels lorsqu'on l'a présenté au tribunal ce matin. Il avait été sévèrement battu.

— On l'a maîtrisé en faisant usage de la force lorsqu'il a tenté de résister à l'arrestation.

Canfield renâcla. En un autre lieu, il aurait craché. Je confrontai son regard chargé de mépris au mien avant de le reporter sur Clark Winton :

— Etes-vous homosexuel, M. Winton ? demandai-je, certain par avance de la réponse.

— Freddy, bon Dieu ! lâcha Lorna.

Winton déglutit et chercha un soutien dans le regard de son avocat. Canfield commença à lui murmurer à l'oreille, mais je les interrompis :

— Parce que, si c'est le cas, et si vous avez l'intention de déposer en ce sens, la police vous demandera une déposition signée quant aux relations qui existaient entre Engels et vous, ainsi qu'un compte-rendu détaillé de vos faits et gestes en sa compagnie, la nuit du 12 août. Etes-vous prêt à cela ?

— Eddie et moi étions amants, dit Winton calmement, avec une grande résignation.

Je rassemblai mes arguments et crachai le tout :

— M. Winton, nous disposons d'aveux signés. Nous avons également des témoins oculaires qui viendront témoigner qu'ils ont vu la voiture d'Engels dans Harold Way, la nuit du meurtre. Vous vous exposez à une accusation de complicité si vous rendez publique votre histoire.

Canfield me regarda froidement. Du coin de l'œil, je vis Lorna toujours assise, l'air exaspéré.

— Mon client est un homme de courage, inspecteur, dit Canfield. La vie d'Edward Engels est en jeu. Thad Green est un de mes vieux amis, tout comme le procureur. La déclaration écrite et sous serment de M. Winton sera déposée cet après-midi. M. Winton est conscient que la police aura de multiples questions à lui poser ; je serai présent à l'interrogatoire. M. Winton est un homme important ; vous n'obtiendrez pas d'aveux de lui en le frappant. Je suis venu ici pour vous parler uniquement parce que Lorna est une vieille amie et que je respecte le jugement qu'elle a sur les gens. Elle m'a dit que vous étiez soucieux de justice et je l'ai crue.

— Mais je *suis* soucieux de justice, et...

Je ne pus finir. Ma résistance s'effondra en mille morceaux et je sentis ma vision s'obscurcir au coin de mes yeux. Je ramassai un lourd serre-livres en quartz sur le bureau et le lançai violemment sur la partie vitrée de la porte du bureau. Le verre vola en éclats dans le couloir où le serre-livres atterrit avec un bang sonore. Les mains me démangeaient de frapper quelque chose, aussi les écrasai-je l'une contre l'autre avant de fermer les yeux, en luttant contre les larmes et les tremblements. J'entendis Canfield qui disait au revoir à Lorna, et j'entendis des bruits de pas lorsqu'il fit sortir son client par la porte à moitié démolie.

— Je crois Winton, dit finalement Lorna.

— Moi aussi, dis-je.

— Freddy, Dudley Smith a convaincu le procureur de le laisser diriger une enquête sur une demi-douzaine d'homicides non résolus. Il veut les coller sur le dos d'Eddie Engels.

— Seigneur, Dudley est cinglé ! Ce mec, Canfield, c'est un gros bonnet. Il me semble que je le connais.

— C'est l'un des meilleurs avocats criminels les mieux payés de toute la Côte Ouest.

— Et Winton a de l'argent ?

— Oui, il est très fortuné. Il est propriétaire de deux usines de textile à Long Beach.

Cherchant toujours une porte de sortie, je persistai :

— Et Canfield est copain-copain avec Thad Green et le procureur ?

— Oui.

— Alors Engels va se retrouver libéré et Dudley Smith et moi, on va se retrouver tous les deux dans la merde jusqu'au cou sans pouvoir avancer d'une brasse.

Je regardai par le trou béant dans la vitre de la porte, cherchant quelque chose qui stopperait le trou aujourd'hui béant dans mon existence.

— Désolé pour la porte, Lorna, fut tout ce que je trouvai à dire.

Lorna poussa son fauteuil à pivot jusqu'à l'endroit où j'étais assis.

— Es-tu désolé pour Eddie Engels ? demanda-t-elle.

— Oui, dis-je.

Lorna m'embrassa doucement sur les lèvres.

— Alors que justice se fasse. Ce n'est plus de ton ressort.

Je repoussai Lorna. Je me refusais à la croire.

— Et pour Maggie Cadwallader ? m'écriai-je. Je me retournai pour regarder le trou de la porte. Trois hommes en complets nous regardaient.

— Ça va, Lorna ? demanda l'un d'eux.

Lorna acquiesça d'un hochement de tête. Ils partirent l'air sceptique. J'entendis qu'on balayait les débris de verre.

— Quoi, *pour* Maggie Cadwallader ? demanda Lorna. Est-ce que tu voulais la venger, ou est-ce que toute cette croisade n'était qu'un exercice en merveilles qui a mal tourné ?

Soudain, je voulus faire mal à Lorna comme je n'avais jamais voulu faire mal à quiconque auparavant.

— J'ai baisé Maggie Cadwallader, le jour même où je t'ai rencontrée. Je l'ai ramassée à l'Etoile d'Argent, je l'ai emmenée à son appartement et je l'ai baisée. Voilà comment je me suis retrouvé impliqué dans cette affaire, et comment je savais où il fallait chercher pour trouver des preuves. Je savais que si je trouvais l'assassin, ma carrière démarrerait comme une fusée. Je t'ai voulue dès le moment où je t'ai vue. J'ai voulu t'avoir, te baiser, te faire mienne. Voilà pourquoi je t'ai impliquée dans cette affaire ; ce n'était rien qu'une entreprise de séduction de plus dans une putain de lignée qui en comportait des tas.

Je n'attendis pas la réaction de Lorna. Je sortis de son bureau sans me retourner.

***

Je roulai sans but, comme le soir où j'avais rencontré Maggie Cadwallader. J'achetai un numéro du *L.A. Mirror*. La mise en accusation d'Engels était en première page. « Je Ne Suis Pas Un Homo, Hurle Le Tueur ». Journalisme racoleur de presse à sensation, et du meilleur ! L'article révélait comment Engels avait dû être maîtrisé et traîné hors du tribunal par trois huissiers musclés après avoir demandé à plaider non coupable.

Je jetai le journal par la fenêtre de la voiture et me dirigeai vers l'est. Près de San Bernardino, j'entrevis de la voie express un vaste terrain de golf municipal bien agencé. Je pris la sortie suivante, trouvai mon havre de golf, me garai dans le parking désert, achetai deux douzaines de balles et louai une série de clubs en piteux état à la boutique du pro. Après avoir réglé mon droit d'entrée, je passai le cagibi de l'ouvreur en me courbant en deux pour aller droit au cœur du parcours.

Je pensais et pensais et pensais encore. J'essayai de ne pas penser. J'y réussis et j'échouai. J'envoyai valser une demi-douzaine de coups d'un fer de 2 bien frappé dans les profondeurs de nulle part et ne ressentis rien du tout.

Mea culpa, me dis-je à moi-même. Qu'est-ce qui a mal tourné ? Que s'est-il réellement passé ? Que va-t-il se passer ensuite ? Est-ce que le service va me soutenir ? Retournerai-je à mes patrouilles dans Watts, humilié, repéré comme un non-conformiste dont l'avenir n'est plus nulle part ? Sophismes logiques. Post hoc, ergo propter hoc : après cela, en conséquence, à cause de cela. Des preuves indirectes. Un coupable. Coupable non de meurtre, mais de culpabilité. Pauvre pédé d'Eddie. Brave pédé de Clark Winton. Mea maxima culpa. Pardonnez-moi, mon père, parce que j'ai péché. Quel père ? Eddie Engels ? Dudley Smith ? Thad Green ? le chef Parker ? Dieu ? Il n'y a pas de dieu, n'existent que des merveilles. J'essayai de m'endurcir le cœur contre Lorna et échouai. Lorna, Lorna, Lorna.

J'envoyai avec violence une succession furieuse de coups de fer numéro 3 droit dans un bouquet d'arbres, avec l'espoir de les voir revenir par ricochet pour me frapper à mort. Rien ne revint ; les balles se contentèrent de disparaître, on ne les reverrait plus jamais, en sacrifice à un dieu du golf auquel j'avais cessé de croire.

***

Je rentrai à la maison. J'entendis mon téléphone sonner alors que je m'engageais dans l'allée. Croyant que c'était peut-être Lorna, je me mis à courir.

La sonnerie continua alors que j'ouvrais ma porte. Je décrochai le combiné.

— Allô ? dis-je prudemment.
— Underhill ? s'enquit une voix familière.

— Oui. Capitaine Jurgensen ?
— Oui. J'essaie de vous joindre depuis 6 heures.
— J'étais sorti. J'ai été jusqu'à San Berdoo.
— Je vois. Alors vous n'êtes pas au courant ?
— Au courant de quoi ?
— Eddie Engels est mort. Il s'est suicidé dans sa cellule cet après-midi. Il était sur le point d'être relâché. Un témoignage qui prouvait son innocence.
— Je... je...
— Underhill, vous êtes toujours là ?
— Ou... oui.
— Le chef en personne m'a demandé, en tant que dernier supérieur hiérarchique, de vous informer.
— Je... je...
— Underhill, vous devez vous présenter au rapport au centre ville demain matin à huit heures. Division de Central, salle 219. Underhill, vous m'avez entendu ?
— Oui, monsieur, dis-je en laissant le combiné s'échapper de mes mains tremblantes et tomber sur le sol.

14

Dans la salle 219, il y avait trois présents. Les deux flics, mes interrogateurs, s'appelaient Milner et Quinn. Tous deux étaient sergents aux Affaires Internes et tous deux étaient entre deux âges, bien bâtis et bronzés. Tous deux avaient ôté leurs vestons en me faisant entrer dans la petite pièce encombrée. Etrangement, je savourai leur tentative idiote d'intimidation, avec la certitude que je pouvais faire bien mieux qu'eux à n'importe quelle forme de guerre psychologique.

Nous portions tous des Smith et Wesson, les 38 spécial police dans un étui d'épaule, ce qui donnait à la réunion un air de cérémonie rituelle. J'étais nerveux, chargé d'adrénaline et d'une indignation factice, comme si j'étais sûr de mon bon droit. J'étais prêt à tout, y compris à mettre fin à ma carrière, et cela renforça ma résolution de battre ces deux policiers à l'air obstiné à leur propre jeu.

Je me pris une chaise, posai les pieds sur un tas d'affiches de recrutement et souris d'un air désarmant pendant que Quinn et Milner sortaient cigarettes et briquets Zippo de leurs vestons pour en allumer une. Milner, qui était légèrement plus âgé et plus grand, m'offrit le paquet.

— Je ne fume pas, sergent, dis-je, en gardant la voix pincée et sévère, la voix d'un homme qui ne s'en laisse compter par personne.

— Un homme bien, dit Quinn en souriant, je voudrais bien ne pas fumer !

— J'ai arrêté une fois, pendant la Dépression, dit Milner. J'avais une mignonne petite amie qui haïssait l'odeur du tabac. Ma femme aime pas ça non plus, et pourtant elle est pas aussi mignonne.

— Alors pourquoi tu l'as épousée ? demanda Quinn.

— Pasqu'elle m'a dit que je ressemblais à Clark Gable, rétorqua Milner.

Quinn s'en paya une bonne tranche en ajoutant :

— Ma femme m'a dit que je ressemblais à Bella Lugosi et je lui en ai collé un, dit-il.

— Tu aurais dû lui mordre le cou, dit Milner en filant la vanne.

— C'est ce que je fais, tous les soirs, s'esclaffa Quinn en soufflant une énorme bouffée de fumée avant de prendre une chaise pour s'installer face à moi. Milner l'accompagna de son rire et ouvrit une minuscule fenêtre à l'arrière de la pièce, laissant entrer les rayons d'un soleil embrumé et un flot de bruits de voitures.

— Agent Underhill, dit-il, mon collègue et moi-même sommes ici aujourd'hui parce qu'il a été émis des doutes sur vos capacités à servir dans ce service. La voix de Milner s'était métamorphosée et avait pris un ton professionnel et précis. Il entama une pause dramatique en tirant sur sa cigarette et je répondis en singeant ses inflexions :

— Sergent, j'ai de fortes réticences quand aux gros bonnets qui vous ont envoyés ici pour m'interroger. Est-ce que les Affaires Internes ont interrogé Dudley Smith ?

Milner et Quinn se regardèrent. Le regard qu'ils échangèrent était chargé du savoir secret et plein d'humour de deux partenaires de longue date.

— Officier de police, dit Quinn, croyez-vous que nous soyons ici parce qu'un pédé s'est tailladé les veines à la Prison du Comté hier ?

Je ne répondis pas. Quinn poursuivit :

— Croyez-vous que vous soyez ici parce qu'à votre instigation, de manière illégale, il a été procédé à l'arrestation d'un innocent ?

Milner prit le relais.

— Officier de police, croyez-vous que vous soyez ici parce que vous êtes à l'origine d'un grand déshonneur pour le service ?

Il sortit un journal plié de sa poche revolver et se mit à lire : « Le flic héros un peu rapide de la gâchette ? Le L.A.P.D. dans une passe difficile ? Grâce au crack des défenseurs criminels Walter Canfield et à un courageux témoin anonyme, Eddie Engels a failli franchir la porte de la Prison du Comté en homme libre. Au lieu de cela, humilié et torturé par les souffrances d'une arrestation indue, il l'a franchie sous un drap mortuaire. C'est une vraie tragédie que Canfield et l'homme avec lequel Engels a passé la nuit du 12 août – la nuit où il était censé avoir assassiné Margaret Cadwallader – se soient présentés aux autorités trop tard avec les renseignements qu'ils portaient. Eddie Engels s'est taillé les veines au moyen d'une lame de rasoir introduite frauduleusement dans sa cellule au onzième étage du Palais de Justice hier après-midi, victime d'une justice expéditive.

« Notre correspondant à Seattle a contacté le père de

la victime, Wilhelm Engels, pharmacien dans la banlieue de Seattle. "Je n'arrive pas à croire que Dieu ait permis une pareille chose" a dit le vieux monsieur aux cheveux blancs. "Il faut qu'une enquête soit ouverte sur le policier qui a arrêté mon Edward. Edward était un garçon doux et gentil qui n'avait jamais fait de mal à personne. Il faut que justice se fasse." M. Engels a déclaré à notre correspondant que Walter Canfield lui avait offert ses services, gratuitement, en déposant une plainte pour arrestation arbitraire contre les Forces de Police de Los Angeles. "Il sera rendu justice à M. Engels" a déclaré Canfield aux journalistes peu de temps avant qu'il apprenne la mort d'Engels, "cette justice que l'on a refusée à son fils." De toute évidence, nous sommes en présence dans cette affaire d'un jeune flic rapide de la gâchette et avide de se faire un nom. »

Milner toussa et reprit : « L'agent Frederick U. Underhill, encensé dans les rangs du L.A.P.D. ainsi que par les journaux de Los Angeles au début de cette année pour avoir abattu deux cambrioleurs armés, a usé de la même forme de justice expéditive dans son enquête sur Eddie Engels. Le vétéran du L.A.P.D., le lieutenant inspecteur Dudley Smith a déclaré à notre reporter : « Fred Underhill est un jeune homme ambitieux prêt à tout pour devenir chef de la police en un temps record. Il m'a entraîné ainsi que plusieurs autres personnes dans sa croisade pour capturer Eddie Engels. J'admets que j'ai suivi. J'admets que j'étais dans l'erreur. La nuit dernière, j'ai brûlé un cierge pour la famille de ce pauvre Eddie. J'en ai brûlé un également pour Fred Underhill et j'ai prié pour que la tragédie dont il est à l'origine lui serve de leçon. »

Je me mis à rire, d'un rire qui me parut hystérique à mes propres oreilles. Milner et Quinn ne voyaient pas ce qu'il y avait de drôle. Quinn jeta d'un ton cassant :

— Cet article du *L.A. Daily News* se poursuit en exigeant votre démission ainsi qu'une enquête sur le service tout entier. Et que pensez-vous de *ça*, Underhill ?

Je me calmai et fixai du regard mes inquisiteurs :

— J'ai le sentiment que cet article a été rédigé dans un style très pauvre. De la mauvaise littérature. Pleine de circonvolutions, d'hystérie et d'hyperboles. Hemingway l'aurait désavouée. F. Scott Fitzgerald s'en retournerait dans sa tombe. Shakespeare serait consterné. Voilà ce que je pense.

— Underhill, dit Milner, vous savez, n'est-ce pas, que le service règle ses affaires en famille ?

— Bien sûr. Comme en témoigne ce fou de Dudley Smith. Il sortira de tout ça blanc comme lys et sera probablement fait capitaine. Ahhh oui, sensass !

— Underhill, le service était prêt à vous soutenir jusqu'à ce que nous procédions à une petite enquête sur vous.

— Ah ouais ? dis-je. Et vous avez trouvé quelque chose d'intéressant ?

— Oui, dit Quinn. Je cite : « Sarah a les seins fermes et haut plantés, avec des tétons marron foncé en forme de cône. Quelques poils rudes les entourent. C'était une amante expérimentée. Nous étions bien assortis au lit. Elle anticipait mes gestes et y répondait avec une grâce fluide. » Encore un peu plus, Underhill ?

— Bande de salopards ! dis-je.

— Saviez-vous que Sarah Kefalvian est communiste, Underhill ? Elle est enrôlée dans les rangs de cinq organisations qui ont été fichées comme avant-gardes coco. Vous saviez ça ?

Milner se pencha vers moi, les jointures toutes blanches à force d'agripper le rebord de la table.

— Vous baisez beaucoup de cocos, Underhill ? siffla-t-il entre ses dents.

— Etes-vous communiste vous-même, Freddy ? demanda Quinn.

— Allez vous faire foutre, dis-je.

Milner se pencha plus avant ; je sentais son haleine de tabac.

— Je crois que vous êtes vraiment un communiste. Et

un pervers répugnant. Les hommes honnêtes n'écrivent pas sur les femmes qu'ils baisent. Les hommes honnêtes ne baisent pas les cocos.

Je me fourrai les mains sous les cuisses pour maîtriser leurs tremblements et pour m'empêcher de frapper. La tête me cognait et ma vision se troublait sous les palpitations des ténèbres qui me battaient derrière les yeux.

— Vous oubliez de mentionner aussi que mes sièges de voiture sont rouges. Vous oubliez de mentionner que je baise aussi les Coréennes, les Républicaines et les Démocrates. Quand j'étais au lycée, j'avais une petite amie qui était rousse. J'ai un chandail de cachemire rouge, vous oubliez de mentionner ça.

— Il y a une chose cependant que vous, vous n'avez pas oublié de mentionner, dit Quinn. Ecoutez : « J'ai dit à Sarah que j'ai échappé à l'armée en 42, en magouillant. C'est la seule personne à l'exception de La Fêlure à savoir ça. Le lui dire m'a donné une étrange sensation de liberté. »

Quinn cracha au sol.

— J'ai servi pendant la guerre, Underhill. J'ai perdu un frère à Guadalcanal. Tous les bons Américains ont servi. Tous ceux qui ont réussi à échapper à la mobilisation sont des bons à rien de traîtres coco, indignes de porter un insigne. Le chef lui-même a été mis au courant de ce que nous avons trouvé dans votre journal. C'est lui qui a ordonné cette enquête. Nous avons disposé de très peu de temps pour fouiller votre appartement. Dieu seul sait quels autres trucs de dégénéré coco nous aurions trouvé si le temps ne nous avait pas été compté. Vous avez le choix : ou vous démissionnez, ou vous affrontez le conseil de discipline du service sur l'accusation de turpitude morale. Si vous ne démissionnez pas, nous donnerons votre journal aux fédés. Echapper à la conscription est un crime fédéral.

Milner sortit de la poche de sa veste une feuille dactylographiée. Les mots se troublèrent devant mes yeux que les larmes gonflaient. Mais par un effort de volonté, j'essayai d'en endiguer le flot. Il me fallut une minute, mais je les arrêtai avant qu'elles n'explosent. J'allai jusqu'à la fenêtre et regardai au dehors. Je notai l'heure et gravai la scène dans ma mémoire avant de me défaire de mon étui d'épaule et de le poser sur la table. Je posai mon insigne à côté, et d'une signature me fermai à jamais la porte qui ouvrait sur les merveilles.

***

Journalistes et photographes m'attendaient en face de mon appartement lorsque je m'engageai vers mon pâté d'immeubles. J'étais incapable de les affronter, aussi je tournai au coin de la rue et pris un raccourci par l'allée avant de me garer et de sauter quelques clôtures pour entrer dans mon appartement par la porte de derrière. Je remplis une valise d'affaires propres, attachai Train de Nuit à sa laisse et retournai à ma voiture en empruntant l'allée, et en faisant le tour du bloc.

Je roulai au nord, sans but précis. Train de Nuit rongeait des balles de golf sur le siège arrière. C'était facile de ne pas penser à l'avenir : je n'en avais pas.

En longeant la côte, je repensai à ma récente excursion en compagnie de Lorna, ce qui me ramena soudain l'avenir à la mémoire en une bouffée aveuglante de projets et de contraintes.

Je regardai les poteaux téléphoniques qui longeaient l'autoroute de la Côte Pacifique en contemplant l'idée d'un oubli plein de douceur dans l'instant. Lorsque les grands pieux de bois commencèrent à m'apparaître comme le projet final, je laissai échapper un sanglot étouffé et sans larmes, et engageai ma Buick dans quelque petit chemin de terre encaissé et sans importance pour remonter au cœur d'un passage de buissons verts avant d'aboutir, quarante-cinq minutes plus tard, à la Vallée de San Fernando.

Je repris la direction du nord en empruntant la route de crête à Chatsworth pour la remonter en direction de

Grapevine et Bakersfield. Je voulais me trouver un endroit désolé que la beauté avait délaissé, un bon endroit bien plat pour promener le chien et arriver à des décisions sans être distrait par le pittoresque du paysage.

Bakersfield n'était pas le bon endroit. A trois heures de l'après-midi, la température avoisinait toujours les quarante degrés. Je m'arrêtai à un bistrot et commandai un coke. Le coke coûtait un nickel et la glace qui l'accompagnait un quart de dollar. Le barman me reluquait de ses grands yeux. Il me tendit mon coke dans un gobelet en carton et ouvrit la bouche pour parler. Je ne lui en laissai pas le temps ; je plaquai sur le comptoir un peu de monnaie avant de retourner en vitesse à la voiture.

A quelque deux cent cinquante kilomètres au nord de Bakersfield, je me rendis compte que j'entrais dans le pays de Steinbeck et je soupirai presque de soulagement. Voilà un endroit où je pouvais me poser, plein des nuances et épiphanies de mes jours de lecture à l'époque sans souci du lycée.

Mais ce ne fut pas le cas. Mon esprit reprit le dessus et je compris que d'être entouré de terres agricoles verdoyantes et de Mexicains picaresques et solides buveurs ramènerait les merveilles avec force à ma mémoire, accompagnées d'une rafale de culpabilité, de honte, de mépris de moi-même et de peur qui disaient tous la même chose : c'est fini.

Je me rangeai sur le bord de la route. Je fis sortir Train de Nuit et il s'élança devant moi vers ce qui me paraissait une mer sans fin de tranchées d'irrigations. Je marchais derrière lui à écouter ses jappements joyeux.

Nous marchâmes encore et encore, en soulevant des nuages de poussière qui couvrirent bientôt mes jambes de pantalon d'une terre brune, riche et sombre. Je parcourus le chemin qui menait à un endroit d'où le monde semblait éclipsé dans toutes les directions. Tous mes horizons n'étaient que marron, sombre et profond.

Je m'assis dans la poussière. Train de Nuit aboya dans

ma direction. Je ramassai une poignée de terre et la laissai filer entre mes doigts. Je sentis l'odeur de mes mains. Elles sentaient les matières fécales et l'infini.

Soudain les tuyaux d'irrigation qui m'entouraient s'animèrent en m'aspergeant d'eau. Je me levai par réflexe et me mis à courir en direction de ma voiture. Train de Nuit fit pareil et me dépassa rapidement. Quelque programmateur invisible était à l'œuvre et les arroseurs se mettaient tous en marche derrière moi comme des bouteilles qu'on débouche, en succession parfaite. Je courus, je courus et je courus encore, en parvenant difficilement à garder mon avance sur les geysers d'eau de trois mètres de haut. Épuisé, je m'arrêtai au bord de la chaussée goudronnée en essayant de retrouver mon souffle. Train de Nuit aboya joyeusement, sa poitrine se soulevant en rythme, elle aussi. Mes chaussures, chaussettes et bas de pantalons étaient trempés et sentaient le fumier. Je sortis des vêtements propres de la valise sur le siège arrière et me changeai sur place, à même la route.

Avant que j'aie terminé de m'habiller et que je respire à nouveau normalement, une quiétude étrange s'était emparée de moi. Elle me retint là, sur place, à ne plus pouvoir bouger ou penser. Au bout de quelques instants, je me mis à pleurer. Je pleurai, je pleurai, je pleurai à chaudes larmes, au bord de cette route poussiéreuse, debout, les mains appuyées au capot de ma voiture. Finalement, mes sanglots prirent fin, aussi brutalement que la quiétude avait commencé. Je lâchai le capot de la voiture et me redressai, aussi fragile qu'un bébé qui fait ses premiers pas.

***

Il me fallut quatre bonnes heures, pied au plancher, pour rentrer sur Los Angeles. Après avoir déposé Train de Nuit entre les mains de ma propriétaire désorientée, je roulai jusqu'à l'appartement de Lorna.

J'entendis la radio qui braillait par la fenêtre du salon en me rangeant contre le trottoir. Sa porte d'entrée à ouverture électrique était ouverte et on l'avait coincée avec une pile d'annuaires. Elle avait laissé la lumière allumée dans l'escalier, et je voyais la lueur des bougies qui illuminaient son salon au sommet des escaliers.

Je me raclai la gorge à plusieurs reprises pour la préparer à mon arrivée en montant l'escalier lentement, une marche à la fois. Lorna était allongée sur son canapé à motif fleuri, un bras pendant au-dessus de l'accoudoir, un verre de vin à la main. La lumière des bougies placées à des endroits stratégiques de la pièce, tables basses, étagères et rebords de fenêtres, l'enchâssait de lueurs ambrées.

— Bonjour, Freddy, dit-elle comme j'entrais dans la pièce.

— Bonjour, Lor, dis-je en retour. J'attrapai une méridienne que je tirai près du canapé.

Lorna but une gorgée de vin.

— Que vas-tu faire maintenant ? demanda-t-elle.

— Je ne sais pas. Qui t'a dit ?

— La quatrième édition du *L.A. Examiner*. « Underhill Démissionne à la Suite d'une Plainte pour Arrestation Arbitraire. On parle de Liens avec les Communistes. » Veux-tu que je te lise tout l'article ?

Je tendis la main vers son bras, mais elle le retira.

— Je suis désolé pour hier, Lorna, vraiment désolé.

— Pour ma porte de bureau ?

— Non, pour ce que je t'ai dit.

— C'était la vérité ?

— Oui.

— Alors ne t'en excuse pas.

Le visage de Lorna était un masque d'acier à la lumière des bougies. Son expression était sans expression et je n'arrivais pas à déchiffrer ses sentiments.

— Que vas-tu faire, Freddy ?

— Je ne sais pas. Je vais peut-être repeindre ma voiture en rouge. Peut-être que je vais aussi me teindre les cheveux en rouge. Et peut-être que je vais m'engager dans l'armée nord-coréenne. Je n'ai jamais rien torché à moitié dans ma putain de vie, alors pourquoi torcher le boulot et être coco à moitié ?

Lorna alluma une cigarette. La fumée qu'elle exhala la plongea dans un halo second au cœur de la lumière ambrée. Le masque commençait à tomber. Elle commençait à se mettre en colère, et cela me donna du cœur au ventre. Je lançai ma réplique, assuré qu'elle composerait cette colère :

— Je me suis fait avoir par les merveilles, je crois.

— Non, cracha Lorna ; non, espèce de salopard ; les merveilles ne t'ont pas eu ; tu t'es fait avoir par toi-même. Tu ne le sais pas encore ?

— Si, je le sais. Et tu veux connaître la seule chose pour laquelle j'ai des regrets ?

— Eddie Engels et Margaret Cadwallader ?

— Qu'ils aillent au diable ! Ils sont morts. Je regrette simplement de t'avoir embarquée avec moi.

Lorna se mit à rire.

— Ne regrette rien. Je me suis laissée avoir par des preuves indirectes et par l'homme le plus brillant, le plus présomptueux et le plus beau que j'aie jamais rencontré. Que vas-tu *faire* maintenant, Freddy ?

Je pris la main de Lorna et la tins serrée de sorte qu'elle ne puisse plus l'enlever.

— Je ne sais pas. Que vas-tu faire ?

Lorna arracha sa main de la mienne et commença à se tordre le cou sur le côté en se frappant la tête violemment contre le canapé.

— Je ne sais pas, je ne sais pas, je ne sais pas, pour ce putain d'amour de Dieu, je ne sais pas.

— Resteras-tu au Bureau du Procureur ?

Lorna secoua la tête à nouveau.

— Non, je ne peux pas. Je veux dire par là, je pourrais si je le voulais, mais je ne peux pas. Je ne peux pas continuer avec la justice, avec les flics, avec le code pénal. Quand tu m'as appelée et que tu m'as dit qu'Engels avait avoué, je suis allée tout droit chez le procureur. Peut-être que j'ai fait de longs discours sur toi, je ne sais pas, mais il en savait long sur mon compte et lorsque Canfield a amené Winton pour le rencontrer, et qu'ensuite je lui ai parlé, j'ai su que j'étais finie dans son service. Engels mort, c'est irrévocable. Je ne *veux* même plus rester là. Freddy, est-ce que tu vas essayer de trouver un autre emploi de policier ?

La question dans sa naïveté était un défi. Je secouai la tête.

— Non, à moins que ce soit en Russie. Je pourrais peut-être être commissaire adjoint à Leningrad ou quelque chose comme ça. Rédiger des P.V. pour stationnement interdit aux bobsleighs de Sibérie.

Lorna me caressa les cheveux.

— Qu'est-ce que tu *veux*, Freddy ?

— C'est toi que je veux. C'est tout ce que je sais. Veux-tu m'épouser ?

Lorna sourit dans la lumière des bougies.

— Oui, dit-elle.

***

Nous décidâmes de profiter de notre élan. Lorna se dépêcha de remplir une valise pendant que je remettais la capote à la voiture. Nous partîmes immédiatement pour la frontière en échangeant des plaisanteries et en chantant en accompagnement de la radio tout en jouant à la main baladeuse, pied au plancher, plein sud sur la Route 5.

A l'entrée de San Diego, Lorna se mit à pleurer lorsqu'elle comprit qu'elle venait de perdre la sécurité de son existence passée pour ne gagner que l'incertitude d'une vie nouvelle. Je la serrai contre moi d'un bras et continuai à rouler. Nous franchîmes la frontière pour pénétrer au Mexique à trois heures du matin.

Nous nous trouvâmes une chapelle de mariage ouverte toute la nuit sur Revolucion, l'artère et l'attraction principales de Tijuana. Un prêtre mexicain, souriant et gras, nous maria, encaissa ses honoraires de dix dollars et nous tapa à la machine notre licence de mariage en nous assurant pendant tout ce temps qu'elle nous liait également devant les hommes et devant Dieu.

Nous prîmes les rues pauvres de Tijuana jusqu'à ce que nous repérions un hôtel qui avait l'air suffisamment propre pour y passer notre nuit de noces.

Je réglai trois jours d'avance et transportai nos bagages jusqu'à un ascenseur brinquebalant qui nous emporta au dernier étage. La chambre était simple : plancher propre et ciré ; tapis propres et élimés ; salle de bains propre ; et un grand lit pour deux personnes.

Lorna Underhill se déshabilla, s'étendit sur le lit et s'endormit immédiatement. Je m'installai dans un fauteuil et regardai ma femme dormir, convaincu que la constance de mon amour pour elle masquerait toutes les contingences d'une existence privée de merveilles.

III

Le temps,
hors du temps

15

Les années passèrent. Des années de regret et d'introspection ; des années passées à frapper des centaines de milliers de balles de golf, à lire, à faire de longues promenades sur la plage avec Train de Nuit ; des années à essayer de vivre comme tout le monde. Des années à chercher quelque chose à quoi consacrer mon existence. Des années à apprendre ce qui marche et ce qui ne marche pas. Mais par-dessus tout, des années de Lorna.

Lorna. Lorna Weinberg Underhill. Ma femme, ma maîtresse, ma confidente, mon calmant, mon substitut des merveilles. En vérité, ma définition des merveilles – la synthèse d'une connaissance absolue et d'une surprise perpétuelle. Ma tendre et fragile Lorna à l'humeur changeante. Le prototype même de l'efficacité de l'amour ; si ça ne marche pas, essaie autre chose. Et si ça, ça ne marche pas, essaie encore autre chose. Et si ça, ça échoue, révise ton jugement et cherche tes erreurs. Contente-toi d'aller de l'avant, Freddy ; tôt ou tard, par choix, par hasard ou par habitude, tu trouveras quelque chose qui te donnera autant d'émotion que ton métier de policier de jadis.

Jadis ? De fin 1951 jusqu'à fin 1954, il ne se passa virtuellement pas un instant où je n'aurais préféré remonter Central Avenue, à vitesse de croisière, ou Western, ou Wilshire, ou Pico, ou n'importe quelle rue de L.A. dans ma voiture pie, prêt à tout et plein d'illusions.

***

Au retour de nos trois jours de lune de miel au Mexique, la Corée avait repris sa place à la une des journaux une fois de plus, et Lorna et moi avons emménagé dans une grande maison pleine de recoins dans Laurel

Canyon. Il y avait un jardin pour Train de Nuit, une grande chambre avec balcon et vue sur la campagne, et un salon encaissé avec portes-fenêtres qui aurait fait la fierté d'un château bourguignon.

Nous avons joué au maître et à la maîtresse de maison pendant un mois à lire des poèmes à haute voix, jouer au Scrabble, faire l'amour et danser sur *The Tennessee Waltz*. Mais Lorna s'en fatigua plus vite que moi et prit le premier travail dans le domaine légal qu'elle put trouver : avocat conseil pour les « Productions Weinberg Inc. » Elle ne dura pas longtemps ; elle était constamment à couteaux tirés avec son père sur des points d'argent, de moralité, et sur la manière de rendre la « justice » dans le monde du cinéma.

En mai 1952, elle démissionna et alla travailler à la campagne d'Adlai Stevenson. Elle s'était enflammée pour l'esprit de l'intellectuel, gouverneur de l'Illinois, et parvint même à obtenir, après force discussions, un salaire comme conseillère légale de la campagne. Le travail dura jusqu'à ce qu'on apprenne qu'elle était mariée à un ex-flic « communiste ». Attristée, mais toujours aussi soucieuse de justice, elle fut engagée par un cabinet d'avocats de Beverly Hills qui était spécialisé dans les accidents corporels. Ma Lorna, championne du pauvre gugusse qui s'est fait prendre le pouce dans la presse à perforer !

Ces premiers mois de notre mariage furent très agréables. Le grand Sid accepta son gendre goy avec une magnanimité surprenante. Il fit montre d'un courage moral certain en m'emmenant jouer au golf à Hillcrest à une époque où j'étais encore célèbre. Nous jouions pour de l'argent, et je fis plus que tenir mon quota à partager par moitié les dépenses du nid d'amour de Laurel Canyon.

Lorna et moi ne parlions jamais de l'affaire Eddie Engels. C'était l'événement pivot de nos deux existences, toujours en suspens au-dessus de nos têtes, mais nous n'en discutions jamais.

A notre première nuit dans la nouvelle maison, je soulevai le problème dans l'intention d'éclaircir l'atmosphère.

— Nous avons payé, Lor. Nous avons payé pour ce que nous avons fait.

— Non, dit Lorna. Je n'étais qu'un gratte-papier entiché de quelqu'un. Je m'en suis sortie facilement. Toi, tu as payé et c'est une condamnation à perpétuité. Je ne veux plus jamais parler de ce sujet.

Heureusement pour moi, Canfield et la famille Engels n'avaient jamais attaqué en justice le L.A.P.D. ou moi-même pour arrestation arbitraire ou autre chose. J'avais attendu pendant des mois, m'attendant avec crainte à recevoir une assignation à comparaître qui aurait eu pour résultat d'ouvrir aux regards du public tout le panier de linge sale, mais il ne se produisit rien.

En février 1955, j'en découvris la raison grâce à un Mike Breuning ivre et plein de rancœur. Je tombai sur lui par hasard au bar d'un restaurant d'Hollywood. La promotion de lieutenant venait encore de lui passer sous le nez, et il déployait toute son éloquence à profaner le service et son mentor, Dudley Smith. Il me raconta, en se confondant en excuses, que c'était Dudley qui avait fauché mon journal et mis les Affaires Internes sur la piste de Sarah Kefalvian, le jour où Eddie Engels avait « avoué ». C'était lui aussi qui avait pris l'avion pour Seattle et fouillé les dossiers de la police locale avant de déterrer un exemplaire du casier judiciaire de Lillian Engels où il était fait état d'une douzaine d'arrestations pour ivresse dans des bars de lesbiennes de la région de Seattle. Il se rendit tout droit chez Wilhelm Engels avec ces renseignements et réussit à le contraindre à abandonner les poursuites. Le vieil Engels mourut l'année suivante d'une attaque cardiaque.

De temps en temps, j'avais soudainement conscience que j'étais terrifié, et que j'étais incapable de maîtriser mes terreurs. Des souvenirs aveuglants du visage ensanglanté d'Eddie Engels me submergeaient et refusaient de s'effacer, même lorsque je radotais devant Lorna sur le temps qu'il faisait. Petit à petit, l'image se déplaçait, la figure d'Engels se transformait en mon propre visage, et alors c'était moi que frappaient Dudley Smith et Dick Carlisle, pendant que j'assistais en personne à la scène en sirotant mon café dans la chambre numéro 6 du Motel de la Victoire. Je me refusais à crier, à parler, ou même à bouger ; je me contentais de trembler pendant que Smith et Carlisle me matraquaient. Parfois Lorna me serrait dans ses bras et je me plongeais plus profondément en elle à chaque coup qui se fracassait dans mon cerveau.

***

Ainsi donc, les morts restaient en suspens au-dessus de ma femme et de moi, fortifiant leur présence au fil de notre vie, à Lorna et moi. Pendant des années, nous nous sommes aimés et cela méritait bien le prix en chagrins que mon ambition aveugle avait extorqué à moi-même et à tant d'autres. Pendant longtemps, je ne voulus rien que je ne possédais déjà, et j'étais ému au-delà de toute volonté d'agir par le désir insigne de Lorna de me le donner. Lorsque j'y songeais, y songeais et y songeais encore, en essayant de le mettre en paroles, Lorna lisait dans mes pensées et plaçait alors ses doigts sur mes lèvres en murmurant doucement les paroles que je lui avais dites un jour : « Ne pense pas, chéri, s'il te plaît, n'essaie pas d'abîmer les choses. » Elle *savait* toujours le moment où les merveilles s'insinuaient dans ma conscience, et elle parvenait toujours à les circonvenir de son amour teinté d'un soupçon de crainte.

Cette crainte filait les jours de notre amour, en compagnie ; courant contraire de culpabilité, lieu de passage obligé de tant d'âmes mortes en transit clandestin que le repos avait fuies et qui semblaient donner à nos deux vies une gravité presque spirituelle – comme si notre joie était une communion pour Eddie et Maggie et le vaste territoire des morts. Nous le sentions tous les deux, sans jamais en parler. Nous avions peur l'un comme l'autre que cette joie pour laquelle nous avions lutté si fort n'y prenne fin à jamais.

Longtemps notre destinée *fut* en effet cette joie manifeste – joie dans l'autre, dans le partage de nos solitudes séparées, dans l'esprit même de nos discordes amoureuses, qui mettait un terme à nos disputes et nous retrouvait au lit, riant aux éclats, les mains de Lorna verrouillées sur ma bouche, et Lorna me hurlant d'une voix perçante : « Non, non, raconte-moi plutôt une histoire ! »

Je lui racontais des histoires, elle me racontait des histoires, et petit à petit, les petites différences entre ses histoires et les miennes ont perdu de leur importance pour devenir un vaste champ d'expérience unique qui était plus qu'une petite fantaisie imaginaire.

Car, d'une certaine manière, dans notre fusion, nous nous sommes perdus de vue l'un et l'autre comme les entités séparées que nous étions pourtant et, d'une certaine manière, fait étrange, nous sommes devenus des proies faciles pour les morts longtemps oubliés.

16

Petit à petit, les choses se mirent à aller mal entre Lorna et moi, de sorte qu'il n'y eut plus place pour la recherche des causes, sans personne sur qui rejeter la faute. Ce ne fut rien d'autre qu'une série de ressentiments couvés ; à trop donner et à trop prendre, à trop passer de temps loin l'un de l'autre, à trop investir en qualités imaginaires prêtées à l'autre. Trop d'espoir et trop de fierté avec trop peu de volonté consentie à changer.

Et trop de réflexions de ma part. Au début de 54, je déclarai à Lorna :

— Nos cerveaux sont des malédictions, Lor. Je veux utiliser mes muscles et non mon cerveau.

Lorna leva les yeux de son café matinal et me gratta le bras d'un air distrait :

— Alors, vas-y. Tu me disais toujours « Ne pense pas. » Tu te souviens ?

Le travail du bâtiment et ensuite la maçonnerie furent des tâches vivifiantes où le cerveau n'intervenait pas. Les hommes qui étaient mes compagnons de travail et dont je partageais la bière étaient âpres et pleins de vie. Mais Lorna fut consternée de me voir me tenir à ce genre de travail pendant huit mois, en l'appréciant chaque jour un peu plus. Elle pensait que je gaspillais le cerveau trop actif que j'essayais avec tant de difficulté de calmer. Et son ressentiment grandit. Elle ne pouvait plus supporter l'anomalie d'une avocate arrivée et d'un mari travailleur de force. Un ex-flic accusé d'être communiste, oui ; un forçat du labeur, non. Je remarquai la contradiction d'une championne des « travailleurs » qui dédaignait, dans sa propre maisonnée, l'un d'entre eux.

— Je n'ai pas épousé un pousseur de brouette, dit froidement Lorna.

***

Je commençai à m'interroger sur la personne qu'elle avait effectivement épousée. Je commençai à m'interroger sur la personne que j'avais épousée. Je commençai à ressentir un vide, une dépression cinquante fois pire que la peur, mais je tins bon : je continuai avec rigueur à gagner dans le bâtiment et les parties de golf à la débrouille au moins autant d'argent que ne s'en faisait Lorna comme avocate.

Nous partagions les dépenses de la maison moitié-moitié et chacun de nous versait mensuellement ses appointements à nos comptes-joints, aussi bien compte-courant que compte-épargne. A la fin de chaque mois, lorsque nous faisions nos comptes, Lorna hochait la tête devant la triste équité de la chose. Ces sessions étaient les occasions d'un gag sempiternel. Nous partagions les dépenses moitié-moitié, mais c'était moi qui payais tout ce qui concernait Train de Nuit. Il n'amusait que modérément Lorna qui considérait mon noble lien à La Fêlure et au passé comme un objet obscène. Pour elle, les chiens étaient des animaux de ferme. « Et la bête est ton fardeau », ajoutait-elle pour conclure notre séance de comptes.

Un jour, au début de 55, elle ne lança pas ses plaisanteries habituelles. Elle était éreintée et à cran ce jour-là. Comme j'attendais qu'elle lance sa pique, elle me jeta une liasse de papiers à la figure en hurlant :

— Nom de Dieu, c'est tellement facile pour toi ! Nom de Dieu, mais comment peux-tu vivre avec toi-même ? Est-ce que tu sais combien je travaille dur pour gagner l'argent que je rapporte ? Est-ce que tu le sais, Freddy, nom de Dieu ? Tu ne trouves pas ça triste que je sois allée à la fac pendant huit ans pour devenir juriste et aider les gens, alors que toi tu te contentes de jouer du marteau et de taper dans des balles de golf ? Nom de Dieu, espèce de clodo de la Renaissance !

Pour la première fois, je sentis que mes promesses de mariage commençaient à empiéter sur ma vie. Je commençai à sentir que je ne pourrais jamais être l'homme que Lorna voulait que je sois. Et pour la première fois, ça m'était égal, parce que la Lorna de 55 n'était pas la Lorna que j'avais épousée en 51. Ça commençait à me démanger de tout foutre en l'air, de tout faire voler aux cent mille diables.

Comme mon amour pour Lorna entrait en cette stase furieuse et horrible, je me sentis agité par ce qui pour moi avait nom merveilles. Les merveilles.

Les années avaient passé. Avec la fin de la guerre de Corée, un climat politique légèrement plus sain commençait à se faire jour. Le temps semblait ouvrir de nouvelles plaies dans mon présent en cicatrisant les vieilles blessures du passé. Si Lorna était le substitut des merveilles, le temps était peut-être venu de renverser la situation.

Sachant que je ne pourrais jamais être engagé en tant que policier, je sollicitai une autorisation de licence à l'état de Californie pour devenir enquêteur privé. Elle me fut refusée. Je sollicitai un emploi d'enquêteur d'assurances auprès de plus de trente compagnies. Toutes mes propositions me furent refusées.

Alors je frappai encore des milliers de balles de golf supplémentaires, en me remémorant la trinité de ma jeunesse : police, golf et femmes. Les femmes. Ce simple mot fut comme la morsure d'un carnassier de la jungle, et il m'emplit de culpabilité et d'excitation vénéneuses.

Un soir, j'allai dans un bar d'Ocean Park et levai une femme. Le bon vieux baratin, les gestes étaient toujours là. Je l'emmenai jusqu'à un motel proche de mon ancien appartement de Santa Monica. Accouplement et bavardages. Je lui racontai que mon mariage était à l'eau. Elle compatit ; ça lui était arrivé à elle aussi, et maintenant, elle avait le « champ libre » et en profitait.

Au matin, je la ramenai à l'endroit où elle avait garé sa voiture, avant de rentrer chez moi à Laurel Canyon où je retrouvai ma femme qui ne me demanda pas où j'avais passé la nuit. Ce n'était pas la peine.

Je refis de même, à maintes reprises, en en savourant la mécanique, l'art de frôler la vie solitaire d'un autre être. Lorna le savait, bien sûr, et nous nous installâmes dans une triste guerre d'usure : conversations d'une politesse exagérée, tentatives maladroites à vouloir refaire l'amour et récriminations silencieuses.

Sans que je puisse l'expliquer, ma courre des femmes cessa aussi brutalement qu'elle avait commencé. J'étais assis dans un bar de la Vallée à bichonner ma bière en reluquant la serveuse, lorsque je me sentis pris par une étrange quiétude, identique à celle qui s'était emparée de moi dans le champ d'irrigation le jour où j'avais cessé d'être flic. Je ne m'effondrai pas cette fois, je me sentis simplement envahi par quelque incroyable sensation sans équivalence littérale, de quelque chose que je ne peux évoquer autrement que par le terme d'immensité.

J'essayai de l'expliquer à Lorna :

— Je ne peux pas l'expliquer, Lor. C'est juste une sensation de, eh bien, de mystère, de vérité et d'illusion, de quelque chose de tellement plus grand que nous deux, plus grand que n'importe quoi. La sensation de m'engager à quelque chose de très vague mais de bon et d'honnête. Et ce n'est pas les merveilles.

Lorna rétorqua en grommelant :

— Oh mon Dieu, Freddy. Tu me fais le coup de la religion ?

— Non, ce n'est pas ça. C'est entièrement différent.

Je cherchai mots et gestes, je n'en trouvai aucun. Je regardai Lorna qui haussa les épaules, quelque peu méprisante.

***

La semaine qui suivit, je découvris que Lorna avait un amant. C'était un homme plus âgé, un associé de son cabinet d'avocats. Je les vis qui se tenaient par la main en se faisant les yeux doux dans un restaurant de Beverly Hills. Ma vision latérale commença à s'obscurcir alors que je me dirigeais vers leur banquette. Pour irraisonnable que fût mon geste, je tirai l'homme par sa cravate jusqu'au sol, lui déversai une carafe d'eau sur la figure, que je fis suivre d'une assiette de homard Thermidor.

— Poursuivez-moi en justice, dis-je à Lorna en état de choc.

Je déménageai chien, cannes de golf et quelques affaires personnelles jusqu'à un appartement de L.A. Ouest. Je payai trois mois de loyer d'avance en me demandant ce que diable j'allais pouvoir faire.

Lorna dénicha mon adresse et m'envoya une demande

de divorce. Je la déchirai en présence de l'huissier qui me l'avait délivrée.

— Dites à Mme Underhill, jamais ! lui dis-je.

Lorna découvrit mon numéro de téléphone et m'appela, me menaça, me supplia de la libérer de notre mariage.

— Jamais, lui dis-je. Les mariages de Tijuana sont des contrats à perpétuité.

— Nom de Dieu, Freddy, c'est fini. Tu ne le vois donc pas ?

— Rien n'est jamais fini, hurlai-je en retour avant de balancer le téléphone par la fenêtre du salon.

***

Je n'étais pas totalement maître de moi, mais j'avais raison. C'était une remarque prophétique. Trois jours plus tard nous étions le 23 juin 1955. Ce fut le jour où j'entendis parler de l'infirmière morte.

IV

Le crime contre Marcella

17

Les premiers articles, dans les journaux, furent sinistres et indifférents. Un autre meurtre de plus, semblaient dire les comptes rendus.

Du *Los Angeles Herald Express*, 23 juin 1955 :

> « UNE INFIRMIERE DÉCOUVERTE
> ASSASSINÉE À EL MONTE
>
> « *Mort par strangulation pour la
> séduisante divorcée
> mère d'un enfant.*
> « *Une troupe de scouts fait
> la macabre découverte.*
>
> « El Monte – 22 juin : Un groupe de scouts et leur chef ont fait une macabre découverte tôt dimanche matin au retour d'une sortie en camping dans les montagnes de San Gabriel. En longeant le lycée d'Arroyo sur South Peck Road, l'un des scouts, Danny Johnson, âgé de 12 ans, a cru voir un bras dépasser d'une rangée de buissons le long de la clôture de l'école, côté sud. Il en a fait part au chef de la troupe, James Pleshette, 28 ans, de Sierra Madre. Pleshette alla vérifier et découvrit le corps nu d'une femme. Il a immédiatement appelé la police d'El Monte.
>
> « *Diffusion du signalement :*
>
> « La police s'est immédiatement rendue sur les lieux avant d'adresser le signalement de la femme à toutes les stations télé et radio de Los Angeles. Les réactions à cette diffusion furent rapides et fructueuses. Mme Gaylord Wilder, résidant à El Monte, a cru reconnaître sa locataire, Mme Marcella Harris, qui était absente depuis vendredi soir. Mme Wilder a été conduite à la morgue où elle a identifié sans doute possible la morte comme étant Mme Harris.

« *Une bonne mère*

« Mme Wilder s'est mise à sangloter en voyant le corps : « Oh mon Dieu, quelle tragédie ! » dit-elle. « Marcella était tellement bonne. Une bonne mère se consacrant tout entière à son fils. » Mme Harris, 43 ans, a divorcé de son mari, William « Doc » Harris, il y a plusieurs années. Ils ont un fils de neuf ans qui passait le week-end avec son père. Lorsqu'il a appris la mort de sa femme, Harris (qui a été éliminé comme suspect) a déclaré : « J'espère que la police retrouvera rapidement l'assassin de ma femme. » Michael, neuf ans, fou de chagrin, habite maintenant avec son père à Los Angeles. Mme Harris travaillait comme infirmière en chef à l'usine « Packard-Bell Electronics » à Santa Monica. Les Forces de Police d'El Monte conjointement avec les Forces du Shérif du Comté de Los Angeles ont lancé une enquête de grande envergure. »

Je m'assis et songeai, étrangement calme, et pourtant baigné d'une sensation de picotements lorsque je reposai le journal. Il s'était écoulé trop longtemps, me dis-je, c'était trop loin, c'était un meurtre trop banal. Strictement hors de propos. Je ne voulais pas me retrouver pris dans un autre sophisme logique.

J'avais besoin de statistiques et la seule personne que je connaissais à pouvoir me les fournir était un employé de la firme de Lorna, passionné de crimes. J'appelai le bureau et l'eus au bout du fil. L'employé de la réception reconnut ma voix et me battit froid en acceptant néanmoins de me le passer. Après quelques minutes de politesses, je lançai ma question :

— Bob, quelles sont les statistiques sur les meurtres de femmes par étranglement, lorsque le meurtrier n'est pas un intime de la victime ?

Bob ne prit pas le temps de réfléchir.

— Banales, mais en général, le meurtrier est vite retrouvé. Des histoires de bar, de poivrots qui étranglent des prostituées, ce genre de truc. Très souvent le meurtrier est pris de remords, confesse et plaide coupable. Est-ce que c'est une question théorique, Fred ?

— Oui, tout à fait. Et qu'en est-il des meurtres de femmes par strangulation avec préméditation ?

— Y compris des psychopathes ?

— Non, en présupposant de la part du tueur qu'il soit relativement sain d'esprit.

— Relativement sain d'esprit, c'est la meilleure. Très rare, fiston, vraiment très rare. C'est à propos de quoi, tout ça ?

— Ça concerne un ex-flic qui a du temps libre devant lui. Merci beaucoup, Bob. Au revoir.

Je regardai la télé ce soir-là, mais le reportage télévisé sur le meurtre était bien mince. Le visage de la morte apparut brièvement sur l'écran, une photographie prise quelque vingt ans auparavant à la remise du diplôme de l'école d'infirmières. Marcella Harris avait été très belle : pommettes hautes et saillantes, grands yeux écartés et bouche résolue.

Le présentateur appela d'une voix sombre tous les citoyens concernés « susceptibles d'aider la police » à contacter le Bureau des Inspecteurs – service du shérif – comté de Los Angeles. Un numéro de téléphone apparut au bas de l'écran pendant quelques brèves secondes avant que le présentateur n'entame une publicité pour les voitures d'occasion. J'éteignis la télé.

Je commençai à rassembler tous les articles de journaux que je pus trouver sur le meurtre. Le mardi, le meurtre Harris avait déjà été relégué en troisième page.

Du *Los Angeles Times*, 24 juin 1955 :

> « LES DERNIERES HEURES
> DE L'INFIRMIERE ÉTRANGLÉE
>
> « LOS ANGELES, 24 juin : Marcella Harris, que l'on a retrouvée étranglée à El Monte dimanche matin, a été vue pour la dernière fois dans un bar à cocktails non

loin de Valley Boulevard. La police a révélé aujourd'hui que des témoins oculaires avaient aperçu la séduisante infirmière rousse au Cabaret de Hank, un bar au 18391 Valley Boulevard à El Monte Sud, entre 8 heures et 11 h 30 samedi soir. Elle est partie seule mais on l'a vue plongée dans une conversation avec un homme aux cheveux sombres d'une quarantaine d'années et une femme blonde proche de la trentaine. Les artistes de la police travaillent actuellement à élaborer des portraits-robots de ces deux personnes qui sont pour l'instant les seuls suspects dans ce sinistre meurtre par étranglement.

« LE PÈRE ET LE FILS ENSEMBLE

« Michael en portera toujours les cicatrices, j'en suis sûr » a déclaré hier William « Doc » Harris, un bel homme proche de la soixantaine. « Mais je sais que je saurai remplacer l'amour qu'il a perdu en perdant sa mère. » Harris ébouriffa avec tendresse la tignasse de son fils de neuf ans. Michael, un grand garçonnet à lunettes, a dit : « J'espère simplement que la police retrouvera celui qui a tué maman. »
« La scène se déroulait, paisible et triste, dans l'appartement d'Harris sur Beverly Boulevard. Triste parce que la police est impuissante à apaiser le chagrin d'un garçon de neuf ans orphelin de mère. Le porte-parole de la Police d'El Monte, le sergent A. D. Wisenhunt, a déclaré : « Nous faisons tout ce qui est en notre pouvoir pour retrouver l'assassin. Nous n'avons aucune idée de l'endroit où Mme Harris a été tuée, mais nous pensons qu'il doit se trouver dans la région d'El Monte. Le coroner situe l'heure de la mort entre 2 h et 5 h du matin, et les scouts l'ont découverte à 7 h 30. Nos inspecteurs et agents en uniforme diffusent les portraits-robots des deux personnes avec lesquelles Mme Harris a été vue en train de parler pour la dernière fois. Il nous faut être patients : seul un travail de police assidu permettra de résoudre cette affaire. »

Une moitié de moi-même se sentit complètement cinglée pour oser suivre dans les journaux les comptes rendus de « l'affaire », mais l'autre moitié hurla à l'intérieur de moi lorsque les mots « bar à cocktails » me sautèrent à la figure, de la page imprimée. Je tergiversai, j'hésitai, je me meurtris à grands coups de l'intérieur jusqu'à ce que je prenne conscience que je n'aurais plus un seul instant de répit si je ne tentais pas le coup. Je décrochai alors le téléphone et appelai le sergent Reuben Ramos à la Division Rampart.

— Reuben, c'est Fred Underhill.

— Putain de Christ en béquilles, mais où t'étais passé, nom d'un chien ?

— J'étais absent.

— Ça c'est sûr, mec. Par le Christ, qu'est-ce que t'as pris dans la gueule ! Qu'est-ce qui s'est passé ? J'ai entendu des bruits à la tonne, mais c'était que des trucs bidons.

Je soupirai. Je n'avais pas envisagé de revenir dans le passé pour un ancien collègue.

— Je me suis trompé de bonhomme, Rube, et le service a été obligé de me noircir pour dégager sa responsabilité. C'est tout.

Reuben n'avala pas le morceau.

— Je me contenterai de ça, mec, dit-il sceptique. Quoi de neuf ? T'as besoin d'un service, exact ?

— Exact. J'ai besoin que tu me fasses des recherches aux sommiers sur quelqu'un.

Reuben soupira.

— T'as un numéro d'amateur qui tourne ?

— En quelque sorte. Tu es prêt ?

— Vas-y, envoie.

— Marcella Harris, blanche, sexe féminin, quarante-trois ans.

— C'est pas la nana morte qui...

— Si, dis-je en le coupant. Est-ce que tu peux rechercher ça et me contacter aussitôt que possible ?

— Espèce de connard, t'es cinglé ! dit Reuben en raccrochant.

Le téléphone sonna quarante-cinq minutes plus tard et je bondis dessus en décrochant à la première sonnerie.

— Fred ? Reuben. Attrape un crayon.

J'en avais un tout prêt.

— Vas-y, envoie, Rube.

— Okay. Marcella Harris. Nom de jeune fille De Vries. Née à Tunnel City, Wisconsin, 15 avril 1912. Verts et roux, un mètre soixante-cinq, soixante-trois kilos. Infirmière, U.S. Navy 1941-1946, libérée comme lieutenant commandant des W.A.V.E.S.[1] Impressionnant, non ? Alors avale la suite : arrêtée en 48, possession de marijuana. Sans suite. Arrêtée en 50, suspecte de receler des marchandises volées. Sans suite. Arrêtée pour ivresse deux fois en 46, une fois en 47, trois fois en 48, une fois en 49 et 50. Joli, non ?

Je poussai un sifflement.

— Ouais. Intéressant.

— Qu'est-ce que tu as l'intention de faire avec ces renseignements, mec ?

— Je ne sais pas, Rube.

— Alors, sois prudent, Freddy. C'est tout ce que j'ai à te dire. Y'a une gonzesse qui se fait serrer le kiki à El Monte et... Freddy, ça n'a rien à voir avec l'autre. C'est mort et enterré, mec.

— Probablement.

— Fais gaffe. T'es plus flic.

— Merci, Rube, dis-je en raccrochant.

Le lendemain matin, je me levai tôt, m'habillai d'un costume d'été et pris la route d'El Monte, par la voie express de Santa Monica jusqu'à celle de Pomona, direction est.

Je quittai L.A. dans son linceul de smog, longeai Boyle Heights, minable et pittoresque, puis une succession de banlieues sinistres et presque misérables, à chaque fois un peu plus dans l'expectative au fur et à mesure que je laissais derrière moi une communauté née du boom d'après-guerre. C'était pour moi un territoire

---

[1]. Corps des volontaires féminines de la Marine.

nouveau, bien que dans les limites du comté de L.A., et pourtant il me semblait appartenir à un autre monde. Les rues résidentielles que j'apercevais de mon point de vue avantageux étaient toutes identiques et offraient un spectacle morose, le grand boom de la déception et du malaise d'après-guerre.

El Monte se trouvait au beau milieu de la Vallée de San Gabriel, entourée d'autoroutes qui partaient dans toutes les directions. Les montagnes de San Gabriel, noyées de smog, en bordaient le périmètre nord.

Je pris la sortie Valley Boulevard et roulai tranquille vers l'ouest, jusqu'à ce que je trouve le Cabaret de Hank que les journaux avaient décrit comme un « troquet sympathique ». Ça n'y ressemblait guère ; ça ressemblait à ce que c'était probablement en réalité : un lieu où se réunissaient les poivrots solitaires.

Je me rangeai contre le trottoir. L'endroit était déjà ouvert à huit heures et demie du matin. Encourageant. Ça cadrait avec le scénario que je me composais dans ma tête : Maggie Cadwallader et Marcella Harris, poivrotes solitaires. Je mis fin à mes rêveries : ne pense pas, Underhill, me dis-je à moi-même en verrouillant la voiture, ou ce truc – qui n'est probablement qu'une coïncidence – va te bouffer.

Je me dépêchai de préparer un petit baratin de couverture en m'installant devant le bar étroit, imitation bois. L'endroit était désert, et un barman solitaire qui essuyait des verres à mon entrée s'approcha de moi avec prudence. Il me fit un signe de tête en déposant un rond à cocktail devant moi sur le bar.

— Bière pression, dis-je.

Il hocha de nouveau la tête et me l'apporta. Je la goûtai. Elle était amère, je n'étais pas fait pour boire le matin.

Je décidai de ne pas perdre de temps en bavardages.

— Je suis reporter, dis-je. Je rédige des histoires de crime mais je m'intéresse au côté humain. Il y a vingt sacs à gagner pour celui qui pourra me faire un topo intéressant sur cette Marcella Harris qui s'est fait dessouder le week-end dernier.

Je sortis mon portefeuille bourré de billets de vingt et déployai la liasse en éventail à la figure du barman. Ça eut l'air de l'impressionner.

— Tout le topo, ajoutai-je en jouant des sourcils à son intention. Toutes les petites broutilles des piliers de bar qui font de barman une profession aussi intéressante.

Le barman déglutit et sa pomme d'Adam se mit à tourner nerveusement dans son cou sec.

— J'ai déjà dit aux flics tout ce que je savais sur la soirée en question, dit-il.

— Dites-le à *moi,* dis-je, en sortant un billet de vingt de mon portefeuille pour le placer sous mon rond à cocktail.

— Et bien, dit le barman, la nana Harris est arrivée aux environs de sept heures et demie ce soir-là. Elle a commandé un double Early Times [1] façon comme dans le temps. Elle l'a pratiquement descendu tout de suite. Elle en a commandé un autre. Elle s'est installée au bar, ici ; toute seule. Elle s'est passé des airs de musique de spectacle sur le juke-box. Aux environs de huit heures trente, y'a un mec genre métèque et une nana blonde en queue de cheval qui sont entrés. Ils se sont mis à bavarder avec la nana Harris et ils sont tous allés s'installer sur une banquette. Le mec, y boit du vin rouge et la queue de cheval du Seven Up. La môme Harris est partie avant eux, aux environs de onze heures. Le métèque et la queue de cheval sont partis ensemble vers minuit. C'est tout.

Du doigt, je fis sortir le billet de vingt de quelques centimètres de dessous sa cachette.

— Croyez-vous que Marcella Harris connaissait ces personnes auparavant, ou pensez-vous qu'ils venaient de se rencontrer ?

Le barman secoua la tête.

---

[1]. Early Times : cocktail à base de bourbon sucré servi avec orange et cerise au marasquin.

— Les flics m'ont posé la même question, mon pote, et ça me dépasse !

J'essayai une autre tactique.

— Est-ce que Marcella Harris était une habituée ?

— Pas vraiment. Elle venait de temps en temps.

— Est-ce qu'elle se laissait draguer ? Est-ce qu'elle partait souvent avec des hommes différents ?

— Non, j'ai jamais remarqué.

— Okay. Est-ce qu'elle était du genre bavard ?

— Pas vraiment.

— Lui avez-vous déjà longuement parlé ?

— De tout et de rien. Vous voyez...

— Et à part ça...

— Eh bien... un jour, elle me demande si j'ai des mômes. Je dis oui. Elle me demande si j'ai des problèmes avec eux et je réponds ouais, les trucs habituels. Alors, elle commence à m'parler de son fils, un vrai sauvage, elle sait plus comment faire, elle me dit qu'elle a lu plein de livres et elle sait toujours pas quoi faire.

— C'était quoi, son problème avec le gamin ? demandai-je.

Le barman déglutit et traîna des pieds en une petite danse embarrassée.

— Aw, allez, m'sieur, dit-il.

— Non, c'est à vous d'y aller. Je fourrai le billet de vingt dans la pochette de sa chemise.

— Ben, elle a dit qu'le môme, y se fourrait toujours dans des bagarres et y disait des gros mots... et y s'exhibait devant tous les aut'mômes.

— C'est tout ?

— Ouais.

— Vous en avez parlé à la police ?

— Non.

— Pourquoi ?

— Parce qu'y ne m'ont jamais rien demandé.

— Bonne raison, dis-je. Je remerciai l'homme avant de retourner à ma voiture.

Je feuilletai les journaux de L.A. que j'avais amassés

et trouvai l'adresse du domicile de Marcella Harris dans le *Mirror* de lundi : 467 Maple Avenue, El Monte. Il ne me fallut que cinq minutes pour m'y rendre.

Tout en roulant, je promenai mes regards sur El Monte. Le long des rues résidentielles qui n'étaient pas pavées, s'alignaient des immeubles cubiques et laids auxquels se mélangeaient d'anciennes fermes subdivisées et des motels subsistant de l'époque encore récente où ceci n'était que la campagne.

Je me garai sur le bas côté de terre au coin de Claymore et Maple. Le numéro 467 se trouvait juste sur le coin, en face de l'endroit où j'avais garé ma voiture, deux petites maisonnettes en bois au milieu d'une vaste cour entourée d'un mur de pierres qui m'arrivait à l'épaule. Les deux maisons avaient l'air bien entretenu, et un bébé beagle folâtrait dans le jardin.

Je ne voulus pas tenter ma chance avec la propriétaire – elle avait probablement dû répondre aux questions de la police à maintes reprises au sujet de son ancienne locataire – je me contentai de rester dans ma voiture et de réfléchir. Finalement, l'idée jaillit et je sortis une valise du coffre et me mis à marcher. L'école venait juste de fermer pour l'été et les gamins qui jouaient dans leurs jardins de terre avaient l'air heureux d'être libres. Je leur fis signe de la main en descendant Maple et reçus en retour des regards légèrement soupçonneux. Mon petit costard d'été bien net n'était pas, de toute évidence, la tenue habituelle des gens d'El Monte.

Maple Avenue se terminait à quelque cent mètres devant, là où se déroulait une partie de balle molle entre gamins. Les gamins devaient probablement connaître le fils Harris, aussi décidai-je de m'attaquer à eux.

— Salut, les gars, dis-je.

La partie s'arrêta brutalement lorsque je franchis leur terrain de fortune. Je reçus des regards soupçonneux, des regards hostiles et des regards curieux. Ils étaient six garçons, tous vêtus de T-shirts blancs et de blue-jeans. L'un des garçons, debout près du but, lança la balle à la base un. Je laissai tomber ma valise, courus et attrapai la balle d'un bond risqué. Je fis semblant de mal recevoir la balle et m'écrasai sur la chaussée. Je me remis debout avec force simagrées. Les gamins m'entourèrent pendant que j'essuyais mes pantalons.

— Je crois que je ne m'appellerai jamais Ted Williams [1], les gars, dis-je. Je dois commencer à me faire vieux. J'étais pourtant un joueur de champ de première.

L'un des gamins me sourit de toutes ses dents :

— C'était pourtant un sacré coup, m'sieur, dit-il.

— Merci, lui répondis-je. Bon sang, qu'est-ce qu'y fait chaud ici ! Et y'a plein de poussière. Vous n'allez donc jamais sur la plage, les gars ?

Les gamins se mirent à jacasser tous en même temps :

— Non, mais on a la piscine municipale. La plage, c'est trop loin et c'est plein de boîtes de bière. Papa, y m'y a emmené une fois. On joue au base-ball. Je vais lancer aussi bien que Bob Lemon [1]. Voulez-vous ma balle rapide ?

— Whoa, whoa ! Du calme là-dedans, dis-je. Et les scouts ? Y'a personne parmi vous qui fait des sorties avec eux ?

Ma question ne reçut que le silence. Les visages se mirent à contempler le sol. J'avais touché un point à vif.

— Qu'est-ce qui se passe, les gars ?

— Aw, y'a rien en fait, dit le grand qui tenait la première base, mais ma maman elle fait la tête pour notre troupe et pour quequ'chose qui est même pas d'not' faut'.

— Ouais – ouais – c'est moche, reprirent en chœur les autres.

— Qu'est-ce qui s'est passé ? demandai-je innocemment.

— Ben, dit un grand, c'est notre troupe qui a découvert la dame morte.

---

1. Joueur de base-ball célèbre.

Je lançai la balle molle en l'air et la rattrapai.

— Ça, c'est dommage. Vous voulez dire Mme Harris ?

— Ouais, répondirent-ils tous presque immédiatement.

J'avançai mes pions avec précaution, bien qu'il fût visible que les gamins ne demandaient qu'à parler.

— Elle habitait bien dans cette rue, non ?

Ce qui amena une réaction énorme.

— Ooh ! Ouais, z'auriez dû la voir, m'sieur ! Toute nue ! Ooh ! Yeacchh, à vous rendre malade ! Ouais, ugh.

Je lançai la balle au plus paisible du groupe.

— Y'en a un parmi vous qui connaissait Mme Harris ?

Il y eut un silence embarrassé.

— Ma maman, elle a dit qu'y fallait pas parler aux inconnus ! répondit le garçon tranquille.

— Mon papa, il m'a dit de ne pas dire de mauvaises choses sur les gens, dit le garçon de la première base.

Je bâillai et feignis l'agacement.

— Moi, ce que j'en disais, j'étais simplement curieux. Peut-être que je retrouverai une autre occasion de vous parler, les gars. C'est moi le nouvel entraîneur de base-ball au lycée d'Arroyo. Vous m'avez l'air plutôt bons, vous savez. Dans quelques années, vous ferez probablement partie de ma première équipe.

Je fis semblant de partir.

C'était la chose à dire, il n'y avait pas mieux, et elle fut suivie d'une salve de « ooh » et « aah ».

— Qu'est-ce qu'il y a de si méchant à propos de Mme Harris ? demandai-je au joueur de première base.

Il regarda ses pieds fixement avant de lever sur moi des yeux bleus troublés :

— Mon papa, y dit qu'il l'a vue des tas de fois à Medina Court. Il dit qu'une femme honnête a rien à faire dans un endroit comme ça. Il a dit que c'était une mère indigne et c'est pour ça que Michael y se comporte de façon aussi bizarre. Le garçon battit en retraite devant moi, comme si le spectre de son père se trouvait là entre nous deux.

— Un instant, collègue, dis-je. Je suis nouveau ici. Qu'est-ce qu'il y a de si mauvais que ça à Medina Court ? Et qu'est-ce qui ne va pas avec Michael ? De ce que j'ai lu dans les journaux, il avait l'air d'être un gamin plutôt bien.

Un rouquin qui serrait un gant de base-ball me répondit franchement :

— Medina Court, c'est le quartier mex. Des dos mouillés – et vachards. Mon papa dit de jamais, jamais, jamais aller là, et qu'ils haïssent les Blancs. C'est dangereux par là.

— Mon papa, il distribue le courrier sur Medina, dit le joueur de première base. Il dit qu'il a vu Mme Harris faire des choses dégoûtantes.

Je me sentis devenir glacé.

— Et Michael ? demandai-je.

Personne ne répondit. Mon expression et mon attitude avaient dû changer d'une manière ou d'une autre, alertant ainsi quelque sixième sens chez les jeunes joueurs de balle.

— Faut que j'y aille, dit le garçon tranquille.

— Moi aussi, ajouta un autre.

Avant que je comprenne, ils cavalaient tous sur Maple Avenue en me lançant des regards furtifs par dessus l'épaule. A peine quelques instants plus tard, on aurait dit qu'ils avaient tous disparu dans les jardins de poussière en me laissant debout au milieu de la rue à me demander ce qui avait bien pu se passer, nom d'un chien.

***

Medina Court ne s'étendait que sur un bloc.

Une plaque de bronze ternie incrustée dans le trottoir fissuré, à son entrée, disait pourquoi : la rue et les immeubles de quatre étages qui la dominaient avaient été construits pour servir de logements aux Chinois qui travaillaient au chemin de fer en 1885.

Je garai ma voiture sur le bas-côté en terre de Peck Road – seul chemin d'accès à Medina Court – et regardai autour de moi. Les bâtiments qui avaient de toute évidence été jadis peints en blanc se trouvaient maintenant brun grisâtre, tout autant que cette peste de smog qui étouffait l'air estival. Une demi-douzaine d'entre eux avaient brûlé et les restes calcinés des incendies n'avaient jamais été débarrassés. Femmes et enfants mexicains étaient assis sur le perron de leurs demeures qui cuisaient et pelaient au soleil, cherchant quelque répit aux fournaises que devaient être les appartements.

Des détritus jonchaient la rue poussiéreuse qui traversait Medina Court et de vieilles guimbardes d'avant-guerre gisaient comme autant de cadavres sur ses deux côtés. De la musique mariachi s'échappait de certains des logements, à la lutte avec des voix espagnoles haut perchées. Un chien décharné passa près de moi en clopinant, en me lançant un grognement hâtif et un regard affamé. La pauvreté misérable de Medina Court était accablante.

J'avais besoin de retrouver le père facteur de mon joueur de première base, aussi commençai-je par vérifier les entrées des immeubles pour voir si le courrier avait été distribué. La disposition des boîtes aux lettres était identique dans tous les bâtiments – des rangées de boîtes métalliques à fente, en nombre incroyable, portant noms espagnols et numéros d'appartements rédigés maladroitement. J'inspectai trois bâtiments de chaque côté de la rue en me ramassant des sales coups d'œil pendant le temps que j'y passai. Les boîtes étaient vides. J'étais en veine.

Medina Court se terminait en cul de sac par un mélange de cimetière à voitures et de terrain vague envahi de mauvaises herbes où une flopée de gamins mexicains, l'air heureux dans leurs guenilles, jouaient à chat. Je retournai vers Peck Road, reconnaissant de ne pas vivre là.

J'attendis trois heures durant, à regarder le spectacle : les vieux poivrots, qui farfouillaient dans les décombres des bâtiments calcinés, à la recherche d'un peu d'ombre pour y siffler leurs carafons ; les grosses Mexicaines qui poursuivaient dans la rue leurs enfants hurlants ; une profusion de querelles entre hommes en T-shirts qui se chamaillaient, pleines d'obscénités en anglais et en espagnol ; deux bagarres à coups de poings ; et un défilé permanent de pachucos qui paradaient dans la rue au volant de leurs bolides.

A une heure, comme le soleil arrivait à son zénith de fournaise et la température commençait à atteindre ses quarante degrés, un facteur fatigué, l'air abattu, fit son entrée dans Medina Court. Mon cœur eut un petit soubresaut de joie : c'était le portrait vivant du blondinet de la première base. Il pénétra dans le « hall » du premier bâtiment sur le côté sud de la rue et je l'attendais sur le trottoir lorsqu'il en sortit.

Son allure fatiguée se requinqua lorsqu'il me vit là, debout, blanc, l'air sérieux dans mon costume-cravate. Il sourit ; du sourire nerveux et agité de quelqu'un qui a soif de compagnie. Il prit ma mesure du regard.

— Flic ? dit-il.

J'essayai de prendre l'air surpris.

— Non, pourquoi vous me demandez ça ?

Le facteur se mit à rire et fit passer sa sacoche de cuir d'une épaule sur l'autre.

— Parce qu'un blanc de plus d'un mètre quatre-vingt en costume, une journée comme aujourd'hui à Medina Court, ça peut être qu'un flic.

Je me mis à rire.

— Faux, mais vous n'êtes pas loin. Je suis enquêteur privé.

Je ne lui en offris aucune preuve parce que, bien sûr, je n'en avais pas. Le facteur poussa un sifflement ; je sentis une bouffée de gnôle dans son haleine. Je tendis la main.

— Herb Walker, dis-je.

— Randy Rice, dit le facteur en la serrant.

— J'ai besoin de quelques renseignements, Randy. On peut parler ? Puis-je vous offrir une bière ? Ou peut-être n'avez-vous pas le droit de boire en service ?

— Les règles sont faites pour ne pas être respectées, dit Randy Rice. Vous attendez ici, je distribue le courrier et je vous retrouve dans vingt minutes.

Il fut fidèle à sa parole, et une demi-heure plus tard, j'étais dans un bar minable près de l'autoroute, à écouter poliment Randy Rice m'exposer sa théorie sur les « dos mouillés, plaie de l'Amérique ».

— Oui, dis-je finalement en en plaçant une, et la vie est dure pour un Blanc travailleur. Croyez-moi, je sais. Je suis en ce moment sur une affaire difficile et pas un des Mexicains auxquels je m'adresse ne veut me répondre franchement.

Randy Rice ouvrit des yeux comme des portes cochères, impressionné. Je poursuivis.

— C'est la raison pour laquelle j'ai voulu vous parler. Je me suis dit qu'un Blanc qui en a dans la tête et qui est familier de Medina Court devrait pouvoir me mettre sur quelques pistes.

Je commandai une autre bière pour Rice. Il l'engloutit d'un trait et son visage se crispa, parodie grossière d'un air qui se voulait circonspect.

— Qu'est-ce que vous voulez savoir ? demanda-t-il.

— J'ai entendu dire que Marcella Harris traînait dans Medina Court. Je pense que c'est un sacré endroit pour qu'une Blanche mère de famille vienne y traîner ses guêtres.

— J'ai vu la nana Harris dans le coin, des tas de fois.

— Comment saviez-vous que c'était elle ? L'avez-vous reconnue à partir de sa photo dans les journaux quand elle s'est fait descendre ?

— Non, elle vivait dans le même bloc que moi. J'l'ai vue partir au boulot le matin, et j'l'ai vue au magasin, et j'la voyais promener son chien. J'la voyais aussi jouer à balle-attrape avec son cinglé de gamin dans la cour de devant.

Rice déglutit.

— Qui c'est qui vous a engagé ? lâcha-t-il.

— Son ex-mari. Il veut du sang. Il pense qu'un de ses petits amis lui a serré le kiki. Pourquoi dites-vous que son gamin est cinglé ?

— Parce qu'il l'est. Ce môme, c'est du poison, m'sieur. D'abord, il a que neuf ans et il fait au moins un mètre quatre-vingts. Et aussi, il déteste les autres mômes. Mon gamin m'a dit que Michael leur bousillait toujours leurs parties de balle molle à l'école, toujours à défier quelqu'un de se battre avec lui. Il se fait toujours tabasser – je veux dire, c'est un môme de taille gigantesque mais y sait pas comment se battre et y se fait tabasser, alors y se met à rire comme un fou et...

— Et il s'exhibe ?

— ... Ouais.

— Vous n'avez pas eu l'air surpris lorsque j'ai parlé des petits amis de Marcella Harris.

Je commandai d'un grand geste une nouvelle bière pour Rice dont le visage était maintenant tout rouge.

— Parlez-moi de ça, dis-je.

Une lueur égrillarde dans le regard, il dit :

— J'l'ai vue dans le coin de Medina Court des mois durant, au volant de sa Studebaker, qui traînait dans le Parc du Mort...

— Le Parc du Mort ?

— Ouais, c'est le cul de sac au bout de Medina. Des chiens morts, des poivrots morts, des bagnoles mortes. J'l'ai vue une paire de fois qui traînait avec Joe Sanchez sur son perron, et elle avait l'air bien à l'aise avec lui. Lui dans son costard de zazou, et elle dans son uniforme d'infirmière. Une fois, elle est sortie de l'appart de Sanchez les yeux dans les vaps, on aurait dit qu'elle marchait sur de la purée, et elle a failli me renverser. Seigneur, je m'suis dit, cette nana elle est défoncée. Elle...

J'arrêtai Rice.

— Est-ce que Sanchez vend de la drogue ?

— Sûr qu'il en vend ! C'est le revendeur numéro un de toute la vallée de San Gabriel. J'ai vu des tas de défoncés qui quittaient son trou comme s'ils planaient au septième ciel. Les flics l'arrêtent tout le temps, mais il a toujours le nez propre. Lui, y consomme pas et il cache pas la drogue à Medina. J'ai entendu des tas de jeunes voyous qui disaient que c'était un mec vachement futé. Si vous voulez le savoir, une raclure comme Sanchez, y faudrait l'envoyer tout droit à la chaise électrique.

Je réfléchis à cette dernière information.

— Avez-vous parlé de ça aux flics, Randy ? dis-je.
— Bon Dieu, non, c'est pas mes oignons. Y faut que je pense à mon boulot. Y faut que j'distribue le courrier dans Medina. J'm'en bats le cul de ce que fait Sanchez.
— Est-ce que Sanchez est un dur, Randy ?
— Il a pas l'air d'un dur, il a juste l'air mielleux. Un fortiche à la mexicaine, quoi.
— Quelle est son adresse ?
— Trois-un-un Medina, numéro soixante et un.
— Est-ce qu'il vit seul ?
— Je crois.
— Vous voulez me le décrire ?
— Eh bien, un mètre soixante-dix, soixante kilos, maigre, coiffé en cul de canard. Il porte tout le temps des treillis kaki et une veste de soie violette avec une tête de loup dans le dos, même en été. Y doit avoir la trentaine.

Je me levai et serrai la main de Randy Rice. Il me fit un clin d'œil et repartit dans un autre monologue creux sur le problème des dos mouillés. Je lui coupai le sifflet d'un clin d'œil à moi et d'une tape sur l'épaule. En sortant du bar, je l'entendis qui délivrait son baratin aux autres picoleurs solitaires.

***

Vingt minutes plus tard, j'étais de retour à Medina Court et je cuisais littéralement dans l'entrée du numéro 311. Je balayai du regard la rangée de boîtes aux lettres à la recherche de l'appartement 61, le trouvai et arrachai le loquet métallique pour découvrir la boîte bourrée de lettres portant les cachets de la poste mexicaine.

Je risquai le coup avec mon espagnol rudimentaire et ouvris trois des enveloppes au hasard avant de les lire. Les lettres étaient gribouillées et illisibles, mais je réussis à discerner un thème majeur commun aux trois. Cousin Joe Sanchez faisait monter la branche mexicaine de la famille en Amérique, avec prudence, un à la fois, contre une somme symbolique. Les lettres débordaient de gratitude et de l'espoir d'une belle vie dans le Nouveau Monde. On louait Cousin Joe avec effusion et on s'engageait, financièrement parlant, à payer cousin Joe une fois que les Nouveaux Américains auraient trouvé du travail. Je commençais à détester Cousin Joe.

***

Il fit son apparition à six heures et demie, au moment où les martèlements du soleil ne touchaient plus Medina Court. J'observai, à partir des marches de son perron, une Mercury 1950 violette aux passages de roues élargis qui se rangeait contre le trottoir, et un Mexicain sec et nerveux qui en sortait, vêtu d'une veste de soie violette et arborant un sourire revêche, et la verrouillait soigneusement avant de sauter les marches dans ma direction.

Mes yeux étaient rivés sur sa figure dans l'attente d'y lire un signe de peur ou de violence lorsqu'il remarquerait ma présence. Mais lorsqu'il me vit, Sanchez leva les bras en parodie de reddition et dit :

— Vous m'attendez, m'sieur l'agent ? le visage barré d'un large sourire.

Je souris en retour.

— Je sais que tu as le nez propre, Joe. Tu l'as toujours. Je voulais simplement avoir une petite conversation avec toi.

Sanchez sourit à nouveau :
— Pourquoi nous n'allons pas dans ma piaule, dans ce cas ?

Je hochai la tête pour montrer mon accord et le laissai passer devant dans le couloir surchauffé. Nous prîmes les escaliers jusqu'au troisième. Sanchez tripatouilla les deux verrous, et lorsque la porte s'ouvrit, je lui allongeai mon poing droit avec force sur la nuque et l'envoyai valdinguer dans son salon immaculé, meublé classe et bon marché. Il leva les yeux vers moi, étendu au sol, le corps tremblant de colère. Je refermai la porte derrière moi, nos regards respectifs rivés l'un à l'autre. Sanchez récupéra vite, se remit debout et épousseta sa veste de soie.

Le sourire sardonique réapparut.
— Ça m'est pas arrivé depuis un moment, dit-il. Vous êtes du Shériff ?
— L.A.P.D., dis-je, en souvenir du bon vieux temps.

Je sortis les lettres de la poche de ma veste en gardant mon veston fermé pour que Sanchez ne puisse pas voir que je ne portais pas d'arme. Je les lui balançai à la figure :
— T'as oublié ton courrier, Joe ?

J'attendis une réaction. Sanchez haussa les épaules et s'affala sur un canapé recouvert de couvertures souvenirs mexicaines. Je m'attrapai une chaise et m'installai à pouvoir respirer son haleine.

— Drogue et cartes vertes, joli, dis-je.

Sanchez haussa les épaules et me regarda d'un air de défi.
— Qu'est-ce que tu veux, mec ?

Il cracha dans ma direction.
— Je veux savoir ce qu'une belle bourgeoise de race blanche comme Marcella Harris venait faire ici dans Medina Court, dis-je, à part t'acheter de la drogue.

Sanchez parut se ratatiner de soulagement avant de se raidir de crainte. C'était bizarre.
— Je ne l'ai pas tuée, mec, dit-il.

— J'en suis sûr. Simplifions un peu les choses. Tu me dis ce que tu sais et je te laisse tranquille – pour toujours. Tu refuses de parler, et les flics de l'immigration ainsi que les Fédés seront ici dans quinze minutes. *Comprende ?*

Sanchez acquiesça.

— C'est un de mes amis qui me l'a amenée. Elle voulait acheter de l'herbe. Elle est revenue souvent. Elle disait que Medina Court, c'était le pied. C'était une loca [1], une rouquine impétueuse. Elle aimait fumer de l'herbe et danser. Elle aimait la musique mexicaine.

Sanchez haussa les épaules, indiquant par là qu'il en avait terminé avec son histoire.

Ce n'était pas suffisant et je le lui dis :

— Pas suffisant, Joe. A t'entendre, on croirait que tu te contentais de la tolérer. Ça ne prend pas. J'ai entendu dire qu'elle traînait avec toi et un groupe d'autres pachucos du côté du cimetière à voitures.

— Okay, mec. Je l'aimais bien. « La Roja », c'est comme ça que je l'appelais. « La Rouquine ».

— Tu la sautais ?

Sanchez fut sincèrement indigné :

— Non, mec ! Elle voulait, mais moi, je suis fiancé. Je fricote pas avec les *gringas* !

— Pardonne-moi d'avoir posé la question. Est-ce qu'elle était accro à quelque chose ?

Sanchez hésita.

— Elle... elle prenait des pilules. Elle était infirmière et elle pouvait se procurer de la codéine. Elle devenait cinglée et elle faisait la folle quand elle avait sa dose. Elle disait qu'elle pouvait...

— Elle disait *quoi*, Joe ?

— Elle... elle... elle disait que pour la bagarre, elle craignait pas un seul Mexicain et que pour la baise et la gnôle, elle pouvait battre n'importe quelle *puta*. Elle a dit qu'elle avait vu des trucs qui... qui...

— Qui *quoi* ? hurlai-je.

---

1. Folle.

— Des trucs à vous faire tomber les *cojones,* hurla Sanchez en retour.

— Est-ce qu'elle traînait avec d'autres mecs, ici à Medina ?

— Non, dit Sanchez en secouant la tête. Y'avait que moi qui l'intéressais. J'ai dit aux autres de la laisser tranquille, qu'elle avait la guigne. Je l'aimais bien mais je n'avais aucun respect pour elle. Elle laissait son môme tout seul le soir. Peu importe, j'ai commencé à battre froid à Marcella. Elle a pigé vite et elle est plus revenue. J'l'ai pas vue depuis six mois.

Je me levai et fis quelques pas dans la pièce. Les murs étaient décorés d'affiches de corridas et de gravures de paysages bon marché.

— Qui te l'a présentée ? demandai-je.

— Mon ami, Carlos. Il travaillait dans l'usine où elle était infirmière.

— Où puis-je trouver Carlos ?

— Il est retourné au Mexique, mec.

— Est-ce qu'il est arrivé que Marcella Harris amène quelqu'un avec elle ?

— Ouais, une fois. Elle tape à ma porte à sept heures du matin. Elle avait un mec avec elle, elle se collait à lui bien serré, comme si...

— Ouais, je sais. Continue.

— Enfin, elle se met à baragouiner sur le gus en question, comment y vient juste d'être promu contremaître de l'équipe de nuit à l'usine. Je leur ai vendu un peu d'herbe et y se sont taillés.

— A quoi ressemblait-il, ce mec ?

— Genre gras et blondasse. Genre *stupido.* Il lui manquait le pouce de la main gauche. Ça m'a foutu les jetons. Je suis superstitieux et je...

Je soupirai.

— Et je savais que Marcella allait avoir une mort très moche. Qu'elle *voulait* avoir une mort très moche.

— Jamais vu Marcella avec un mec à cheveux sombres ou une blonde à queue de cheval ?

— Non.
Je me levai pour partir.
— Pauvre *roja,* dit Joe Sanchez comme je franchissais la porte.

***

Mme Gaylord Wilder, la propriétaire de Marcella Harris, avait les yeux gris et nerveux et une attitude d'hystérique qui se maîtrisait à peine. Je ne savais pas comment lui jouer le coup – me faire passer pour un flic était trop risqué avec un citoyen honnête, et essayer de l'intimider pourrait bien entraîner des répercussions côté flics, les vrais, cette fois.

Debout dans l'embrasure de sa porte, elle me détaillait ouvertement lorsque je trouvai le truc. Mme Wilder avait un air d'avarice en elle, aussi essayai-je un coup de dés risqué : j'essayai de me faire passer pour un enquêteur d'assurances qui s'intéressait au passé récent de feue Marcella. Mme Wilder avala l'hameçon, les yeux écarquillés, une main nerveuse posée sur le chambranle. Lorsque je dis : « ... et il y a une récompense conséquente pour ceux qui pourront nous aider », elle ouvrit la porte en grand d'un air empressé et m'indiqua un vaste canapé en imitation cuir.

Elle se rendit dans la cuisine, en me laissant seul ; je passai en revue son salon surchargé et elle revint quelques instants plus tard avec une boîte de sucreries See. Je pris un morceau de chocolat gluant en disant :

— C'est délicieux.
— Merci, M...
— Carpenter, Mme Wilder. Est-ce que votre mari est là ?
— Non, il travaille.
— Je vois. Mme Wilder, permettez-moi de vous parler franchement. Feue votre locataire, Marcella Harris, avait souscrit trois polices chez nous. Son fils, Michael, en était le bénéficiaire. Cependant, une tierce personne,

dont le dossier ne fait état nulle part, a émis des prétentions au versement des primes. Une femme qui prétend être une amie très chère de feue Mme Harris déclare, dans un document signé sous serment, que Mme Harris lui avait dit que c'était *elle* la bénéficiaire des trois polices. Et je suis actuellement en train d'enquêter pour déterminer si la femme en question a jamais *connu* effectivement Marcella Harris.

Les mains de Mme Wilder commencèrent leur petite danse nerveuse sur ses genoux ; ses yeux, une petite danse d'avarice : « En quoi, puis-je, moi, vous être utile, M. Carpenter ? » dit-elle avec empressement.

Je fis semblant de faire un effort de concentration.

— Mme Wilder, vous pouvez m'être très utile en me disant tout et rien sur les amis de Marcella Harris.

Cette fois, ce fut le corps tout entier de la femme qui parut se mettre à danser. Finalement, sa langue parvint à se mettre au diapason : « Eh bien, pour vous dire la vérité... » commença-t-elle.

— C'est une déclaration *sous serment* que vous allez faire, l'interrompis-je avec sévérité.

Elle marcha.

— Eh bien, M. Carpenter, les amis de Marcella, c'était surtout des hommes. Je veux dire que c'était une bonne mère et tout, mais elle avait des tas d'amis masculins.

— Ce n'est pas un crime.

— Non, mais...

J'intervins.

— J'ai entendu dire que Michael Harris était un enfant indiscipliné, qu'il se battait souvent. Qu'il s'exhibait devant les autres enfants du quartier.

Mme Wilder devint toute rouge et s'écria d'une voix perçante :

— Ce garçon, c'était le diable. Il ne lui manquait que les cornes ! Comme ça, tout le monde l'aurait reconnu ! Un enfant sans père est une chose scandaleuse.

— Mais Michael vit avec son père, maintenant !

— Marcella m'en a parlé de *celui-là*. C'était qu'un vaurien, beau garçon, mais il ne valait pas grand-chose.

— En ce qui concerne ses amis masculins, Mme Wilder...

— Il me semblait que vous enquêtiez sur une femme qui réclame la prime.

— Oui, mais cette femme prétend que Marcella n'avait pas d'amis masculins, que Marcella était une femme ambitieuse et paisible, tout entière dévouée à son fils.

— Ha ! Les femmes comme Marcella attirent les hommes comme le miel attire les mouches. Je le sais. J'ai eu ma part de chevaliers servants avant mon mariage, mais je ne me suis jamais comportée comme cette houri !

Je laissai Mme Wilder reprendre son souffle :

— Soyez précise, je vous prie, dis-je.

Mme Wilder poursuivit, avec circonspection cette fois :

— Eh bien... lorsque Marcella a emménagé, j'ai proposé d'organiser une petite fête en son honneur, en invitant certaines de ces dames du voisinage. Eh bien... Marcella m'a dit qu'elle ne cherchait pas d'amies féminines, que les femmes, c'était très bien pour boire une tasse de café de temps en temps, mais que pour les hommes, elle était partante tous les jours. Je lui ai dit : « Vous êtes divorcée. Ça ne vous a pas servi de leçon ? » Je n'oublierai jamais ce qu'elle m'a répondu : « Si. Et la leçon, c'est utiliser les hommes comme eux utilisent les femmes, et je me contente de ça. » Je n'ai pas peur de vous le dire, M. Carpenter, je n'ai pas peur de vous dire que j'ai été choquée !

— Oui, c'est vrai, c'est choquant. Est-ce que Marcella Harris vous a jamais parlé en détails de son mari ? Ou de ses petits amis ?

— Elle m'a simplement dit que Doc Harris était un vaurien de serpent venimeux avec beaucoup de charme. Quant à ses petits amis, si j'avais su qu'ils passaient la nuit chez elle, j'y aurais mis un terme immédiatement. Je ne tolère pas les marie-couche-toi-là, moi !

Mme Wilder commençait à me fatiguer.

— Comment avez-vous finalement découvert le comportement de Mme Harris ? demandai-je.

— Michael. Il... laissait des petits mots. Des billets anonymes, obscènes. Je ne...

Je me réveillai brutalement.

— Est-ce que vous les avez gardés ? lâchai-je vivement.

Mme Wilder s'écria à nouveau d'une voix suraiguë :

— Non, non, non ! Je ne veux pas parler de ça. J'ai su qu'elle était mauvaise dès que je l'ai vue. J'exige des références, et Marcella m'en a donné des fausses, fausses du début jusqu'à la fin. Si vous voulez mon avis, je...

Le téléphone sonna. Mme Wilder alla répondre dans la cuisine. Une fois qu'elle fut hors de vue, je passai la pièce à une fouille rapide et je vérifiai les étagères et bibliothèques. Sur le poste de télévision, je trouvai une pile de courrier non ouvert. Il y avait une lettre pour Marcella Harris. Quelqu'un, probablement Mme Wilder, avait écrit au crayon sur l'enveloppe : « Décédée. Faire suivre à William Harris, 4968 Beverly Bld.Calif. »

J'entendis la propriétaire qui jacassait dans le lointain de sa cuisine. Je mis l'enveloppe dans ma poche et quittai tranquillement la maison.

***

C'était presque le crépuscule. Je roulai en direction de l'autoroute, et m'arrêtai à quelques blocs de la rampe d'accès pour lire la lettre. Ce n'était qu'une facture impayée du dentiste et je la jetai par la fenêtre, mais elle concordait avec le reste : Marcella Harris vivait à cent à l'heure et négligeait les petites contraintes quotidiennes. Je me demandai quel genre d'infirmière elle avait été. Je retournai en direction de Santa Monica pour essayer de le savoir.

Les autoroutes, cette nuit-là, étaient surréelles : des flux sans fin de lueurs rouges et blanches apparurent, pareils à des jet streams, qui transportaient leurs voyageurs vers leurs destinations, le foyer et sa chaleur, le travail ou le jeu, le rendez-vous des amoureux ou l'inconnu. Ce que je franchissais là, ce n'était pas mon Los Angeles, et l'infirmière morte ne me concernait en rien, mais lorsque les faubourgs Est se transformèrent bientôt en L.A. et en ce bon vieux spectacle familier de son centre ville, les vieux instincts reprirent leur place instantanément et je me sentis emporté par l'excitation d'être là, sur la piste de l'immuable qui changeait sans cesse. Il ne se passait rien dans mon existence, et rechercher un assassin était un moyen comme un autre pour en remplir le grand vide.

Je m'obligeai à former devant mes yeux l'image de Magde Cadwallader nue. Pour la première fois depuis des années, cela ne suscita en moi aucune réaction.

***

L'usine « Packard-Bell Electronics » se situait sur Olympic Boulevard au cœur de la zone industrielle de Santa Monica.

Au coin de la rue, sur Bundy, se trouvait un cinéma drive-in, et en y garant ma voiture je vis que se déroulait sur l'écran une des fantaisies horribles du Gros Sid. J'en fus tout abattu, mais l'anticipation de la poursuite mit rapidement fin à ma déprime.

L'usine était un bâtiment de briques, à un étage, qui semblait s'étendre dans plusieurs directions. Jouxtant une zone d'embarquement et de réception de marchandises, se trouvaient deux parcs de stationnement que séparait une chaîne tendue bas. Le parc le plus proche, près de l'entrée principale, était vide. Il était bien éclairé et bordé de petits arbustes plantés à espaces réguliers. Le second parking était plus vaste et le sol en était jonché de mégots, emballages de sucreries et journaux.

Ça devait être le parking du petit personnel.

Je sautai la clôture pour y jeter un coup d'œil de plus près. Les voitures qui s'y trouvaient rangées en diagonale étaient pour la plupart vieilles et cabossées. De petites pancartes métalliques montées sur des poteaux marquaient les emplacements de parking qui étaient disposés par ordre de prestige : les employés de l'entretien se garaient le plus loin possible de l'entrée principale. Un peu plus près, on trouvait l'équipe de « chargements » et plus près encore, les « monteurs à la chaîne ».

Je tombai sur ce que je cherchais tout contre une entrée de chargement faiblement éclairée : un emplacement de parking unique avec « contremaître » peint sur le sol en ciment.

Je regardai l'heure – neuf heures vingt-trois. L'équipe de nuit prenait probablement son poste à minuit. Tout ce qu'il me restait à faire, c'était attendre.

***

Il était tard lorsque je fus récompensé. J'étais d'humeur massacrante après trois heures passées accroupi dans un coin sombre du parking à attendre. Je regardai l'équipe du soir partir à exactement minuit en m'envoyant de la gomme à la figure. Ils avaient l'air heureux d'être libres.

L'équipe de nuit arriva petit à petit au cours de la demi-heure qui suivit, mais les visages avaient l'air moins heureux. J'avais les yeux rivés sur l'emplacement de parking qui faisait face au bâtiment, et à minuit vingt-neuf, une Cadillac de 46 bien entretenue vint se ranger à la place « contremaître ». De mon point de vue avantageux, je n'arrivais pas à voir s'il manquait un pouce au gros blond qui en sortit.

J'attendis cinq minutes avant de le suivre à l'intérieur. Au bout d'un long couloir faiblement éclairé, se trouvait la salle de restaurant des employés. J'entrai et regardai autour de moi. Un jeune coiffé en cul de canard me regarda d'un air curieux mais aucun des autres tire-au-flanc présents ne parut me remarquer.

Le contremaître blond et obèse était assis à une table, une tasse de café dans la main droite. Je pris un coke à la machine, que je bus en prenant mon temps. Le contremaître avait la main gauche dans la poche. Et il la gardait dans la poche, ce qui me rendait complètement cinglé. Finalement, il la dégagea pour se gratter le nez. Il lui manquait le pouce – confirmation plus que suffisante.

Je ressortis et trouvai sur le sol, en bordure du parking, un vieux cintre tout rouillé. Je m'en façonnai un crochet et avançai d'un air naturel vers la voiture du contremaître. La voiture était verrouillée mais le déflecteur côté conducteur était resté ouvert. Je regardai autour de moi avant de glisser le cintre tordu par la fenêtre et de l'accrocher au bouton de la porte. Le cintre ripa une fois, mais il accrocha à la seconde et je remontai le bouton.

Je montai rapidement dans la voiture et me courbai sur le siège avant. J'essayai la boîte à gants. Elle était verrouillée. Je passai la main le long de la colonne de direction et trouvai ce que je cherchais : la plaque d'enregistrement de la voiture sous étui cuir fixé par deux boucles. Je la détachai et me penchai plus bas encore sur le siège.

Le petit papier officiel sous plastique disait : Henry Robert Hart, 1164 Hurlburt Pl., Culver City, Calif.

C'était tout ce dont j'avais besoin. Je rattachai la plaque à la colonne de direction, refermai la voiture de Henry Hart et courus vers la mienne.

***

Hurlburt Place était une rue tranquille de petites maisons à quelques blocs des studios M.G.M. Le numéro 11641/4 était un appartement-garage. Je me rangeai de l'autre côté de la rue et farfouillai dans le coffre à la recherche de quelques outils de cambriolage improvisés. Un tournevis et une règle métallique furent tout ce que je réussis à trouver.

Je traversai lentement la rue et remontai l'allée qui menait au garage, à l'arrière. Aucune lumière ne brillait dans la maison principale. L'escalier de bois qui conduisait à l'appartement de Henry Hart grinça si fort que les craquements durent se faire entendre jusqu'au centre ville, mais mon cœur cognait si fort qu'il dut les étouffer de ses battements.

La serrure était une plaisanterie : en jouant du tournevis et de la règle simultanément, elle sauta facilement.

Lorsque la porte s'ouvrit, je restai là, hésitant, en me demandant si j'allais oser entrer. Mes effractions précédentes avaient été le fait d'un policier ; cette fois, j'étais civil. Je pris une profonde inspiration, entrai et m'enveloppai la main droite dans mon mouchoir avant de tâtonner à la recherche d'un interrupteur.

Je trébuchai dans l'obscurité et me cognai dans un lampadaire que je faillis renverser. En le retenant à hauteur de la taille, je l'allumai et illuminai une chambre salon minable : chaises délabrées, lit métallique délabré, tapis élimé et croûtes à l'huile sur les murs – probablement héritées des anciens locataires depuis longtemps partis.

Je décidai de consacrer une minute à fouiller la pièce, replaçai la lampe sur son pied et passai rapidement l'endroit en revue : une table à jeu couverte d'assiettes sales, un tas de linge sale sur le sol près de la porte, une rangée de romans de poche à sensation – maintenue verticale par deux bouteilles de bière vides – posée sur un rebord de fenêtre, et plusieurs paquets de cigarettes vides.

Ma minute était presque épuisée lorsque je repérai une pile de journaux qui dépassait de dessous le lit. Je les sortis. C'était tous des journaux de L.A. dont les articles détaillaient les circonstances de la mort de Marcella Harris.

Dans les marges, quelqu'un avait écrit des prières, des supplications lourdes de chagrin : « Mon Dieu, faites qu'on capture le démon qui a tué ma Marcella », « Je vous en prie, je vous en prie, je vous en prie, mon Dieu, faites que ce soit un rêve », « La chambre à gaz, c'est trop bon pour l'ordure qui a tué ma Marcella ». Près d'une photo de l'inspecteur des Forces du Shérif qui dirigeait l'enquête se trouvaient les mots : « Ce mec est un salaud ! Il m'a dit d'aller me faire voir, que les flics, y z'ont pas besoin de l'aide des amis de Marcella. Je lui ai dit que c'était une affaire pour le F.B.I. »

Je feuilletai les autres journaux. On les avait rangés chronologiquement et le chagrin de Henry Hart paraissait ne faire qu'augmenter : on avait gribouillé de manière illisible à travers les derniers comptes rendus des journalistes et je crus reconnaître des taches de larmes sur l'encre.

Je regardai ma montre : j'avais allumé depuis huit minutes. Le mouchoir toujours sur la main, je fouillai chacun des tiroirs des trois commodes qui s'alignaient contre un mur : vide, vide, vide ; vêtements sales, annuaires.

J'ouvris le dernier, arrêtai et me mis à trembler devant ce que j'avais trouvé : un tiroir doublé de soie rose. Soutiens-gorge et slips en dentelle noire étaient soigneusement rangés d'un côté. Au milieu se trouvait une boîte à cigares, remplie de marijuana. Sous la boîte, je découvris des photographies noir et blanc de Marcella De Vries Harris, nue, des tresses dans les cheveux, étendue sur un lit. L'expression de sa bouche sensuelle était un appel à venir plus près, un absolu dans l'ordre de toutes les expressions en même temps que leur parodie, incitant à venir plus près.

Je regardai de tous mes yeux et sentis mes tremblements gagner l'intérieur de mon corps. Dans les yeux de Marcella brillait l'intelligence la plus pure, la plus lucide, la plus railleuse que j'aie jamais vue. Son corps était une invitation luxuriante au plaisir, mais je n'arrivais pas à détacher mon regard de ces yeux.

J'ai dû fixer ce visage pendant des minutes entières avant de revenir sur terre. Lorsque je me rendis finalement compte de l'endroit où je me trouvais, je replaçai la boîte à cigares, refermai le tiroir gainé de soie, éteignis la lumière et quittai le petit appartement-garage avant que Marcella Harris ne tisse autour de moi le charme de sa toile comme elle l'avait fait autour de Henry Hart.

18

Pour la visite à « Doc » Harris, je me préparai : avant de m'attaquer à lui, je m'arrêtai chez un imprimeur qui me fit une centaine de fausses cartes professionnelles. Les cartes disaient : « Frederick Walker, Assurances Prudential ». Le sigle du rocher de Prudential [1] se trouvait au beau milieu, avec dessous un simple mot en italiques à l'aspect officiel : « Enquêteur ». Un numéro de téléphone bidon mettait la touche finale à mon faux. L'encre des cartes était à peine sèche lorsque je les fourrai dans ma poche pour prendre la direction du 4968 Beverly Boulevard.

« ... Donc, vous voyez, M. Harris, il s'agit uniquement de fouiller le passé de votre ancienne épouse de manière à ce que je puisse dire de manière décisive au service des paiements que cette demande d'indemnité est frauduleuse. Je pense que c'est le cas, et il y a huit ans que je suis enquêteur. Néanmoins, le travail de vérification doit être fait. »

Doc Harris hocha la tête d'un air pensif, en envoyant des pichenettes du pouce dans ma fausse carte sans me quitter un instant du regard. Assis en face de moi, de l'autre côté de la table basse toute déglinguée, c'était

---

1. Le sigle de la compagnie est le Rocher de Gibraltar.

l'homme le plus impressionnant d'aspect qu'il m'ait été donné de voir : un mètre quatre-vingts, proche de la soixantaine, la tête, une crinière blanche, un corps d'athlète et un visage buriné, résultat du croisement choisi d'une sévérité faite de droiture et d'un humour fait de rudesse. Je comprenais ce que Marcella lui avait trouvé.

Il eut un large sourire et ses traits se décontractèrent pour dégager une chaleur contagieuse.

— Eh bien, M. Walker, dit Doc Harris, Marcella avait le chic pour attirer les solitaires et leur faire des promesses extravagantes qu'elle n'avait aucune intention de tenir. Soyez franc, M. Walker, je vous prie. Qu'avez-vous découvert jusqu'ici concernant mon ex-femme ?

— Pour être sincère, M. Harris, c'était une femme facile et alcoolique.

— Nul ne doit se sentir obligé de mentir lorsqu'il s'adresse à moi, déclara Harris. Je suis d'une franchise totale et j'attends la même chose en retour. Donc, comment puis-je vous aider ?

Je me penchai en arrière et croisai les bras. C'était un geste d'intimidation, et il ne prit pas.

— M. Harris, commençai-je.

— Appelez-moi Doc.

— Très bien, Doc. J'ai besoin de noms, de noms et encore de noms. Le nom de tous les amis et connaissances dont vous vous souvenez.

— M. Walker, dit Harris en secouant la tête.

— Appelez-moi Fred.

— Fred, Marcella ramassait ses amants et son entourage d'amis, si on peut appeler ça comme ça, dans les bars. Les bars étaient le centre unique de sa vie sociale. Point. Bien que vous puissiez voir avec les gens de « Packard-Bell », là où elle travaillait.

— Je l'ai fait. Ils ont été très évasifs.

Harris eut un sourire amer :

— Ils ont une bonne raison pour cela, Fred. Ils n'ont pas voulu dire de mal d'une morte. Marcella fréquentait les bars de tout L.A. Elle ne voulait pas devenir une habituée d'un endroit particulier. Elle avait une peur sans nom de finir comme une souillon avec ses petites habitudes, c'est pour cela qu'elle changeait sans cesse d'endroit. Elle a eu, je crois, plusieurs arrestations pour conduite en état d'ivresse. Comment s'appelle déjà cette pseudo-prétendante à la prime ?

— Alma Jacobsen.

— Eh bien, Fred, permettez-moi de vous raconter la manière dont je crois que les choses se sont passées : Marcella a rencontré cette femme dans un boui-boui quelconque et elle était ivre. Elle l'a épatée par sa personnalité et son uniforme d'infirmière et elle a montré à cette femme, probablement elle aussi à moitié pompette, quelque paperasse d'allure officielle. Marcella a alors raconté à la femme combien elle se sentait désespérément seule et combien elle avait besoin de quelqu'un pour poursuivre sa croisade contre la vivisection, si jamais elle mourait. Marcella était une grande amoureuse des bêtes. Marcella, au milieu de ses effusions alcooliques, a alors fait son grand numéro pour obtenir l'adresse et le nom de la femme et elle a poursuivi son grand numéro en signant les papiers. Marcella était une comédienne superbe, et la femme a incontestablement mordu à l'hameçon. Alma a cru qu'elle avait trouvé une vache à lait. Plausible, non, Fred ?

— Tout à fait, Doc. Les solitaires font parfois des choses étranges.

— Absolument, dit Harris en riant. A quoi vous occupez-vous d'habitude ?

Je m'arrangeai pour que mon rire soit le pendant parfait de celui d'Harris.

— Je cherche des femmes. Et vous ?

— Il m'est arrivé de faire pareil, s'esclaffa Doc.

Je repris mon sérieux.

— Doc, pourrais-je parler à votre fils au sujet de tout ceci ? Je crois que votre théorie est valable, mais je veux avoir tous les sons de cloche possibles pour mon rapport d'archive. Peut-être que votre fils m'apprendra quelque chose qui mettra un terme de manière définitive aux prétentions de la femme Jacobsen. Je serai doux comme un agneau avec lui.

Doc Harris réfléchit à ma demande.

— Très bien, Fred. Je crois que Michael est dans le parc avec le chien. Pourquoi n'irions-nous pas jusque-là à pied pour lui en toucher un mot ? Ce n'est qu'à deux blocs d'ici.

C'était à trois blocs de là et cela n'avait de parc que le nom ; en fait, un simple terrain vague envahi de mauvaises herbes. La conversation était aisée avec Doc Harris pendant que nous avancions, de l'herbe jusqu'aux genoux, à la recherche de son fils et de son chien.

Lorsque nous les trouvâmes, ce fut presque en butant sur eux. Michael Harris gisait sur le dos sur une serviette de plage, les bras écartés en une pose de crucifixion. Le bébé beagle que j'avais vu dans le jardin de Maple Street à El Monte broutait l'herbe à ses côtés.

— Debout, Colonel ! beugla Harris avec bonne humeur.

Michael Harris se remit debout, et sans l'ombre d'un sourire, brossa les brins d'herbe sur son blue-jeans. Lorsqu'il prit toute sa hauteur, je fus stupéfait – il était presque aussi grand que moi. Le temps se figea l'espace d'un instant lorsque me revint en mémoire un autre garçon de neuf ans, les cheveux bruns, d'une intelligence agressive, en train de jouer dans le sinistre terrain, à l'arrière d'un orphelinat. C'était il y a plus de vingt ans, mais il me fallut un effort de volonté pour revenir au présent.

— ... Et voici M. Walker, Colonel, disait Doc Harris. Il représente une compagnie d'assurances. Ils veulent nous verser de l'argent mais il y a une cinglée de vieille qui dit que ta mère le lui avait promis. Nous ne pouvons pas permettre que cela se produise, n'est-ce pas, Colonel ?

— Non, dit doucement Michael.

— Bien. Michael, veux-tu avoir un entretien avec M. Walker ?

— Oui.

Je commençais à me sentir manipulé, comme sous le contrôle de quelqu'un. L'attitude de Doc Harris était déconcertante. Le garçon était intimidé et je commençais à partager le même sentiment. J'avais la sensation que Harris sentait que je n'étais pas cent pour cent réglo. Intellectuellement, nous faisions la paire, mais jusqu'à présent, sa volonté s'était montrée la plus forte, et j'en étais furieux. A moins d'imposer mon autorité personnelle, je n'apprendrais que ce que Harris voudrait bien me laisser apprendre.

J'abattis une tape puissante dans le dos de Harris.

— Seigneur, dis-je, qu'est-ce qu'il faut chaud ici ! J'ai repéré un drive-in un peu plus bas sur Western. Pourquoi n'irions-nous pas prendre un soda glacé ? C'est moi qui régale.

— On peut, papa ? plaida Michael. Je meurs de soif.

Doc ne perdit pas une seconde son formidable aplomb.

Il me tapa dans le dos avec la même force.

— Allons-y, amigos, dit-il.

Nous fîmes les quatre blocs sous le chaud soleil d'été, trois générations d'Américains de sexe masculin unis par les ténèbres et la duplicité. Le chien trottait derrière nous en s'arrêtant fréquemment pour renifler les odeurs alléchantes. Je marchais au milieu, Doc à ma gauche côté rue et Michael sur ma droite, repoussé sans cesse contre mon épaule par les haies qui couraient sur les côtés des maisons de Beverly Boulevard et il se penchait vers moi à me toucher avec l'air de savourer mon contact.

Je m'enquis auprès de Doc sur son surnom et il éclata de rire en disant :

— J'ai laissé tomber la médecine, Fred. Trop sanglant, trop abstrait, trop prenant, trop littéral, trop, en un mot.

— Où étiez-vous ?

— Université de l'Illinois.

— Seigneur, ça a l'air sinistre. Y avait-il beaucoup de fils de fermiers qui voulaient devenir médecins de campagne ?

— Oui, et tout un tas de petits richards de Chicago prêts à devenir médecins des beaux quartiers – je n'avais pas ma place.

— Pourquoi ? demandai-je par défi.

— C'était dans les années vingt. J'étais un iconoclaste. J'ai compris que je passerais le restant de mes jours dans une petite ville à soigner des bouseux contents d'eux, incapables de faire la différence entre la merde et le cirage à chaussures. Que je prolongerais la vie de gens qui seraient plus heureux morts. J'ai laissé tomber la dernière année.

Je ris. Michael aussi. La voix prématurément grave de Michael monta de deux bons octaves à l'occasion.

— Raconte-lui l'histoire du cheval mort, Pa !

— C'est la préférée du Colonel, dit Harris en riant. Disons qu'à cette époque-là, j'avais une combine qui marchait bien. Je connaissais des gangsters qui dirigeaient un bistrot clandestin. Un boui-boui de troisième zone où traînaient tous les fils de richards après les cours. Gnôle bon marché et nourriture encore moins chère. Le bistrot avait une spécialité : des gros steaks bien juteux pour un quart de dollar. Du faux-filet cuit à l'étouffée avec oignons et sauce tomate. Ha ! Ce n'était pas du bœuf, c'était du filet de cheval. C'était moi le boucher. J'allais piéger les bourrins avec de l'avoine et du sucre et les faisais monter à l'arrière de notre camion avant de les ramener en ville dans un entrepôt et de leur injecter de petites doses de morphine que j'avais volée. Je leur sectionnais alors les artères du cou avec un scalpel. C'est mon équipier qui faisait vraiment le sale boulot. Je n'avais pas assez de cran pour ça. C'était lui aussi qui cuisinait.

« Enfin, le temps a passé, les choses ont changé et les affaires n'allaient plus. Les propriétaires ont essayé de m'entuber sur ce qui me revenait pour le vol des bêtes.

Ça se passait à peu près à l'époque où j'avais décidé de rendre mon tablier à la fac de médecine. J'ai décidé de faire mes adieux avec panache. Je savais que les truands ne me paieraient jamais, alors j'ai décidé de les baiser à mon tour, et bien. Un soir, il y a eu une soirée privée au clandé. Mon acolyte et moi, nous avons mis la main sur deux vieux bourrins plus bons à rien, on les a mis dans le camion et on les a poussés jusqu'à la porte d'entrée du rade. Nous avons donné le mot de passe, la porte s'est ouverte et les bourrins se sont précipités à l'intérieur. Seigneur ! Ce spectacle ! Les tables détruites, les gens hurlants, des bouteilles brisées partout ! J'ai quitté la ville et n'y suis jamais retourné.

— Où êtes-vous allé ?

— J'ai fait le clodo, j'ai pris la route, dit Harris. Vous n'avez jamais fait le clodo, Fred ?

— Non, Doc.

— Vous auriez dû. C'est instructif.

C'était un défi. Je le relevai.

— J'étais trop occupé à faire mon trou – ce qui vaut mieux que faire la route, non, Michael ?

Je pressai les épaules du gamin et il rayonna.

— Sûr, alors !

Doc fit semblant d'être amusé, mais nous savions l'un comme l'autre que le gant avait été jeté.

***

Nous nous installâmes au Timy Naylor Drive-in sur Beverly et Western. La salle étaient climatisée et Michael et Doc eurent l'air de s'effondrer sur leurs sièges, de soulagement après la chaleur du dehors, alors que nous allongions nos longues jambes sous la table.

Michael s'assit près de moi, et Doc en face de nous deux.

Nous commandâmes tous les trois des glaces flottantes sur limonade. Quand elles arrivèrent, Michael engloutit la sienne en trois secondes, rota et regarda son père pour en commander une autre. Doc hocha la tête avec indulgence et la serveuse apporta un autre verre de méli-mélo sirupeux blanc et marron. Michael descendit son deuxième en environ cinq secondes avant de roter et de me sourire comme un amant rassasié.

— Michael, il faut que nous parlions de ta mère, dis-je.
— Okay, dit Michael.
— Parle-moi des amis de ta mère, dis-je.
— Elle n'en avait pas, dit Michael d'une grimace. C'était une roulure de bistrot.

Je grimaçai et Michael demanda du regard confirmation à Doc. Doc acquiesça d'un air sardonique.

— Qui t'a dit ça, Michael ? demandai-je.
— Personne. Je ne suis pas bouché. Je savais que tonton Jim, tonton George, tonton Bob et tonton J'sais-plus-son-nom, c'était des mecs qu'elle avait levés.
— Et des amies femmes ?
— Elle n'en avait pas.
— Déjà entendu parler d'une femme du nom d'Alma Jacobsen ?
— Non.
— Est-ce que ta mère s'était liée d'amitié avec les parents de l'un de tes amis ?

Michael hésita.

— Je n'ai pas d'amis.
— Aucun ?

Michael haussa les épaules.

— Mes amis, ce sont les livres que je lis. Minna est mon ami. Il indiqua le chiot attaché à un poteau téléphonique de l'autre côté de la grande fenêtre.

Je retournai ce triste renseignement en tous sens dans ma tête. Michael s'appuya contre moi de son épaule en regardant d'un air d'envie ma limonade et sa glace flottante à moitié pleine.

— Descends-la, dis-je.

Il s'exécuta, en une gorgée.

J'attaquai une autre série de questions.

— Michael, tu étais avec ton papa quand ta mère a été tuée, exact ?

— Exact. On jouait à la balle au canard.
— C'est quoi, la balle au canard ?
— C'est comme balle-attrape. Si on rate la balle, il faut se mettre à quatre pattes et caqueter comme un canard.

Je ris.

— C'est drôle, on dirait. Quels étaient tes sentiments à l'égard de ta mère, Michael ? Est-ce que tu l'aimais ?

Michael devint tout rouge. Ses longs bras maigres se mirent à rougir, son cou se mit à rougir, et son visage se mit à rougir jusqu'à la racine de sa brosse d'un marron clair. Il commença à trembler avant de balayer du bras la table et d'envoyer au sol tous les verres et les couverts. Il me poussa pour se faire un passage et courut à l'extérieur en direction de son chiot.

Doc me fixa des yeux pendant qu'une serveuse inquiète ramassait les débris de nos glaces à la limonade.

— Ça arrive souvent ? demandai-je.
— Mon fils est un enfant inconstant, dit Doc en acquiesçant.
— Il ressemble à son père.

C'était à la fois un défi et un compliment. Doc le comprit bien.

— Par certains côtés, dit-il.
— Je pense que c'est un garçon étonnant, ajoutai-je.
— Moi aussi, dit Doc d'un sourire.

Je posai un billet de cinq dollars sur la table. Je me levai ainsi que Doc et nous sortîmes. Michael jouait au tire-à-la-corde avec son chien. Le chien tenait la laisse de cuir entre ses mâchoires et Michael bandait joyeusement tous les muscles de ses bras maigres contre son chien.

— Viens, Colonel, appela Doc. C'est l'heure de rentrer.

Michael et le chien se mirent à courir devant nous ; ils traversèrent Western Avenue en restant à une bonne quarantaine de mètres devant alors que nous avancions vers l'ouest dans la chaleur d'un soleil d'après-midi. Doc et moi ne parlions pas. Je pensais au garçon et me demandais ce que Doc pouvait bien penser. Une fois arrivé devant l'immeuble de Beverly et Irving, je tendis la main.

— Merci pour votre coopération, Doc, dis-je.
— C'était un plaisir, Fred.
— Je crois que vous m'avez été d'une aide précieuse. Je crois que vous avez démontré de façon décisive que les demandes de la femme Jacobsen étaient de l'escroquerie.
— Je ne savais pas que Marcella avait souscrit une police chez Prudential. Ça me surprend qu'elle ne m'en ait pas parlé.
— Les gens font des choses surprenantes.
— En quelle année a-t-elle souscrit cette police ?
— En 51.
— Nous avons divorcé en 50.

Je haussai les épaules.

— Des choses plus étranges se sont déjà produites.

Doc haussa les épaules à son tour.

— C'est bien vrai.

Il fouilla dans la poche de son pantalon et sortit la carte de visite que je lui avais donnée à notre rencontre. Il me la tendit. L'encre y avait fait des pâtés. Doc secoua la tête.

— Un jeune enquêteur d'assurances brillant et fonceur comme vous devrait pouvoir se trouver un meilleur imprimeur pour ses cartes.

Nous nous serrâmes la main à nouveau. Je me sentis rougir.

— A bientôt, Doc, dis-je.
— Prenez bien soin de vous, répliqua Doc.

J'allai jusqu'à ma voiture. J'avais la clé dans la serrure lorsque soudain Michael courut jusqu'à moi et me saisit en me serrant fort contre lui. Avant que je puisse réagir, il me fourra un morceau de papier plié dans la main et s'enfuit en courant. J'ouvris la feuille. « Tu es mon ami. » Il n'y avait rien d'autre.

Je rentrai chez moi, ému par le garçon et déconcerté par l'homme. J'avais la sensation étrange que Doc Harris savait qui j'étais et accueillait mon intrusion somme toute avec plaisir. J'avais une autre sensation, tout aussi étrange, celle que se tissaient des liens entre Michael et moi.

***

Une fois à la maison, j'appelai Reuben Ramos et le suppliai de me rendre quelques services. A contrecœur, il fit ce que je demandais : il fit des recherches aux sommiers sur Doc Harris. Pas de casier en Californie. Ensuite, il me fournit les adresses que Marcella avait données à l'époque de ses nombreuses arrestations : en 1946, neuf ans auparavant, elle habitait au 618, Nord Swatzer, Los Angeles. En 1947 et 48, 17901 Terra Cotta, Pasadena. En 1949, 1811 Howard Street, Glendale. A l'époque de sa dernière arrestation pour ivresse en 1950, elle vivait au 9619 Hibiscus Canyon, Sherman Oaks.

Je notai tout et passai un long moment à fixer les renseignements des yeux avant d'aller me coucher. Je dormis par à-coups et me réveillai à maintes reprises en m'attendant à trouver ma chambre habitée par des spectres de femmes assassinées.

***

Le lendemain, vendredi, je sortis pour essayer de reconstituer le passé de Marcella De Vries Harris. Je me rendis d'abord dans Swatzer Avenue, ses rangées d'arbres et leur ombrage, à Hollywood Ouest, pour obtenir le résultat que j'attendais : personne ne se rappelait, à l'adresse du 618 – un immeuble d'appartements sans ascenseur, de style espagnol – l'infirmière rousse et son bébé d'alors. Je me renseignai auprès des maisons voisines pour n'obtenir que des signes de dénégation de la tête et des airs perplexes. Marcella l'énigme.

Dans l'avenue Terra Cotta, à Pasadena, le résultat fut identique. Marcella y avait loué une maison, et le locataire du moment me déclara que le présent propriétaire de la maison était décédé deux années auparavant. Les gens des blocs avoisinants n'avaient aucun souvenir de Marcella ou de son petit garçon.

De Pasadena, j'allai jusqu'à Glendale tout proche. Chaleur et smog. L'affaire de 1949 fut vite réglée : le bungalow sur cour que Marcella avait habité cette année-là venait d'être démoli récemment pour laisser place à un complexe d'appartements modernes. « Marcella Harris, une belle infirmière aux cheveux roux, pas loin de la quarantaine avec un garçon de trois ans ? » J'interrogeai deux douzaines d'habitants de Howard Street. Rien. Marcella le fantôme.

Je pris la voie express d'Hollywood jusqu'à Sherman Oaks. Un employé de station service, près de la rampe de sortie, m'indiqua la route d'Hibiscus Canyon. Il me fallut cinq minutes pour trouver : niché dans un cul de sac au bout d'une rue en lacets, avec, de manière appropriée, de hauts massifs d'hibiscus de chaque côté. Le numéro 9619 était un immeuble sans ascenseur de 4 étages, dans le style d'un castel maure en miniature.

Je garai la voiture et je traversais la rue en direction du 9619, lorsque mes yeux vinrent se fixer sans pouvoir s'en détacher sur une pancarte fichée au milieu de la pelouse de façade de la maison voisine : « A vendre. Contacter Janet Valupeyk. Cabinet Immobilier Valupeyk, 18369 Ventura Bld. Sherman Oaks. »

Janet Valupeyk. L'ancienne maîtresse d'Eddie Engels. La femme que nous avions interrogée, Dudley Smith et moi, au sujet d'Engels en 51. Je me sentis des picotements à travers tout le corps. J'oubliai tout du 9619 Hibiscus Canyon et me rendis au lieu de cela à Ventura Boulevard.

Je me souvenais très bien de Janet Valupeyk. Elle était presque comateuse lorsque Smith et moi l'avions interrogée quatre ans auparavant.

Elle avait changé ; cela se voyait immédiatement lorsque je la regardai à travers la baie vitrée de son cabinet d'agent immobilier. Elle était assise à un bureau métallique près de la fenêtre, à remuer ses papiers tout en tirant nerveusement sur sa cigarette. Ces quatre années depuis ma dernière rencontre l'avaient vieillie de dix ans. Le visage s'était décharné, la peau était crayeuse et le teint brouillé. Un de ses sourcils était agité de sursauts spasmodiques pendant qu'elle feuilletait ses paperasses.

Je ne vis personne d'autre dans le bureau. Je poussai une porte vitrée qui déclencha un air de carillon lorsque j'entrai. Janet Valupeyk faillit sursauter au bruit. Elle reposa son stylo et se mit à jouer de sa cigarette.

Je prétendis ne rien avoir remarqué.

— Mlle Valupeyk ? demandai-je innocemment.

— Oui. Oh mon Dieu, c'est ce satané carillon ! Je ne sais pas pourquoi je l'ai fait installer. Puis-je vous être utile ?

— Je m'intéresse à la maison d'Hibiscus Canyon.

Janet Valupeyk eut un sourire crispé et éteignit sa cigarette avant d'en allumer une autre immédiatement.

— C'est une propriété épatante, dit-elle. Laissez-moi retrouver son dossier.

Elle quitta son bureau et alla jusqu'à une rangée de fichiers métalliques, ouvrit le tiroir du haut et farfouilla dans les chemises cartonnées. Je la rejoignis et observai ses doigts fébriles qui feuilletaient les dossiers agencés par noms de rues avec en sous-titre l'adresse. Elle trouva Hibiscus Canyon et se mit à marmonner :

— 9621, 9621, où diable ai-je fourré ce satané machin ?

J'avais les yeux rivés aux numéros des rues et lorsque le 9619 apparut, je plongeai la main dans le classeur d'où je retirai brutalement le dossier.

— Hé ! Vous vous croyez où ? dit Janet Valupeyk.

— La ferme, lui criai-je à la figure, ou les inspecteurs des Stupéfiants seront ici en moins d'un quart d'heure !

C'était un coup d'épée dans l'eau, mais ça marcha : Janet Valupeyk s'effondra dans son fauteuil en se cachant le visage dans les mains. Je la laissai sangloter et fouillai le dossier en vitesse.

On avait classé les locataires par ordre chronologique, à côté du montant du loyer qu'ils payaient. La liste remontait à 1944 et en la feuilletant, le sang me monta à la tête et ma vision périphérique s'obscurcit.

— Qui êtes-vous ? dit Janet Valupeyk entre deux sanglots.

— La ferme ! hurlai-je à nouveau.

Finalement, je trouvai. Marcella Harris avait loué l'appartement numéro 102 du 9619 Hibiscus Canyon de juin 1950 à septembre 1951. Elle avait habité là à l'époque du meurtre de Maggie Cadwallader. Une main à l'écriture minuscule avait rajouté des commentaires en marge de la liste : « frère Mme Groberg – ss loc. 2/7/51 ? » ; sur la même ligne un visa d'une encre différente était apposé avec les lettres « OK – J.V. »

Je reposai le dossier et m'agenouillai près de Janet Valupeyk tremblant de la tête aux pieds. Je replongeai mon épée dans l'eau et demandai :

— Qui vous a dit de louer à Marcella Harris, Janet ?

Elle secoua la tête avec violence. Je levai la main pour la frapper, mais j'hésitai et me contentai de la secouer par les épaules.

— Dites-le moi, nom de Dieu, ou j'appelle les poulets.

Janet se mit à trembler de la tête aux pieds.

— Eddie, dit-elle. Eddie, Eddie, Eddie, d'une voix très douce.

Comme l'était la mienne lorsque je demandai :

— Eddie qui ?

Janet me regarda avec attention pour la première fois :

— Je... je vous connais !

— Eddie qui ? hurlai-je en la secouant à nouveau comme un prunier.

— Eddie Engels. Je... je vous connais. Vous...

— Mais vous avez rompu avec lui.

— Il me tenait toujours. Oh mon Dieu, il me tenait toujours !

— Qui est Mme Groberg ?

— Je ne sais pas. Je ne me souviens pas...

— Ne me mentez pas. Marcella Harris est morte ! Qui l'a tuée ?

— Je ne sais pas. Vous avez tué Eddie !

— La ferme ! Qui est Mme Groberg ?

— C'est une bonne locataire. Elle ne ferait pas de mal...

Je n'écoutai pas la fin. Je la laissai sangloter sur son passé et courus vers ma voiture pour replonger tête baissée dans le mien en quatrième vitesse.

***

Cinq minutes plus tard, j'étais garé en travers au bout du cul-de-sac de Hibiscus Canyon. Je descendis la rue au pas de course jusqu'à l'immeuble mauresque où je passai en revue les boîtes aux lettres de l'entrée. Mme John Groberg vivait au numéro 419. Je montai les escaliers quatre à quatre jusqu'au quatrième. J'écoutai à travers la porte la télé qui gueulait un programme de jeux. Je frappai. Il n'y eut pas de réponse. Je frappai à nouveau, plus fort cette fois et entendis un juron gentil avant que l'on ne diminue le son de la télé.

A travers la porte, une voix désagréable dit :

— Qui est-ce ?

— Police, m'dame, dis-je, en imitant en toute conscience Jack Webb [1] célèbre pour « Dragnet ».

Ma réponse fut accueillie par des gloussements. On ouvrit la porte quelques secondes plus tard et je me trou-

---

1. Héros d'une série policière télévisée, célèbre pour son laconisme et son leitmotiv : « Rien que les faits, m'dame. »

vai confronté au regard d'adoration d'une matrone qui devait aimer la tchatche. Très rapidement, je jugeai que j'avais devant moi une fana d'histoires criminelles et montai mon numéro à partir de là.

Avant que la femme ne puisse demander à voir mon insigne inexistant, je déclarai avec conviction :

— M'dame, j'ai besoin de votre aide.

Elle se mit à tripatouiller sa robe d'intérieur et ses bigoudis. La cinquantaine était pour elle un souvenir lointain.

— Ou-oui, m'sieur le policier !

— Madame, une ancienne locataire de cet immeuble a récemment été assassinée. Vous en avez peut-être entendu parler ; vous avez l'air de quelqu'un qui se tient au courant de l'information !

— Eh bien, je...

— Elle s'appelait Marcella Harris.

Elle porta deux mains à sa gorge. Elle était secouée, et j'en rajoutai pour augmenter ses craintes.

— C'est exact, Mme Groberg, elle a été étranglée.

— Oh, non !

— Oh, si, madame !

— Eh bien, je...

— Madame, puis-je entrer ?

— Oh oui, monsieur le policier.

Il faisait chaud dans l'appartement surchargé de meubles qui sentait le renfermé. Je m'installai sur le canapé à côté de Mme Groberg, emplacement choisi afin de mieux la creuser.

— Pauvre Marcella, dit-elle.

— En effet, madame. Est-ce que vous la connaissiez bien ?

— Non. A vrai dire, je ne l'aimais pas, en fait. Je crois qu'elle buvait, mais j'avais un faible pour son petit garçon. C'était un amour.

Je lui balançai une lueur d'espoir.

— Le garçon va très bien, Mme Groberg. Il vit avec son père.

— Que Dieu en soit remercié.
— J'ai cru comprendre que Marcella avait sous-loué son appartement à votre frère pendant l'été 51. Vous en souvenez-vous ?

La mère Groberg se mit à rire.

— Si je m'en souviens ! C'est moi qui avais tout arrangé et c'était une erreur de taille : mon frère Morton s'adonnait à la boisson, tout comme Marcella. Il est venu d'Omaha pour travailler chez « Lockheed » et se mettre au régime sec. Je lui ai prêté l'argent du voyage et l'argent pour la location de l'appartement. Mais il est tombé sur la réserve d'alcool de Marcella et il a tout bu ! Il est resté beurré pendant trois semaines.

— Combien de temps Morton a-t-il occupé l'appartement ?

— Deux mois ! Il n'a pas dessoûlé et il a fini à l'hôpital. Je...

— Marcella est restée absente si longtemps ?

— Oui.

— Vous a-t-elle dit où elle allait ?

— Non, mais quand elle est rentrée, elle m'a dit : « On ne revient jamais chez soi. » C'est pas le titre d'un livre ?

— Si, madame. Est-ce que Marcella avait emmené son fils ?

— Non... je ne... non, je sais qu'elle ne l'a pas emmené. Elle a laissé le loupiot à des amis. Je me souviens avoir parlé à l'enfant lorsque Marcella est rentrée. Il n'avait pas aimé les gens qui l'avaient gardé.

— Marcella a bien déménagé après ça ?

— Oui.

— Savez-vous où elle est allée ?

— Non.

— Avait-elle l'air bouleversé à son retour de voyage ?

— Impossible à dire. Cette femme, c'était un vrai mystère ! Qui... qui l'a tuée, m'sieur le policier ?

— Je ne sais pas mais je le découvrirai, dis-je en guise d'adieu.

J'avais du mal à maîtriser mon exultation et mes mains tremblaient sur le volant en franchissant Cahuenga Pass jusqu'à Hollywood. Je trouvai une cabine et appelai Doc Harris. Il répondit à la troisième sonnerie :

— Parlez, c'est vous qui payez !
— Doc, c'est Fred Walker.
— Fred, comment ça va ? Ça marche, les assurances ?

Le ton plein d'une fausse gaîté enjouée m'indiqua qu'il savait très bien que je n'étais pas dans les assurances mais qu'il acceptait néanmoins de jouer le jeu.

— Comme ci, comme ça. C'est une combine comme une autre. Ecoutez, ça vous dirait de venir en balade, Michael et vous, demain ? Quelque part dans la campagne, on prend ma voiture et allez, roulez ! J'ai une décapotable.

Il y eut un silence au bout du fil. Finalement, Doc dit :

— Bien sûr, môme. Passez nous prendre à midi !
— A vous revoir ! dis-je en raccrochant.

J'allai à Beverly Hills.

Le bureau de Lorna se trouvait dans un bâtiment élevé qui jouxtait le cinéma Stanley Warner sur Wilshire près de Beverly Drive. Je me garai dans la rue et marchai jusque-là. Je jetai d'abord un coup d'œil dans la zone de stationnement à l'arrière ; je craignais que Lorna n'ait déjà terminé sa journée, mais j'étais en veine : sa Packard 50 était toujours à son emplacement. Lorna la bosseuse, toujours au boulot à dix-huit heures trente.

Le ciel virait au doré et les gens faisaient déjà la queue pour la première représentation du soir de *The Country Girl,* « Une fille de la province ». J'attendis une heure près de l'entrée du parking jusqu'à ce que le ciel prenne des teintes de cuivre poli et que Lorna apparaisse sur Canyon Drive, se serrant contre le bâtiment en coinçant sa lourde canne de bois à la jonction du mur et du trottoir.

Lorsque je la vis, je me sentis à nouveau envahi de tremblements comme par le passé. Elle marchait tête baissée, distraite. Avant qu'elle ne lève les yeux et m'aperçoive, je gravai dans ma mémoire l'expression de son visage, ses épaules voûtées et sa robe d'été légère de couleur bleue. Lorsqu'elle leva effectivement les yeux, elle dut reconnaître le Freddy Underhill de jadis, éperdu d'amour, car ses traits tirés s'adoucirent jusqu'à ce qu'elle se rende compte que nous étions en 1955, et non en 1951, et que des fossés s'étaient creusés entre temps.

— Bonjour, Lor.
— Bonjour, Freddy, dit Lorna avec froideur. Son attitude se raidit, elle soupira et s'appuya contre le marbre du bâtiment.
— Pourquoi Freddy ? C'est fini !
— Non, ce n'est pas fini, Lor. Rien n'est fini.
— Je ne veux pas discuter avec toi.
— Tu es très belle.
— C'est faux. J'ai trente-cinq ans et je prends du poids. Et ça ne fait que quatre mois.
— Ça m'a paru une vie entière !
— Ne joue pas à ça avec moi, nom de Dieu ! Tu ne penses pas ce que tu dis et je m'en fiche ! Je m'en fiche, Freddy, tu entends ?

Lorna se repoussa du mur et faillit basculer en avant. Je m'avançai pour l'aider à retrouver son équilibre et elle me tapa maladroitement de sa canne.

— Je ne veux pas, nom de Dieu ! dit-elle d'une voix sifflante. Je ne veux pas être prise sous le charme une fois de plus. Je ne te laisserai pas battre mes amis et je refuse de te reprendre.

Elle pénétra dans le parking en clopinant. Je restai en arrière en me demandant si elle me croirait, si elle me prendrait pour un fou ou si même elle s'en souciait. Je la laissai faire tout le chemin jusqu'à sa voiture. Je la regardai qui sortait les clés de son sac et courus jusqu'à elle pour les lui arracher de la main alors qu'elle commençait à ouvrir sa porte. Elle tenta de résister, puis cessa de lutter. Elle sourit patiemment et s'appuya de tout son poids sur sa canne.

— Tu n'as jamais su écouter, Freddy...

— J'ai écouté plus que tu ne le crois, répliquai-je.

— C'est faux ! Tu n'entendais que ce que tu voulais bien entendre. Et tu réussissais à me convaincre que tu écoutais. Tu jouais bien la comédie.

Je ne trouvai rien à répondre, ni riposte, ni vanne, ni supplication. Aussi, en reculant de quelques pas pour me sentir plus objectif, me contentai-je de dire :

— C'est reparti. J'ai réussi à établir un lien entre Eddie Engels et une femme qui a été récemment assassinée. Je vais aller jusqu'au bout de cette affaire, quoi qu'il m'en coûte. Quand ce sera terminé, peut-être pourrons-nous vivre ensemble ?

Lorna était parfaitement immobile.

— Tu es un malade mental, dit-elle.

— C'est suspendu au-dessus de nos têtes comme un tourment perpétuel, Lor. Peut-être aurons-nous enfin un peu de paix lorsque ce sera terminé.

— Tu es un malade mental.

— Lorna...

— Non. Nous ne vivrons plus jamais ensemble, c'est impossible ; et ce n'est pas à cause de ce qui s'est passé il y a quatre ans. Nous ne pourrons plus être ensemble à cause de ce que tu es. Non, ne me touche pas et n'essaie pas de me charmer ou de m'avoir au baratin. Je monte dans ma voiture et si tu essaies de m'arrêter, je vais te faire regretter le jour où nous nous sommes rencontrés.

Je tendis à Lorna les clés de sa voiture. Sa main tremblait lorsqu'elle s'en saisit. Elle avança maladroitement jusqu'à sa voiture qui s'éloigna en vomissant ses fumées d'échappement sur mon pantalon.

« Rien n'est jamais fini, Lorna. » dis-je à l'espace autour de moi. Mais je ne savais plus si j'y croyais moi-même.

***

Nous prîmes à l'est par la voie express de San Bernardino, capote baissée, pour fuir les rues de L.A.

aveuglées de soleil et étouffantes de chaleur : la route se déroulait au milieu d'une succession de villes ouvrières qui s'étendaient sur des terrains aussi divers que désert de sable ou bois de pins. J'étais au volant, Michael était assis près de moi sur le siège avant et Doc était vautré à l'arrière, ses longues jambes coincées contre le montant de la porte côté passager, là où Michael avait passé un bras protecteur autour de ses chevilles en battant le rythme du boogie-woogie qu'interprétait à la radio un grand orchestre de jazz.

L'air qui nous sifflait entre les oreilles se fit plus chaud et moins épais au fur et à mesure de notre ascension par une route en lacets au milieu d'une forêt de sapins. Notre destination était théoriquement le lac Arrowhead mais apparemment personne ne se souciait vraiment de savoir si nous y arriverions jamais ; nous étions perdus dans nos petits jeux silencieux – Doc et moi sachant chacun de son côté que l'autre *savait*, mais savait quoi ? Et Michael, pendant ce temps, le cou tendu au-dessus du pare-brise, avalait de pleines rafales d'air estival comme un carburant qui alimenterait ce que je savais être une brillante imagination.

Le lac Arrowhead nous apparut brusquement au bout d'une petite route d'accès broussailleuse, bleu clair et étincelant à la lumière, pareil à un mirage dans la fournaise, parsemé de petits points comme autant de canots et de baigneurs. J'arrêtai la voiture sur le bas-côté et me retournai pour faire face à mes compagnons.

— Alors, dis-je, ici ou plus loin ?

— Plus loin ! s'exclamèrent-ils à l'unisson.

J'accélérai en passant à côté de l'oasis bleue pour emprunter un sentier sinueux qui franchissait de petites chaînes de montagnes qu'on aurait dit empilées les unes sur les autres. Mais très vite mon esprit se mit en branle. Nous étions à des kilomètres de Los Angeles et j'avais du travail. Je commençais à avoir la bougeotte et je cherchai un endroit tranquille et ombragé où nous puissions nous arrêter pour le pique-nique que j'avais préparé. Presque en réponse à mon anxiété, nous apparut non loin : « Chez Jumbo – Parc Animalier et Aire de Repos ». On aurait dit un décor de western : une rue unique de vieilles maisons délabrées en bois et à un étage, avec derrière une petite zone boisée encombrée de tables à pique-nique. Un panneau à l'entrée, battu par les intempéries, proclamait : « Noël en été ! Venez voir le Renne du Père Noël chez Jumbo ! »

Je poussai Michael du coude en me garant sur l'aire de stationnement.

— Tu crois au Père Noël, Mike ?

— Il n'aime pas qu'on l'appelle Mike, dit Doc.

— Ça ne me gêne pas, répliqua Michael, mais le Père Noël, y tète une grosse pine ! Il gloussa devant son propre humour. Je ris avec lui.

— Petit blasé, lança Doc d'un ton pincé sur le siège arrière.

— Comme son papa ?

— Tout à fait comme son papa. A certains égards. Si je comprends bien, nous sommes arrivés.

— Votons. Michael ?

— Oui.

— Doc ?

— Pourquoi pas ?

Je sortis un grand sac en papier plein de sandwiches et une grosse thermos de thé glacé du coffre, et nous partîmes en balade à travers la petite ville. J'avais raison, les façades des bâtiments étaient bien des décors de studio : la « Prison de Dodge City », le « Grand Bazar de Miller », le « Saloon de Jim Diamond », le « Dancing de ceux de Quarante-neuf [1] ». Mais seuls les toits étaient intacts – les façades avaient été arrachées et remplacées par des barrières derrière lesquelles sommeillaient un assortiment d'animaux sauvages décharnés. La Prison de Dodge City contenait deux lions.

— Le roi des animaux, marmonna Doc au passage.

---

1. Ceux qui ont participé à la ruée vers l'or en Californie en 1849.

— C'est moi le roi des animaux, rétorqua Michael, en marchant à mes côtés devant son père.

Le Saloon de Diamond Jim renfermait un éléphant bouffi, gisant dans un état comateux sur un sol de ciment couvert de matières fécales.

— Y ressemble à un certain Républicain que je connais, dis-je.

— Attention ! couina Michael. Papa est Républicain et il n'aime pas les plaisanteries. Michael se mit à glousser et s'appuya contre moi. Je passai mon bras autour de lui et le serrai contre moi.

Notre dernier arrêt avant l'aire de pique-nique fut « La Salle des Fêtes et Maison en Costume de Diamond Lil », sans aucun doute un euphémisme de série B pour « Bordel ». Diamond Lil et ses filles n'étaient pas à demeure. Des babouins jacassants et laids, le visage rose, les avaient remplacées.

Michael s'arracha de mon bras. Il commença à trembler comme dans le drive-in deux jours auparavant. Il arracha du sol de grosses mottes de terre et les lança de toutes ses forces sur les babouins.

— Saletés de putains de poivrots, hurla-t-il. Saletés, dégueulasses, putains de nom de Dieu de poivrots ! Il lâcha un autre feu nourri de terre et se mit à nouveau à hurler, sans qu'un son ne sorte de sa bouche, alors que les jacasseries des créatures en cage se transformaient en cacophonie hurlante.

Michael se penchait pour ramasser d'autres munitions lorsque je le saisis par les épaules. Alors qu'il gigotait pour se libérer, j'entendis Doc qui disait d'une voix apaisante :

— Du calme, mon garçon. Du calme, petit Michael, ça va aller. Du calme...

Michael m'envoya un coude osseux dans l'estomac. Je le lâchai et il s'arracha comme une antilope en direction de l'aire de repos. Je lui laissai une belle avance avant de le suivre. Il était rapide et sprintait à toutes jambes, et je savais que dans son état il courrait jusqu'à s'effondrer.

Nous traversâmes en courant la zone boisée pour pénétrer dans un canyon miniature garni de pins rabougris. Soudain, il n'y eut plus d'endroit vers lequel s'échapper. Michael tomba au pied d'un grand pin et l'entoura farouchement de ses bras osseux en se balançant sur les genoux. Lorsque je m'approchai, j'entendis une longue plainte rauque qui s'échappait de sa gorge. Je m'agenouillai à ses côtés, posai une main hésitante sur son épaule et le laissai vider son chagrin par ses larmes jusqu'à ce que, petit à petit, il relâche l'arbre de ses bras pour les placer autour de moi.

— Qu'est-ce qu'il y a, Michael ? demandai-je avec douceur en lui ébouriffant les cheveux. Qu'est-ce qu'il y a ?

— Appelez-moi Mike, sanglota-t-il, je ne veux plus qu'on m'appelle Michael.

— Mike, qui a tué ta mère ?

— Je ne sais pas !

— As-tu déjà entendu parler d'un dénommé Eddie Engels ?

Mike secoua la tête et l'enfouit plus profondément dans ma poitrine.

— Margaret Cadwallader ?

— Non, sanglota-t-il.

— Mike, tu te souviens avoir habité à Hibiscus Canyon quand tu avais cinq ans ?

Mike leva les yeux vers moi.

— Ou-oui, dit-il.

— Tu te souviens du voyage qu'a fait ta mère pendant que tu vivais là-bas ?

— Oui !

— Ch... chut ! Où est-elle allée ?

— Je ne...

Je l'aidai à se remettre debout et passai mon bras autour de ses épaules.

— Est-elle allée dans le Wisconsin ?

— Je crois. Elle a rapporté tout plein de fromage gluant et de la choucroute qui sentait. Putains de salopards d'Allemands de boches !

Je lui soulevai le menton collé contre sa poitrine.

— Chez qui étais-tu pendant qu'elle était partie ?

Mike se tortilla pour se libérer et se mit à regarder le sol.

— Dis-moi, Mike.

— Je suis resté avec tous les mecs que ma maman voyait, tous ces oiseaux d'une nuit.

— Est-ce qu'ils t'ont bien traité ?

— Ouais. C'était des poivrots et des joueurs. Ils étaient gentils avec moi, mais...

— Mais quoi, Mike ?

Mike hurla.

— Ils étaient gentils avec moi parce qu'ils voulaient baiser Marcella ! – Les larmes avaient cessé et la haine, dans ses yeux, le vieillissait de dix ans.

— Ils s'appelaient comment ?

— Je ne sais pas. Tonton Claude, tonton l'Enflure, tonton la Baisouille. Je ne sais pas.

— Tu te souviens de l'endroit où tu es resté ?

— Ouais, je m'souviens... 6481 Scenic Avenue. Près de Franklin et Gower. Papa il a dit...

— Dit quoi, Mike ?

— Que... qu'il allait les foutre en l'air, tous les petits copains de Marcella. Je lui ai dit qu'ils étaient gentils, mais il l'a dit quand même. Fred ?

— Oui ?

— Papa m'a raconté des histoires, hier soir. Il m'a raconté une histoire sur un mec qui était flic avant. Est-ce que tu étais flic avant ?

— Oui. Qu'est-ce...

— Michael, Fred, où diable êtes-vous passés ? C'était la voix de Doc et elle n'était pas loin. Une seconde plus tard, nous l'aperçûmes. Michael s'éloigna de moi lorsque Doc apparut.

Il marcha jusqu'à nous. Lorsque je vis son visage, je sus que tous les faux-semblants avaient disparu. Son expression était un masque de haine ; les traits durs et élégants étaient tirés de l'intérieur de telle sorte que chacun des plans du visage se fondait parfaitement dans l'image d'une froideur absolue.

— Je pense que nous devrions rentrer à L.A., dit Doc.

***

Pas une parole ne fut prononcée au cours du trajet qui nous ramena à Los Angeles par un réseau en labyrinthe de voies express et de routes de surface. Mike était assis à l'arrière et Doc à l'avant avec moi, et il garda les yeux rivés droit sur la route, les deux heures durant.

Finalement, lorsque je me rangeai près de la maison, on aurait dit que c'était pour tous les trois notre première bouffée d'air depuis le départ. Ce fut alors que je sentis l'odeur âcre et piquante d'une sueur musquée qui pénétrait dans la voiture malgré la capote baissée : l'odeur de la peur.

Michael bondit du siège arrière et courut sans un mot vers son arrière-cour bétonnée. Doc se retourna pour me faire face.

— Et maintenant, Underhill ?
— Je ne sais pas. Je me taille de la ville pour un moment.
— Et ensuite ?
— Ensuite, je reviendrai.

Harris sortit de la voiture. Il me regarda de toute sa hauteur. Il esquissa un sourire mais je ne laissai pas son visage glacé aller jusque-là.

— Harris, si vous faites du mal à ce garçon, je vous tuerai, dis-je avant de m'éloigner en direction d'Hollywood.

***

Scenic Avenue était une rue latérale à environ deux kilomètres au nord d'Hollywood Boulevard. Le numéro 6481 était une petite maison en pierre de style campagnard sur le côté sud. Un petit jardin rempli de mauvaises herbes était entouré d'une palissade blanche. L'endroit était désert, et je savais qu'il en serait ainsi ; toutes les fenêtres de façade étaient brisées et la porte de bois fragile était à moitié enfoncée.

Je fis le tour de la maison. Le jardin de derrière était le même que celui de devant – palissade et mauvaises herbes identiques. Je découvris le coffret électrique près de la clôture, attaché à un poteau téléphonique et j'introduisis en force un long morceau de bois qui traînait là sous les charnières pour en faire sauter le couvercle. Je bricolai les commutateurs pendant cinq minutes jusqu'à ce que le crépuscule, sous le linceul du 6481, s'illumine d'une lumière aussi brillante que le jour.

Je franchis la véranda de service en bois en me payant de toupet et entrai par la porte de derrière. Je traversai ensuite sans faire de bruit toute la maison en savourant chacune des nuances du mal que j'y sentais présent.

Ce n'était qu'une maison banale pour une seule famille, privée de tous ses meubles, privée de tout signe d'habitation, privée même des poivrots qui vivaient habituellement dans ce genre d'endroit ; mais elle vivait d'une aura indescriptible où se mêlaient le maladif et la terreur et qui imprégnait chaque mur, chaque latte du plancher, chaque recoin tissé de toiles d'araignées.

Sur le plancher de chêne de la chambre, près d'un matelas retourné, je trouvai une large flaque de sang séché. Ç'aurait pu être quelque chose d'autre, mais je savais que c'était du sang. Je soulevai le matelas debout ; le fond en était détrempé d'une matière brunâtre.

Je trouvai ce que je savais être de vieilles traces de sang dans la baignoire, dans le placard de cuisine et sur les murs de la salle à manger. D'une certaine manière, chaque nouveau signe de carnage m'emplissait d'un sentiment de calme à chaque fois plus profond. Jusqu'à ce que j'entre dans le réduit qui jouxtait la cuisine et que je voie le lit d'enfant, ses barreaux éclaboussés de sang, la natte qui en doublait le fond épaisse de sang coagulé, et l'ours en peluche qui gisait mort dessus, ses tripes de coton dégorgeant de son corps, détrempées d'un sang d'un autre temps, pour me saisir.

Je sortis alors, comprenant que j'avais trouvé là ce territoire des morts qui avait été le sujet des écrits de Walker La Fêlure, tant d'années auparavant.

V

Hollande en Wisconsin

19

Je regardais par le hublot les hélices qui se taillaient un chemin au milieu d'un plafond de nuages houleux au-dessus du Pacifique. L'avion amorça alors un virage à gauche et se dirigea vers le continent pour le long voyage vers cette Amérique du centre que je n'avais jamais vue : d'abord Chicago, puis un vol de liaison jusqu'au sud du Wisconsin, lieu de naissance de Margaret Cadwallader et Marcella De Vries Harris. La Californie, l'Arizona et le Nevada défilèrent sous moi et je cessai de contempler ces paysages arides pour porter mon regard sur les hélices bourdonnantes et me sentir hypnotisé par leur mouvement circulaire. Au bout d'un moment, un processus de synchronisation prit le relais : mon esprit commença à tourner en cercles parfaits, logiquement, chronologiquement, sur un thème unique : Marcella De Vries était née à Tunnel City, Wisconsin, en 1912. Tunnel City se trouvait à cent trente-cinq kilomètres de Waukesha, lieu de naissance de Maggie Cadwallader en 1914. Deux années et cent trente-cinq kilomètres les séparaient.

— « *Je ne suis qu'une paysanne du Wisconsin* » m'avait dit Maggie. Elle avait aussi piqué une crise d'hystérie en voyant mon revolver personnel. « *Non, non, non, non* » avait-elle hurlé, « *je ne vous laisserai pas me faire du mal ! Je sais qui vous a envoyé !* »

Six mois plus tard, elle était morte, étranglée dans la chambre même où nous avions fait l'amour. L'époque de sa mort coïncidait avec le départ précipité de Marcella Harris pour des destinations inconnues.

— « *On ne revient jamais chez soi* » avait dit Marcella à sa voisine, Mme Groberg.

— « *Du fromage gluant et de la choucroute qui sentait* » s'était rappelé son fils, spécialités nationales des Allemands, Néerlandais, Polonais qui constituent la majeure partie de la population du Wisconsin.

Une hôtesse avenante m'apporta du café mais ne reçut en guise de remerciements qu'un grommellement distrait. Je fixais du regard l'hélice la plus proche et la regardais couper les airs avec un sentiment de profonde symbiose entre le passé et le présent, en même temps que la logique déroulait ses méandres plus avant. Eddie Engels et Janet Valupeyk avaient été amants. Eddie avait été intime avec Maggie Cadwallader. Eddie avait dit à Janet au début de l'été 51 de louer à Marcella Harris l'appartement d'Hibiscus Canyon. Il fallait que tout soit lié, il ne pouvait en être autrement car tout concordait trop parfaitement.

***

Lorsque l'avion atterrit à Chicago et que je retrouvai la terre ferme, je décidai de changer mes plans et de louer une voiture pour franchir les cent cinquante ou soixante kilomètres qui me séparaient du Wisconsin. Je trouvai une Ford qui promettait à la voir de rouler sans problèmes, auprès d'une agence de location, et pris la route. Le crépuscule commençait à tomber et il faisait encore très chaud. Une brise en provenance du lac Michigan faisait de son mieux pour rafraîchir l'atmosphère sans y parvenir.

Je roulai jusqu'en plein cœur de la ville à regarder les touristes de début de soirée et les lécheurs de vitrines sans savoir ce que je cherchais. En passant près d'une boutique d'imprimerie, je sus que j'avais trouvé ma destination. J'entrai et fis l'achat, pour la somme de cinq dollars, d'un vernis de protection : deux cents fausses cartes de visite d'enquêteur pour les assurances avec mon véritable nom et une adresse et un numéro de téléphone à Beverly Hills qui faisaient très classe.

Dans une boutique de farces et attrapes toute proche, j'achetai trois insignes d'aspect raisonnablement réaliste qui faisaient de moi un « Shérif Adjoint », un « Sténographe Officiel de la Police » et un « Enquêteur

International ». En regardant ce dernier de plus près, je décidai de le jeter par la fenêtre : il avait cet aspect caractéristique des cadeaux offerts aux mômes dans les boîtes de céréales. Les deux autres avaient l'air vrai, mes cartes de visite avaient l'air vrai, et le 38 automatique, dans ma valise, lui, était vrai. Je me trouvai une chambre d'hôtel au nord de la ville et me couchai tôt ; j'avais un rencart brûlant avec l'histoire et je voulais être frais et dispos pour l'affronter.

Les couleurs du Wisconsin Sud couvraient la gamme de tous les verts imaginables. Je traversai les limites entre l'Illinois et le Wisconsin à huit heures du matin, et quittai la large route inter-états à huit voies, pour faire prendre à ma Ford la direction du nord, sur une bande étroite de chaussée goudronnée qui traversa une succession de fermes d'élevage interrompue tous les quelques kilomètres par de petits lacs.

***

Je faillis rater Tunnel City et repérai le panneau indicateur au dernier moment. Je braquai brutalement à droite et m'engageai sur une route à deux voies qui passait au beau milieu d'un gigantesque champ planté de choux. Au bout de huit cents mètres, une pancarte annonçait « Tunnel City, Wis. Pop. 9818 ». Je cherchai en vain le tunnel avant de me rendre compte que la ville devait probablement son nom à quelque système souterrain d'irrigation qui alimentait en eau les champs de choux qui l'entouraient à perte de vue.

La ville elle-même était restée pareille à tous points de vue à ce qu'elle était cinquante ans auparavant : tribunal en briques rouges, magasins de graines et d'alimentation en briques rouges ; bazar en briques rouges ; drugstore, épicerie et bibliothèque municipale en briques blanches. Le centre d'intérêt de la petite communauté semblait être les deux magasins d'équipement agricole à façade vitrée, situés l'un en face de l'autre de chaque côté de la rue, leurs vitrines d'une clarté de cristal encombrées de machines épatantes flambant neuf.

Quelques hommes en bleu de travail, le teint bronzé, faisaient face à chacune des vitrines en bavardant agréablement. Je rangeai ma voiture et me joignis à l'un des groupes, sur le trottoir. Il faisait très chaud et très humide et je trempai la veste immédiatement. On me repéra tout de suite comme un combinard de la ville et je vis les petits signaux discrets qu'ils se passèrent les uns aux autres. Je sus que j'allais faire les frais de quelque plaisanterie et je m'y résignai.

J'étais sur le point de dire « Bonjour » lorsque le plus imposant des trois hommes tout de suite en face de moi secoua la tête tristement en disant :

— Pas très beau, ce matin, jeune homme.
— Il fait un peu lourd, dis-je.
— Venez de Chicago ? demanda un homme de petite taille aux sourcils proéminents. – Ses petits yeux bleus dansaient de plaisir de savoir qu'il en tenait un en chair et en os.

Je ne voulus pas le décevoir :
— Je viens d'Hollywood. On peut avoir tout ce qu'on veut à Hollywood sauf de la bonne choucroute, alors je suis venu au Wisconsin parce que je ne pouvais pas me payer le voyage jusqu'en Allemagne. Emmenez-moi auprès du grand chef des choux !

Cela me valut un gros éclat de rire de tous côtés. Je fouillai dans la poche de ma veste et en sortis une poignée de cartes de visite pour en distribuer à chacun des trois hommes.

— Fred Underhill, « Assurances Amalgamated », dis-je.

Comme les fermiers à l'allure flegmatique ne paraissaient pas impressionnés outre mesure, je laissai tomber ma bombe :

— Ca vous arrive de lire les journaux de L.A. ?
— J'y vois pas de raison, dit le grand.
— Pourquoi ? dit l'homme aux sourcils proéminents.

— Qu'est-ce que ça à voir avec le prix du fromage au Wisconsin ? demanda un autre.

Ce fut pour moi le signal du départ.

— Une fille de Tunnel City s'est fait assassiner à Los Angeles, le mois dernier. Marcella De Vries. Nom d'épouse Harris. On n'a pas retrouvé le meurtrier. J'enquête sur une demande d'indemnité et je travaille en collaboration avec la police de L.A. Marcella était ici il y a quatre ans et il se peut qu'elle soit revenue même plus tard. J'ai besoin de parler aux gens qui l'ont connue. Je veux le fils de pute qui l'a tuée. Je... Je laissai ma voix se perdre.

Les hommes me fixaient du regard, impassibles. Leur manque de réactions m'indiqua qu'ils connaissaient Marcella De Vries et n'étaient pas surpris par son assassinat. Leurs visages immobiles me disaient aussi que pour eux, Marcella De Vries était une aberration qui dépassait largement les limites de leur entendement.

Personne ne dit mot. L'autre groupe d'adorateurs du tracteur avait interrompu sa conversation et me regardait. J'indiquai un bâtiment blanc à trois étages de l'autre côté de la rue avec une enseigne qui disait : « Hôtel du Blaireau – Des Chambres Toujours Propres ».

— Est-ce que leurs chambres sont vraiment toujours très propres ? demandai-je à mon auditoire profondément attentif.

Personne ne répondit.

— Je m'installe là, dis-je. Si l'un d'entre vous désire me parler ou connaît quelqu'un susceptible de le faire, c'est là que je serai.

Je verrouillai ma voiture, sortis ma valise du coffre et allai jusqu'à l'Hôtel du Blaireau.

***

Je restai étendu sur mon lit quatre heures durant, en caleçon et maillot de corps, dans l'attente d'un déferlement de fermiers disposés à me décrire par le détail tous les aspects de la vie de Marcella De Vries. Personne n'appela, personne ne frappa à ma porte. Je me sentais comme le marshall qu'on a appelé pour nettoyer la ville de ses voyous qui découvre que les habitants du coin ont une peur panique de lui.

Je regardai ma montre : cinq heures trente. La chaleur et l'humidité étouffantes commençaient à tomber, aussi je décidai d'aller faire un tour. Je m'habillai d'un pantalon et d'une chemise de sport et franchis le hall très propre de l'Hôtel du Blaireau d'un pas nonchalant sous l'œil soupçonneux du réceptionniste très propre, avant d'aborder les rues très propres de Tunnel City, Wisconsin.

Tunnel City n'avait qu'une rue commerçante portant le nom approprié de Grand-Rue. Tout ce qui pouvait exister comme commerces à Tunnel City se trouvait dans cette seule et unique rue. Les rues résidentielles s'étendaient à partir de ce pivot commercial pour rayonner jusqu'aux terres cultivées avoisinantes.

Je marchai plein sud, vers les champs de choux, et je ne me sentais pas à ma place. Toutes les maisons que je laissais derrière moi étaient blanches, avec pelouse de façade parfaitement entretenue et plantée d'arbres et d'arbustes soigneusement taillés. Toutes les automobiles stationnées dans toutes les allées étaient propres et étincelantes. Les gens assis sous leurs vérandas avaient l'air fort et résolu.

J'allai jusqu'aux limites du Tunnel City proprement dit, là où commençaient les terres nourricières. En retournant à mon hôtel, je compris pourquoi Marcella De Vries avait dû partir – et pourquoi elle avait dû revenir.

Je flânais le long de la Grand-Rue en quête d'un endroit où manger, lorsqu'un homme traversa la rue à ma rencontre. Il venait de la direction de l'hôtel. C'était un homme grand, la quarantaine, vêtu de jeans et d'une chemise de sport à carreaux. Il y avait en lui quelque chose de différent, et lorsque son regard vint se poser sur moi, je sus qu'il voulait parler.

Arrivé sur le trottoir, il se planta fermement au beau milieu de mon chemin et allongea une grande main osseuse. Je la lui serrai.

— Je m'appelle Will Berglund, monsieur l'agent.

— Fred Underhill, M. Berglund, et je ne suis pas policier, je suis enquêteur d'assurances.

— Je m'en fiche. J'ai connu Marcie De Vries mieux que quiconque. Je...

L'homme était manifestement très ému.

— Où pouvons-nous parler, M. Berglund ?

— Je suis propriétaire du cinéma de la ville. (Il indiqua la Grand-Rue, un peu plus loin.) La dernière séance est à neuf heures quarante-cinq. Retrouvez-moi là-bas à ce moment-là. Nous pourrons parler dans mon bureau.

***

Lorsque je pénétrai dans le hall du cinéma du Blaireau, Will Berglund fit prendre la porte aux derniers spectateurs, la verrouilla, et sans un mot, me conduisit jusqu'à un bureau à l'étage, encombré de sièges délabrés et d'appareils de projection inopérants.

— J'aime bien rafistoler, dit-il en guise d'explication.

Je pris un siège sans qu'on me l'offre et il en prit un aussi, en face de moi. Les questions me venaient les unes après les autres, questions que je n'eus jamais l'occasion de poser – ce n'était pas la peine. Berglund ouvrit toutes les fenêtres de la pièce pour l'aérer et commença à parler.

Il parla sans interruption pendant sept heures, tour à tour d'une expression plaintive, morose, mais par dessus tout pleine d'une soumission tragique devant la chose acceptée. C'était un récit intime, panorama de la vie d'une petite ville, des bavardages d'une petite ville, des espoirs d'une petite ville et des châtiments d'une petite ville. C'était l'histoire de Marcella De Vries.

Ils avaient été amants dès le commencement, d'abord en esprit avant de l'être de chair.

La famille Berglund avait émigré de Norvège l'année où les De Vries quittaient la Hollande. Un réseau d'amis et de cousins du Vieux Pays avait procuré du travail aux deux familles dans les parcs à bestiaux de Chicago.

Nous étions en 1906 et le travail ne manquait pas. Les hommes Berglund devinrent contremaîtres par leur courage, les De Vries, experts-comptables grâce à leur esprit plus vif. Les trois frères Berglund ainsi que Piet et Karl De Vries partageaient un rêve commun aux immigrants – le rêve du pouvoir comme au Vieux Pays, le rêve de la terre.

Les cinq hommes, alors âgés d'une trentaine d'années, étaient impatients. Ils savaient que le pouvoir féodal qu'ils désiraient si désespérément ne s'obtiendrait jamais par l'usure, à mendier, emprunter, gratouiller sou par sou et abattre le bétail à coups de merlin de cinq kilos. Le temps avait joué contre eux, et l'histoire jouait contre eux. Mais ils avaient pour eux une tête et une nature impitoyables, qui composaient avec leur ferveur calviniste : ils s'engagèrent tous les cinq dans la voie du crime, avec un seul but à l'esprit : amasser vingt-cinq mille dollars.

Cela demanda trois années et coûta deux vies, une à chaque famille. Les Berglund et les De Vries devinrent cambrioleurs et voleurs à main armée. Piet De Vries était le chef et trésorier incontesté, Willem Berglund, son second. C'était eux qui préparaient les coups, surveillants astucieux de l'impétuosité d'un Karl De Vries et de la violence déclarée de Hasse et Lars Berglund.

Piet était un intellectuel romantique, et un amoureux passionné de Beethoven. Il adorait les pierres précieuses et convertissait l'argent glané au cours des cambriolages du gang en diamants et rubis qu'il revendait ensuite, avec un petit bénéfice, sur le marché des matières premières en conservant toujours quelques petites pierres pour lui. Il aspirait à devenir voleur de bijoux – pour le côté romanesque comme pour le bénéfice – et il mit sur pied le vol à l'intimidation d'une dame patronnesse de Chicago, vieillissante, chargée de bijoux, dont on savait qu'elle se rendait à l'Opéra sans escorte. Son frère Karl et Lars Berglund étaient chargés de faire le boulot. Nous étions en 1909 et l'argent du vol les mettrait bien au-delà de leur limite fixée à vingt-cinq mille dollars.

La femme se déplaçait depuis son domicile, situé au bord des quartiers nord, en voiture à cheval. Les hommes l'attendaient sous l'escalier de sa demeure de pierre, armés de revolvers. Lorsqu'elle se rangea contre le trottoir et que le cocher l'aida à gravir les marches, Karl et Lars bondirent de leur cachette, s'attendant à venir à bout de leur proie sans difficulté. Le cocher fit feu sur eux, les atteignant en plein visage à bout portant, grâce à un Derringer à six coups spécialement fabriqué.

Les trois membres survivants de l'association Berglund-De Vries s'enfuirent à St Paul, Minnesota, avec dix-huit mille dollars en liquide et bijoux. Hasse Berglund voulait tuer Piet De Vries. Une nuit, ivre, il essaya. Willem Berglund s'interposa, en battant Hasse jusqu'à l'inconscience avec une canne alourdie de plomb. Hasse en garda des séquelles irréparables au cerveau, et Willem fut submergé de culpabilité. Pour apaiser la culpabilité de Willem, Piet plaça le maintenant débile Hasse en asile, en payant deux mille dollars au directeur de l'association pour le garder là à perpétuité.

Où vouliez-vous qu'aillent deux immigrants, l'un norvégien, l'autre hollandais, avec seize mille dollars en poche, sans femmes ni enfants et, plus encore, sans terre à eux ? Leur rêve était une ferme d'élevage, mais c'était maintenant impossible. Seize mille dollars ne suffisaient pas à acheter deux fermes et la copropriété était hors de question – les deux hommes étaient liés par le sang versé, mais sous l'astreinte de leurs attaches, la haine veillait. Alors ils voyagèrent, menant une vie frugale, se laissant porter à la dérive à travers le Minnesota et le Wisconsin pour aboutir, en 1910, à cinquante kilomètres à l'est de Lac Geneva, dans une petite ville au milieu d'un champ géant planté de choux.

Ils épousèrent les premières filles de leurs pays natals respectifs qui se montrèrent gentilles à leur égard : Willem Berglund convola avec Anna Nyberg, dix-sept ans, née à Oslo, grande et blonde, le corps frêle et le visage d'une beauté digne d'un camée. Piet De Vries épousa Mai Henderfelder, la fille d'un magnat du transport maritime de Rotterdam, aujourd'hui ruiné, parce qu'elle aimait Brahms et Beethoven, avait un beau corps et savait faire la cuisine.

Tunnel City en 1910 avait le chou, mais aspirait également au summum du commerce du Wisconsin : le fromage. Piet De Vries, trente-sept ans, garçon de ferme laitière, hollandais, et Willem Berglund, trente-neuf ans, norvégien, employé de banque et laitier à mi-temps, ne désiraient rien moins qu'un royaume laitier, mais au vu de leurs fonds épuisés, ils se trouvèrent confrontés à contrecœur à d'autres choix.

La terre eut le dernier mot – de riches fermiers producteurs de fromage en achetaient des quantités énormes, des hectares qui s'étendaient jusqu'à Lac Geneva, hectares dont la terre avait une consistance et une température qui s'avérèrent bientôt presque totalement impropres à l'élevage de vaches laitières en grand nombre. Mais c'était une terre *merveilleuse* pour cultiver le chou.

Aussi, Piet De Vries et Willem Berglund, à contrecœur, firent comme tout le monde, et se jetèrent à l'eau avec leurs seize mille dollars en achetant deux parcelles de terre jumelles uniquement séparées par une route de campagne poussiéreuse.

Le chou leur apporta une prospérité modérée, et la vie conjugale – au début tout au moins – un bonheur modéré. Willem et Anna eurent deux garçons jumeaux, Will et George ; tandis que Piet et Mai produisaient Marcella et John, à deux ans d'intervalle.

Willem jouait aux échecs en solitaire et allait s'épuiser à courir de longs trajets sur les routes de campagne. Piet apprit par lui-même à jouer du violon et écoutait un Beethoven crachotant sur son Victrola nouvellement acheté. Les deux hommes firent la paix, une paix amère à ses débuts qui se changea en respect mutuel. Bien que de sangs différents, leurs liens couraient profond. En dépit de la proximité de leurs propriétés, ils se rendaient rarement visite : lorsque c'était le cas, ils se comportaient l'un à l'égard de l'autre avec la déférence exagérée de ceux qui se craignent mutuellement.

Leurs concitoyens les considéraient tous deux comme des anormaux pour avoir emprunté des chemins différents des leurs. Et ils se fondaient non sur la réserve de ces deux hommes mais sur quelque chose qu'ils avaient dans le regard, quelque savoir secret et fascinant.

Et ce savoir passa à la seconde génération. Les gens de Tunnel City le discernèrent également, aussitôt que les petits Will et Marcella furent assez grands pour marcher, parler et réagir face à un environnement dont ils savaient qu'il n'était pas assez bon pour eux.

Marcella De Vries et les jumeaux Will et George Berglund virent le jour à trois mois d'écart, en 1912. Marcella fut la première à naître. Piet était extatique. Il avait désiré une fille et il en avait une – potelée et rose, et rousse comme lui. Willem voulait un héritier mâle et obtint ce qu'il désirait – par deux fois. Mais George fut un enfant chétif et maladif, et il pesait à la naissance moitié moins que son jumeau plein de santé. Très vite, on diagnostiqua un retard mental irrécupérable. A l'âge de trois ans, alors que Will montrait déjà de remarquables capacités à s'exprimer avec le ton précisément modulé d'un adulte instruit, George était incapable de se tenir debout, bavassait comme un enfant idiot et battait des bras comme un poulet.

Willem haïssait l'enfant. Il voyait en lui une punition hideuse, qu'un Dieu plein de haine avait perpétré à son égard, un Dieu auquel il n'avait plus recours. Il haïssait sa femme, il haïssait Dieu, il haïssait le chou et il haïssait Tunnel City, Wisconsin. Mais plus que tout, il haïssait maintenant et pour de bon Piet De Vries.

Tout semblait réussir à Piet. Il aimait sa femme, il aimait son violon, il aimait son Victrola et il aimait ses enfants : la précoce Marcella, aux cheveux rouges et aux yeux verts translucides, dont les taches de rousseur sombres semblaient flotter comme poignées de son sur son joli visage, Marcella qui, bien que volontaire et gâtée au point de devenir tyrannique lorsqu'elle n'obtenait pas satisfaction, était néanmoins la fille ardente et aimante dont il avait toujours rêvé ; et le petit Johnny – treize livres à la naissance – rieur, heureux, brise-tout et maladroit vu son calibre, l'amour de toute la famille. Toujours, toujours en train de rire. « Mon petit dinosaure » l'appelait Piet avant de lui tirer une queue imaginaire collée au derrière jusqu'à ce que le père et le fils s'effondrent dans les bras l'un de l'autre dans une orgie de rires joyeux.

George Berglund, qui ne marcha jamais ni ne prononça le moindre son humain, mourut de la scarlatine en 1919. Il avait sept ans. Willem l'enterra dans un sac de toile grossière, dans une tombe à fleur de terre près de la remise à outils qui jouxtait la maison.

Piet traversa la route pour offrir ses condoléances à l'homme auquel il n'avait pas parlé depuis plus d'un an. Willem le gifla avant qu'il ait pu dire un mot.

Hasse Berglund mourut l'année suivante. Sodomisé à maintes reprises par les autres internés de l'asile, il ne put le supporter plus longtemps et se jeta dans le vide d'une crête qui dominait une carrière de granit où l'on obligeait les pensionnaires à travailler.

Le directeur de l'asile adressa une lettre à Willem exigeant deux cents dollars pour faire des « funérailles décentes de chrétien » au « garçon ». Il n'obtint jamais son argent. Willem oublia tout simplement de l'envoyer ; il avait d'autres choses en tête. Il lui fallait détruire Piet De Vries. Il en parlait à Anna, tard le soir. Le jeune Will écoutait à la porte de la chambre : Piet avait été responsable des morts de Lars et de Hasse – et même de Georgie, le petit débile. C'était le passé et c'était suffisant. Mais aujourd'hui, Piet et sa petite rouquine rusée de fille essayaient de détruire Will, la prunelle des yeux de Willem, le seul qui restât de son sang, par la poésie, la musique et Dieu sait quoi d'autre encore. Dieu ! Willem, d'une voix d'hystérique, expliquait alors à une Anna en sanglots, qu'il n'y avait pas de Dieu au-delà de sa terre et de sa famille, et par Dieu, c'était ce qu'il allait faire comprendre à Piet !

***

Marcella et Will se connurent par l'instinct, par l'esprit et par l'habitude. Avec l'instinct d'animaux faits pour se rencontrer et s'accorder ensemble, ils se trouvèrent malgré la route de campagne poussiéreuse qui séparait les deux fermes, malgré l'héritage d'ambition et de violence qui liait leurs pères. Que ces deux-là se trouvent était si juste que Willem Berglund et Piet De Vries se contentèrent de contempler en spectateurs et de laisser les choses suivre leur cours.

Les choses suivirent leur cours. A l'âge de quatre ans, les deux enfants trottinaient ensemble jusqu'au milieu des champs de choux pour aller y bâtir des maisons faites de cette terre brune qui coulait dans les fossés d'irrigation. Souvent, à la fin d'une journée passée à jouer dans les champs, ils s'en revenaient à la maison des De Vries et apprenaient des airs de musique sur le piano de Mai.

A l'âge de sept ans, l'année de la mort de George, ils découvrirent la ville et descendaient main dans la main la Grand-rue jusqu'à la bibliothèque municipale où ils lisaient pendant des heures, charriant des brassées entières de livres jusqu'à la pergola, à l'arrière du bâtiment de briques blanches. L'hiver, ils se cachaient dans la cahute en bois où l'on gardait la nourriture pour les animaux, se faisaient un feu de brindilles et se racontaient des histoires jusqu'à tomber de sommeil.

Personne – ni Willem, ni Piet, ni leurs épouses, ni les voisins – ne prenait ombrage de cet état de choses. D'une certaine façon, il était entendu de manière implicite que ces deux enfants étaient les gages d'une trêve chargée de malaise entre les deux familles et que si on les laissait libres d'être ensemble, il n'y aurait plus de tragédies.

Mais arrivèrent les années vingt, Willem se mit à boire, et ses divagations nocturnes à l'encontre de Piet gagnèrent une véhémence nouvelle. Will, âgé alors de dix ans, avait depuis longtemps cessé de croire que son père mettrait jamais ses menaces à exécution, mais les choses changeaient de cours. Lui et Marcella étaient en train de changer. Leurs conversations s'interrompaient de plus en plus fréquemment par des chahuts et des bousculades qui, inévitablement, les conduisaient à toucher, à embrasser, à examiner. Ils devinrent très vite amants de chair, et très vite on eût dit que tout le monde était au courant, avec une répugnance mêlée de crainte.

A douze ans, Marcella était plus grande que Will, les seins déjà formés, une peau tachée de rousseur, lisse et tendue sur des hanches larges. Les hommes de la ville, après un regard lancé sur elle, se sentaient immédiatement coupables des pensées qu'elle suscitait. Ces mêmes hommes regardaient Will et le haïssaient pour ce qu'ils savaient être son partage.

Les deux enfants superbes, amoureux de poésie et de nature, qui descendaient la Grand-Rue, perdus l'un dans l'autre, attiraient force attention dans une petite communauté de fermiers sérieux. Les commérages de village – auxquels se mêlait l'étrangeté de Piet et Willem – firent que curiosité et ressentiment se mirent à couver, et les deux amants commencèrent à transporter leurs amours de manière clandestine aux lieux qu'ils se trouvaient, une butte ou un lit d'herbe, ou un champ envahi de végétation où le feuillage était assez dru pour les cacher.

En 1926, Willem commit son premier acte manifeste contre Piet : il déchargea de grands tas de fumier dans ses vannes d'irrigation. Piet le sut et ne fit rien en guise de représailles. Une semaine plus tard, on découvrit le chien de Piet, un colley, battu à mort. Piet ne fit toujours rien.

Tard le soir, Will entendait son père caqueter d'une voix d'ivrogne à l'épouse qui en était arrivée à le haïr. Piet était un lâche, disait-il, que sa musique de fillette avait complètement ramolli. Un homme qui ne venge pas sa terre vaut moins qu'un chien mort. Willem hurla, et par Dieu, un lâche n'a pas le droit de posséder de la terre.

Will observait et écoutait par un judas dans le plafond, que Piet lui avait dit d'aménager il y avait déjà longtemps. Will sut que cette fois c'était différent, que la pusillanimité de son père, si longtemps freinée par la peur que lui inspirait Piet, commençait à passer. Willem était impressionné par le peu d'empressement que montrait Piet à lui rendre la pareille et le jeune Will savait que son père irait cette fois aussi loin qu'il le pourrait dans sa vengeance.

Will aimait beaucoup Piet et il lui dit ce qu'il savait. Piet secoua la tête et dit deux choses à Will : « Ne dis rien à Marcella, et dis à ta mère d'aller dans sa famille à Green Bay et d'y rester. »

Anna Berglund partit pour le nord du Wisconsin le lendemain, et Marcella était déjà au courant, informée grâce aux rapports presque télépathiques qui existaient entre elle et Will.

Et ce fut elle qui exerça les représailles. Marcella savait que Willem passait son jeudi matin en ville pour retirer de l'argent à la banque afin de payer ses ouvriers et d'acheter des provisions. C'est là qu'elle l'attendit, dans le hall d'entrée de l'Hôtel du Blaireau, armée de haine pour le père de son amant, d'amour et de mépris ardents pour le sien.

Les gens de la ville sentaient que quelque chose allait

se passer : Marcella De Vries, élève brillante, n'était pas allée en classe ; au lieu de cela, elle attendait, rageant en silence dans son fauteuil capitonné, son teint habituellement pâle aujourd'hui aussi fleuri que sa chevelure rousse et brillante, à se tordre les mains et à regarder fixement par la fenêtre vitrée, les yeux rivés sur la National Bank. Une foule se forma à l'extérieur de l'hôtel.

Willem fit son apparition à neuf heures, à l'ouverture de la banque. Marcella attendit qu'il en ait fini avec ses démarches avant de traverser la rue pour l'attendre. Il franchit le seuil de la banque quelques minutes plus tard, chargé d'un sac de papier marron plein d'argent. Lorsqu'il aperçut Marcella, il y eut un silence effrayant, puis Marcella se rua sur lui, arrachant et jetant au sol le sac de papier qui se renversa. Les billets verts se mirent à flotter dans la Grand-Rue sous le vent d'avril et la foule observa, horrifiée et impressionnée, Marcella De Vries, quatorze ans, assouvissant sa vengeance. Elle frappa, joua du pied, des dents et des griffes et envoya Willem Berglund au sol, rossé de coups, lui arrachant de la ceinture sa bouteille de whisky pour lui en déverser le contenu sur la figure tout en l'injuriant en anglais, en hollandais et en allemand, jusqu'à ce que sa rage et sa gorge n'en puissent plus.

Elle réserva le meilleur de son courroux pour son propre père, sa mère et son amant. Eux aussi étaient des lâches, et c'était bien pis, parce que ces trois-là, elle les aimait.

Marcella fit le ménage chez elle, cette « Nuit de Walpurgis » en Wisconsin ; elle informa sa douce mère que cette ferme n'était pas un endroit pour une faible femme, qu'il fallait qu'elle s'en aille jusqu'au jour où son mari serait assez fort pour offrir abri et protection à une femme de sa sorte. Piet ne fit pas un geste pour arrêter sa fille. Autant il adorait son épouse, autant il était impressionné par sa rouquine de fille qui avait ses traits.

Mai Henderfelder De Vries partit ce soir-là chercher

refuge chez des amis à Lac Geneva. Marcella avait aussi des directives pour son père : fini de bricoler avec son violon, d'écouter son Victrola ou de lire avant d'avoir goûté à l'épuisement après des journées de labeur passées dans les champs en compagnie des immigrants allemands qu'il engageait pour presque rien. Honteux et humilié au-delà des mots, Piet acquiesça en silence. La furie de Marcella ne s'arrêta pas là : elle exigea de lui qu'il renonce à Dieu, à Jésus-Christ et à l'Eglise Réformée de Hollande. Piet refusa. Marcella tempêta. Piet continua à se dérober jusqu'à ce que Marcella lui dise simplement, avec une brutalité sans appel : « Si tu refuses, tu ne nous reverras plus jamais, Johnny et moi. »

En sanglotant, abject dans son avilissement, il accepta.

***

Will n'avait pas aidé Marcella à humilier son propre père. Marcella considéra que c'était là la trahison ultime.

Bien sûr, tout fut fini entre eux, et il ne resta plus de ce couple lumineux et choisi que des fragments ternis ; mais cela ne suffisait pas à Marcella. Elle voulait pousser sa vengeance plus loin encore – par quelque chose qui consoliderait son mépris pour la famille Berglund et Tunnel City, Wisconsin, dans leur entier.

Will et Marcella s'échangeaient des lettres d'amour depuis des années, des lettres explicites, pleines de références à leurs jeux amoureux et dégoulinantes de mépris pour les manières mesquines de petite ville de province de Tunnel City. Dans ces lettres, ils tournaient en dérision les organes génitaux d'éminents citoyens de la ville, ils dénonçaient avec véhémence les professeurs du lycée de Tunnel City comme autant de bouffons, et Willem Berglund s'y trouvait l'objet de leurs satires, disséqué avec méchanceté jusqu'au plus petit détail.

Marcella savoura les lettres que son mollasson d'amant lui avait envoyées. Elle envisagea ce qu'elle pourrait en faire et décida d'attendre avant de les utiliser.

Les commérages de la petite ville continuèrent bon train lorsque Willem entreprit de se tuer méthodiquement à l'alcool ; Piet travaillait aux côtés de ses ouvriers et Marcella et Will allaient au lycée sans plus jamais s'adresser la parole.

Marcella s'était trouvé une nouvelle cause : son frère, Johnny. Johnny, à quatorze ans, mesurait un mètre quatre-vingt quinze et il était blond comme sa mère. C'était un sauvage mais un garçon tranquille qui préférait la compagnie des animaux, pillant volontiers les placards à provisions des fermes avoisinantes pour y dérober des quartiers de bœuf et de porc afin de nourrir les légions de chats et de chiens abandonnés qui erraient aux alentours de la ville.

Marcella, son amant perdu, devint la bienfaitrice, la conseillère, la préceptrice et le réconfort du géant errant. A la suite de la perte qu'elle avait éprouvée, elle tint son frère sous une férule farouche, et enseigna au garçon, intelligent mais paresseux, des sujets aussi divers que la géométrie et la poésie, l'histoire médiévale et le calcul. Elle éveilla en lui plus que lui-même n'avait conscience de posséder, et ce faisant, elle alla jusqu'au fond de ses propres ressources pour être la meilleure possible.

La nouvelle association des De Vries avait un rêve : un rêve qui exprimait à la fois le mépris élitiste de Marcella et l'amour de Johnny pour les animaux : la médecine. Marcella le chasseur de microbes, le docteur qui ferait de la « recherche pure », et Johnny le vétérinaire qui s'entourerait de l'amour des errants et des abandonnés en quête de guérison. C'était un rêve fort, un rêve qui les emmènerait loin des confins détestés de Tunnel City, Wisconsin. Mais d'abord, Marcella devait assouvir sa vengeance sur la ville.

En juin 1928, à l'âge de seize ans, la plus jeune de sa

classe, elle obtint son diplôme d'études secondaires du lycée de Tunnel City. Piet était très fier. Mai, toujours séparée de sa famille, revint de Lac Geneva sur les instances pressantes de Piet pour voir la fille qu'elle haïssait sourire avec mépris, vêtue de sa robe et de sa toque, sur la scène de l'auditorium du lycée, alors qu'on faisait l'éloge, en superlatifs choisis à la mode des petites villes, de sa réussite scolaire. A l'issue de la cérémonie, Mai reprit le chemin de Lac Geneva pour ne plus jamais revoir sa famille.

Diplôme en poche, Marcella s'attaqua à ce qui lui tenait à cœur. Il y avait quatre-vingt-trois lettres de Will. Le lundi matin qui suivit sa remise de diplôme, Marcella passa des heures à décider de la destination de chaque lettre, de l'endroit où chacune d'elle serait à même de faire le plus d'esclandre et de mal. Lorsque ceci fut terminé, elle poursuivit sa mission. La Grand-Rue passa en premier, lorsque Marcella y déposa ses petits colis au vitriol auprès du maire, du premier conseiller, du bibliothécaire, du shérif, du barbier, et de chaque commerçant des quatre blocs qu'occupaient les commerces de Tunnel City.

« Lisez ceci » disait-elle à chaque destinataire. « Voyez si vous y reconnaissez certains de vos amis. »

Vint ensuite le tour des églises : Hollandaise Réformée, Catholique, Presbytérienne, et Baptiste, qui reçurent toutes leurs messages de haine taillés sur mesure pour offenser au plan de la foi comme à celui des tripes.

Marcella s'en alla ensuite faire la tournée des rues résidentielles de Tunnel City selon un plan précis et bien établi jusqu'à ce que son sac de papier marron se retrouve vide. Elle s'en revint alors chez elle et dit à son frère de faire ses bagages car ils partiraient bientôt à la poursuite de leur rêve.

Leur départ fut retardé. Marcella s'était dit qu'elle attendrait deux jours, pour remettre de l'ordre dans ses pensées et savourer les premières vagues de réactions scandalisées de la ville, avant de vider la cachette où son père gardait ses gemmes et de prendre la route de New York City en compagnie de Johnny.

Elle se terra dans sa chambre à lire Baudelaire et à feuilleter les annuaires des universités de la Côte Est. Le mardi soir, elle entendit son père qui pleurait dans sa chambre. Cela signifiait qu'il était au courant.

Marcella décida de faire une dernière balade dans les champs de choux. Elle décampa par le chemin poussiéreux qui séparait les fermes De Vries et Berglund. Willem Berglund attendait. Il était parfaitement sobre et tenait un rasoir à la main. Il agrippa Marcella, la projeta au sol et la viola, le rasoir tout contre sa gorge. Lorsqu'il en eut terminé, il resta étendu sur elle qui regardait le ciel sans le voir, les dents serrées et se refusant à émettre le moindre son. Lorsqu'il eut repris haleine, Willem se leva et urina sur la forme prostrée gisant à ses pieds avant de retourner aux ténèbres de ses étendues de choux.

**

Marcella resta étendue là pendant une heure avant de rentrer d'une démarche hésitante. Elle s'obligea à pleurer. Son père n'était pas encore couché et il bricolait avec son violon. Marcella lui dit ce qui s'était passé avant de faire demi-tour et d'aller au lit. Piet ne se coucha pas. Il resta debout toute la nuit à écouter sur son Victrola les symphonies de Beethoven dans l'ordre chronologique et d'exécuter au violon les passages les plus délicats de *la Sonate à Kreutzer*.

Au matin, alors que Marcella et Johnny étaient encore endormis, Piet alla jusqu'au domicile d'un de ses ouvriers agricoles et lui demanda de lui prêter son fusil à double canon, calibre 10. Pour la vermine, dit Piet. L'homme donna arme et cartouches à son employeur avec ses vœux de bonne chance. Piet alla alors jusqu'à la ferme des Berglund, fusil chargé au creux du bras. Il frappa à la porte de son voisin. Willem répondit immédiatement, comme s'il attendait quelqu'un.

Piet enfonça le canon dans l'estomac de Willem et fit feu, le déchiquetant en morceaux au niveau inférieur de la poitrine. La moitié supérieure du corps de Willem vola jusque dans son salon alors que la moitié inférieure s'effondrait à ses pieds. Piet rechargea et fit un pas dans le salon pour remettre en tas, près de l'âtre, les deux morceaux de ce qui avait été jadis un ami. Il plongea la main dans le sang de Willem et barbouilla sur le mur « Que Dieu ait pitié de nous » avant de fourrer les canons du fusil dans sa propre bouche et d'appuyer sur les deux gâchettes.

***

Si Marcella avait obtenu plus qu'elle n'avait cherché, elle n'en dit jamais mot à quiconque, pas même à Will des années plus tard, après qu'ils se furent réconciliés, entretenant une correspondance volumineuse.

Marcella rassembla et son frère et les bijoux de son père peu après la tombée de la nuit, le soir même de la mort de ce dernier, et prit la direction du sud, à pied, vers Chicago. En passant à proximité des limites les plus éloignées de ce qui avait été jadis les terres à choux des fermes De Vries et Berglund, Marcella prit une hache et réduisit en pièces les jonctions des vannes d'irrigation qui alimentaient les terres en eau. Elle ne savait pas si son geste aurait pour conséquence d'inonder les champs de choux ou de les assécher comme un désert, et ça lui était bien égal ; tout ce qu'elle désirait, c'est que les terres des deux côtés du chemin poussiéreux souffrent autant qu'elle avait souffert.

Ils se dirigèrent au sud-est, par train et autocar. Marcella décida de prendre des chemins détournés afin de laisser à Johnny le temps d'accepter la mort de son père. Bien qu'ils n'eussent que seize et quatorze ans, personne ne les embêta : Marcella avait l'allure décidée d'une jeune femme de vingt ans et Johnny était trop grand et fort pour être pris pour autre chose qu'un adulte.

Ils arrivèrent à New York deux semaines plus tard. Marcella s'attendait à moitié à ce qu'un détachement spécial du shérif composé de bons citoyens de Tunnel City les prenne en chasse mais personne ne les suivit. La ville de New York brûlait sous la vague de chaleur estivale, et Marcella vendit les joyaux et s'attela à la tâche d'essayer de s'inscrire en année de préparation à médecine aux universités de Columbia et de New York. Aucune des deux écoles ne l'accepta, ni même la faculté de Brooklyn ou la faculté municipale de New York ou la demi-douzaine d'autres écoles auxquelles elle avait postulé.

La raison en était simple : le lycée de Tunnel City refusait de transmettre son dossier et elle ne pouvait se permettre de retourner le prendre de crainte d'être placée dans un foyer pour fugueuses. Cela la fit réfléchir. Marcella disposait alors de sept mille trois cents dollars sur son compte en banque, elle avait Johnny et la volonté de réussir. Elle occupait un deux-pièces à Brooklyn près de Prospect Park, et elle avait sa matière grise.

Marcella décida que le destin était avec elle. Elle avait raison. Le jour de la Fête de l'Indépendance, en 1928, elle partit se promener et passa à proximité de l' « Ecole d'Infirmières Fletcher » sur Jamaïca Avenue dans Queens. A côté se trouvait l' « Ecole Fletcher de Pharmacologie ». Les deux écoles étaient accréditées ainsi qu'il était affiché au-dessus de la porte. Marcella eut le sentiment que c'était là sa destinée, tout au moins pour le moment. Elle eut raison une nouvelle fois.

Il suffit à William Fletcher d'un seul regard à la jeune rousse au regard dur assise face à lui de l'autre côté de son bureau pour comprendre qu'elle serait à même de lui offrir ce que sa femme ne lui offrirait jamais. C'est ce qu'il dit à Marcella au cours de la première nuit qu'ils passèrent ensemble.

C'était le calme plat ce jour-là au bureau des inscriptions lorsque Marcella expliqua que le lycée de sa petite ville de province venait d'être réduit en cendres ainsi que tous les dossiers des élèves. Elle avait mention très bien en toutes matières, tout comme son frère John, et elle désirait suivre les trois années de cours de l' « Ecole d'Infirmières Fletcher » avant de demander son transfert à une université de médecine plus prestigieuse. John, par la suite, désirait étudier la médecine vétérinaire, mais c'était hors de question pour l'instant. L' « Ecole Fletcher de Pharmacologie » serait une bonne préparation aux études de vétérinaire, est-ce que M. Fletcher n'était pas de son avis ?

M. Fletcher était tout à fait de son avis. Il accepta les droits d'inscription de Marcella, et Johnny et elle furent acceptés pour commencer le semestre d'automne. C'était aussi simple que ça. Mis à part, expliqua-t-il, la question des dossiers scolaires. Les écoles avaient une réputation à soutenir et avant le début des cours, il voulait s'assurer que Marcella était suffisamment brillante et avait le niveau requis pour s'attaquer au programme. Peut-être qu'en acceptant de le revoir de façon extra-scolaire, pourrait-il la tester sans méchanceté sur son bagage scolaire, la connaître mieux et ainsi obtenir la satisfaction de voir qu'elle était bien au niveau requis par l' « Ecole d'Infirmières Fletcher ». Cela serait-il possible ? Marcella sourit en anticipation de son désir de jouer le jeu.

— Bien sûr, dit-elle.

Elle joua le jeu avec talent. Ses résultats scolaires étaient tellement remarquables et sa mainmise sur William Fletcher si absolue qu'après seulement trois semestres d'études, elle avait réussi à convaincre son bienfaiteur amant de lui forger de toutes pièces un dossier scolaire complet remontant à la sixième dans des collèges d'enseignement secondaire divers du Bronx.

Son faux dossier dans la poche, elle posa sa candidature à l'école d'infirmières de l'université de New York où elle fut immédiatement acceptée.

Elle continua d'être la maîtresse, en titre seulement, de William Fletcher jusqu'à ce qu'elle se soit solidement établie à la N.Y.U.[1] Alors elle le laissa tomber comme une vieille chaussette en créant à l'occasion un terrible scandale dans la salle de réception d'un grand hôtel d'Atlantic City où ils assistaient à un congrès de grossistes en produits pharmaceutiques.

Marcella gagna sa coiffe d'infirmière en juin 1931. Johnny obtint son diplôme de pharmacie un an plus tard, avec mention et un goût prononcé pour la codéine.

C'était au plus noir de la Dépression et leur pécule, dépensé avec parcimonie, était épuisé. Marcella réfléchit une nouvelle fois à ce qui s'offrait à elle : pour l'instant, médecine, c'était exclu. L'argent était trop chiche. Elle prit un emploi à l'hôpital Bellevue où elle remettait en état les épaves qu'on amenait aux urgences. Johnny alla travailler à la pharmacie de l'hôpital et s'occupait à concocter les mixtures de sédatifs qui plongeaient les malades mentaux dans un oubli inoffensif. A ses heures de repos, il était lui-même dans un état d'oubli, seulement, il n'était pas inoffensif : le géant jadis gentil qui mesurait maintenant près de deux mètres dix, était devenu un pilier de bistrot bagarreur qui inspirait la terreur. Marcella passait son temps à le faire remettre en liberté sous caution pour le ramener chez eux, dans leur appartement de Brooklyn Heights, où elle lui caressait la tête rouée de coups pendant qu'il gémissait sur son père mort.

***

Lorsque Pearl Harbor fut bombardée le 7 décembre 1941, Will Berglund, vingt-neuf ans, enseignait l'anglais à l'université du Wisconsin, à Madison ; Marcella De Vries était infirmière en chef à l'hôpital catholique de Staten Island et Johnny De Vries était de toute la ville de

---

1. Université de New York.

New York le premier fournisseur du marché en codéine.

La guerre éveilla chez ces individualités disparates un élan de patriotisme, pareil à celui qui s'empara de millions d'autres Américains. Will s'engagea dans l'armée, eut son brevet d'officier et fut envoyé dans le Pacifique. Sa carrière de soldat fut brève : un obus de mortier lui explosa dans le bas des jambes et il fut rapatrié sur l'hôpital naval de San Diego, Californie, où il subit plusieurs opérations conséquentes et des soins intensifs afin de redonner vie au tissu nerveux déchiqueté.

Ce fut là, à l'hôpital, qu'il retrouva Marcella, âgée de trente ans, lieutenant des Waves. Les événements des quinze années précédentes furent mis au rancart. Will aimait Marcella avec la même ardeur, aujourd'hui qu'elle arborait son uniforme blanc, que lorsqu'elle s'habillait des robes de guingan de son enfance. Le moment, l'endroit, la nécessité de guérir leur firent tirer un trait sur les démêlés familiaux sanglants de Tunnel City, et Marcella et Will redevinrent amants ; les pansements à changer et les bassins à vider se métamorphosèrent en un rituel amoureux nocturne qui les épura l'un et l'autre et cicatrisa leurs blessures. Pour la première fois de leur vie, le fantôme mutuel de la petite ville se trouvait rejeté aux oubliettes.

Johnny De Vries fit le troisième du triumvirat de San Diego. Second maître de seconde classe, adjoint du pharmacien, il prit son poste à la pharmacie de l'hôpital où il avait la charge de répartir entre les navires amarrés au port militaire de San Diego ses mélanges de palliatifs, tout en travaillant au noir en assurant le transport de marijuana à partir de Tijuana, de l'autre côté de la frontière. Johnny avait changé de drogue, passant de la codéine aux cigarettes d'herbe, et son comportement violent s'en trouva également modifié. Le bagarreur de plus de deux mètres se satisfaisait maintenant des soirées qu'il passait dans l'appartement de Coronado Bay qu'il partageait avec Marcella et Will.

Marcella et Will bavardaient, et Will arpentait maladroitement mais avec courage le salon, de ses jambes maintenant cerclées d'acier, tandis que Johnny fumait ses joints dans sa chambre en écoutant les disques de Glenn Miller.

L'heureux trio resta ensemble jusqu'au printemps de 1943, date à laquelle Marcella fit la rencontre de l'homme qui allait faire voler en éclats et ses illusions et son existence.

« Lorsqu'il parlait tout en marchant, tu savais que lui *savait ;* qu'il comprenait tous les sombres secrets de la vie – une compréhension instinctive et animale – comme quelque animal aux facultés d'harmonie avec le monde supérieures à celles de l'homme », écrivit Marcella à Will bien des années plus tard. « C'est le plus bel homme que j'aie jamais vu ; et il le sait, et il sait que *toi,* tu le sais – et il te respecte pour le raffinement de ton bon goût et te traite en égal pour vouloir connaître ce que lui sait. »

L'engouement et la curiosité de Marcella ne connurent plus de bornes, et trois jours après sa rencontre avec Doc Harris, elle annonça à Will : « Je ne peux pas être avec toi. J'ai rencontré un homme que je veux à l'exclusion de tous les autres. » C'était brutal et définitif. Will, qui avait toujours su qu'il faudrait au bout du compte que Marcella continue sa route, l'accepta. Il quitta l'appartement et retourna à l'hôpital. Il reçut son bon de sortie une semaine plus tard et retourna au Wisconsin.

Doc Harris était un génie, décida Marcella. Il pensait toujours avec deux crans d'avance sur elle qui était déjà aux limites du génie elle-même. Il parlait cinq langues pour les trois qu'elle connaissait, il en savait plus sur la médecine qu'elle, il encaissait l'alcool à la faire rouler sous la table sans que ce soit visible, il dansait mieux que Gene Kelly, et à quarante-cinq ans, il était capable de faire cent pompes sur une seule main. C'était un dieu. Il avait gagné vingt-neuf combats comme poids lourd-léger chez les professionnels à la grande époque de Jack Dempsey, il savait brocarder les superlatifs des petites villes de province mieux qu'elle-même et Will au mieux de leur forme, et il savait cuisiner chinois.

Et il était énigmatique de propos délibéré : « Je suis un euphémisme qui marche » disait-il à Marcella. « Lorsque je te dirai que je dirige un service de chauffeurs de maître, il se peut que ce soit ou ne soit pas la vérité littérale. Lorsque je te dirai que j'utilise mon savoir médical pour le bien-être de l'humanité, cherche l'énigme cachée. Lorsque tu t'interroges sur mes relations avec les grosses huiles, ici à Dago, interroge-toi sur ce que je peux faire pour eux qu'ils seraient eux-mêmes incapables de faire. »

L'esprit de Marcella battait la campagne devant les possibilités qui concernaient son nouvel amant : c'était un gangster, un déserteur gradé de la marine, un homme voué à une vie de bienfaits anonymes, chargé de distribuer de l'argent venu d'ailleurs. Aucune de ses explications ne la satisfaisait et elle avait constamment à l'esprit les petites vérités littérales qu'elle connaissait concernant l'homme qui avait pris possession de son existence. Elle savait qu'il était né près de Chicago en 1898, et qu'il avait fréquenté diverses écoles dans la région ; que c'était un héros de la Première Guerre mondiale. Elle savait qu'il ne s'était jamais marié parce qu'il n'était jamais parvenu à trouver une femme dont la personnalité pourrait rivaliser en force avec la sienne. Elle savait qu'il avait beaucoup d'argent sans jamais travailler. Elle savait qu'il avait fait divers petits métiers, acquérant ainsi son expérience de la vie après la faculté de médecine, au début de la Dépression. Elle savait que son petit appartement en bordure de la plage était rempli de livres qu'elle-même avait lus et aimés. Et elle savait qu'elle l'aimait.

***

Un soir de l'été 1943, les amants allèrent faire une promenade sur la plage près de San Diego. Doc dit à

Marcella qu'il s'installait à nouveau sur Los Angeles, car l'attendait là l'occasion unique d'une vie tout entière. Son seul regret, dit-il, serait qu'ils devraient se séparer. Temporairement, bien sûr – il viendrait lui rendre visite à Dago. Il voulait passer près d'elle tous ses moment libres ; elle était la seule femme qui l'ait touché presque au plus profond du cœur.

Marcella, émue au plus profond de son cœur à elle, commença à tirer les ficelles pour être avec l'homme qu'elle aimait. Au tirage de ficelles, elle était passée maîtresse, et en moins de deux semaines, elle apporta à Doc la bonne nouvelle : elle allait être transférée à l'hôpital naval de Long Beach, à une demi-heure en voiture de Los Angeles. Son frère Johnny, maintenant premier maître, y était officier de liaison et procurait à l'hôpital drogues et autres fournitures à partir des grossistes de Los Angeles.

Elle rayonnait devant Doc, lequel s'émerveilla à haute voix pendant plusieurs minutes des dons de manipulatrice de Marcella. Finalement, il lui prit la main. « Veux-tu m'épouser ? » demanda-t-il. Marcella dit oui.

***

Ils passèrent leur lune de miel à San Francisco et emménagèrent dans un vaste appartement du quartier de Los Feliz à Los Angeles. Marcella, récemment promue capitaine de corvette, prit ses nouvelles fonctions à l'hôpital naval en même temps que le sous-officier John De Vries, qui avait loué un appartement non loin des jeunes mariés.

Tout alla bien pendant un temps : les Alliés avaient renversé le courant et ce n'était plus maintenant qu'une question de temps avant que l'Allemagne et le Japon ne capitulent. Marcella était satisfaite de ses fonctions d'inspectrice et Johnny et Doc étaient devenus de grands amis.

Doc était devenu le père que Johnny avait perdu. Tous

deux s'en allaient pour de grandes balades dans la décapotable La Salle de Doc à travers tout le bassin de L.A. C'était là le problème, décida Marcella. Doc n'était jamais là, et lorsqu'il l'était, il était délibérément mystérieux, parlant en ellipses obscures.

Il fut bientôt évident pour Marcella que « l'occasion unique d'une vie entière » était pour son mari de recevoir en dépôt les marchandises volées par une bande de cambrioleurs qui avait ses quartiers à L.A. Johnny, un soir qu'il était parti d'avoir trop fumé d'herbe, lui avait raconté que Doc possédait des garages pleins de marchandises volées à travers toute la ville. Il refourguait les marchandises de contrebande – fourrures, bijoux et antiquités – aux grosses huiles de la marine et de l'armée, aux pique-assiettes qui gravitaient dans l'industrie du cinéma, aux joueurs et autres assortiments d'artistes de l'escroque qui fréquentaient les champs de courses d'Hollywood Park et de Santa Anita.

Doc était un mari aimant, plein de sollicitude lorsqu'il était là, mais Marcella commença à se faire du souci. Elle se mit à boire à l'excès et à correspondre avec Will, des lettres volumineuses pour apaiser les peurs qui se faisaient jour en elle pour l'homme qu'elle aimait. On aurait dit qu'il se riait d'elle, à toujours penser avec deux ou même trois crans d'avance sur elle, et toujours, toujours avec ce sourire ténébreux chargé de ce qu'elle s'imaginait être une lueur de mal et de froideur absolue dans le regard.

Marcella décida qu'elle avait besoin de vacances. Elle avait besoin de réduire sa consommation d'alcool et de reprendre ses esprits. C'est ce qu'elle dit à Doc, qui accepta sans problème. Elle avait accumulé un mois de permissions qui venaient à échéance et ses supérieurs ne furent que trop contents de laisser leur infirmière et sa compétence féroce prendre un peu de champ pour décompresser.

Elle alla jusqu'à San Juan Capistrano, nagea dans l'océan et écrivit de longues lettres à Will, qui s'était

– chose stupéfiante – réinstallé à Tunnel City. Très étonnée, Marcella lui téléphona chez lui. Will lui déclara qu'il avait jugé nécessaire d'affronter son passé tragique. Il s'était engagé dans la voie de la recherche spirituelle. Ça marchait, lui dit-il ; il avait trouvé la paix, il dirigeait le cinéma de la ville, partait en voyage à Chicago pour des achats de livres destinés à la Bibliothèque Municipale de Tunnel City, et faisait de longues marches méditatives à travers les champs de choux qu'il avait jadis haïs avec tant de fureur.

Marcella retourna à Los Angeles pour s'apercevoir qu'elle était enceinte et que Johnny se droguait de nouveau à la codéine. Il s'était mis avec une jeune femme que Doc avait jugée indigne avant de décréter qu'il ne la reverrait plus. Courbant l'échine devant ce subrogé-père, Johnny avait accepté et la femme avait quitté Los Angeles.

Marcella était furieuse de l'emprise qu'avait son mari sur son frère, et blessée. Elle avait usé de son autorité sur Johnny en des formes bien plus douces. Doc se contentait de donner ses ordres à Johnny froidement, lui disant de le conduire à tel endroit, lui commandant sa manière de se vêtir ou sa nourriture ; et toujours, toujours avec ce sourire froid sur le visage.

Marcella était anxieuse. Mais lorqu'elle annonça à Doc la nouvelle de sa grossesse, elle fut transportée de joie en voyant ressurgir le Doc d'avant le mariage, rieur, spirituel et tendre. Il fut plein de sollicitude, aux petits soins pour elle, anticipant ses humeurs à la perfection. Jamais elle n'avait été aussi heureuse, écrivit-elle à Will, jamais de sa vie.

***

Michael naquit en août 1945, et les lettres de Marcella se firent moins fréquentes. Elle ne mentionna jamais son enfant et ignora les questions que lui adressait Will par courrier.

« Des ennuis, des ennuis », écrivait-elle à Will en octobre de cette année-là. « On nous interroge, John et moi, à propos d'un vol de drogue dans un avion de transport. On nous a repérés à cause de Johnny et de sa toxicomanie. »

« Les ennuis à nouveau, des ennuis terribles de tous côtés », écrivait-elle à Will en novembre 45, trois mois après la fin de la guerre. Ce fut leur dernier contact pendant presque six ans.

Will et Johnny étaient tombés l'un sur l'autre à Chicago à la fin de 49. Johnny avait un air épouvantable : émacié, la peau d'un gris sinistre. Will avait cherché à le réconforter et lui avait parlé de l'« Ordre du Cœur Clandestin » auquel il appartenait. Johnny parut intéressé mais devint nerveux lorsque Will se montra plus pressant.

John De Vries fut assassiné à Milwaukee en 1950. On ne retrouva jamais son assassin. Lorsque Will lut la nouvelle du meurtre dans les journaux de Milwaukee, il essaya de contacter Marcella. Ce fut en pure perte ; il envoya des télégrammes à sa dernière adresse connue pour les voir revenir avec le tampon « A déménagé – Pas de nouvelle adresse ». Il appela tous les William Harris des annuaires de Los Angeles, sans résultats. Finalement, il alla à Milwaukee et parla aux deux inspecteurs chargés d'enquêter sur le meurtre.

On avait découvert le corps de John à l'aube, gisant dans l'herbe d'un parc, à quelques blocs des bidonvilles de Milwaukee. On l'avait poignardé plusieurs fois à l'aide d'un couteau de boucher. C'était un drogué notoire et parfois revendeur. De toute évidence, sa mort avait rapport à la pègre de la drogue. Les inspecteurs Kraus et Lutz furent très gentils et pleins d'attentions pour Will, mais un peu bornés pour ce qui était d'élargir le champ de leurs investigations. Bien qu'ils aient dit à Will qu'ils le tiendraient informé, il retourna à Tunnel City soucieux, avec un sentiment d'impuissance.

Il allait revoir Marcella une dernière fois. Elle frappa

à sa porte pendant l'été 1951. Ce fut l'événement le plus surprenant de toute sa vie. Marcella avait perdu du poids et était proche de l'hystérie. Elle parla de la mort de John et sanglota dans les bras de Will. Will parla à Marcella du monastère du « Cœur Clandestin » et elle parut l'écouter en y trouvant un bref réconfort.

Marcella but jusqu'à l'inconscience ce soir-là, s'effondrant sur le canapé dans le salon de Will. Lorsque Will s'éveilla tôt le lendemain matin, elle était partie. Elle avait laissé un mot : « Merci. Je réfléchirai à ce que tu m'as dit. J'essaierai de trouver ce qu'il me faut trouver. J'envie ta paix. J'essaierai de gagner toute la paix que je pourrai. »

***

Will Berglund anticipa sur ma seule question :
— Je vais appeler les policiers de Milwaukee. Je leur dirai que vous arrivez.

J'acquiesçai devant le fermier-amant-chercheur spirituel. Il parut prendre mon bref signe de tête comme une absolution et les larmes se mirent à sourdre lentement de ses yeux.

***

Il était cinq heures du matin lorsque je retournai à l'Hôtel du Blaireau. On avait fouillé ma chambre, on avait retourné des revues et les draps avaient été remués. Je vérifiai le contenu de ma valise. Tout y était, mais on avait déchargé mon revolver. Je fis mes bagages, descendis et traversai le hall d'entrée sous les regards curieux et hostiles de certains lève-tôt du cru. Je descendis la Grand-Rue, impressionné, humilié – et puissant en même temps ; on m'avait tendu les merveilles sur un plateau et maintenant c'était à moi seul d'y mettre bon ordre.

20

Il me fallut deux heures pour arriver à Milwaukee. La Grand-Route de Wisconsin Dell était déserte et longeait de petites villes avant de s'enfoncer au milieu de pâturages d'un vert profond. Il y avait plus de vingt-quatre heures que j'étais debout, j'avais couvert cinquante années d'histoire et j'étais rien moins que fatigué. Je ne pensais à rien d'autre qu'à la tranche d'histoire qui m'attendait à Milwaukee ainsi qu'à la manière de synthétiser tout ce que je savais et que seul je pourrais rattacher au reste.

Je pensais aux adjoints de pharmacie John De Vries et Eddie Engels. S'étaient-il rencontrés à l'hôpital naval de Long Beach ? Eddie avait-il connu Marcella là-bas ? Etait-ce là la genèse de la succession d'événements mortels qui avaient éclaté en 1950 et s'étaient poursuivis jusqu'à cet été ?

En entrant dans Milwaukee par Blue Mound Road – une route à quatre voies, au nom incongru, étouffée de smog – je me dis à moi-même : ne pense pas.

***

Milwaukee, c'était de la brique, rouge, grise, blanche, de la fumée d'usine, et des rangées et des rangées de petites maisons blanches avec petites pelouses de façade d'un vert de Wisconsin, le tout tempéré par des bouffées de brise en provenance du lac Michigan. Je me garai au sous-sol de la Gare Routière Greyhound sur Well Street, me rasai et changeai de vêtements dans les immenses toilettes.

Je vérifiai mon image dans le miroir au-dessus du lavabo. Je décidai que j'étais anthropologue, merveilleusement adapté pour fouiller les ruines de vies dévastées. Cette conclusion acquise, je me faufilai le long d'un couloir où gisaient çà et là des poivrots endormis,

jusqu'à un téléphone où je composai le numéro de l'opératrice et demandai :
— La Police, s'il vous plaît.

***

Les inspecteurs Kraus et Lutz étaient toujours partenaires et travaillaient au commissariat du Huitième, situé sur Farwell Avenue, à quelques blocs de la rivière Milwaukee qui charriait boues et ordures. Le poste de police, vieux bâtiment de briques rouges à trois étages, était coincé entre une usine de saucisses et une école paroissiale. Je me garai devant, entrai, et une bouffée de nostalgie me saisit avec force : ç'avait été ma vie jadis.

Je présentai ma fausse carte d'enquêteur d'assurances au sergent de jour, qui n'en parut guère impressionné, et demandai le service des inspecteurs. Perplexe, il répondit : « Troisième étage » en m'indiquant la direction de la salle de revue qui sentait le désinfectant.

Je montai l'escalier, deux marches à la fois, dans une obscurité presque totale et arrivai dans un couloir peint d'un jaune criard d'autocar de ramassage scolaire. Une longue flèche était peinte sur le mur avec dessous l'inscription : « Service des Inspecteurs : les meilleurs de tout Milwaukee ». Je suivis la flèche jusqu'à la salle de brigade encombrée de bureaux et de fauteuils dépareillés. La nostalgie m'agrippa encore plus fort : c'était là ce qui avait jadis été mon ambition profonde.

Deux hommes occupaient la pièce, en pleine discussion au-dessus d'un bureau sous un grand ventilateur de plafond. Les hommes étaient blonds, corpulents et portaient des étuis d'épaule identiques de fabrication artisanale manquant de discrétion, qui contenaient des 45 automatiques à crosse nacrée. Ils levèrent les yeux en entendant mes pas et m'adressèrent le même sourire.

Je sus que j'allais avoir droit au spectacle d'un numéro de flics comiques, aussi levai-je les bras en signe de reddition et dis :

— Whoa, collègues, j'viens en ami.

— J'ai jamais pensé le contraire, répondit le visage le plus rougeaud des deux. Mais comment vous avez fait pour franchir la barrière du bureau d'entrée ? Vous aussi, vous êtes l'un des meilleurs de Milwaukee ?

— Non, dis-je en riant, mais je représente l'une des meilleures compagnies d'assurances de Los Angeles. Je sortis deux cartes de la poche de ma veste et en tendis une à chaque flic. Ils réagirent de manière identique, moitié hochant, moitié secouant la tête.

— Floyd Lutz, dit l'homme rougeaud en tendant la main.

Je la serrai.

— Walt Kraus, dit son collègue, main tendue.

Je la serrai.

— Fred Underhill, dis-je en retour.

Nous nous regardâmes. Pour dégeler l'atmosphère, j'ajoutai :

— Je pense que Will Berglund a dû vous téléphoner à mon sujet ?

Pour dégeler l'atmosphère, Floyd Lutz dit :

— Ouais. Qui est-ce qui a étranglé la sœur de Johnny De Vries, Underhill ?

— Je ne sais pas. Et les flics de L.A. non plus. Qui est-ce qui a lardé Johnny De Vries ?

Walt Kraus m'indiqua un fauteuil :

— On ne sait pas. Et on aimerait bien le savoir. Floyd et moi, on a été sur l'affaire depuis le début. Johnny était une bête, une bête gentille, je ne dis pas, mais avec une taille de deux mètres dix ! Deux cent cinquante kilos ! Une vraie bête, j'vous dis. Le mec qui l'a coupé, ça devait être une bête encore pire. Johnny avait le ventre ouvert, arraché de la cage thoracique au nombril. Seigneur !

— Des suspects ? demandai-je.

Floyd Lutz répondit :

— De Vries revendait de la morphine. Plus exactement, il en faisait cadeau. Il avait le cœur tendre, c'était un faible. Il ne gardait jamais le même emploi bien longtemps. Il se retrouvait toujours dans les bas-fonds, il dormait dans les jardins publics et distribuait des prospectus ou vendait son sang comme tous les autres paumés. C'était un mec gentil et passif la plupart du temps et il avait l'habitude de refiler de la morph gratis aux pauvres gugusses dans la dèche qui avaient piqué au truc pendant la guerre. Floyd et moi et la plupart des autres flics, on faisait de notre mieux pour pas l'agrafer, mais de temps en temps il fallait bien : quand y devenait fou, c'était une vraie bête, l'animal le plus vicieux que j'aie jamais vu. Il vous bousillait des bars entiers, retournait les bagnoles, éclatait les têtes et tout le quartier des paumés était mort de trouille. C'était une terreur. Walt et moi, on pense que celui qui l'a tué, c'est soit un taré de la cloche qu'il avait démoli, soit un revendeur de dope qui n'aimait pas les cœurs tendres dans sa zone. On a contrôlé tous les revendeurs de morph ou d'héro, petits et grands, de Milwaukee à Chi [1]. Nada. On a repassé en détail le casier de Johnny et recontrôlé chacune des victimes de toutes ses agressions – plus de trente mecs en tout. La plupart n'avaient pas de domicile fixe. On a fait passer des avis de recherches dans tout le Midwest. Huit d'entre eux étaient en tôle – du Kentucky au Michigan. On les a tous vus : rien ! On a parlé à tous les paumés finis du quartier qui n'étaient pas encore trop envapés par Mme Piquoûze pour répondre à nos questions. Ceux qui étaient trop dans les vaps, on leur a éclairci les idées... rien. Rien, nulle part, que dalle.

— Il est mort de quoi ? Et le rapport du légiste ?

Lutz soupira.

— Rien. Causes de la mort : rupture de moelle épinière, choc ou perte de sang massive, faites votre choix. Le coroner a déclaré que le Gros John, il était pas trop chargé en morph quand on l'a découpé – et ça, c'était surprenant. Et c'est pour ça que Walt et moi, on s'est dit que le mec qui l'avait découpé, ça devait être une bête

---

1. Chicago.

ou bien un ami de Johnny – quelqu'un qui le connaissait. Celui qui a été capable de découper un mec comme lui alors qu'il était sobre, ça ne pouvait être qu'un monstre.

— Est-ce que Johnny avait des amis ? demandai-je.

— Un seul, dit Lutz. C'est un professeur de chimie à Marquette. C'était. C'est un poivrot aujourd'hui. Lui et Johnny, ils se soûlaient ensemble. Le mec, c'était un fêlé. Il enseignait un semestre et puis y se prenait le semestre suivant pour faire des virées. Les prêtres de Marquette finalement en ont eu marre et ils l'ont viré. Il est encore probablement de la cloche ; la dernière fois que je l'ai vu, il reniflait de l'essence en face de la « Mission du Jésus Sauveur ». Lutz secoua la tête.

— Comment s'appelle-t-il, ce mec ? demandai-je.

Lutz regarda Kraus et haussa les épaules. Kraus se creusa les méninges, ça se voyait à sa figure.

— Melveny ? Ouais, c'est ça : George Melveny « Le Professeur ». George Melveny « La Colle ». Il a une douzaine de surnoms chez les paumés.

— Dernière adresse connue ? demandai-je.

Kraus et Lutz se mirent à rire à l'unisson.

— Un banc public ? dit Kraus.

— Pas de fric, rima Lutz.

— Une tranchée de rue ?

— Au quartier des perdus.

Les deux inspecteurs éclatèrent de rire.

— Je vois le tableau. Permettez-moi de vous demander quelque chose : où est-ce qu'un paumé comme Johnny De Vries se procurait de la morphine ?

— Eh bien, dit Floyd Lutz, il était pharmacien de profession avant qu'il ne se mette à la drogue. J'ai toujours pensé qu'il utilisait le labo de George « La Colle » pour fabriquer sa merde. On y a fait une descente un jour : que dalle. Ça me dépasse, j'arrive pas à voir où y se procurait son truc : Johnny était quelqu'un d'impressionnant à bien des égards ; on avait la sensation que ç'avait été quelqu'un de vachement doué dans le temps.

Lutz secoua la tête à nouveau et regarda Kraus qui secoua également la sienne. Je soupirai.

— J'ai besoin d'un petit service, dis-je.

— Allez-y, dit Kraus. Les copains de Will Berglund sont mes amis.

— Merci, Walt. Ecoutez. Will m'a dit que Johnny De Vries et sa sœur ont peut-être été impliqués dans le vol d'une cargaison de drogue à l'hôpital naval de Long Beach, en Californie, pendant la guerre. Ils étaient tous les deux en poste sur place. Pourriez-vous téléphoner au prévôt de l'hôpital ? Une demande de la part d'un service de police officiel aurait plus de poids. Je ne suis qu'un enquêteur d'assurances. Ils refuseraient même de me donner l'heure. Je...

Lutz m'interrompit.

— Est-ce que vous pêchez dans les mêmes eaux que nous, Underhill ?

— Absolument. On a volé une grosse quantité de morph, ça, je le sais, et ça expliquerait comment Johnny se procurait la drogue qu'il revendait.

Kraus et Lutz échangèrent un regard.

— Utilise le téléphone dans le bureau du patron, dit Lutz.

Kraus bondit de son bureau et alla jusqu'à un réduit séparé dont les cloisons s'ornaient de fanions des « Braves de Milwaukee ».

— Tous les détails, Walt, lui cria Lutz.

— Compris, répliqua Walt.

Je regardai Lutz et lui balançai ma requête suivante :

— Est-ce que je pourrais voir le dossier des arrestations de De Vries ?

Il acquiesça et alla jusqu'à une rangée de classeurs, au fond de la salle de brigade. Il farfouilla pendant cinq minutes pour finalement en extraire un dossier avant de revenir.

Je commençais à me sentir nerveux. Ça faisait longtemps que Kraus était au téléphone et il n'était que 6 heures du matin à L.A. Sa conversation prolongée à cette heure indue me parut de mauvais augure.

La chemise de kraft portait, tapée à la machine : « De Vries, John, Piet. 11-6-14. » Je l'ouvris. Lorsque je vis la série de photos anthropométriques agrafée à la première page, mes mains se mirent à trembler, mon esprit se tapit sur lui-même, et bondit en avant tout en même temps. Je regardais le visage de Michael Harris. Chaque courbe, chaque plan, chaque angle en étaient identiques. C'était plus qu'un air de famille banal ; une ressemblance de celles qui ne s'établissent qu'entre un père et un fils. Johnny était le père de Michael, mais qui était sa mère ? Il était absolument impossible que ce soit Marcella. De mes mains tremblantes, je tournai la première page et reçus un choc encore plus fort : John De Vries avait cité Margaret Cadwallader de Waukesha, Wisconsin, comme parent le plus proche lorsqu'il avait été arrêté pour agression et tapage en 1946.

Je reposai la chemise et me rendis compte soudain que je haletais en quête d'un peu d'air. Floyd Lutz s'était précipité au distributeur d'eau fraîche et me fourrait un gobelet de carton entre les mains.

— Underhill, disait-il. Underhill ? Qu'est ce qui vous arrive, nom d'un chien ? Underhill ?

Je revins à moi. Je me sentais comme un fou qui vient de retrouver ses esprits par une intervention divine ; quelqu'un qui contemple la réalité pour la première fois.

Je m'obligeai à parler d'une voix calme :

— Je vais très bien. Ce mec, De Vries, m'a rappelé quelqu'un que j'ai connu quand j'étais môme. C'est tout.

— Vous me cachez quelque chose ? Mon gars, on dirait que vous venez tout juste de débarquer de la lune.

— Ha ! ha !

Mon rire sonna faux même à mes propres oreilles, aussi, pour couper court à d'autres questions, je me plongeai dans le dossier criminel de John De Vries ; des dizaines et des dizaines d'arrestations pour ivresse, agression, tapage, vol non qualifié et violation de domicile ; une douzaine de séjours de trente et quarante cinq jours à la Prison du Comté de Milwaukee ; mais rien d'autre concernant des crimes de sang. Aucune autre mention de Maggie Cadwallader, aucune mention de Marcella, aucune mention d'enfant.

Lorsque j'eus terminé, je relevai la tête pour découvrir Walt Kraus qui me dévisageait de toute sa hauteur.

— J'ai tiré quelques ficelles et j'ai obtenu ce que vous vouliez. Le vol a été un gros coup, à bord d'un porte-avions à destination du Pacifique. Vingt kilos de morph – assez pour alimenter tous les navires hôpitaux de la flotte et plus encore. Trois marines en avaient la garde. Quelqu'un leur a refilé quelque chose et ils ont perdu connaissance. Le coup s'est fait à trois heures du matin. L'infirmerie a été complètement nettoyée. La presse n'en a jamais parlé parce que les grosses huiles de la marine ont étouffé l'affaire. De Vries, sa sœur et deux autres personnes ont été fortement suspectés – ils travaillaient tous au service médicaments mais ils avaient tous des alibis à toute épreuve. On les a interrogés à plusieurs reprises, et ils ont été emprisonnés comme témoins matériels avant d'être finalement relâchés. On n'a jamais récupéré la drogue. Ils...

— Comment s'appelaient les deux autres suspects ? lâchai-je d'un coup.

Kraus consulta quelques papiers qu'il tenait à la main :

— Les pharmaciens adjoints Laurence Brubaker et Edward Engels.

— Underhill, qu'est-ce qui vous arrive, nom d'un chien ?

Je me levai, la pièce, Kraus et Lutz se mirent à tournoyer devant moi.

— Underhill ? appela Lutz alors que je m'éloignais. Underhill !

Il me semble que je leur ai répondu en criant :

— Appelez Will Berglund.

Je réussis sans trop savoir comment à sortir du poste de police pour me retrouver plongé dans la chaleur du soleil de Milwaukee. Chaque voiture et chaque passant, dans la rue, chaque parcelle du spectacle qui s'offrait à moi, chaque vague de briques rouges qui dessinait la ligne d'horizon de cette ville du Middle West m'apparurent aussi formidables, aussi incroyables que le premier regard d'un bébé sur la vie, hors du sein maternel, par la brèche ouverte.

21

Il n'y avait qu'un seul Cadwallader dans l'annuaire téléphonique de la zone Milwaukee-Waukesha : Mme Marsha Cadwallader, 311 Cutler Park Avenue, Waukesha. Au lieu de m'annoncer d'abord par téléphone, je m'y rendis directement en voiture en reprenant Blue Mound Road.

Cutler Park Avenue était constituée d'un bloc de demeures bourgeoises jadis très classe que l'on avait converties en immeubles et appartements de quatre pièces. Le parc Cutler proprement dit – « Le Plus Grand Centre d'Exposition de tout le Wisconsin d'Artisanat Indien Authentique » – était situé de l'autre côté de la rue.

Je garai ma bagnole de location et me mis à la recherche du 311 en vérifiant les numéros des maisons qui, pour une raison inexpliquée, ne se suivaient pas. Le numéro 311 était au bout d'un bloc, une maison à deux étages convertie en appartements et gardée par un jockey en plâtre qui tendait le bras. La porte d'entrée était ouverte et la liste des locataires, dans le petit hall, m'indiqua que Mme Marsha Cadwallader habitait l'appartement 103. Je me doutais que Mme Cadwallader était veuve, ce qui convenait à mon propos : une femme seule serait plus facile à interroger.

Je sentis mon pouls s'accélérer à la pensée des photographies que Maggie m'avait montrées de son père à l'allure d'aventurier. Je parcourus un couloir dont les murs s'ornaient de gravures bon marché de plantations sudistes jusqu'au numéro 103. Je frappai et l'image même de ce qu'aurait été Maggie à soixante-cinq ans ouvrit la porte.

Surpris par cette permutation de temps et de lieu, je laissai tomber ma couverture d'enquêteur pourtant familière et bredouillai :

— Mme Cadwallader, je suis un ami de votre fille décédée. J'ai enquêté sur... » La femme pâlit devant mon hésitation. Elle avait l'air effrayé et était sur le point de me claquer la porte au nez lorsque je me ressaisis en poursuivant : « ... sur sa mort, pour les Services de Police de Los Angeles en 1951. Aujourd'hui, je suis enquêteur pour les assurances.

Je lui tendis une de mes cartes en songeant que j'étais presque convaincu moi-même d'appartenir au racket des assurances.

La femme prit la carte et hocha la tête :

— Et vous... dit-elle.

— Et je crois qu'il y a d'autres morts liées à celle de Margaret.

Mme Cadwallader me fit entrer dans son modeste salon. Je pris place dans un canapé recouvert d'une couverture Navajo. Elle s'installa face à moi dans un fauteuil en osier.

— Vous étiez un ami de Maggie ? demanda-t-elle.

— Non, je suis désolé, je veux dire... ce n'est pas ce que je voulais dire. J'ai été l'un des quatre policiers affectés à l'enquête. Nous...

— Vous vous êtes trompé de coupable et il s'est suicidé, dit Mme Cadwallader très froidement. Je me souviens de votre photo dans les journaux. Vous avez perdu votre travail. On a dit que vous étiez communiste. Je me souviens qu'à l'époque, je m'étais dit que tout ça était bien triste, que vous aviez commis une erreur et qu'ils étaient obligés de se débarrasser de vous, c'est pour ça qu'ils vous avaient donné ce nom.

Je me sentis lentement envahi par une sensation d'absolution des plus étranges.

— Pourquoi êtes-vous ici ? demanda Mme Cadwallader.

— Avez-vous connu une femme du nom de Marcella De Vries Harris ? répliquai-je en contre.

— Non. Etait-elle la sœur de Johnny De Vries ?

— Oui. Elle a été assassinée à Los Angeles le mois dernier. Je crois que sa mort est liée à celle de Margaret.

— Oh, mon Dieu !

— Mme Cadwallader, est-ce que Margaret a eu un enfant sans être mariée ?

— Oui. Elle avait répondu avec froideur, sans honte.

— En 1945 ou aux environs ?

— Le 29 août 1945.

— Un garçon ?

— Oui.

— Et l'enfant...

— Ils ont abandonné l'enfant, hurla soudain Mme Cadwallader d'une voix perçante. Johnny, c'était un drogué, mais Maggie avait du bon en elle ! De la bonne souche Cadwallader-Johnson ! Elle aurait pu se trouver un brave homme qui l'aurait aimée, même avec le bébé d'un autre. Maggie était une bonne fille ! Elle n'avait pas à se mettre avec des drogués ! C'est vrai que c'était une bonne fille !

Je m'approchai de la grand-mère de Michael Harris et plaçai un bras hésitant autour des épaules tremblantes.

— Mme Cadwallader, qu'est devenu l'enfant de Maggie ? Où est-il né ? Chez qui Maggie et Johnny l'ont-ils abandonné ?

Elle se débarrassa de mon bras d'un haussement d'épaules.

— Mon petit-fils est né à Milwaukee. C'est un docteur marron qui l'a mis au monde. J'ai pris soin de Maggie après la naissance. J'avais perdu mon mari l'année précédente, et j'ai perdu Maggie, et je n'ai même jamais vu mon petit-fils.

Je serrai la vieille femme contre moi.

— Ssssh ! murmurai-je. Ssssh. Qu'est devenu le bébé ?

Entre des sanglots sans larmes qui lui tordaient tout le corps, Mme Cadwallader réussit à sortir :

— Johnny l'a emmené dans un orphelinat du côté de Fond du Lac – une secte religieuse à laquelle il croyait – et je ne l'ai jamais vu.

— Vous le verrez peut-être un jour, dis-je paisiblement.

— Non ! Il n'y a qu'une moitié de lui qui est ma Maggie ! La moitié qui est morte ! L'autre moitié, c'est ce gros porc de drogué hollandais, et c'est la moitié qui vit toujours.

Je ne pouvais argumenter avec sa logique, ce n'était pas mon domaine. Je trouvai un stylo sur la table basse et notai mon véritable numéro de téléphone de Los Angeles au dos d'une de mes fausses cartes professionnelles. Je le déposai dans la main de Mme Cadwallader.

— Appelez-moi chez moi, disons dans un mois. Je vous présenterai votre petit-fils.

Mme Marsha Cadwallader fixa la carte sans en croire ses yeux. Je lui souris sans qu'elle réagisse.

— Croyez-moi, dis-je.

Je voyais bien que ce n'était pas le cas. Je la laissai, muette, les yeux rivés sur la moquette du salon, essayant de s'y creuser un chemin pour échapper à son passé.

***

— Mon bébé – mon amour.
— Où est-il ?
— Son père l'a pris.
— Es-tu divorcée ?
— Il n'était pas mon mari. C'était mon amant. Il est mort de son amour pour moi.
— Comment ça, Maggie ?
— Je ne peux pas te le dire.
— Qu'est-il advenu du bébé ?

— *Il est dans l'Est, dans un orphelinat.*
— *Pourquoi, Maggie ? Les orphelinats sont des endroits horribles.*
— *Ne dis pas ça ! Je ne peux pas ! Je ne peux pas le garder !*

***

Je traversai Cutler Park au pas de course à la recherche d'un téléphone public. Je trouvai une cabine et consultai ma montre : dix heures quinze, ce qui faisait huit heures quinze à Los Angeles. Une chance sur deux : répondrait au téléphone, soit Doc soit Michael.

Je composai le numéro de l'opératrice et elle me dit de déposer quatre-vingt-dix cents. J'introduisis les pièces et entendis sonner à l'autre bout de la ligne.

— Allô ?

Pas de doute, c'était la voix de Michael. Mon âme tout entière soupira bruyamment de soulagement.

— Mike, c'est Fred !
— Salut, Fred !
— Mike, tu vas bien ?
— Oui, oui.
— Où est ton père ?
— Il dort dans sa chambre.
— Alors, parle à voix basse.
— Fred, qu'est-ce qui ne va pas ?
— Sssssh. Mike, où es-tu né ?
— Qu... quoi ? A L.A. Pourquoi ?
— Quel hôpital ?
— Je ne sais pas.
— C'est quand ton anniversaire ?
— Le 29 août.
— 1945 ?
— Oui. Fred...
— Mike, que s'est-il passé dans la maison de Scenic Avenue ?
— La maison...

— Tu sais bien, Mike : les amis qui t'ont gardé lorsque ta mère est partie en voyage il y a quatre ans.
— Fred, je...
— Réponds-moi, Mike !
— Pa-papa, il a fait mal aux mecs. Papa a dit qu'ils ne feraient plus jamais mal à d'autres petits garçons.
— Mais, ils ne t'ont fait aucun mal, n'est-ce pas ?
— Non ! Ils ont été gentils avec moi. J'ai dit à papa que...

La voix de Michael avait pris les accents d'un gémissement suraigu, j'avais peur qu'il ne réveille Doc.

— Mike, il faut que je te quitte. Veux-tu me promettre de ne pas dire à ton père que j'ai téléphoné ?
— Oui, je te le promets.
— Je t'aime, Mike, dis-je, n'en croyant pas mes propres oreilles et raccrochant avant que Michael puisse réagir.

Cette fois, il ne me fallut que vingt-cinq minutes pour revenir à Milwaukee. Blue Mound Road était devenue une vieille amie au cours de ces trois heures frénétiques.

De retour en ville, là où Blue Mound Road obliquait pour devenir Wisconsin Avenue, je m'arrêtai à une station service et me renseignai auprès de l'employé sur l'emplacement de l'Université Marquette ainsi que sur le quartier mal famé de Milwaukee.

— Ils sont tous les deux à portée de voix, répondit le jeune gars. Vous prenez Wisconsin Avenue jusqu'à la Vingt-Septième Rue, tournez à gauche jusqu'à State Street. N'oubliez pas de respirer mais bouchez-vous le nez quand même.

L'Université Marquette occupait dix bons blocs à la périphérie des bas quartiers qui rivalisaient avec la Cinquième Rue de L.A. pour ce qui était de la misère, de la saleté et du désespoir à l'état brut – bars, magasins de boissons alcoolisées à emporter, banques de sang, et missions sauveuses d'âmes de toutes les confessions et sectes imaginables. Je garai ma voiture sur la Vingt-Septième et State et continuai à pied, évitant et contournant des amas de poivrots et de chiffonniers qui se passaient à la cantonade des carafons de picrate tout en gesticulant avec outrance et baragouinant dans leur langage de soiffards où se mêlaient solitude et aigreur.

Je quittai la rue des yeux pendant cinq secondes et m'étalai sur le trottoir : je venais de trébucher sur un vieillard, nu jusqu'à la ceinture, le bas du corps enveloppé d'un manteau trempé d'essence. Je me remis debout, époussetai mes vêtements puis essayai d'aider le vieillard à se relever. Je tendis les mains vers ses bras avant de voir les escarres qui les couvraient et d'hésiter. Le vieillard remarqua mon manège et commença à caqueter. J'essayai de le saisir par son manteau mais il roula sur lui-même comme un derviche pour m'échapper et finir comme un gisant du ruisseau, baigné d'une mer d'eau d'égout et de mégots de cigarettes. Il me maudit et me fit un geste obscène d'un doigt sans force.

Je l'abandonnai et poursuivis ma route. Au bout de trois blocs, je me rendis compte que je n'avais pas de destination précise et qu'en outre les habitants de la rue m'avaient pris pour un flic ; ma taille, mon costard d'été bien net me gagnaient des regards de peur et de haine, et si je ne faisais pas d'impair, je pourrais les utiliser à mon avantage sans faire de mal à quiconque.

Je me rappelai ce que Kraus et Lutz m'avaient dit : George Melveny « Le Professeur », George Melveny « La Colle », ancien professeur de chimie à Marquette, aperçu pour la dernière fois en train de suçoter un chiffon face à la « Mission de Jésus Sauveur ». Il était presque midi et la température montait en flèche. J'avais envie de laisser tomber la veste, mais ça ne marcherait pas : les habitants de la rue de la dèche sauraient alors que je ne portais pas d'arme et donc que je n'étais pas de la maison poulaga. Je m'arrêtai et passai la rue en revue dans toutes les directions possibles : aucun signe de la « Mission du Jésus Sauveur ». Sur une impulsion subite, j'entrai dans un magasin de spiritueux où je fis l'achat de vingt carafons de Moscatel Golden Lake. J'en eus le foie qui frémit en payant, et le propriétaire me lança le regard le plus étrange qu'il m'ait été donné de voir en chargeant le poison dans un grand sac en papier. Je lui demandai la route de la « Mission du Jésus Sauveur », et il étouffa un ricanement en m'indiquant la direction de l'est, là où la rue de la dèche finissait en cul de sac contre la Rivière de Milwaukee.

***

Comme j'approchais de la Mission, je vis une longue file qui faisait presque le tour du bloc, des indigents à l'air affamé qui attendaient de toute évidence leur déjeuner. Quelques uns parmi eux remarquèrent mon arrivée en se donnant des coups de coudes pour signifier que les mauvaises nouvelles débarquaient en force. Ils avaient tort : c'était Noël au mois de juin.

— Le Père Noël est arrivé ! criai-je. Il a fait une liste, il l'a vérifiée au moins deux fois et il a décidé que vous méritiez tous de boire un coup, les gars !

Voyant que je n'obtenais que des regards perplexes, je plongeai la main dans le sac en papier et en sortis un carafon.

— Vin gratis pour tout le monde ! hurlai-je. Et du pognon gratis pour celui qui pourra me dire où je peux trouver George Melveny « La Colle ».

J'assistai à une véritable ruée dans ma direction. Oubliés, la « Mission du Jésus Sauveur » et son déjeuner sans relief ! C'était moi l'homme aux cadeaux, et des dizaines de poivrots se mirent à tendre le bras vers moi en geste d'adoration, leurs mains tremblantes dirigées vers le sac de papier marron que je tenais sur l'épaule hors de leur portée. Les renseignements me pleuvaient dessus de voix grinçantes, morceaux de choix, tuyaux sans queue ni tête et qualificatifs divers :

— Putain, mec !
— La Colle, Papa glu !
— Sœur Ramona !

— Tête à gnôle !
— A moi, à moi, à moi !
— Faut voir la sœur !
— Prospectus !
— La Colle !
— Oh mon Dieu ! Oh mon Dieu !
— Warruguh !

La foule menaçait de me jeter dans le ruisseau, aussi je plaçai mon sac sur le trottoir et reculai pendant qu'ils fonçaient dessus comme des vautours affamés. S'ensuivirent bousculades et coups de coudes, et une bagarre éclata dans la rue entre deux hommes, à coups de griffes et d'ongles qui manquaient d'énergie.

En l'espace de quelques minutes, les vingt flacons furent brisés ou fauchés et les tristes soiffards s'étaient dispersés pour consommer leur médecine, à l'exception d'un vieillard à l'air triste, particulièrement frêle, le pantalon en guenilles, un T-shirt des « Braves de Milwaukee » et une casquette de base-ball des « Chicago Cubs ». Il se contentait de me fixer du regard et d'attendre en tête de la queue pour la soupe, en compagnie de quelques indigents que mon offre n'avait apparemment pas intéressés.

J'avançai jusqu'à lui. Il était blond, et sa peau d'un rouge cancéreux était brûlée des années passées à vivre dehors.

— Vous n'aimez pas boire ? demandai-je.
— J'en prends ou j'en laisse, c'est pas comme certains, dit-il.
— Bien dit, dis-je en riant.
— Pourquoi vous cherchez La Colle ? Il a jamais fait de mal à personne.
— Je veux simplement lui parler.
— Tout ce qu'y veut, c'est qu'on le laisse téter son chiffon en paix. Il a pas besoin de flics pour l'embêter.
— Je ne suis pas flic. J'entrouvris ma veste pour lui montrer que je n'étais pas enfouraillé.
— Ça prouve rien, dit-il.

Je soupirai et y allai de mon mensonge.

— Je travaille pour une compagnie d'assurances. Marquette doit à Melveny un peu d'argent comme indemnité à un ancien employé. C'est la raison pour laquelle je le cherche.

Je voyais bien que le vieux bonhomme prudent me croyait. Je sortis un talbin de cinq de mon portefeuille et le lui passai sous le nez. Il s'en empara vite fait.

— Vous allez jusque chez Sœur Ramona ; c'est à quatre blocs d'ici, à l'ouest. Y'a une pancarte sur le devant qui dit « On demande distributeurs de prospectus ». La Colle y travaillait pour la sœur ces temps-ci.

Je le crus. Sa fierté et sa dignité étaient empreintes d'autorité. Je partis dans la direction qu'il indiquait.

***

Sœur Ramona était un médium qui recrutait ses proies parmi les classes pauvres et superstitieuses de Milwaukee. C'est ce que m'expliqua un certain « Waldo », un vieux de la vieille de La Cloche qui tenait ses quartiers en face de la vitrine où elle recrutait les poivrots et rebuts des banques de sang pour qu'ils transportent son message, par prospectus interposé, dans les quartiers les plus pauvres de Milwaukee. Elle les payait à coups de litres de vin qu'elle achetait pour moins que rien par camions entiers auprès d'un fabricant de Chicago, un Italien immigré. Ce dernier en augmentait la teneur en y ajoutant de l'alcool de grain pur, ce qui donnait à son picrate un titre en alcool de cinquante pour cent.

Sœur Ramona aimait à ce que ses petits soient heureux. Elle leur fournissait un gîte gratuit, à la belle étoile dans le parc de stationnement du cinéma dont elle était propriétaire ; elle leur donnait trois croque-monsieur par jour, trois cent soixante-cinq jours par an ; et elle les faisait libérer de prison sous caution sans qu'il leur en coûte un sou s'ils lui promettaient de lui rembourser son argent en faisant don de leur sang gratuitement à la banque de sang dont le propriétaire était son frère, un gynécologue qui venait de se faire rayer de l'ordre pour avoir fourré trop de patientes dans le mauvais trou.

J'appris tout cela dans un flot de paroles, sans avoir rien demandé. Waldo poursuivit en m'expliquant que le seul problème avec l'arnaque de Sœur Ramona, c'était que ses petits cassaient tous leur pipe à coups de cirrhoses du foie et qu'ils gelaient à mort l'hiver, lorsque son parking se couvrait de congères qu'elle ne se souciait guère de débarrasser. Le personnel changeait vite, avec la bonne sœur, oui, m'sieur, disait Waldo, mais elle trouvait toujours des tas de nouvelles recrues ; la sœur, c'était la reine du picrate, un grand connaisseur, et elle vous servait des croque-monsieur du tonnerre. Et elle avait pas de préjugés, disait Waldo, non, m'sieur, elle engageait des Blancs comme des Noirs, elle les nourrissait pareil et elle leur allouait le même espace pour roupiller dans son parking.

Lorsque je sortis un billet de cinq dollars de ma poche et prononçai les mots « George Melveny La Colle », les yeux de Waldo en sortirent de leurs orbites et il dit « Le Génie » d'une voix que d'aucuns réservent à Shakespeare et Beethoven.

— Pourquoi est-ce un génie, Waldo ? demandai-je lorsque le vieillard me piqua adroitement des mains le talbin de cinq.

Il se mit à jacasser :

— Pasqu'il est intelligent, v'la pourquoi ! Un professeur à l'Université Marquette. La Sœur, elle l'a fait chef d'équipe jusqu'à ce qu'y puisse plus conduire. Y dort pas dans son parking, y dort dans un sac de couchage l'été sur la plage près du lac, et l'hiver, y dort à la chaufferie bien douillette de Marquette. Il est tellement intelligent qu'la sœur, elle le paie pas avec de la gnôle – y boit plus ; la sœur, elle le paie avec des maquettes d'avions pasqu'il aime bien les monter et renifler la colle ! La Colle, c'est un Génie !

Je secouai la tête.

— Quoi qu'y a, mec ? demanda Waldo.

— Tu crois que tes renseignements valent bien cinq dollars ?

— Sûr qu'ça les vaut !

— C'est ce que je crois aussi. Tu veux te faire une autre thune ?

— Ouais, mec.

— Alors, emmène-moi auprès de La Colle, tout de suite.

— Ouais, mec.

***

On partit en maraude, tous les deux à l'avant de ma berline Ford surchauffée, à zigzaguer dans les quartiers les moins reluisants de Milwaukee, sans plan précis jusqu'à ce qu'on repère des duos en guenilles qui balançaient leurs prospectus sur les pelouses de façade et dans les vérandas. Il y en avait même d'assez téméraires parmi les poivrots pour les fourrer dans les boîtes aux lettres.

— C'est ce que la sœur appelle « un bombardement à saturation » dit Waldo. Faut les bombarder jusque dans leurs salons, qu'elle dit.

— Combien fait-elle payer ?

— Trois dollars ! beugla Waldo.

Je secouai la tête.

— La vie, ça fait réfléchir, hein, Waldo ? Comme si on te remuait la cervelle à coups de pied, non ?

— Plutôt le cul qu'la cervelle, dit-il.

On roula pendant une autre demi-heure. Pas moyen de retrouver La Colle parmi ses collègues. Je sentais l'épuisement me gagner mais je savais que je ne pourrais pas dormir.

Finalement, Waldo s'exclama « la boutique à passe-temps » et il se mit à baragouiner pour m'en indiquer la direction. Tout ce que je réussis à saisir, ce fut « Lac

Michigan » et je fis donc demi-tour et dirigeai la voiture vers une étendue luisante, d'un bleu foncé, visible de notre point de vue imprenable au sommet de la colline. On se retrouva bientôt à marauder le long de la Route du Lac, et Waldo tendait la tête par la portière à la recherche de La Colle.

— C'est là, dit-il, en indiquant une rangée de boutiques au milieu d'un centre commercial moderne. C'est ça !

Je m'arrêtai et repérai finalement un magasin qui répondait au nom de « Le Paradis du Passe-Temps : chez Larry l'Heureux. » Et mon cerveau fatigué et ahuri pigea la coupure : Larry l'Heureux fournissait George Melveny en colle.

— Reste ici, Waldo, dis-je. Je me garai et entrai dans le petit magasin.

Larry l'Heureux n'avait pas l'air très heureux. C'était un homme entre deux âges, gras, qui avait l'air de détester les mômes. Il en surveillait justement un groupe d'un œil soupçonneux : les gamins tenaient des avions de balsa au-dessus de leurs têtes et les faisaient plonger en piqué les uns sur les autres au son de « Zoom, Karreww, buzz ! » Soudain, je me sentis vraiment très fatigué, je n'eus pas le courage d'argumenter avec le gros : on avait l'impression qu'il était prêt à céder une bonne part de son âme pour pouvoir parler à un adulte.

J'avançai jusqu'à lui et dis :

— George Melveny « La Colle » ?

— Oh merde, répliqua-t-il.

— Pourquoi « Oh merde » ? demandai-je.

— Y'a pas de raison. J'me suis dit qu'vous d'viez êt'flic ou queq'chose et que La Colle s'était encore fichu le feu à sa carcasse.

— Ça lui arrive souvent ?

— Non, rien qu'une ou deux fois. Il oublie et allume une cigarette quand sa barbe est pleine de colle. Y lui reste pas grand-chose de la figure à cause de ça, mais ça fait rien, y lui reste plus grand-chose non plus dans le ciboulot, alors, quelle différence ? D'accord, m'sieur l'agent ?

— Je ne suis pas flic, je suis enquêteur d'assurances. M. Melveny vient de toucher une grosse somme d'argent. Si vous m'indiquez où je peux le trouver, je suis sûr qu'il vous remboursera ce petit service en achetant sa colle chez vous par caisses entières.

Harry l'Heureux avala le morceau sans broncher.

— La Colle m'a acheté trois maquettes ce matin. Je crois qu'il va de l'autre côté de la route, sur la plage, pour jouer avec.

Avant qu'il puisse ajouter quelque chose, j'étais dehors et me dirigeais vers le parking pour annoncer à mon guide touristique que nous allions passer la plage au peigne fin.

***

Il était assis au beau milieu du sable, et son regard se portait alternativement sur la marée blanche d'écume du Lac Michigan et la pile de pièces de maquettes posées sur ses genoux. Je tendis cinq dollars à Waldo et lui dis de se tailler. Ce qu'il fit, en me remerciant avec chaleur.

Je regardai La Colle un bon moment. Il était grand, maigre au-delà de toute maigreur, le visage anguleux où se tissaient des couches de tissu cicatriciel blanchâtre dont les rebords brûlaient d'un rouge vif. Sa chevelure d'un roux pâle était longue et plaquée de chaque côté de la tête ; sa barbe blond-roux étincelait d'une matière gluante et cristalline qu'il picorait du doigt d'un air absent. Il faisait près de trente degrés, sans l'ombre d'une brise, et il était malgré tout vêtu d'un pantalon de laine et d'un pull marin à col roulé.

J'allai jusqu'à lui et inspectai ce qu'il tenait sur les genoux pendant qu'il contemplait, mâchoire tombante, un groupe d'enfants en train de construire des châteaux de sable. Ses mains osseuses croûtées de colle tenaient le châssis en plastique d'une Ford de 1940 collé au fuselage d'un bombardier B-52. De minuscules indiens, des braves avec tomahawks, arcs et flèches, bataillaient tête en bas le long du ventre de l'appareil.

La Colle remarqua ma présence et il dut noter la tristesse de mon regard parce qu'il me dit d'une voix douce :

— Sois pas triste, fiston, la sœur a un coin bien mœlleux pour toi et j'ai aussi fait la guerre. Ne sois pas triste.

— Quelle guerre, M. Melveny ?

— Celle après la guerre de Corée. A l'époque, je travaillais au « Projet Manhattan ». Ils m'avaient donné le boulot parce que c'était moi qui préparais les Manhattans[1] pour les pères. Par pichets entiers, avec des petites cerises au marasquin. Les pères, ils étaient puceaux, ils y tenaient, à leurs cerises, mais ils auraient pu dire aux sœurs de faire les quatre cents coups, mais elles tenaient à leurs cerises, elles aussi. Tout comme Jésus. Ils auraient pu se faire virer, comme moi, et laisser les sœurs travailler pour la sœur.

Melveny leva son montage de plastique en l'air pour que je le voie. Je le pris et le tins un moment avant de le lui rendre.

— Est-ce que vous aimez mon bateau ? demanda-t-il.

— Il est très beau, dis-je. Pourquoi vous êtes-vous fait virer, George ?

— Avant, j'étais George, et avec moi, c'était George, mais maintenant, je suis un oiseau. Caw ! caw ! caw ! Avant, j'étais George, par Saint George, et pour moi, c'était au poil, mais les padres ne savaient pas ! Ça leur était égal !

— Qu'est-ce qui leur était égal, George ?

— Je ne sais pas ! Avant, je savais, quand j'étais George, mais je sais plus !

Je m'agenouillai près du vieillard et passai un bras autour de ses épaules.

— Vous vous souvenez de Johnny De Vries, George ?

---

1. Cocktail.

Le vieux La Colle se mit à trembler et son visage devint tout rouge, même les cicatrices blanches.

— Le Grand John, le Grand John, le boche bouffeur de choucroute. Le Grand John, il pouvait réciter la table des éléments à l'envers ! Il avait une pine de la taille d'un saucisson. Deux mètres cinquante en chaussettes, le Grand John ! Le Grand John !

— Etait-il votre ami ?

— Ami mort ! Homme mort ! Guy Fawkes. Je salue ton retour, Amelia Earhart ! Redevivus le Grand John ! Le Grand John Redux ! Y savait pas reconnaître un bec bunsen d'un saucisson, mais je lui ai appris, par Saint George, je lui ai appris !

— Où se procurait-il sa morphine, George ?

— C'est le négro qui avait la drogue. Johnny n'avait que les restes. C'est le négro qui avait le gâteau et Johnny les croûtes !

Je secouai les épaules décharnées de George :

— Qui a tué Johnny, George ?

— C'est le négro qui avait le gâteau, Johnny n'avait que les miettes ! Johnny la mauviette à miettes ! Johnny disait que le payeur, c'était le découpeur, et le découpeur, y va m'avoir, mais j'ai mes mémoires au monastère ! Bouddha y va attraper le découpeur ! Et grâce à lui, mon livre sera un best-seller !

Je secouai La Colle encore plus fort, jusqu'à ce que sa barbe barrée de colle soit contre mon visage.

— Qui est-ce, le découpeur, nom de Dieu !

— Ça sert à rien, Johnny mon gars. C'est le Bouddhiste qui a le Livre et il ne croit pas en Jésus. C'est que justice dans les deux sens, Jésus, y croit pas en Bouddha ! George y croit pas en George, par Saint-George, et ça, c'est George !

Je relâchai La Colle. Il reprit ses caw-caw en direction des mouettes qui volaient au-dessus du bord du lac, il battait l'air de ses bras émaciés dans son désir de les rejoindre. S'il y avait la plus petite chance que Dieu pût exister, je récitai une prière silencieuse pour lui. Je retournai à la voiture sachant que j'avais glané suffisamment de renseignements de son cerveau ravagé pour me conduire au moins jusqu'à Fond du Lac.

22

Je pris une chambre dans un motel sur Blue Mound Road et dormis seize heures d'affilée en rêvant de Michael et de Lorna, flottant sur des radeaux de sauvetage au milieu d'une mer de colle pour modèles réduits. Je m'éveillai juste avant l'aube et appelai Will Berglund à Tunnel City. Est-ce que le « Cœur Clandestin » possédait un monastère près de Fond du Lac ? Oui, dit-il d'une voix brouillée par le sommeil. Y avait-il un orphelinat ? Non. Avant que je puisse raccrocher, j'eus des indications précises sur la manière de m'y rendre par le plus court chemin. Will Berglund s'éveilla tout à fait lorsqu'il sentit l'inquiétude dans ma voix et me dit qu'il appellerait le supérieur du monastère pour lui annoncer mon arrivée.

Je fis un arrêt pour l'essence et un petit déjeuner rapide puis j'obliquai plein nord en direction du pays des lacs, certain que ce qui m'attendait au monastère du « Cœur Clandestin » ne serait pas triste.

***

Deux heures plus tard, je longeais un lac d'un bleu de cristal parsemé de petits bateaux de plaisance. Les amoureux de soleil bronzaient les uns sur les autres sur l'étroite bande de sable en bordure du lac, et les forêts de pins qui entouraient Fond du Lac étaient animées de familles de touristes harnachées d'appareils photo.

Je vérifiai les indications que m'avait données Will Berglund : bord du lac, traverser les montagnes jusqu'aux terres agricoles, après la troisième ferme, un kilomètre et demi jusqu'à la route avec le panneau qui répertoriait les religions principales.

Je trouvai la route de montagne, puis le plateau de pâturages ainsi que les trois fermes. La chaleur était étouffante, près de trente degrés, mais en m'engageant sur la route, je transpirais beaucoup plus de nervosité et d'anticipation. Je parcourus huit cents mètres au milieu d'une forêt de pins en terrain sableux pour aboutir à une clairière où se dressait un bâtiment tout simple en ciment blanchi, sans style particulier, dont les trois étages étaient dépourvus de décorations ou de signes de bienvenue. On avait dégagé près du bâtiment une zone de stationnement. Les voitures qui s'y trouvaient garées étaient tout aussi sévères : des jeeps de la Seconde Guerre et une berline Willys d'avant guerre. Elles avaient l'air bien entretenues.

Je contemplai le grand portail de bois comme dans l'attente d'un miracle austère. Petit à petit, je me rendis compte que j'avais peur et ne voulais pas pénétrer dans le monastère. Cela me surprit ; par réflexe, je sortis de la voiture et courus jusqu'à la porte pour la marteler du poing de toutes mes forces.

L'homme qui répondit avait un air propret, frais et bien briqué. Il était de petite taille, l'allure raffinée, et j'eus pourtant l'impression très vive qu'il avait dû connaître de longs jours de malheur avant de les surmonter. Il hocha la tête d'un air réservé et me pria d'entrer dans un long couloir aux murs de ciment blanchi pareils à la façade du bâtiment.

A l'extrémité du couloir, j'aperçus une salle de réunion ou de célébration quelconque.

L'homme, qui pouvait avoir aussi bien trente que quarante-cinq ans, me dit que le supérieur était en compagnie de sa femme et qu'il me verrait dans quelques minutes.

— Les mecs d'ici peuvent se marier ? demandai-je.

Il ne répondit pas, se contentant de pousser une petite

porte en bois du couloir et de me faire signe d'y entrer.

— Attendez ici, s'il vous plaît, me dit-il en refermant la porte derrière moi.

La pièce était une cellule monacale, presque sans mobilier et sans décoration. J'inspectai la porte. Elle n'était pas verrouillée. En fait, elle ne comportait aucun verrou : j'étais libre de partir si je le désirais. Il y avait une fenêtre sans barreaux, à peu près au niveau des yeux d'un homme de bonne taille. Je jetai un coup d'œil à l'extérieur et découvris un jardin à l'arrière du monastère. Un homme en combinaison de travail sale sarclait un rang de radis. Je mis les doigts à la bouche et le sifflai. Il tourna la tête dans ma direction, me fit un large sourire et un signe de la main et reprit son travail.

Cinq minutes durant, dans un silence surnaturel, je contemplai l'ampoule nue qui illuminait la cellule. Puis mon escorte revint pour me dire que le supérieur avait été contacté par Will Berglund et qu'il était soucieux de m'aider au mieux de ses capacités. Il poursuivit en ajoutant que, bien que les membres de l'« Ordre du Cœur Clandestin » aient renoncé aux pièges de ce monde, ils reconnaissaient comme de leur devoir d'avoir une part active aux affaires d'urgence de ce même monde. En fait, c'était, à bien des égards, le dogme fondamental de leur foi. Tout son boniment était aussi ambigu que tous les baratins de religion qu'il m'avait été donné d'entendre, mais je n'en dis rien et me contentai de hocher la tête en silence avec l'espoir que mon attitude était suffisamment révérencieuse. Il me fit passer près d'une grande salle de culte et me conduisit jusqu'à une petite pièce qui faisait le double de la cellule de moine, meublée de deux fauteuils métalliques pliants portant écrit au dos « Hôpital Général de Milwaukee ». Il me dit que le supérieur serait là dans un instant, avant de sortir à pas feutrés en laissant la porte entrouverte.

Le supérieur fit son apparition une minute plus tard. C'était un homme robuste et trapu à la chevelure d'un noir de jais et le visage rasé, bleuté d'une barbe dure et très sombre. Il avait probablement entre quarante et cinquante ans, mais une fois encore, il était difficile de lui donner un âge. Je me levai lorsqu'il entra dans la pièce. Nous nous serrâmes la main et tout en me faisant signe de me rasseoir, il me lança un regard pour me signifier qu'il était à ma disposition. Il s'assit et lâcha un rot surprenant. Pour briser la glace, il était difficile de faire mieux.

— Jésus, dis-je spontanément.

— Non, dit-il en riant, moi, c'est Andrew. Il n'a même pas été apôtre. Etes-vous très versé dans les écritures, M. Underhill ?

— Je l'ai été. On m'y a forcé. Mais je ne suis pas ce que vous appelleriez un croyant.

— Et votre famille ?

— Je n'ai pas de famille. Ma femme est juive.

— Je vois. Quelle impression vous a fait Will Berglund ?

— Celle d'un homme chargé de culpabilité. Un homme doux et honnête. Peut-être même éclairé.

Andrew me sourit.

— Que vous a dit Will de notre ordre ? demanda-t-il.

— Rien, dis-je. Je dois admettre néanmoins qu'intellectuellement parlant, il doit présenter quelque intérêt sinon un homme aussi intelligent que Berglund n'en parlerait pas avec autant d'enthousiasme survolté. Ce qui m'intéresse, par contre, c'est pourquoi John De Vries...

— Nous parlerons de John plus tard, dit Andrew en m'interrompant. Ce qui m'intéresse, moi, c'est l'usage que vous ferez des renseignements que je pourrais vous donner.

L'environnement ascétique, la voix patiente d'Andrew commençaient à m'agacer et je sentis ma vision s'obscurcir en périphérie.

— Ecoutez, bon Dieu, dis-je brutalement, John De Vries a été assassiné. Sa sœur aussi. Nous parlons d'êtres vivants et non d'homélies bibliques. Je... je...

Je m'arrêtai.

Andrew avait pâli sous le bleu de son visage rasé et ses grands yeux marron se voilèrent de chagrin.

— Oh mon Dieu, Marcella, murmura-t-il.
— Vous l'avez *connue ?*
— Alors c'était vrai...
— Qu'est-ce qui était vrai, nom de Dieu ?

Andrew hésita alors que j'essayais de maîtriser mon excitation. Il fixa son regard sur ses mains. Je lui accordai quelques instants pour se calmer avant de demander avec douceur :

— Alors, qu'est-ce qui était vrai, Andrew ?
— Marcella nous a dit, à ma femme et à moi, le mois dernier, qu'elle était en danger, que son mari voulait obtenir la garde de leur fils et qu'il allait l'enlever.
— Le mois dernier ? Vous avez vu Marcella Harris le mois dernier ? *Où ça ?*
— A Los Angeles. Une horrible ville à l'est de L.A., El Monte. Marcella a téléphoné à ma femme. Elle lui a dit qu'elle avait besoin de nous voir, qu'elle avait besoin d'une aide spirituelle. Elle nous a câblé le prix du billet et nous avons pris l'avion pour Los Angeles. Nous avons retrouvé Marcella dans un bar d'El Monte, mon...
— Un samedi soir ? Le 21 juin ? Est-ce que votre femme est blonde et porte une queue de cheval ?
— Oui, mais comment le savez-vous ?
— Je l'ai lu dans les journaux. Les flics de L.A. vous ont recherchés comme suspects pour le meurtre de Marcella. Elle a été tuée tard dans la nuit, après vous avoir quittés dans le bar. Vous auriez dû écouter, Andrew.

Je laissai l'information faire son chemin et vis Andrew sombrer dans le chagrin, un chagrin si paisible qu'il en était déconcertant. J'eus la sensation qu'il marchandait déjà avec Dieu pour tirer son épingle du jeu.

— Quand avez-vous rencontré Marcella pour la première fois ? demandai-je doucement. Dites-moi pourquoi elle en est venue à vous appeler à l'aide le mois dernier.

Andrew se voûta tout entier sur sa chaise, presque en supplication. Sa voix était très douce :

— Marcella est venue au monastère il y a quatre ans. Will Berglund lui avait parlé de nous. Elle était désemparée, elle me dit que quelque chose d'horrible allait se produire et qu'elle était impuissante à l'arrêter. Je lui dis que l'« Ordre du Cœur Clandestin » était une discipline spirituelle fondée sur des bonnes actions anonymes. Nous avons quelques généreux mécènes qui sont propriétaires d'une imprimerie où nous tirons nos petits tracts, mais à la base, nous vivons des produits de notre ferme et donnons notre nourriture aux affamés. Chaque jour, nous avons trois heures de méditation silencieuse et nous jeûnons un jour par semaine. Mais l'essentiel de nos activités, ce sont nos visites dans les villes. Nous déposons nos petits tracts dans les missions des quartiers misérables, les chapelles des prisons, partout où se retrouvent solitude et désespoir. Nous arpentons les rues pour ramasser les solitaires ivres-morts dans les ruisseaux et leur donner à manger et les réconforter. Nous ne cherchons pas à faire de recrutement actif – notre discipline est rigoureuse, elle s'accommode mal des capricieux. Et nous gardons l'anonymat : nous ne tirons aucun profit du bien que nous faisons. J'ai dit tout cela à Marcella au cours de notre conversation en 51. Elle m'a répondu qu'elle comprenait et c'était vrai. C'était une travailleuse infatigable. Elle ramassait les clochardes dans la rue, elle les baignait, les nourrissait et dépensait son propre argent pour les vêtir. Elle faisait don de son amour comme jamais je n'ai vu personne le faire. Elle attendait aux grilles de la Prison du Comté de Milwaukee et conduisait les prisonniers libérés en ville, elle parlait avec eux, elle leur offrait un repas. Elle faisait des gardes de vingt-quatre heures d'affilée à la porte de la salle d'urgence de l'hôpital général de Waukesha, offrant gratuitement ses services d'infirmière diplômée et priant pour les accidentés. Elle a donné, elle a donné tant et plus qu'elle s'en trouva transformée.

— Pour devenir quoi, Andrew ?
— Pour devenir quelqu'un qui acceptait la vie en s'acceptant elle-même selon les termes de Dieu.
— Et ensuite ?
— Ensuite, elle est partie, aussi brutalement qu'elle était arrivée.
— Combien de temps est-elle restée dans l'ordre ?
— Environ six semaines.
— Elle est partie en août 51 ?
— Oui... oui, c'est exact.

Quelque chose craqua au fond de moi-même.
— Je suis désolé d'avoir été grossier, dis-je.
— Ne soyez pas désolé, vous voulez la justice.
— Je ne sais pas ce que je veux. Johnny De Vries est venu ici indépendamment de sa sœur, ou est-ce que je me trompe ?
— Non. Will Berglund nous l'a adressé lui aussi. Je crois que c'était aux alentours de Noël 1949. Mais il n'avait rien d'une Marcella. C'était un drogué à l'humeur changeante, plein de haine pour lui-même. Il a essayé de monnayer son entrée ici. De l'argent sale qu'il avait gagné en revendant de la drogue. Il a essayé sans enthousiasme d'entendre notre message, mais . . .
— Avez-vous jamais dirigé un orphelinat ici ? dis-je en l'interrompant.
— Non, cela exige une autorisation officielle. Nous servons dans l'anonymat, M. Underhill.
— John De Vries a-t-il jamais mentionné le nom de Margaret Cadwallader ? Ou un enfant qu'il aurait eu d'elle hors des liens du mariage ?
— Non. John parlait presque exclusivement de formules chimiques et des femmes avec lesquelles il avait eu des relations sexuelles, et...

Je tentai un coup d'épée dans l'eau, une eau qui se faisait de plus en plus claire :
— Et il a laissé ses mémoires ici, n'est-ce pas, Andrew ?

Andrew hésita.

— Il a laissé un carton d'effets personnels, c'est exact.

— Je veux voir ce qu'il contient.

— Non, non. Je suis désolé, vous n'en avez pas le droit. Je ne reviendrai pas là-dessus. John les a remises à la garde de l'ordre. J'ai fouillé le carton et j'ai vu qu'il n'y avait pas de drogue, aussi j'ai assuré John en toute honnêteté que ses objets personnels seraient toujours en sécurité ici. Non, je ne peux vous autoriser à les voir.

— Il est mort, Andrew. D'autres vies sont peut-être en jeu dans cette affaire.

— Non, je ne trahirai pas sa confiance. C'est sans appel.

Je mis la main sous ma veste et dans ma ceinture pour dégainer mon 38. Je me penchai en avant et plaçai le canon au milieu du front d'Andrew.

— Vous me montrez ce carton, ou vous êtes un homme mort.

Il lui fallut un instant pour me croire.

— Le travail qui m'attend demande que j'accède à votre exigence, dit-il.

— Alors vous savez pourquoi je suis obligé d'agir comme je le fais.

***

Le carton était moisi, piqué et couvert de toiles d'araignées. Et il était lourd : des rames et des rames de papier alourdies d'humidité. Je le traînai jusqu'à ma voiture sous l'œil vigilant d'Andrew. Il me donna une sorte de bénédiction des deux mains alors que je le verrouillais dans mon coffre.

— Désirez-vous que je vous le retourne ? demandai-je.

— Non, dit Andrew en secouant la tête. Je crois que vous m'avez dégagé de toute obligation pour ce qui est de mes devoirs envers Dieu.

— Quel était ce signe que vous avez fait ?

— Je demandais à Dieu de prendre pitié de celui qui lira les secrets des ténèbres.

— En avez-vous lu ?

— Non.

— Alors comment pouvez-vous savoir de quoi il s'agit ?

— Vous ne seriez pas venu ici si ces pages étaient chargées d'allégresse.

— Merci, dis-je.

Andrew ne répondit pas. Il se contenta de me regarder m'éloigner.

***

Je louai une chambre dans un motel de Fond du Lac et m'installai pour lire les mémoires de John De Vries.

Je vidai le carton moisi sur le lit et disposai les feuilles en trois piles distinctes de près de trente centimètres de hauteur. Je jetai un coup d'œil rapide à chacune de ces piles pour voir si l'écriture était lisible. Elle l'était. L'encre noire s'était estompée avec l'âge et l'humidité, mais De Vries avait une écriture nette et précise et un style qui contredisait sa frénésie et son penchant pour la drogue ; ses textes avaient une unité chronologique et thématique. Les pages n'étaient pas rassemblées selon la date mais chaque feuille portait la date en tête. J'inspectai les trois piles et les redisposai suivant mois et années.

Le journal de De Vries couvrait les années de guerre et plus que toute autre chose, c'était le témoignage détaillé de la fascination qu'avait exercée Doc Harris sur lui, de sa soumission à son égard, ce même Doc Harris qui avait pris la suite de Marcella, sa sœur dominatrice ; qui était devenu son père, son professeur et plus encore ; qui s'était emparé de sa rage frénétique et l'avait mise en forme. Il suffisait à « Johnny le garde-du-corps » de paraître aux côtés de son avatar avec son allure intimidante, pour gagner par sa simple présence plus de respect qu'il n'en avait jamais connu.

Johnny avait pour tâche de remettre dans le droit chemin les cambrioleurs et acheteurs récalcitrants qui servaient à Doc d'intermédiaires.

5 novembre 1943

« Ce matin, Doc et moi sommes allés à Eagle Rock, censément dans le but de transférer une cargaison de radios de notre garage là-bas jusque chez notre acheteur de San Berdoo. Doc m'a fait un cours sur la terreur morale pendant que je conduisais. Il a parlé de la petitesse de 99.9 % des existences, et de la manière dont cette petitesse génère et régénère jusqu'à créer un effet qui est « une apocalypse de mesquinerie qui fait boule de neige ». Il a dit ensuite que l'élite naturelle (c'est-à-dire nous et d'autres comme nous) se devait constamment d'adresser des messages à l'élite potentielle en « jetant perpétuellement sa clé anglaise dans les rouages des mécanismes du mesquin ». Il m'a expliqué que notre acheteur de San Berdoo essayait constamment de nous faire baisser nos prix en usant d'une tactique d'intimidation : il menaçait d'aller voir ailleurs pour ses radios. Doc a dit qu'il ne pouvait pas tolérer une telle attitude plus longtemps et qu'il me faudrait rendre une petite visite au bonhomme, chargé d'un message spirituel qui lui apprendrait l'humilité. Doc n'a plus rien dit jusqu'à ce que l'on ait chargé nos radios dans le camion et qu'on soit presque à San Berdoo. Il m'a dit alors : « Ce mesquin a un chat qu'il affectionne. Les mesquins adorent les animaux stupides parce qu'en comparaison, ils sont encore plus impuissants qu'eux-mêmes. Je veux que tu étrangles ce chat devant son petit propriétaire mesquin. Si tu te saisis du chat longitudinalement par la tête en plaçant pouce et petit doigt autour de son cou et si tu appuies brutalement index et majeur au-dessus de ses sourcils, ses yeux lui jailliront de la tête quand tu l'étrangleras. Fais ça pour moi, Johnny, et je t'enseignerai d'autres manières de consolider ton pouvoir, ce véritable pouvoir mental que je sais que tu possèdes. » Je l'ai fait. L'acheteur nous a suppliés, nous promettant l'exclusivité de son commerce et allant même jusqu'à offrir à Doc trois cents dollars de prime. Doc a refusé l'argent en disant : « Ma prime, c'est la leçon que vous venez de prendre ainsi que tout le bien qui en sortira, pour vous et pour beaucoup d'autres. »

Je lus tout ce qui couvrait 1943, lorsque Doc Harris consolida son emprise sur John De Vries en lui ouvrant des horizons de violence toujours plus larges où se mêlaient conseils sur la philosophie et psychologie de la terreur. Johnny battait et volait les homosexuels sur les ordres de Doc ; il brisait les bras et les jambes des mauvais payeurs ; il fracassait au pistolet les visages des cambrioleurs qui voulaient garder une part de leur butin. Et jamais, au grand jamais, il ne mit en doute son mentor. La philosophie par laquelle Doc le dominait était d'inspiration utopico-hitlérienne, adaptée pour cadrer parfaitement avec l'histoire personnelle de Johnny, sa surindépendance à l'égard de figures de soutien.

« Toi, Marcella et moi sommes l'élite naturelle. Tu dois respecter Marcella pour t'avoir sauvé de Tunnel City, Wisconsin, tu dois la respecter parce qu'elle est de ton sang ; mais sache qu'elle a ses manques. Sur le plan de l'action, elle est plus faible que nous ; toi et moi avons trouvé l'animal qui dormait en nous et nous lui avons donné vie. Nous ferons toujours ce que nous aurons à faire, sans considération des conséquences pour les autres, et ce faisant, nous nous plaçons au-dessus de toutes les lois humaines et des contraintes morales qui les accompagnent dans le seul but de tenir l'animal en laisse. Marcella n'ira jamais jusque-là, mais cependant, c'est une compagne de valeur pour nous deux, comme sœur et comme épouse. Respecte-la et aime-la, mais tiens les émotions à distance. Sache qu'en dernier ressort, elle ne sera jamais de notre morale.

« La Marine te tient aujourd'hui, John, mais bientôt, c'est nous qui tiendrons la Marine. Que ton uniforme soit toujours soigneusement repassé et tes chaussures bien cirées. Joue bien ton rôle et tu seras un homme riche pour la vie. Ta sœur est enceinte de l'enfant qui sera ton neveu et mon fils et notre héritier moral à tous deux. Surveille ta consommation de drogue et tu auras entre les mains le pouvoir de la drogue sur des millions de gens. Ecoute-moi, aie confiance en moi, John. Tu dois accepter plus encore de moi, et lorsque tu l'auras fait, je te dirai le pouvoir, au sens propre du terme, de vie et de mort que j'ai exercé sur tant de gens. »

Je compris où ce paragraphe me conduisait, aussi je passai les pages et avançai dans le temps jusqu'en août 1945. Ce que je savais déjà se trouvait confirmé : John De Vries, Eddie Engels et Lawrence Brubaker avaient cambriolé l'infirmerie du porte-avions *Appomattox* en emportant vingt kilos de morphine pure. Doc Harris était le maître d'œuvre. De Vries, Engels et Brubaker furent interrogés puis relâchés. L'emprise de Doc sur Johnny était tellement absolue que Johnny ne craqua jamais au cours de ses interrogatoires. Le journal indiquait que Engels et Brubaker étaient tout aussi subjugués, tout aussi prisonniers de l'incroyable mainmise de Doc Harris sur leurs personnes. Ce que j'avais fortement suspecté se confirma également : Marcella ne participa pas à l'entreprise criminelle – elle se trouvait à l'hôpital naval de Long Beach, à la suite d'une fausse-couche du bébé attendu.

Ce fut la première fois que Johnny vit Doc Harris secoué. Par suite de complications, Marcella serait stérile pour le restant de ses jours. Ce fut à ce moment-là que Johnny vint à l'aide de son mentor en lui offrant ce que jamais plus il ne pourrait accomplir avec Marcella. Johnny dit à Doc que sa petite amie, celle-là même que Doc avait réprouvée, était enceinte dans le Wisconsin et devait normalement accoucher dans deux semaines.

Doc et Johnny prirent l'avion. Doc mit l'enfant au monde dans une grande caravane stationnée dans un champ de blé au sud de Waukesha. Maggie avait voulu garder le bébé, mais Doc, assisté de Larry Brubaker, l'avait terrorisée et obligée à lui confier l'enfant afin qu'il le remette à un orphelinat « spécial » pour enfants « spéciaux ». Doc revint à Los Angeles vers sa femme avec l'enfant qu'elle avait désiré désespérément et qui était aujourd'hui, son « héritier moral ».

***

Je sautai à nouveau les pages, pour découvrir que les dates s'arrêtaient brutalement, peu après la description des événements d'août 1945. Mais il restait au moins une centaine de feuillets, sans date mais couvertes d'écriture. Inexplicablement, Johnny était passé à l'encre rouge et au bout de quelques instants, je compris pourquoi : Johnny avait cherché à connaître le savoir absolu de Doc, et Doc le lui avait offert en remerciement pour son « héritier moral ». C'était l'histoire du « pouvoir, au sens propre du terme, de vie et de mort » que Doc avait exercé sur tant de gens. C'était là, dans un rouge de circonstance, l'histoire des dix années de carrière de Doc, fou meurtrier, avorteur ambulant, armé de son scalpel qui tranchait, de whisky bon marché qui anesthésiait et de sa haine de fou élitiste qui le guidait.

Johnny poursuivait en citant son maître, mot pour mot :

« Bien sûr, je savais depuis la fac de médecine que c'était là ma mission et mon apprentissage ; que le pouvoir de vie et de mort était le terrain d'apprentissage ultime. Je savais que si j'étais effectivement capable de mener à bien ce processus terrible mais nécessaire de naissance et d'élimination tout en résistant aux préjudices émotionnels qu'il pourrait induire, je posséderais l'esprit et l'âme inviolés d'un dieu. »

Je poursuivis ma lecture. Doc décrivait son processus de sélection devant un Johnny d'abord plein de respect et de crainte pour en finir écœuré :

> « Si les filles qu'on m'envoyait l'avaient été par un amant ou un maquereau, il allait de soi qu'on les autorisait à vivre. Si elles étaient intelligentes et agréables, alors, je m'exécutais au mieux de mes capacités et de ma perspicacité qui sont considérables. Si les filles étaient laides, pleurnichardes, souillons ou fières de leur promiscuité sexuelle, alors, il était évident que le monde se porterait mieux débarrassé d'elles et de leur progéniture. Ces créatures-là, je les étouffais avec du chloroforme et exécutais l'avortement après leur mort : je sauvegardais mon art dans le but de sauver les vies des jeunes malheureuses qui, elles, *méritaient* de vivre. Je les emmenais alors, la mère morte et l'enfant qui n'était pas né, pour les enterrer, tard dans la nuit, dans quelque terre fertile. Je me sentais alors très proche de ces jeunes femmes et en sécurité, sachant qu'elles étaient mortes pour que d'autres pussent vivre. »

Doc Harris continuait la description de ses techniques d'avortement mais je n'en pouvais plus. J'éclatai en pleurs que je n'arrivais pas à maîtriser et appelai Lorna au milieu de mes larmes. Quelqu'un frappa à la porte et j'attrapai l'oreiller du lit pour étouffer mes cris en m'effondrant par terre, en me débattant au milieu de mes convulsions. J'ai dû m'endormir ainsi, car en me réveillant je vis qu'il faisait nuit. La seule lumière dans la chambre venait d'une lampe de bureau. Il me fallut quelques secondes pour savoir où j'étais et ce qui était arrivé. Un hurlement se leva dans ma gorge, que j'étouffai en retenant ma respiration jusqu'à m'en évanouir presque.

Je savais qu'il me faudrait lire le reste du journal. Petit à petit, je me remis debout et m'armai de courage pour m'atteler à la tâche. Des larmes de peur et de colère recouvrirent ce qui restait de feuillets tandis que je lisais les comptes rendus horribles de vie, de mort, de sang, de pus, d'excrément, et de vie et de mort, de mort, de mort et de mort.

***

Johnny De Vries était devenu finalement aussi écœuré que je l'étais, et s'était enfui vers les quartiers paumés de Milwaukee, muni d'une provision de morphine. Son style d'écriture avait dégénéré, divagations incohérentes auxquelles se mêlaient formules et symboles chimiques que j'étais incapable de comprendre. Les dernières pages étaient pleines de sa peur de Doc – « Le découpeur ! le découpeur ! Nul n'est à l'abri du découpeur ! »

Secoué, je verrouillai la porte et sortis me promener. J'éprouvais le besoin d'être en compagnie de gens qui jouissaient d'un semblant de bonne santé. Je trouvai un bar bruyant et y entrai. La pièce baignait d'une lumière ambrée qui adoucissait les traits des consommateurs présents – toujours ça de gagné, pensai-je.

Je commandai un bourbon, puis un autre – et encore un autre ; une dose massive pour un non-buveur. Je commandai pourtant un autre double et me surpris à pleurer dans le silence des regards embarrassés des gens du bar. Je finis mon verre et décidai que je m'en fichais. Je fis signe au barman de me remettre la même chose ; il secoua la tête et regarda de l'autre côté. Je me faufilai au milieu d'un labyrinthe de couples qui dansaient, en direction d'un téléphone, au bout de la pièce. Je donnai à l'opératrice le numéro de Lorna à Los Angeles et commençai à enfourner mes pièces dans la machine jusqu'à ce que l'opératrice m'interrompe pour me dire que j'avais mis trois fois la somme nécessaire.

Lorsque Lorna vint en ligne, je me mis à bredouiller d'une voix d'ivrogne jusqu'à ce qu'elle dise :

— Freddy, nom de Dieu, c'est toi ?
— Lor-Lorna – Lorna !

— Tu pleures, Freddy ? Tu es ivre ? Mais où diable es-tu donc ?

Je me maîtrisai juste assez pour parler :

— Je suis dans le Wisconsin, Lor. Je sais plein de choses dont il faut que je te parle. Y'a un grand petit gamin à qui on pourrait faire du mal comme à Maggie Cadwallader... Lorna, s'il te plaît, Lor, j'ai besoin de te voir...

— Je ne savais pas que tu te soûlais, Freddy. Ça ne te ressemble pas. Et je ne t'ai jamais entendu pleurer. – La voix de Lorna était très douce, et pleine de stupéfaction.

— Nom de Dieu, je ne me soûle pas. Tu ne comprends pas, Lor.

— Si. J'ai toujours compris. Tu reviens à L.A. ?

— Oui.

— Alors, appelle-moi à ce moment-là. Ne me dis rien sur les grands petits gamins ou sur le passé. Contente-toi d'aller te coucher. D'accord ?

— D'accord.

— Bonne nuit, Freddy.

— Bonne nuit.

Je raccrochai avant que Lorna ne m'entende pleurer à nouveau.

***

Cette nuit-là, je réussis malgré tout à dormir. Au matin, je chargeai le terrifiant récit de Johnny dans le coffre de ma voiture et pris la route de Chicago.

Je m'arrêtai devant une quincaillerie du Loop où je fis l'achat d'une caisse d'emballage en carton renforcé, puis je passai une heure dans le parc de stationnement à faire le tri et à annoter les mémoires. D'une cabine, j'appelai les Renseignements de L.A. et appris que la résidence de Lawrence Brubaker et la Petite Cabane de Larry ne faisaient qu'une seule et même adresse. Cela me fit réfléchir, en particulier lorsqu'il me revint en mémoire qu'il existait une poste de l'autre côté de la rue, face au bar, lorsque Dudley Smith et moi l'avions cravaté en 51.

Avant de transférer la masse de papier du carton moisi dans la nouvelle caisse, je vérifiai ce que j'avais fait : toutes les références à Brubaker et au vol de la drogue avaient été soulignées. Je sortis quelques feuilles de papier à lettre de la boîte à gants et rédigeai une lettre d'introduction :

« Cher Larry,
« Il est temps de régler tes dettes. C'est à moi que tu appartiens maintenant, pas à Doc Harris.
« Je te contacterai.

« Agent Frederick U. Underhill
« 1647 »

J'allai ensuite jusqu'à une poste où j'empruntai un rouleau d'adhésif et en scellai le carton tendu comme un tambour. Je l'adressai à :

Lawrence Brubaker
La Petite Cabane de Larry
58 Windward Avenue Venice – Californie.

Comme adresse d'expéditeur, je mis :

Edward Engels
U.S.S. Appomattox
1 Fire Street, Hades.

Notation délicate. Notation juste, de celles qui toucheraient Lorna et tous les amoureux de justice.

J'expliquai à plusieurs reprises ce que je désirais à l'employé des postes très patient : envoi en recommandé, à la poste de l'autre côté de la rue, où le destinataire devrait présenter un justificatif d'identité et signer un reçu avant de pouvoir disposer du colis. Et je voulais que le paquet n'arrive que dans trois jours ; pas plus tôt. L'employé comprit : il avait l'habitude des excentriques.

Je quittai la poste, me sentant libre comme l'air et solide comme un roc. J'allai jusqu'à O'Hara Field et y laissai la voiture de location avant de prendre un vol de l'après-midi qui me ramènerait chez moi, à Los Angeles, et vers ma destinée.

VI

La dernière partie

23

Trois jours plus tard à sept heures du matin, j'étais garé sur Windward Avenue, l'Avenue du Vent, en face d'un magasin de spiritueux, ce qui me permettait de surveiller à la fois la poste de Venice et la Petite Cabane de Larry.

J'attendis nerveusement l'ouverture de la poste à sept heures trente, pleinement conscient que mon plan ne marcherait que si le messager de la poste réveillait Brubaker suffisamment tôt pour que je le trouve seul dans son bar. Son troquet n'ouvrait plus pour toute la durée autorisée – on avait affiché sur la porte des horaires plus modestes, dix heures du matin à minuit. Ça ne pouvait que me profiter : je tomberais sur le paletot de Brubaker quelles que soient les circonstances, mais dans la mesure du possible, je les voulais lui et sa Petite Cabane pour moi seul. Je m'installai donc en face du magasin de spiritueux, sachant que la journée qui m'attendait allait peut- être être très longue.

Je songeais surtout à Lorna. Je ne l'avais pas appelée à mon retour à Los Angeles. Je voulais me retrouver sur un pied d'égalité devant elle, parité que je croyais avoir perdue le soir où je lui avais téléphoné en sanglots. Les deux journées que j'avais passées dans mon appartement à essayer de ne pas penser à elle avaient été deux journées de défaite absolue ; je ne pensais guère à autre chose, et imaginais toutes les solutions possibles entre nous deux à la lumière de ce que je savais devoir se produire avant que nous puissions être à nouveau réunis. Là, sur cette « Avenue du Vent » toute moche, vêtu d'un coupe-vent tout moche pour masquer mon arme, je dus faire appel à toute ma volonté pour ne pas penser à ce que je désirais le plus au monde, ne plus penser aux femmes mortes, aux enfants morts avant que d'être nés, et à mon propre passé qui ne voulait pas mourir.

Mes efforts pour ne pas penser furent interrompus à

huit heures trente, lorsqu'un employé de la poste en uniforme traversa la rue au petit trot en direction de la Petite Cabane de Larry. J'observai l'homme qui vérifiait un bout de papier dans sa main avant de frapper avec force à la porte d'entrée. Un instant plus tard, la porte s'ouvrit et un Noir à la peau claire en peignoir de soie apparut, clignant des yeux devant la luminosité du jour. Brubaker et l'homme de la poste échangèrent quelques mots, et à un demi-bloc de distance, je vis que la curiosité du bon vieux Larry était émoustillée.

Brubaker revint cinq minutes plus tard, vêtu d'un pantalon et d'une chemise sport, et sortit. Il traversa la rue en piéton imprudent directement face à la poste, pendant que je sentais mon corps se parcourir de bouffées alternativement brûlantes et glacées.

Je comptais sur encore cinq bonnes minutes. Je me trompais : trois minutes plus tard, Brubaker retraversait la rue en courant, le carton dans les bras, un air de panique absolue sur le visage. Il ne courut pas vers la porte d'entrée : il l'évita et se dirigea au pas de course vers le parking qui jouxtait son bâtiment. J'étais tout derrière lui ; lorsqu'il déposa le carton avec un bruit sourd sur le coffre d'un cabriolet Pontiac en fouillant sa poche et tâtonnant à la recherche de ses clés, je m'approchai de lui et lui enfonçai mon arme dans le dos.

— Non, Larry, dis-je, et il accusa le coup d'un son moitié gémissement moitié hurlement, pas maintenant. Tu comprends ? Je relevai le chien et enfonçai le canon dans la partie charnue de son dos. Brubaker acquiesça d'un très léger hochement de tête.

— Bien, dis-je. Eddie est en enfer mais pas moi, et si tu joues bien tes cartes, tu ne t'y retrouveras pas non plus. Tu piges ce que j'raconte, Larry ?

Brubaker hocha à nouveau la tête.

— Bien. Sais-tu qui je suis ?

Brubaker se tourna légèrement pour voir mon visage. A l'éclair qui traversa ses yeux bleus, je vis qu'il m'avait reconnu et il se mit à gémir en se couvrant la bouche de ses mains dont il mordit les jointures.

Je lui fis signe d'avancer vers la porte de derrière de son bar salon.

— Ramasse la boîte, Larry. On a des choses à se dire et des choses à lire.

Brubaker s'exécuta, et quelques instants plus tard nous étions installés dans son modeste logement à l'arrière du bar. Brubaker tremblait mais il s'accrochait à sa dignité, tout comme il l'avait fait le jour où Smith et moi l'avions interrogé. Du canon de mon arme, je lui indiquai le carton à nos pieds, entre nous deux.

— Ouvre et lis-en, quoi, les dix premières pages, dis-je.

Brubaker hésita avant de se précipiter sur les feuilles, impatient qu'il était d'en avoir fini au plus vite. Je l'observais pendant qu'il parcourait hâtivement les pages que j'avais annotées, les posant de côté l'une après l'autre de ses mains tremblotantes au fur et à mesure de sa lecture. Au bout d'une dizaine de minutes, il avait pigé le tableau et se mit à rire d'un rire d'hystérique imprégné malgré tout d'une certaine ironie sous-jacente.

— Eh ben, coco ! coco ! coco ! dit-il. Coco ! Coco !
— T'as déjà tué quelqu'un, Larry ? demandai-je.
— Non.
— As-tu la moindre idée du nombre de personnes que Doc Harris a tuées ?
— Des tas et des tas.
— T'es qu'un salopard sarcastique. Tu as envie de survivre, ou tu préfères sucer les fraises en compagnie de Doc ?
— Mon coco, Doc, je l'ai sucé, en 1944. Eddie aussi, tout comme Johnny De Vries. Rien que pour sceller notre pacte, tu comprends ? Ça ne me dérangeait pas : Doc était un superbe beau mec. Eddie, ça ne le dérangeait pas, il marchait à la voile et à la vapeur. Mais ça a bouffé Johnny, sans jeux de mot. Il a aimé ça, et il s'en est méprisé jusqu'au jour de sa mort.

— Qui l'a tué ?

— Doc. Doc l'aimait, pourtant. Mais Johnny parlait trop. Il n'a jamais voulu rendre sa part de la poudre. Il la distribuait gratis à tous les drogués de Milwaukee dans la débine. Et puis il a commencé à parler de tout laisser tomber. Nous étions amis. Il m'a appelé et il m'a dit qu'il voulait que je garde sa poudre, jusqu'à ce qu'il sorte de l'hôpital. Il voulait laisser tomber, mais il ne voulait pas perdre l'argent qu'il pouvait se faire en revendant sa poudre, tu piges ?

— Je pige. Alors comme ça, tu avais peur qu'il se tire et qu'il se mette à cracher le morceau en t'impliquant dedans, et tu as été le dire à Doc.

— C'est vrai, j'ai tout dit à Grand Papa et Grand Papa s'en est occupé.

Brubaker réussissait à conserver sa dignité, bien qu'il fût clair qu'il prenait sur lui, de sa servilité et de la haine qu'il avait de lui-même. Honnêtement, je ne savais pas s'il voulait continuer à vivre ou mourir avec son passé. Tout ce que je pouvais faire, c'était continuer à poser mes questions en espérant que son attitude détachée tiendrait la distance.

— Qu'est devenu le reste de la drogue, Larry ?

— Doc et moi, nous l'écoulons par petites quantités. Ça fait des années que ça dure.

— Il te fait chanter ?

— Il a des photos de moi et d'un conseiller municipal de la ville dans ce qu'on pourrait appeler une position compromettante. (Brubaker se mit à rire.) J'ai arrangé le coup entre le conseiller et Eddie. Eddie, c'était un vrai fanatique de la position sociale. Ce mec était amoureux des chevaux et du statut social, et le conseiller possédait les deux. Doc les a aussi pris en photo, mais le conseiller municipal ne l'a jamais su. Eddie, lui, l'a appris – et c'est comme ça que Doc l'a obligé à porter le chapeau pour Maggie.

Je me mis à trembler.

— Doc a tué Maggie ?

— Oui, mon coco, c'est bien lui. Tu t'es trompé de bonhomme quand t'as fait plonger Eddie. Mais t'as payé, coco. C'est drôle, coco, tu ne ressembles pas à un coco. – Brubaker éclata de rire, directement à ma figure cette fois.

— Pourquoi ? Pourquoi a-t-il fait ça ?

— Pourquoi ? Eh bien, Maggie vivait ici, à L.A., et nous, les petits malins, nous ne le savions pas. Sa mère lui a écrit pour lui apprendre que Johnny s'était fait découper à Milwaukee. Elle est tombée sur Eddie par accident et elle a commencé à parler à tort et à travers. Eddie l'a dit à Doc, et Doc lui a dit de la baratiner, de la baiser et de garder un œil sur elle. Et puis Doc s'est mis à s'exciter. Une nuit, il a emprunté la voiture d'Eddie, il est allé à l'appartement de Maggie et il l'a étranglée. C'était un coup monté. Doc savait qu'il pourrait toujours avoir confiance en moi, mais il n'était pas sûr d'Eddie. Il savait que pour Eddie, l'idée que quelqu'un puisse apprendre qu'il était pédé le rendait fou ; qu'il préférerait mourir plutôt que de laisser sa famille découvrir la vérité, alors il a montré à Eddie les photos de lui avec le conseiller municipal et c'était réglé : ou bien les flics ne découvriraient jamais qui avait étranglé Maggie, et ça serait au poil, ou bien c'était Eddie qui faisait le plongeon. Ce qu'il a fait, mon coco, et c'est toi qui l'a poussé.

Je me retrouvai sous le choc, transporté à cette nuit de 51 lorsque j'avais filé Engels pour la première fois : il y avait eu un affrontement violent entre lui et un homme plus âgé dans un bar d'homosexuels d'Hollywood Ouest. De ma mémoire fautive, jaillit à nouveau la lumière : cet homme, c'était Doc Harris. Je sentis la répugnance s'insinuer en moi comme un cancer et changeai de sujet :

— Est-ce que Marcella connaissait Maggie ? Savait-elle que Doc allait la tuer ?

— Je crois qu'elle savait. Je crois qu'elle avait deviné. Elle avait toujours aimé Maggie – et elle savait que

Maggie était la véritable mère de Michael. Doc avait dit à Marcella de rester loin de Maggie. Doc et Marcella avaient divorcé mais ils étaient restés amis. Marcella est partie en voyage quelque part ; elle a laissé Michael à la garde de quelques-uns de ses petits amis. Tu vois, mon coco, elle avait toujours su que Doc était quelqu'un d'un peu froid. Quand elle a découvert que Maggie était morte, elle a compris à quel point, mais ce n'est que plus tard cette année-là qu'elle a découvert que Doc, c'était le train de nuit pour Morgue La Ville.

— Qu'est-ce que tu racontes ? Elle ne savait pas que Doc avait tué Johnny ?

Brubaker secoua la tête en me lançant le sourire ironique du mec à la coule.

— Négatif, mon coco. Si elle l'avait su, elle l'aurait tué ou se serait suicidée. Elle l'aimait, son cinglé de frère, cette femme-là, et sa volonté, c'était quelque chose. J'étais l'alibi de Doc, coco. Il était avec moi, pour trois jours de poker et de gnôle, alors qu'en réalité, il se trouvait à Milwaukee en train de découper le Grand John.

Je frissonnai parce que j'avais déjà une idée de la réponse à ma question suivante :

— Qu'est-ce que Marcella a donc découvert un peu plus tard cette année-là ?

— Eh bien, coco, il faut rendre son dû à ce bon vieil iceberg de Doc, il l'aime vraiment, son « héritier moral » comme il l'appelle. Quand Marcella est allée courir la prétentaine seul le diable sait où, en 51, en laissant Michael à la charge de ses petits copains de virées, Doc était comme un forcené à ne pas savoir où se trouvait son garçon. Lorsqu'il a pu contacter Michael et que Michael lui a dit qu'il se trouvait à Hollywood avec des mecs très gentils, ça l'a complètement bouleversé. Il est allé là-bas armé d'un couteau de boucher et il a charcuté. Il s'est payé trois des mecs. Tout ça, c'était dans les journaux mais t'as probablement pas dû lire ça : t'as fait la une toi-même récemment, et tu devais probablement te planquer quelque part. Qu'est-ce qu'il y a, coco ? T'es un petit peu pâlichon !

Brubaker alla jusqu'à l'évier et me servit un verre d'eau. Il me le tendit et je sirotai mon verre avant de comprendre ce que je faisais et d'envoyer le verre contre le mur.

— Du calme, coco. T'apprends des choses que tu ne veux pas apprendre ?

Je faillis m'étouffer sur les mots qui ne voulaient pas sortir. Je parvins à les dire, en partie :

— Pourquoi Doc a...

— Tué Marcella ? Pour le garçon, coco. Il savait que Marcella était au courant pour toutes ses saloperies : elle suspectait même qu'il avait tué Johnny. Mais si jamais elle allait voir les flics, elle ne reverrait jamais son petit. Et ça, ça la rongeait. Elle s'est mise à picoler et à bouffer des calmants par poignées. Elle s'est mise à coucher de droite à gauche plus que jamais. Doc lui avait collé aux trousses un gros dégueulasse de détective privé. Il a dit à Doc que Marcella avait usé plus de capotes que la voie express de Pomona de pneumatiques. Le privé a disparu peu de temps après ça, coco. Tout comme Marcella.

Brubaker, sans un mot, se passa un doigt sous la gorge, signifiant par là la fin de Marcella et de son potentiel de vie si riche. J'étais indigné au-delà de toute indignation, mais pas à l'encontre de Brubaker.

— Mais Michael se trouvait avec Doc quand Marcella a été étranglée, dis-je calmement.

— C'est exact, dit Brubaker d'un calme égal. Il était là. Doc est parti pour El Monte. Il savait que Marcella rentrait en général, plutôt mal que bien, du Cabaret de chez Hank sur Peck Road, près du lycée. Il savait qu'elle ne prenait jamais sa voiture. Il s'était garé près de l'école. Il l'a fait monter et lui a parlé pendant deux heures avant de l'étrangler. Michael était endormi sur la banquette arrière. Doc lui avait fait avaler trois Seconal. Lorsqu'il s'est réveillé chez lui le lendemain, il n'a jamais su où il avait passé la nuit. Alors, l'amour parental, c'est pas le pied, coco ?

Je bondis et d'une main tremblante, je tins mon revolver à quelques centimètres du visage souriant de Brubaker, chien relevé et doigt sur la gâchette.

— Descends-moi, mec, dit Brubaker. Ça m'est égal, ça fera pas mal bien longtemps. Descends-moi !

Je tins bon.

— Descends-moi, nom de Dieu ! T'as donc pas de tripes ! T'as la trouille devant un négro pédé ? Descends-moi !

Je levai le canon de l'arme et l'abattis de toutes mes forces sur la tête de Brubaker. Il hurla et le sang gicla d'une veine au-dessus du nez. Je levai mon arme à nouveau avant de hurler moi-même et de la balancer contre le mur. Je dévisageai Brubaker qui essuya son visage ensanglanté d'un revers de manche et soutint mon regard.

— Es-tu avec moi ou avec Doc ? dis-je finalement.

— Je suis avec toi, coco, dit Brubaker. T'as tous les as dans cette donne. En fait, ta partie, c'est la seule qui marche dans toute cette ville.

24

J'étais bien la seule partie de toute cette ville qui en valait la chandelle, ça, je le savais ; mais je n'avais pas l'impression de tenir quatre as en main. Je me sentais plutôt comme le mort d'une donne avec la sensation que même lorsque tout serait terminé, Doc Harris rirait toujours de moi où qu'il pût être, en toute sécurité, parce qu'il saurait que jamais plus je ne pourrais mener une vie normale, pour autant qu'elle l'eût jamais été.

Larry Brubaker et moi prîmes au nord en direction des terres agricoles, à l'est de Ventura. J'étais armé d'un fusil calibre 10, d'un 38 et d'une seringue hypodermique ; Brubaker, de son côté, faisait ses délices masochistes de la fâcheuse posture qui était la sienne. Il savait que j'étais prêt à tout – c'est lui qui m'avait fourni la seringue et il savait ce qu'il me fallait faire. Brubaker conduisait mais il ne connaissait que les grosses lignes de mon plan ; il ne connaissait que le territoire où la partie devait se jouer.

Je le regardai du coin de l'œil. C'était un conducteur habile, il s'insinuait vivement dans la circulation, pareil à un jockey qui veut prendre la tête, et malgré sa tête bandée, résultat de mon explosion de violence, il gardait un calme glacial.

Il m'avait fourni tous les détails et avait accepté de signer une confession sur tout ce qu'il savait de la malfaisance de Doc Harris ainsi que sur son propre rôle dans le vol de drogue. Il était complice de meurtre et bien plus encore. Cette confession, quatre jours plus tard, se trouvait dans mon coffre à la Banque d'Amérique. Après avoir signé son nom d'un beau parafe au bas de l'acte d'accusation de vingt-trois pages que j'avais rédigé dans son arrière-salle encombrée, Brubaker avait dit :

— Il n'y a qu'une manière de jouer cette partie et de gagner. Doc est propriétaire d'une pièce de terrain à l'est de Ventura. C'est rien qu'un méchant petit tas de caillasses pas bon à grand-chose. C'est comme ça qu'il arnaque les impôts : il n'a pas de moyens d'existence reconnus, en respectable petit bourgeois trafiquant de drogue qu'il est. Alors il défalque son tas de cailloux de ses revenus et il paie cent dollars d'impôts sur le revenu par an. C'est là qu'il planque sa marchandise. Il me la donne et c'est moi qui me charge de la distribution pour lui. On se retrouve là-bas une fois par mois, le quinze, pour procéder à l'échange : je donne à Doc le fade du mois et il me donne la marchandise. C'est là qu'il faut lui mettre la main dessus. Tu piges, coco ?

Je pigeais et je voulais m'assurer que Brubaker me rendait la pareille.

— Ouais, je pige. Tu piges de ton côté que si le truc ne marche pas, je vais te descendre là, sur place.

— Bien sûr coco. C'est la seule partie qui en vaille la chandelle.

***

En dépassant Oxnard, je vis une horloge – 8 h 42 du matin – et je notai le lieu et le jour – samedi 15 juillet 1955 – en songeant à ce que je voulais de Doc Harris au jour le plus important de ma vie, le dernier de son existence : je voulais dialoguer avec lui avant que la morphine coupée de strychnine n'entre dans ses veines. Le remords était au-delà de ses capacités, mais je voulais qu'il s'effondre en petits morceaux ou qu'il exprime un peu de chagrin pour ma vengeance personnelle. Plus important : je voulais des renseignements sur l'état d'esprit de son « héritier moral ». Jusqu'où était-il allé en pervertissant l'esprit de Michael ? A quel niveau de conscience et de subtilité se situaient ses méthodes de lavage de cerveau ? Je voulais aussi qu'il meure en sachant que Michael vivrait libre et sain d'esprit à cause de sa mort.

Une fois franchie la limite du Comté de Ventura, nous prîmes à l'est. J'avais envie de vomir, et par réflexe je regardai la mine glacée de Larry Brubaker pour essayer d'y lire des signes de tension. Je fus récompensé : il avait les mains serrées sur le volant au point que ses jointures d'un marron pâle palpitaient de blancheur.

— Tu veux que je te raconte une histoire drôle, Larry ?

— Bien sûr, coco.

— C'est ma définition du sadique. Tu es prêt ? C'est quelqu'un qui est gentil avec un masochiste.

Brubaker se mit à rire à grands éclats qui se firent obscènes :

— Coco, c'est toute l'histoire de ma vie. Seulement, moi, je jouais les deux rôles. C'est pas de bol que t'aies plus l'occasion de connaître Doc. Ça l'aurait botté, ton numéro.

— Parle-moi de votre arrangement. Comment tu procèdes avec Doc ?

— Il vient en voiture, seul ; je fais pareil. Il a enterré sa marchandise dans un coffre étanche, au milieu d'un petit bouquet d'arbres près de son abri. On fait l'échange, on boit un coup ou deux, on parle de sport, de politique ou du bon vieux temps, et voilà.

— Est-ce que la voiture de Doc peut tenir dans l'abri ?

— Probablement. Comment tu comptes garder Doc bien tranquille pendant que tu lui fileras sa piquouze ? C'est bien ce que t'as l'intention de faire, hein, coco ?

— Ne t'en fais pas pour ça. Vous vous retrouvez bien toujours à dix heures, et Doc n'est jamais en avance ?

— Exact, coco. A toi de pas t'en faire. On peut voir arriver Doc à un kilomètre. J'arrive *toujours* en avance, pour observer la nature. Tu piges ?

— Je pige.

***

Dix minutes plus tard, nous étions arrivés.

Après avoir obliqué sur le bas-côté, on roula sur quatre cents mètres de chemin de terre. L'endroit en question était bien tel que Brubaker l'avait décrit : de la terre d'un brun tendre parsemée de pierres et de poussière, et une cahute en bardeaux blancs en limite d'une étendue plantée d'eucalyptus qui avaient l'air mort.

Nous nous garâmes près de la cabane. Brubaker mit le frein à main et me sourit. Je ne savais pas ce que son sourire signifiait, et soudain je fus terrifié.

Brubaker consulta sa montre.

— Il est neuf heures quinze. On a quarante-cinq minutes devant nous, mais tu ferais bien de te mettre hors de vue pour être en sécurité. Je resterai près de la voiture comme d'habitude. Fait chaud, non ? Mais c'est joli. Dieu, qu'est-ce que j'aime la campagne !

Je pris mon fusil sur la banquette arrière, regrettant qu'il ne soit pas automatique, et allai jusqu'au bouquet d'arbres. Je plaçai l'arme derrière le tronc de l'arbre le plus proche de la voiture de Brubaker, là où je pourrais m'en saisir très vite lorsque Doc Harris arriverait. Je sortis mon 38 et vérifiai la sécurité avant de le remettre dans ma ceinture et d'aller jusqu'à une zone d'ombre plus sombre au milieu du petit bois.

— Je sifflerai une fois quand il se montrera, me cria Brubaker. Pour la première fois, je remarquai la tension de sa voix.

— D'accord, lui criai-je en retour, d'une voix à la limite de la rupture.

Je m'appuyai contre un tronc d'arbre qui me permettrait de voir Brubaker et sa voiture aussi bien que la route. J'avais la tête tellement vide à force de tension nerveuse qu'il me fut facile de ne pas penser. Mon cerveau ne se souvenait plus de rien et je me surpris à me laisser glisser dans un état d'épuisement nerveux total. Je m'éclaircis la gorge à plusieurs reprises et commençai à me gratter, à me toucher en petits tics, presque comme pour me prouver que j'étais toujours là.

J'entendis un bruissement de feuilles mortes dans mon dos et pivotai, la main sur la crosse de mon revolver. Ce n'était rien – probablement quelque rongeur en vadrouille. J'entendis à nouveau le même bruissement et ne me retournai pas ; soudain, retentit le Ra-raack d'une arme à feu et le tronc vola en éclats au-dessus de ma tête. Je plongeai au sol et roulai jusqu'à un grand tas de branches mortes. Je sortis le 38 de ma ceinture, ôtai la sécurité et retins ma respiration. Je me plaquai au sol derrière le tas, en fourrageant parmi les feuilles mortes pour me donner la place de viser. Je me trouvai un petit emplacement baigné de lumière qui m'offrait protection et me laissai assez d'espace pour viser. Je me plaquai au sol encore plus profondément et balayai du regard la direction d'où était venu le coup de feu.

Il n'y avait rien : pas le moindre mouvement, pas de

bruit excepté mon cœur qui cognait comme un forcené et le sifflement de ma propre respiration. Je me risquai à relever la tête au-dessus du tas de branchages et inspectai rapidement le bosquet. Toujours rien. Est-ce que le tireur, c'était Brubaker ?

— Brubaker ? criai-je.

Pas de réaction.

Je jetai un coup d'œil sur la gauche derrière moi. Le fusil était toujours posé contre le tronc d'arbre. Je rampai jusqu'à un endroit d'où je pouvais voir la voiture de Brubaker et la petite cabane. Pas de Brubaker, aucun mouvement. Je commençais à me calmer un peu et à me sentir devenir furieux. Alors que je rampais vers ma cachette première, j'entrevis l'éclair d'un pantalon sur ma gauche, aux limites de ma vision. Trois coups de feu retentirent, et la poussière, devant mes yeux, me sauta à la figure. Je me mis à rouler vers le fusil lorsque je vis un homme qui me chargeait. Je sus vaguement que c'était Doc Harris. J'étais à quelques centimètres du fusil et continuais à rouler lorsqu'il fit feu par deux fois à moins de dix mètres de moi. Le premier coup me rata de peu ; le second m'érafla le côté du crâne. Je dégageai mon bras armé du 38 et perdis de précieuses secondes. Doc Harris vit ce que j'étais en train de faire et visa droit sur moi. Il appuya sur la gâchette et n'obtint qu'un claquement à vide. Livide, il arriva sur moi et me lança un coup de pied dans la figure juste comme je dégageais mon arme, m'obligeant à tirer par trois fois dans la mauvaise direction.

Il se jeta sur mon bras armé et agrippa mon poignet de ses deux mains. Par mesure de précaution, je tirai les trois balles restantes dans la poussière. Cela le rendit furieux et il m'enfonça le genou dans l'entrejambe. Je hurlai et vomis sur sa chemise. Il releva les bras en parade par réflexe, relâchant quelque peu sa pression sur ma poitrine. Je me tortillai sans me libérer complètement et me tordis en direction du fusil. A l'instant où je mettais les mains sur la crosse, Harris attaqua de nouveau. Je le frappai sans force de la crosse du fusil et lui éraflai le menton. Il essaya de s'emparer de la gâchette en espérant m'obliger à faire feu dans ma direction, mais j'avais la main droite plaquée fortement autour de la garde. Nous roulâmes vers un arbre contre lequel j'essayai d'écraser Harris en le cognant dans la poitrine du canon du fusil qui nous séparait comme un coin d'acier. C'était inutile : il était trop fort. Je plaçai le petit doigt autour de la gâchette et appuyai. Le fusil explosa et le canon se tordit en frappant Harris au visage. Il paniqua un court instant et relâcha légèrement sa prise, l'air tout surpris.

Nous nous remîmes debout. Harris avait de nouveau resserré ses mains sur le fusil avant de se rendre compte que c'était inutile : il lâcha prise et je tombai au sol. Il me sourit de sa hauteur, dents serrées, et sortit un couteau à cran d'arrêt de sa poche arrière. Il appuya sur le bouton du manche et une lame luisante, tranchante comme un rasoir, jaillit. Il avança vers moi. J'essayais de me remettre debout lorsque je vis Larry Brubaker qui s'approchait de lui par derrière, un démonte-pneu à la main. Harris était à moins d'un mètre de moi lorsque Brubaker abattit son bras en arc de cercle sur ses épaules. Harris s'effondra à mes pieds sans un mot.

Brubaker m'aida à me relever. Je vérifiai le pouls d'Harris, qui battait normalement, avant de récupérer les deux armes de poing à l'endroit où elles gisaient. Harris avait un revolver Colt 32. Je le mis dans ma poche arrière et rechargeai mon propre 38 avant de le replacer dans ma ceinture. Brubaker était agenouillé auprès de Harris et lui caressait doucement son épaisse chevelure grise d'un air où se mêlaient à parts égales désir et stupéfaction.

J'avançai jusqu'à lui.

— Va chercher la seringue dans la boîte à gants, Larry. Il y a un sac en papier sur le siège avant avec une bouteille d'eau, une cuillère, des allumettes et un petit flacon. Apporte-les moi.

Brubaker acquiesça et alla à la voiture.

Je traînai Doc Harris jusqu'à un gros arbre contre lequel je l'adossai. J'avais à peine la force de le traîner tant mes bras étaient engourdis de tension et d'épuisement, sans compter la tête qui me cognait du coup de feu qui m'avait éraflé. Brubaker revint avec le sac en papier.

— Tu sais où la marchandise est enterrée ? dis-je.
— Oui, coco, dit Brubaker d'une voix très faible.
— Va en chercher une poignée. Une grosse poignée. Et reviens ici. Je veux que tu cuisines pour Doc un petit cocktail.

Harris revint à lui peu après le départ de Brubaker. Lorsque ses paupières se mirent à battre, je sortis mon 38 et le pointai sur lui.

— Salut, Doc ! dis-je.
— Salut, Underhill, dit-il en souriant. Où est Larry ?
— Il est allé vous chercher une petite surprise.
— Pauvre Larry. Que fera-t-il maintenant ? Qui suivra-t-il ? Il n'a personne d'autre.
— Il survivra. Tout comme Michael.
— Michael vous aime bien, Underhill.
— J'aime bien Michael.
— Qui se ressemble s'assemble. Vous et moi sommes des hommes de la Renaissance. Michael est attiré par les hommes de la Renaissance.
— Qu'est-ce que vous lui avez fait ?
— Je lui ai raconté des histoires. Je lui ai appris à lire à trois ans. Il a un Q.I. stupéfiant et un sens étonnant de la narration, alors, depuis qu'il est en âge d'écouter, je lui raconte des paraboles. J'allais écrire mes mémoires à son intention, lorsqu'il serait plus vieux de quelques années et en âge de les comprendre. Bien sûr, maintenant, cela ne se fera plus. Mais il a eu suffisamment de moi pour lui forger sa personnalité, je crois.
— Vous avez perdu, Harris. Votre vie, votre héritier moral, votre « philosophie », tout. Et ça vous fait quoi ?
— C'est triste. Mais j'ai atteint des sommets dont

vous comme le reste du monde ignorez même qu'ils existent. J'y trouve une certaine consolation.

— Comment saviez-vous que je serais ici ?

— Je ne le savais pas. Mais je savais que vous étiez au courant à mon sujet. J'ai eu le sentiment, dès l'instant où j'ai lu cet article sur vous et ce pauvre Eddie en 51, qu'un jour, vous viendriez pour moi. Lorsque vous êtes apparu à ma porte, ça ne m'a pas surpris. Je me suis dit que vous pourriez peut-être utiliser Larry pour forcer le passage alors je suis arrivé tôt et sans voiture par mesure de précaution.

Brubaker revint, les deux mains débordant de poudre blanche. Je goûtai la plus petite quantité que je pus mettre sur le doigt. Elle était pure, très pure.

— J'allais vous injecter toute la dose, Doc, dis-je. Mais je n'ai pas le cœur à le faire.

Le revolver toujours au poing, je ramassai une poignée de morphine des mains tendues de Brubaker et sortis la bouteille d'eau du sac en papier. Je la décapsulai et avançai sur Harris.

— Mangez ! dis-je en lui enfournant la morphine dans la bouche.

Harris ouvrit la bouche et prit sa communion de mort stoïquement. J'inclinai la bouteille d'eau vers ses lèvres en dernier geste de pitié. Doc frissonna et sourit.

— Je ne veux pas mourir comme ça, Underhill.

— Ça, c'est con. Il vous reste à peu près cinq minutes avant que votre cœur n'éclate et que vous n'étouffiez. Une dernière parole ? Une dernière requête ?

— Rien qu'une. (Harris indiqua le sol derrière moi.) Voulez-vous me donner mon couteau ? dit-il.

J'acquiesçai ; Brubaker ramassa le couteau et le lui tendit.

Harris nous fit un sourire.

— Au revoir Larry. Soyez magnanime dans la victoire, Underhill. Ce n'est pas votre style, mais faites-le quand même. Soyez aussi magnanime dans la victoire que je le suis dans la défaite.

Harris déboutonna sa chemise et l'ôta lentement. Puis il prit le couteau de ses deux mains et se l'enfonça violemment dans l'abdomen avant de le remonter vers la cage thoracique. Il eut un frisson lorsque le sang gicla de son estomac et lui jaillit de la bouche et des narines. Puis il s'affaissa vers l'avant, les mains toujours serrées sur le manche du couteau.

***

Nous l'enterrâmes à l'endroit même où il avait gardé sa morphine, en l'enfonçant de force dans l'espace étroit et profond qu'il avait creusé à l'origine pour contenir une énorme malle pleine de mort. Nous le couvrîmes de terre et de pierres avant d'éparpiller dessus des feuilles mortes.

Je traînai la malle jusqu'à la voiture de Brubaker, siphonnai de l'essence du réservoir et emmenai la voiture à distance respectueuse. J'allumai ensuite une allumette et mis le feu à la malle. Brubaker, qui était resté silencieux depuis l'instant où Doc était mort, fixa les flammes d'un air pensif.

— Veux-tu dire quelques mots d'adieu, Larry ? demandai-je.

— Ouais, dit-il, et il cita Cole Porter : « Et maintenant, au revoir et amen, reste l'espoir de nous revoir un jour, on a eu de bon moments, mais ce sont des choses qui arrivent. » Ça te plaît, coco ?

— Non, t'es trop dans le vent pour moi, Larry, dis-je en lançant de la terre sur les restes calcinés de la malle. Partons d'ici, c'est moi qui conduis.

Je repris l'autoroute de la Côte Pacifique. Brubaker était silencieux et ça me préoccupait.

— Tu m'as sauvé la vie, dis-je. Merci.

— Il allait me tuer, coco. Je le savais. Il m'est tombé dessus, m'a emmené sur le côté, m'a dit que tu étais déjà de la viande froide et qu'après, tout irait comme sur des roulettes. Mais je savais qu'il allait me tuer. (Brubaker se tourna sur son siège pour me faire face.) Autrement, je l'aurais laissé te tuer.

— Je sais. Tu étais amoureux de lui, n'est-ce pas ?

— Depuis le jour où je l'ai rencontré, coco. Dès le premier instant.

Brubaker se mit à sangloter en silence en passant la tête à la portière pour que je ne le voie pas. Finalement, il se retourna pour me faire face.

— Mais je n'étais pas indifférent, coco, lorsque toi et ce grand flic irlandais vous m'avez alpagué il y a des années de ça, j'ai compris que tu étais un mec réglo. Simplement, tu comprenais pas bien tout ce qui se passait alors. Tu piges ?

— Je crois. Si ça peut te consoler, j'avais un ami, un ivrogne qui était comme qui dirait en avance sur son temps. Il disait toujours qu'il y a une ville des morts, qui existe exactement là où nous sommes, mais qui ne nous est pas visible. Il disait que, lorsque les gens s'y retrouvent, ils poursuivent exactement de la même manière ce qu'ils faisaient sur terre. Ça ne me console pas beaucoup, mais je commence à croire que c'est peut-être vrai.

Brubaker ne répondit pas. Il se contenta de sangloter au vent de la fenêtre, la tête coincée contre le montant de la porte. Il sanglotait toujours lorsque je le laissai à son bar à Venice.

25

Je planquai à l'extérieur de l'immeuble de Beverly Boulevard pendant trois jours. Pelotonné dans le siège de ma voiture, j'observai Michael qui lisait des illustrés sur sa pelouse de façade et remarquai qu'il portait des lunettes à verres épais pour lire. Je l'observai qui faisait rebondir une balle de tennis contre le mur du bâtiment et ratait la balle presque à chaque retour. Je l'observai qui grattait ses boutons d'acné et je l'observai allongé sur l'herbe morte, en train de rêver. Je notai que les autres gamins du voisinage l'évitaient comme la peste. Je notai que d'ici qu'il ait douze ans, il serait bien plus grand que moi.

Au bout de ces trois journées, je sus que je l'aimais.

Il se contenta de me fixer du regard en m'ouvrant en réponse à mon coup à la porte. Je le dévisageai à mon tour avant de rompre le silence.

— Salut, Mike. Puis-je entrer ?
— Bien sûr.

Je pénétrai dans le modeste petit appartement en cherchant quelque chose qui me permettrait de parler.

— Où est ton chiot ? demandai-je finalement.
— Elle s'est enfuie, dit Michael.

C'était là mon signal, de toute évidence.

— Ton père est mort, Mike.
— C'est bien ce que je pensais, dit Michael, avant de regarder par la fenêtre le flot de voitures qui circulait le long de Beverly Boulevard. Je savais qu'il devait mourir – à cause des histoires. Il pensait que j'étais un môme intelligent mais il ne savait pas à quel point. Il croyait toujours qu'il me faisait marcher avec ses histoires, il croyait que je ne savais pas qu'elles étaient vraies.

— Quelles histoires, Mike ?

Michael quitta la rue du regard pour le porter sur moi.

— Je ne te le dirai pas. Je ne te le dirai jamais. Okay ?
— Okay. Est-ce que ta chienne te manque ?
— Oui, c'était mon amie.
— J'ai un chien. Un sacré bon chien.
— Quel genre ?
— Un gros Labrador tout noir. Il adore la compagnie mais il hait les chats.
— Je n'aime pas les chats non plus. Ils vous glissent entre les doigts. Qu'est-ce qui va se passer, Fred ?
— Tu vas venir vivre avec moi. Tu veux bien ?

— Es-tu marié ?
— Je ne sais pas. Je crois.
— A quoi ressemble ta femme ?
— Elle est très intelligente et très forte, et elle est très belle.
— Est-ce que le Lab, ce sera mon chien à moi aussi ?
— Oui.
— Alors, c'est d'accord.
— Fais ton baluchon. Laisse les affaires de ton père. Je m'en débarrasserai plus tard.

Dix minutes plus tard, la banquette arrière de ma voiture était encombrée d'une maigre collection de vêtements et autre assortissement de fringues – et d'une énorme cargaison de livres. Je roulai jusqu'à une cabine téléphonique et appelai le Grand Sid chez lui pour lui annoncer que je lui amenais un invité dont il aurait à s'occuper pendant quelques jours. Le monstrueux personnage, grand magnat du cinéma, fut stupéfait puis extatique lorsque je lui dis que c'était un jeune garçon très intelligent qui adorait les films d'horreur.

Au milieu de sa pelouse, devant son énorme maison de Canyon Drive, Sid nous attendait lorsque j'arrêtai la voiture. Je lui présentai Michael, et Sid réagit avec retard devant l'énorme gamin en lui offrant un cigare. Michael s'écroula de rire sur la pelouse puis se releva et me serra dans ses bras avant de courir vers la maison.

D'une cabine, j'appelai le bureau de Lorna. Sa secrétaire me répondit qu'elle était descendue à San Diego pour un congrès. Elle logeait à l'hôtel El Cortez et serait de retour dans deux ou trois jours. Je ne pouvais pas attendre. Je fis le plein et écrasai le champignon, direction sud, sur l'autoroute de San Diego.

Le crépuscule tombait lorsque j'arrivai à Dago. Un marin ivre m'indiqua le chemin de l'El Cortez, un bâtiment rose de style espagnol avec ascenseur de verre extérieur.

Je larguai ma voiture au parking et traversai le hall

d'entrée en trombe jusqu'à la réception. L'employé me dit que les invités du « Congrès de l'Association du Barreau Américain » se trouvaient au banquet dans la Salle du Galion. Il m'indiqua un vaste salon de réception sur sa gauche. J'y entrai en courant, et aperçus un homme d'aspect sévère sur le podium, qui discourait de manière ambiguë sur quelque chose appelé justice.

Je fis lentement le tour de la pièce en détaillant avec soin chaque visage, extatique ou mort d'ennui, à chaque table. Il n'y avait pas trace de Lorna. Au fond de la salle se trouvait une sortie et je m'y dirigeai avec l'espoir que j'y trouverais un accès vers un ascenseur qui me mènerait à l'hôtel proprement dit.

J'ouvris la porte qui donnait sur un couloir à l'instant précis où Lorna sortait en boitillant des toilettes en parlant à une autre femme. « Je ne viens que pour la nourriture, Helen », disait-elle. Helen me remarqua la première et dut comprendre qu'il y avait quelque chose dans l'air car elle donna un coup de coude à Lorna qui se retourna et m'aperçut ; elle laissa tomber sac et canne et dit :

— Freddy, que...

— Excuse-moi, Lorna, dit Helen en disparaissant.

Je souris et dit :

— Je n'ai jamais aimé le téléphone, Lor.

— Espèce de fou. Qu'est-ce qui t'est arrivé ? Tu as l'air de ne plus être le même.

— Je crois que je ne suis plus le même.

Je me penchai et tendis à Lorna son sac et sa canne. Sur une impulsion subite, je jetai mes bras autour de Lorna et dis :

— C'est fini, Lor, c'est fini.

Je l'attrapai à la taille et la soulevai du sol en la maintenant bien au-dessus de ma tête jusqu'à ce qu'elle crie :

— Freddy, nom de Dieu, pose-moi par terre !

Je la serrai plus fort encore et la lançai en l'air où sa tête faillit cogner le plafond.

— Freddy, nom de Dieu, s'il te plaît !

Je reposai mon épouse sur le sol luxueusement moquetté. Elle garda ses bras autour de mon cou, me regarda dans les yeux avec froideur et dit :

— Alors, comme ça, c'est fini. Et maintenant ?

— Il y a nous, Lor. Il y a un grand petit garçon qui a besoin de nous. Il est avec ton père en ce moment.

— Quel grand...

— C'est le fils de Maggie Cadwallader. C'est tout ce que je te dirai. Je veux que tu reviennes, mais sans lui, ce n'est pas la peine.

— Oh Seigneur, Freddy !

— Tu peux lui apprendre la justice et je peux lui apprendre tout ce que je sais.

— Il est orphelin ?

— Oui.

— Il y a des formalités, Freddy.

— Les formalités, je les emmerde ; il a besoin de nous.

— Je ne sais pas.

— Moi, si. Je veux que tu reviennes.

— Pourquoi ? Tu crois que ce sera différent cette fois ?

— Je sais que ce sera différent.

— Oh mon Dieu, Freddy !

— On ne saura jamais avant d'essayer.

— C'est vrai, mais c'est simplement que je ne sais pas. Et en plus, j'ai encore deux jours à passer ici au congrès.

— On ne saura jamais avant d'essayer.

— C'est une loterie, Freddy.

— Ça a toujours été une loterie, Lor.

Lorna fouilla dans son sac et en sortit ses clés. Elle détacha celles de la maison de Laurel Canyon et me les tendit. Elle sourit en essuyant les larmes de ses yeux.

— On ne saura jamais avant d'essayer, dit-elle.

Nous restâmes serrés dans les bras l'un de l'autre plusieurs minutes jusqu'à ce que retentissent des applaudissements dans la salle de banquet.

— Il faut que j'y aille maintenant, dit Lorna. C'est à moi dans quelques minutes.
— Je te verrai à la maison.
— Oui.

Nous nous embrassâmes et Lorna reprit bonne figure, ouvrit la porte et entra dans la salle de banquet au bruit des applaudissements qui saluaient le dernier orateur.

Alors qu'elle s'avançait en boitant vers l'estrade, je songeai à Walker La Fêlure et aux merveilles, au territoire des morts et à Dudley Smith le fou, à ce pauvre Larry Brubaker, aux orphelins et aux contingences morales du cœur inviolé qui avait été jadis le mien. Puis je songeai à la rédemption, montai en voiture et pris l'autoroute pour revenir à Los Angeles.

Rivages/noir

Joan Aiken
  Mort un dimanche de pluie (n° 11)
Robert Edmond Alter
  Attractions : Meurtres (n° 72)
Marc Behm
  La Reine de la nuit (n° 135)
  Trouille (n° 163)
  A côté de la plaque (n° 188)
Tonino Benacquista
  Les Morsures de l'aube (n° 143)
  La Machine à broyer les petites filles (n° 169)
Pieke Biermann
  Potsdamer Platz (n° 131)
  Violetta (n° 160)
Paul Buck
  Les Tueurs de la lune de miel (n° 175)
Edward Bunker
  Aucune bête aussi féroce (n° 127)
  La Bête contre les murs (n° 174)
James Lee Burke
  Prisonniers du ciel (n° 132)
  Black Cherry Blues (n° 159)
Michael Blodgett
  Captain Blood (n° 185)
W. R. Burnett
  Romelle (n° 36)
  King Cole (n° 56)
  Fin de parcours (n° 60)
Jean-Jacques Busino
  Un café, une cigarette (n° 172)
George Chesbro
  Une affaire de sorciers (n° 95)
  L'Ombre d'un homme brisé (n° 147)
  Bone (n° 164)
  La Cité où les pierres murmurent (n° 184)
Andrew Coburn
  Toutes peines confondues (n° 184)
Michael Collins
  L'Égorgeur (n° 148)
Robin Cook
  Cauchemar dans la rue (n° 64)

J'étais Dora Suarez (n° 116)
Vices privés, vertus publiques (n° 166)
Peter Corris
La Plage vide (n° 46)
Des morts dans l'âme (n° 57)
Chair blanche (n° 65)
Le Garçon merveilleux (n° 80)
Héroïne Annie (n° 102)
Escorte pour une mort douce (n° 111)
Le Fils perdu (n° 128)
Le Camp des vainqueurs (n° 176)
James Crumley
Putes (n° 92)
Mildred Davis
Dark Place (n° 10)
Thomas Disch/John Sladek
Black Alice (n° 154)
Wessel Ebersohn
La Nuit divisée (n° 153)
Stanley Ellin
La Corrida des pendus (n° 14)
James Ellroy
Lune sanglante (n° 27)
A cause de la nuit (n° 31)
La Colline aux suicidés (n° 40)
Brown's Requiem (n° 54)
Clandestin (n° 97)
Le Dahlia noir (n° 100)
Un tueur sur la route (n° 109)
Le Grand Nulle Part (n° 112)
L. A. Confidential (n° 120)
White Jazz (n° 141)
Howard Fast
Sylvia (n° 85)
L'Ange déchu (n° 106)
Kinky Friedman
Meurtre à Greenwich Village (n° 62)
Quand le chat n'est pas là (n° 108)
Meurtres au Lone Star Café (n° 151)
Samuel Fuller
L'Inexorable Enquête (n° 190)
Barry Gifford
Port Tropique (n° 68)

    Sailor et Lula (n° 107)
    Perdita Durango (n° 140)
David Goodis
    La Blonde au coin de la rue (n° 9)
    Beauté bleue (n° 37)
    Rue Barbare (n° 66)
    Retour à la vie (n° 67)
    Obsession (n° 75)
James Grady
    Le Fleuve des ténèbres (n° 180)
Russell H. Greenan
    Sombres Crapules (n° 138)
    La Vie secrète d'A. Pendleton (n° 156)
Joseph Hansen
    Par qui la mort arrive (n° 4)
    Le petit chien riait (n° 44)
    Un pied dans la tombe (n° 49)
    Obédience (n° 70)
    Le Noyé d'Arena Blanca (n° 76)
    Pente douce (n° 79)
    Le Garçon enterré ce matin (n° 104)
    Un pays de vieux (n° 155)
John Harvey
    Cœurs solitaires (n° 144)
George V. Higgins
    Les Copains d'Eddie Coyle (n° 114)
Tony Hillerman
    Là où dansent les morts (n° 6)
    Le Vent sombre (n° 16)
    La Voie du fantôme (n° 35)
    Femme-qui-écoute (n° 61)
    Porteurs-de-peau (n° 96)
    La Voie de l'Ennemi (n° 98)
    Le Voleur de temps (n° 110)
    La Mouche sur le mur (n° 113)
    Dieu-qui-parle (n° 122)
    Coyote attend (n° 134)
    Le Grand Vol de la banque de Taos (n° 145)
Chester Himes
    Qu'on lui jette la première pierre (n° 88)
Dolores Hitchens
    La Victime expiatoire (n° 89)

Geoffrey Homes
    Pendez-moi haut et court (n° 93)
    La Rue de la femme qui pleure (n° 94)
Dorothy B. Hughes
    Et tournent les chevaux de bois (n° 189)
William Irish
    Manhattan Love Song (n° 15)
    Valse dans les ténèbres (n° 50)
William Kotzwinkle
    Midnight Examiner (n° 118)
Jonathan Latimer
    Gardénia rouge (n° 3)
    Noir comme un souvenir (n° 20)
Michel Lebrun
    Autoroute (n° 165)
Bob Leuci
    Captain Butterfly (n° 149)
Ted Lewis
    Le Retour de Jack (n° 119)
    Sévices (n° 152)
Richard Lortz
    Les Enfants de Dracula (n° 146)
    Deuil après deuil (n° 182)
John D. Mac Donald
    Réponse mortelle (n° 21)
    Un temps pour mourir (n° 29)
    Un cadavre dans ses rêves (n° 45)
    Le Combat pour l'île (n° 51)
    L'Héritage de la haine (n° 74)
John P. Marquand
    Merci Mr Moto (n° 7)
    Bien joué, Mr Moto (n° 8)
    Mr Moto est désolé (n° 18)
    Rira bien, Mr Moto (n° 87)
Helen McCloy
    La Somnambule (n° 105)
William McIlvanney
    Les Papiers de Tony Veitch (n° 23)
    Laidlaw (n° 24)
    Big Man (n° 90)
    Étranges Loyautés (n° 139)

Tobie Nathan
    Saraka bô (n° 186)
Jim Nisbet
    Les damnés ne meurent jamais (n° 84)
    Injection mortelle (n° 103)
    Le Démon dans ma tête (n° 137)
    Le Chien d'Ulysse (n° 161)
Jean-Hugues Oppel
    Brocéliande-sur-Marne (n° 183)
Hugues Pagan
    Les Eaux mortes (n° 17)
    La Mort dans une voiture solitaire (n° 133)
    L'Étage des morts (n° 179)
Bill Pronzini
    Hidden Valley (n° 48)
Bill Pronzini/Barry N. Malzberg
    La nuit hurle (n° 78)
Michel Quint
    Billard à l'étage (n° 162)
Diana Ramsay
    Approche des ténèbres (n° 25)
    Est-ce un meurtre ? (n° 38)
Philippe Setbon
    Fou-de-coudre (n° 187)
Roger Simon
    Le Clown blanc (n° 71)
Les Standiford
    Pandémonium (n° 136)
Richard Stark
    La Demoiselle (n° 41)
    La Dame (n° 170)
Vidar Svensson
    Retour à L. A. (n° 181)
Paco Ignacio Taibo II
    Ombre de l'ombre (n° 124)
    La Vie même (n° 142)
    Cosa fácil (n° 173)
Ross Thomas
    Les Faisans des îles (n° 125)
    La Quatrième Durango (n° 171)
Jim Thompson
    Liberté sous condition (n° 1)

 Un nid de crotales (n° 12)
 Sang mêlé (n° 22)
 Nuit de fureur (n° 32)
 A deux pas du ciel (n° 39)
 Rage noire (n° 47)
 La mort viendra, petite (n° 52)
 Les Alcooliques (n° 55)
 Les Arnaqueurs (n° 58)
 Vaurien (n° 63)
 Une combine en or (n° 77)
 Le Texas par la queue (n° 83)
 Écrits perdus (1929-1967) (n° 158)
 Le Criminel (n° 167)
 Écrits perdus (1968-1977) (n° 177)

Masako Togawa
 Le Baiser de feu (n° 91)

Armitage Trail
 Scarface (n° 126)

Marc Villard
 Démons ordinaires (n° 130)
 La Vie d'artiste (n° 150)
 Dans les rayons de la mort (n° 178)

Donald Westlake
 Drôles de frères (n° 19)
 Levine (n° 26)
 Un jumeau singulier (n° 168)

Janwillem Van De Wetering
 Comme un rat mort (n° 5)
 Sale Temps (n° 30)
 L'Autre Fils de Dieu (n° 33)
 Le Babouin blond (n° 34)
 Inspecteur Saito (n° 42)
 Le Massacre du Maine (n° 43)
 Un vautour dans la ville (n° 53)
 Mort d'un colporteur (n° 59)
 Le Chat du sergent (n° 69)
 Cash-cash millions (n° 81)
 Le Chasseur de papillons (n° 101)

Harry Whittington
 Des feux qui détruisent (n° 13)
 Le diable a des ailes (n° 28)

Charles Willeford
  Une fille facile (n° 86)
  Hérésie (n° 99)
  Miami Blues (n° 115)
  Une seconde chance pour les morts (n° 123)
Charles Williams
  La Fille des collines (n° 2)
  Go Home, Stranger (n° 73)
  Et la mer profonde et bleue (n° 82)
Timothy Williams
  Le Montreur d'ombres (n° 157)
Daniel Woodrell
  Sous la lumière cruelle (n° 117)
  Battement d'aile (n° 121)

Rivages/mystère

Francis Beeding
  La Maison du Dr Edwardes (n° 9)
Algernon Blackwood
  John Silence (n° 8)
John Dickson Carr
  En dépit du tonnerre (n° 5)
William Kotzwinkle
  Fata Morgana (n° 2)
John P. Marquand
  A votre tour, Mister Moto (n° 4)
Anthony Shaffer
  Absolution (n° 10)
J. Storer-Clouston
  La Mémorable et Tragique Aventure de Mr Irwin Molyneux (n° 11)
Rex Stout
  Le Secret de la bande élastique (n° 1)
  La Cassette rouge (n° 3)
  Meurtre au vestiaire (n° 6)
Josephine Tey
  Le plus beau des anges (n° 7)

Achevé d'imprimer en septembre 1994
sur les presses de l'imprimerie Darantiere
à Quetigny
Dépôt légal : Mai 1993
N° d'impression : 940-728

9ᵉ édition